LA SANGRE
DE
HÉRCULES

LA SANGRE DE HÉRCULES

JASMINE MAS

Planeta

Título original: *Blood of Hercules*

Esta edición se publica por acuerdo con The Foreign Office Agència Literària, S.L.
y The Whalen Agency, Ltd.

Traducido por: Mariana Hernández Cruz
Diseño de portada: © Steamy Designs
Adaptación de portada: Planeta Arte & Diseño / Lisset Chavarria Jurado
Fotoarte realizado a partir de imágenes de: © Getty Images
Fotografía de Jasmine Mas: cortesía de la autora
Árbol genealógico: Maria / Steamy Designs
Ilustraciones de interiores: Stella Colorado
Viñetas de interiores: Freepik

Bajo el sello editorial PLANETA M.R.
Avenida Presidente Masarik núm. 111,
Piso 2, Polanco V Sección, Miguel Hidalgo
C.P. 11560, Ciudad de México
www.planetadelibros.com.mx

Primera edición impresa en México: mayo de 2025
ISBN Volumen: 978-607-39-2799-4
ISBN Obra Completa: 978-607-39-2798-7

Impreso en los talleres de Litográfica Ingramex, S.A. de C.V.
Centeno núm. 162-1, colonia Granjas Esmeralda, Ciudad de México
Impreso y hecho en México – *Printed and made in Mexico*

ADVERTENCIA

Esta es una historia sobre un romance oscuro y una obsesión más oscura aún. Considera que aborda temas que pueden ser perturbadores para algunos lectores. Hay violencia, descripciones de asesinatos, acoso, pensamientos suicidas, hostigamiento, lenguaje explícito y traición. Si requieres una lista completa, consulta la página web de la autora: jasminemasbooks.com. El romance se cuece a fuego lento, pero hay escenas bastante explícitas. Por favor, ten cautela.

A veces convertirse en héroe es doloroso... muy doloroso.
¡Cuidado!

Este libro está dedicado a todas las chicas a las que les gustan los hombres de ficción moralmente cuestionables, que no pudieron evitar gritar la primera vez que leyeron «¿Quién te hizo eso?».

Esta historia es para ti.

LAS 12 CASAS DE ESPARTA

Casas Olímpicas

CASA DE ZEUS

CASA DE HERA

CASA DE ATENEA

CASA DE HERMES

CASA DE POSEIDÓN

CASA DE DEMÉTER

CASA DE APOLO

CASA DE DIONISO

Casas Ctónicas

CASA DE ARES

CASA DE HADES

CASA DE ARTEMISA

CASA DE AFRODITA

LINAJES DE LAS CASAS CTÓNICAS

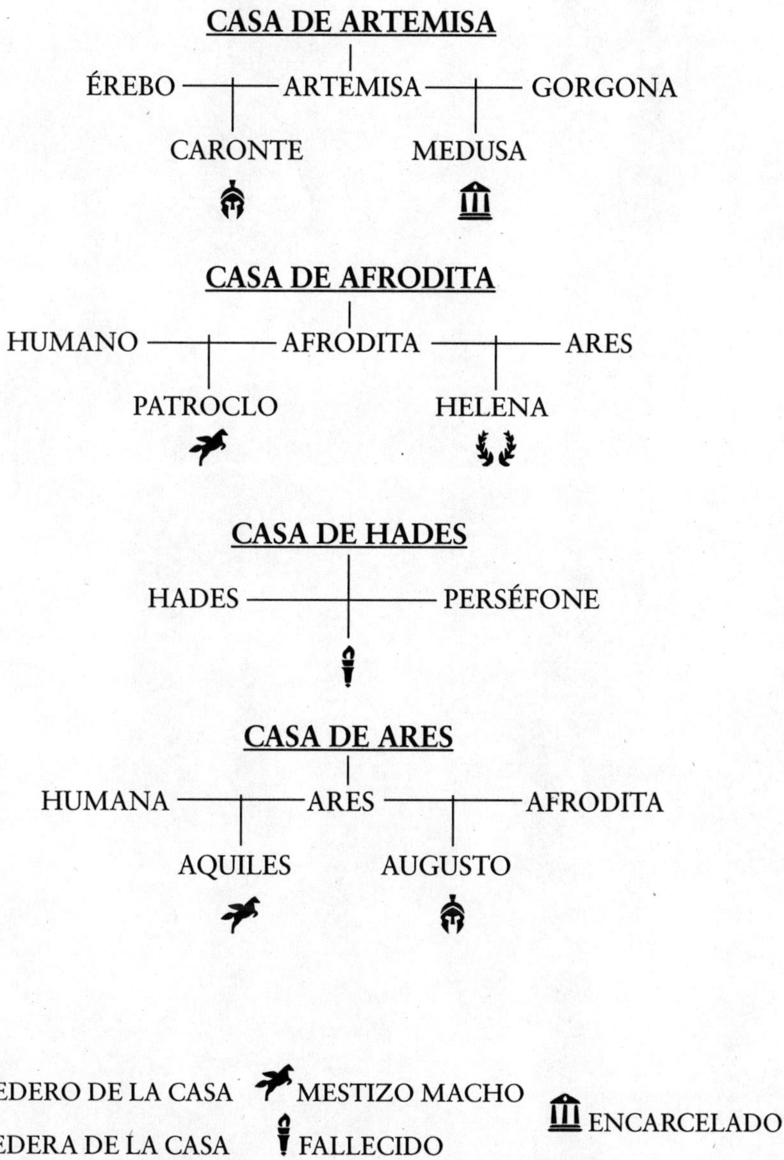

Fides est periculosa ludum: la confianza es un juego peligroso.
No supo quién la estaba acechando hasta que fue demasiado tarde.

OMNISCIENTE

FORTUNA

Me cubrí las piernas cruzadas con la larga toga y me senté completamente inmóvil sobre la hierba. Las piedras de Delfos estaban acomodadas en círculo a mi alrededor.

Había recogido esas rocas cuando era niña, hace miles de años.

Las palmas relajadas y abiertas. La cabeza inclinada hacia atrás.

Una pipa humeante colgando de mis labios.

Inhalé las hierbas y sentí una punzada de dolor a través de mis ojos cerrados mientras activaba mis poderes.

Atisbos de patrones, números y probabilidades se agolparon en mi mente, demasiadas imágenes para comprenderlas.

El camino de la existencia no era más que azar, y el azar no era más que un círculo de acontecimientos.

Las intensas sensaciones se transformaron en una agonía, pero inhalé el humo y resistí la embestida.

Las imágenes sin sentido se transformaron en palabras crípticas.

Me hablaron así:

«Quien se perdió ha de cambiar lo que fue;
entre cadenas, con los soldados de la muerte,
se convertirá en lo que es eterno;
o los titanes heredarán la Tierra, y no habrá más que guerra».

Abrí los ojos de golpe.

Percibí la amargura de oscuras posibilidades en la lengua y sentí los caminos del porvenir en la médula de mis antiguos huesos.

El tipo de poder espartano que poseía no era nada sin la acción, pero jamás me acobardaba ante las decisiones desagradables. Por eso yo había sobrevivido, mientras que el resto de mi especie había perecido.

Frente a mí, el futuro estaba sobre el filo de una navaja: el apocalipsis y la paz eran las dos caras de la misma moneda.

Podría inclinarse hacia cualquier lado.

Había que actuar. Al fin y al cabo, *nullum magnum ingenium sine mixture dementia fuit*.

«Jamás ha existido un gran genio sin un toque de locura».

Exhalando humo, con dolor en las articulaciones al ponerme de pie, me tambaleé y tropecé mientras corría por el campo, entraba en el palacio y me precipitaba por un largo pasillo de mármol blanco.

Mis ojos violetas y mi pelo blanco se reflejaban en las paredes de espejo.

Cuando llegué a la pesada puerta de ónix de la cámara interior, ni siquiera me molesté en llamar. Empujé la puerta y la abrí de golpe.

Los líderes de la Federación discutían detrás de los podios dorados de la cámara.

Se dieron la vuelta y me miraron.

Crac.

Cayeron de rodillas.

Me saqué la pipa humeante de los labios y la agité en el aire.

—La ley sobre el matrimonio que descartamos debe aprobarse… hoy —dije con voz ronca—. La edad para casarse debe ser veintiséis.

La cámara estalló en un rugido.

—¡Pero si estábamos proponiendo un siglo! —gritó alguien—. ¡A los veintiséis años se es demasiado joven para tener un compromiso para toda la inmortalidad!

Alcé la mano. Todos se callaron. De inmediato.

—Eso no es todo —continué—. Este año, Caronte y Augusto tienen que ser profesores para la prueba final.

Todos parpadearon confundidos.

—¿Por qué? —preguntó Zeus con los ojos entornados; la electricidad chisporroteaba en su piel mientras se arrodillaba junto al podio del orador en el centro de la cámara.

Alcé una ceja.

—¿Estás cuestionando mis habilidades, jovencito?

—Por supuesto que no. —Bajó la cabeza—. Mis disculpas por mi falta de respeto. Solo tenía curiosidad.

Lo miré fijamente.

—No la tengas.

El silencio se expandió.

Uno por uno, los líderes de la Cámara hicieron una profunda reverencia, con la frente apoyada en el suelo de mármol rojo.

Lentamente, bajé las largas escaleras cubiertas de alfombras negras que conducían al centro de la cámara.

Cuando llegué al podio del líder, tomé unas tijeras y metí la mano en la cesta donde estaban las leyes que no se habían aprobado, envueltas en un listón escarlata.

Lo corté.

El listón cayó.

Un pergamino se desenrolló; tenía impresas en tinta negra las palabras «Ley sobre el matrimonio».

—Apruébenla —dije mientras me inclinaba y le entregaba la ley previamente desechada a Zeus, que seguía en posición de reverencia—. Apruébenla ya: haz los cambios de edad y asigna a los dos nuevos profesores.

El papel crujió por la electricidad cuando Zeus lo tomó. Luego retomó su posición de inmediato.

Me di la vuelta.

Subí con lentitud los escalones; los seres inmortales permanecieron postrados a ambos lados.

Me burlé en voz baja mientras ellos se encogían: «Ay, Cronos, si pudieras ver en qué se ha convertido tu imperio… Los espartanos se han vuelto tan débiles».

A diferencia de los líderes de la Cámara, mi palabra era absoluta.

Yo era lo único que se interponía entre el ascenso y la caída de Esparta.

«Cronos, sálvanos a todos».

LA GRAN GUERRA

SUAVEMENTE, COMENZÓ

Eones antes de que naciera la humanidad, el estado de Esparta se extendía por miles de islas en el archipiélago de la actual Grecia.

Esparta estaba compuesta por cien espartanos inmortales, sus animales de protección y las creaturas locales. «Creatura» era un término general que los espartanos utilizaban para clasificar a todas las razas de seres civilizados que tenían poderes especiales, pero no eran espartanos.

Gobernados por una federación oligárquica, los ciudadanos inmortales de Esparta se complacían con llevar una tranquila y lánguida vida de lujo isleño.

No conocían el conflicto, la codicia ni los celos.

Todo era pacífico.

Entonces llegaron los humanos.

La humanidad sintió una fascinación inmediata por los inmortales.

Esparta le enseñó a la humanidad el arte, la agricultura y el gobierno.

Los humanos los adoraban.

Así, los espartanos se convirtieron en dioses de la humanidad.

Siglos más tarde, los espartanos y las creaturas emigraron con los humanos a la actual Italia, disfrutando de la riqueza y el estatus de la divinidad.

Nació el Imperio romano.

Sin embargo, los asuntos de los hombres no debían tomarse a la ligera.

La población mortal creció vertiginosamente.

Por el contrario, Esparta tuvo problemas de fertilidad: su número se mantuvo en torno a la centena.

Entonces los humanos descubrieron que los espartanos no eran del todo inmunes a la muerte: podían ser cortados en pedazos diminutos y después ser esparcidos, o bien, podían hacerlos pasar hambre y torturarlos hasta quedar en coma.

La humanidad se volvió contra sus dioses.

Los emperadores declararon la guerra a los espartanos porque querían para ellos todo el poder y la riqueza.

Sin embargo, la humanidad olvidó que se enfrentaba a una raza más inteligente que ellos.

Esparta desapareció. Por completo.

Los espartanos y las creaturas migraron al norte de Italia y se escondieron en los Dolomitas.

Sin embargo, antes de marcharse, destruyeron todos los avances que habían compartido con los humanos: la Biblioteca de Alejandría se quemó hasta sus cimientos y con ella nuestro conocimiento de los dioses. Lo único que nos quedó fueron las mentiras.

Sin la guía de Esparta, Roma cayó.

Con el paso de los siglos, los dioses vivos que habían guiado a la humanidad a la grandeza se convirtieron en mitos. Sin embargo, los mitos que nos contábamos eran incorrectos. Los dioses no eran como los recordábamos en los cuentos y las leyendas: sus alianzas, sus linajes, su poder. Todo era falso.

El tiempo avanzó.

Protegidos por el anonimato, avanzando entre las sombras, los espartanos y las creaturas amasaron riquezas insondables y crearon tecnologías superiores.

Pero Esparta no era tan pacífica como parecía.

Había dos facciones divisorias de espartanos: las Casas Ctónicas y las Casas Olímpicas.

Cada casa representaba un linaje familiar de poder que recibía el nombre de su líder fundador, un espartano más poderoso que los demás.

Todos los espartanos de las Casas Olímpicas tenían poderes que les permitían mejorarse a sí mismos física o mentalmente.

No herían a nadie, pues se centraban en la superación personal y las ciencias.

Había cincuenta Casas Olímpicas diferentes, con decenas de miembros. Los olímpicos mantenían su número teniendo hijos con humanos, y a estos mitad humanos, mitad espartanos se les llamaba mestizos.

En contraste, las Casas Ctónicas eran los espartanos de ojos ensangrentados.

Los ctónicos *solo* tenían poderes que dañaban a los demás, como la tortura, el control mental y el dolor.

A lo largo del tiempo, solo habían vivido cuatro familias ctónicas. Nacidas en los albores de Esparta, a diferencia de las Casas Olímpicas, que surgieron y desaparecieron, las Casas Ctónicas permanecieron invariables.

Siempre.

El infame cuarteto ctónico: las Casas de Hades, Afrodita, Artemisa y Ares.

Cada una de ellas contaba con un puñado de miembros, ya que en raras ocasiones procreaban con los débiles humanos, que no podían soportar sus poderes. Unas pocas creaturas, aquellas con las habilidades más *oscuras*, se aliaron con estas casas.

A lo largo de la historia, las dos facciones mantuvieron una incómoda tregua. La Federación, liderada por los olímpicos más fuertes, mantenía la paz.

Sin embargo, en el umbral del siglo XXI, la paz se hizo pedazos.

Comenzó la Gran Guerra.

Las cuatro Casas Ctónicas atacaron a las cincuenta Casas Olímpicas en un intento por derrocar a la Federación y conseguir el poder sobre Esparta.

Superados en número, veinticuatro ctónicos lucharon contra cientos de olímpicos.

Sin embargo, el conflicto se prolongó durante décadas porque las habilidades de los ctónicos eran monstruosas.

Las Casas Olímpicas más débiles fueron las primeras en caer, ya que los ctónicos las cazaron sin piedad y esparcieron sus restos por todo el mundo. Los olímpicos más fuertes se unieron y buscaron venganza.

En 2045, solo quedaban en pie ocho de las familias olímpicas más fuertes y antiguas: las Casas de Zeus, Hera, Atenea, Hermes, Poseidón, Deméter, Apolo y Dioniso.

La guerra había llegado a un punto muerto y los números de ambos bandos disminuían.

Esparta estaba en riesgo de colapsar.

Quedaban los cuatro líderes de las Casas Ctónicas, pero sus veinte hijos habían sido capturados y asesinados.

Si la guerra continuaba, no quedaría nada que gobernar, por lo que ambos bandos firmaron un alto al fuego.

En la nueva Federación los olímpicos tenían una mayoría incluso más aplastante.

Se restableció la paz.

Unos años más tarde, en 2050, los titanes, creaturas monstruosas e inmortales, aparecieron inexplicablemente en la Tierra y empezaron a masacrar a los humanos.

La Federación, liderada por los olímpicos, vio la oportunidad de presentarse nuevamente ante la humanidad.

Los dioses se alzaron de nuevo.

También aprovecharon la ocasión para castigar a los ctónicos.

En compensación por la guerra y sus crímenes, la Federación dictaminó que los ctónicos que quedaban —y cualquier hijo que tuvieran, así como las creaturas oscuras que se aliaron con ellos— se encargarían del problema de los titanes en la Tierra.

Llamaron a esta nueva organización el Escuadrón de la Muerte.

Pero eso no fue todo.

Los ctónicos y las creaturas también se vieron obligados a luchar contra los titanes, y entre sí, en el Coliseo de los Dolomitas. Se trataba de un concurso delirante conocido como el Torneo de Gladiadores Espartanos.

Esta competencia se convirtió enseguida en el torneo más violento que jamás hubiera existido sobre la faz de la Tierra.

Marcó el comienzo de una nueva era de brutalidad.

Casi medio siglo después, los titanes seguían vagando por la Tierra, los ctónicos empezaban a recuperar su número y los Olímpicos tenían hijos cada vez menos poderosos.

Una vez más, la Federación luchaba por mantener su poder, y las mareas de la historia apuntaban hacia la guerra. Esparta estaba más fracturada que nunca. Para hacer frente a la creciente división, la Federación promulgó una polémica ley sobre el matrimonio. Los ctónicos trataron de socavarla de inmediato.

Ahí comienza nuestra historia.

AB INITIO

En este cambio de siglo,
toda Esparta aplaude;
la Federación cae,
ante quien exhibió a los dioses.

—Fortuna, 2050

I
LA SERPIENTE
ALEXIS: AÑO 2090

—¿Quién eres? —me susurró al oído una voz femenina.

Me incorporé sobresaltada y parpadeé aturdida.

Las muñecas me punzaban de dolor. Estaban en carne viva.

La hierba y las flores rosadas de verano crepitaron cuando una cálida brisa sopló sobre el campo esmeralda en el que dormitaba.

La Montana rural era un lugar silencioso e inquietante.

Situado a trescientos kilómetros al norte de las luces de la ciudad de Helena, la red eléctrica apenas llegaba a nuestro destartalado campamento de remolques.

Los titanes llegaron en el año 2050, y el mundo se derrumbó.

Los niños de la escuela decían que estábamos en nuestra era apocalíptica.

Yo lo llamaba el infierno.

Nadie sabía de dónde habían llegado esos titanes inmortales con aspecto humano, dientes afilados como cuchillos, venas negras, largas garras y supervelocidad, ni por qué destrozaban a los humanos por diversión.

Su existencia era una desgracia si querías vivir (yo no quería).

El padre John decía que los titanes habían aparecido para «darles una lección a los humanos». Desde entonces, no hicimos más que perecer dramática y espantosamente… qué extraña lección.

Después de todo, fueron los espartanos quienes nos salvaron.

—¿Me escuchas? —preguntó más alto la voz desconocida.

Giré la cabeza y busqué a quien me estaba hablando, pero no había nadie más en el campo.

Me quejé cuando el rápido movimiento hizo que me dolieran más las muñecas.

Mi padre y mi madre de nuevo estaban usando la tina para preparar su «bebida especial» para combatir el hambre —una combinación de productos de limpieza, agua y levadura de pan mohoso— y su comportamiento era cada vez más errático.

Sin ir más lejos, la semana pasada había mirado «de mala manera» a mi padre, así que me había atado con una cuerda áspera porque era «una zorra de diez años, holgazana, malcriada y buena para nada».

Esta mañana, me había cansado de estar atada como un perro y me había golpeado los brazos contra una roca mientras me jaloneaba hasta liberarme.

Las dos muñecas definitivamente estaban fracturadas.

«Al menos te escapaste».

La buena noticia: mi padre estaba tan fuera de sí que probablemente ni recordaría que me había atado.

La mala noticia: necesitaba la costosa medicina de la Federación Espartana —«sería mejor la muerte»—, pero no podía pagarla.

Alguien tenía que ocuparse de su salud mental de la forma más barata: golpeándolo en la cabeza con una pala (eso era lo que le habían hecho al vecino Paul: noquearlo mientras no se daba cuenta).

—Puedes oírme, ¿verdad? ¿Qué... eres? —dijo la voz invisible junto a mi oído, y me sobresalté de miedo.

«Genial, me persigue un fantasma».

Miré a mi alrededor con recelo.

Un alambre de púas resplandecía entre la lejana arboleda que rodeaba el campamento de remolques, y de una rama colgaba una bandera blanca con el escudo de la Casa de Hades: un horrible esqueleto de perro con ojos ardientes color carmesí.

Era un perro infernal.

Debajo de la bandera, un cartel advertía en letras rojas como la sangre: «Zona militarizada protegida por la Federación Espartana. Cuidado, titanes».

Los símbolos de la organización ctónica de asesinos —el Escuadrón de la Muerte—, con sus banderas de espeluznantes perros infernales que nadie había pedido, estaban colgados por todas las zonas protegidas. Eran una advertencia para los titanes de que, incluso entre monstruosidades, había Goliats.

Todo el mundo conocía a las doce familias espartanas que dominaban la tierra.

Las ocho Casas Olímpicas eran los buenos, ya que sus poderes no dañaban a las personas. En cambio, las cuatro Casas Ctónicas eran pura maldad.

Eran asesinos en masa con poderes oscuros.

Me estremecí.

«La era de los dioses y los monstruos apesta».

Respirando entre dientes, intenté concentrarme en otra cosa que no fuera la agonía que me recorría desde los antebrazos.

«¿Qué harían Emmy Noether y Carl Gauss en esta situación?». Por desgracia, no estaba segura de cómo actuarían mis héroes, brillantes matemáticos de la Historia.

Dormir estaría bien.

También la muerte.

De momento me habría conformado con releer por enésima vez la autobiografía de Emmy Noether en la biblioteca pública. Era como un abrazo suave.

Por lo menos, suponía que era así como se sentiría un abrazo. Nunca me habían abrazado. Todavía no.

Tal vez nunca, tomando en cuenta que odiaba que me tocaran y que no le agradaba a la gente.

—Tu olor me parece familiar —susurró más fuerte la voz invisible—. Me pregunto... ¿cómo te llamas, niña?

Me olí la axila. Había usado la manguera fría del jardín esa mañana, así que solo olía a sol y a pasto.

—Soy Alexis Hert —dije con timidez. Me hormigueaba la cicatriz que tenía en el esternón desde que era bebé.

—¿Puedes entenderme, humana? ¿Puedes hablarme? —La voz era aún más fuerte y me sobresalté—. Soy Nyx.

—Eh... Hola —dije torpemente.

Hubo una larga pausa.

—¿Por qué tienes las muñecas ensangrentadas? —preguntó Nyx.

—Mis padres adoptivos están tratando de matarme —dije con un fuerte suspiro.

—Eres una humana extraña. —la voz de Nyx sonó más cerca—. Hablas de muerte, pero no hueles a miedo. Te pasa algo raro.

—Es probable que sí —dije.

—Tu actitud es perturbadora. He conocido espartanos inmortales que temían la muerte más que tú — siseó Nyx.

—¿Eres un fantasma? —pregunté.

—No.

—Mentirosa.

De repente, un objeto oscuro tapó el sol y se acercó a unos centímetros de mi cara.

Unas pupilas verticales resaltaban sobre un fondo morado neón, y una resbaladiza lengua bífida se arrastró por mi mejilla.

—Te dije que era real —siseó Nyx.

Una… una… colosal serpiente negra, tan larga como una de mis piernas, con dos colmillos relucientes, afilados como cuchillas, y unos ojos morados, se alzaba en el aire frente a mí.

Parecía peligrosa.

Depredadora.

—¿Qué eres? —susurré.

Su brillante cabeza negra se balanceaba de un lado a otro con la brisa veraniega, como si intentara hipnotizarme.

—Soy una equidna, una antigua raza de serpientes invisibles. Por supuesto que no lo sabrías; los humanos no saben nada de la naturaleza de las bestias.

Tragué con fuerza.

—¿Eres venenosa?

Los colmillos brillaron mientras la serpiente asentía con la cabeza.

—Demasiado. El solo roce de uno de mis colmillos te mataría en segundos.

—Estupendo —dije con asombro—. ¿Quieres que seamos amigas? —Nunca había tenido una amiga.

Los ojos morados brillaron.

—Bueno —siseó Nyx, abriendo la mandíbula al hablar—, pero solo porque tu vida parece miserable, y yo me perdí en esta tierra salvaje sin nadie con quien hablar.

—Genial. —Alargué la mano y acaricié su brillante cabeza.

Nyx soltó una mordida al aire con un chasquido.

—No vuelvas a tocarme así o te mataré a mordiscos, niña; no soy un perro cualquiera. —Olfateó con altanería—. Esto es solo un acuerdo temporal.

Me reí.

Era divertida.

Horas más tarde, después de retozar con mi nueva mejor amiga e intentar ignorar el dolor de mis muñecas, el sol se puso en un cielo rosa ardiente.

Si no volvía al remolque antes del anochecer, me quedaría afuera y me vería obligada a dormir en la oscuridad.

Estaba decidida a dormir adentro esa noche.

—Volvamos juntas —susurré. Nyx se volvió invisible y se deslizó junto a mí. Su cabeza rozó mis pies mientras corría.

Regresamos cuando aún había luz en el cielo, aunque nadie se dio cuenta.

Mi madre y mi padre estaban sentados en el patio, demacrados y con los ojos vidriosos mientras sorbían tazas sucias llenas de su «bebida especial». Tenían las pupilas dilatadas y las cabezas inclinadas hacia atrás en un ángulo antinatural mientras miraban las nubes.

Cadáveres vivientes.

Tarareé para tranquilizarme.

—Parecen… enfermos. —La lengua húmeda de Nyx se deslizó por mi oreja mientras se erguía detrás de mí y me seguía al remolque—. ¿Quieres que los mate?

—No —susurré mientras la guiaba por el pasillo—. Eso está mal.

La lámpara de la pared emitía una débil luz verde y la electricidad zumbaba mientras se esforzaba por dar luz al decrépito remolque, una mezcla de piezas de metal y madera de una época anterior a los titanes.

El único ventilador, que apuntaba a la cama de mis padres adoptivos, no servía para refrescar el resto del espacio.

El calor sofocante del verano era opresivo.

Nyx chasqueó los colmillos.

—Bueno, pero algún día, niña, los mataré por ti.

Resoplé.

—No puedes matarlos. Matar es un pecado. Moralmente, es lo peor que puedes hacer. Tu alma se corrompería. Lo dice el padre John.

—El padre John suena como un estúpido idiota; eres demasiado joven para saber de qué hablas —dijo Nyx—. Cuando seas mayor, pensarás diferente.

Era claro que se iba a ir al infierno por decir eso.

«Un momento, ¿no dijo el padre John que las serpientes eran malvadas? ¿Me voy a ir al infierno por hacerme su amiga?».

La condena eterna era sorprendentemente complicada.

Sacudí la cabeza.

—Yo nunca mataré a nadie —prometí con el pecho ardiendo de sinceridad.

Nyx resopló.

Con cautela, me acomodé en la caja de cartón que me servía como cama.

En la parte inferior había un pequeño trozo de tela blanca con una etiqueta de ocho letras bordada en dorado en la parte delantera. Era el mameluco que llevaba cuando me encontraron de bebé en el orfanato, mi única posesión en todo el mundo.

Sentí una sensación extraña de deslizamiento cuando Nyx acomodó su pesado cuerpo sobre mi regazo.

—¿Puedes hablar con todas las personas? —susurré.

—No, niña. Es inusual que puedas oírme —murmuró Nyx—. Solo puedo hablar con las de mi especie, y no somos muchas.

—Bueno, pues me parece muy agradable —murmuré con sueño—. Ahora no puedes dejarme porque podemos hablar, siempre había querido una amiga… solo que nada de matar… ¿me lo prometes?

—Yo no hago juramentos estúpidos. Basta de parloteo —siseó Nyx—. A dormir.

Más tarde me di cuenta de que mi tartamudeo desaparecía por completo cuando hablaba con ella.

Las bestias no me daban miedo. La gente, sí.

Así fue como una serpiente venenosa invisible de diez kilos se convirtió en mi compañera más cercana.

Sí, me hice amiga del primer monstruo que conocí.

Pum.

Pum.

Pum.

Me desperté con sobresalto unas horas más tarde.

Se oían fuertes golpes en la puerta del remolque.

Mi madre y mi padre maldijeron en voz alta mientras se tambaleaban fuera de la cama hacia el odioso y repetitivo sonido.

Me asomé por la esquina de mi caja. Nyx murmuró contra mi piel y se movió, pero no se despertó.

En la puerta había una anciana bajita, de pelo blanco y ojos sorprendentemente violetas. Su expresión era seria. Una figura delgada con capucha estaba encorvada a su lado.

—¿Qué demonios cree que está haciendo? —preguntó mi madre mientras miraba fijo a la intrusa, mucho más sobria que antes—. No vendemos nuestra bebida en la puerta, tendrá que esperar al lunes y conseguirla en el bosque como todo el mundo en el campamento.

Junto a mi madre, mi padre abrió la boca y balbuceó sonidos ininteligibles.

—Gracias, qué oferta tan generosa —dijo la anciana, con un tono que insinuaba que pensaba cualquier cosa menos eso. Se aclaró la garganta—. Estoy aquí porque el Gobierno de Estados Unidos, dirigido por la Federación Espartana, los ha hecho responsables de un segundo hijo adoptivo. Les enviarán vales mensuales de comida para cubrir sus gastos. Se llama Charlie.

«Nunca había oído hablar de hijos adoptivos entregados a domicilio».

Antes de que alguien pudiera reaccionar, la anciana empujó a Charlie dentro del remolque con una fuerza asombrosa, y cerró la puerta.

Mi madre resopló mirando al niño.

—Me las van a pagar. Esto es ridículo, carajo. No solicitamos otro. Ni siquiera podemos alimentar a la maldita otra cosa.

«Qué lindo, ahora soy un objeto».

Mi padre se acercó tambaleándose al sofá destartalado, cayó en él boca abajo y se puso a roncar.

Mi madre agarró a Charlie por el escuálido brazo y lo arrastró hacia mi caja de cartón. Cerré los ojos con fuerza y fingí dormir.

—Niño, puedes dormir al lado de… Alex, hay suficiente espacio. —A juzgar por la larga pausa, le había costado recordar mi nombre. Qué grosera. Llevaba casi diez años viviendo con ella.

Mi madre se alejó dando fuertes pisadas. Los resortes rotos crujieron cuando se metió a la cama.

Entreabrí los ojos a través de mis pestañas.

Charlie estaba arrodillado frente a mí.

Jadeé.

Sus ojos eran de un antinatural color amarillo que casi brillaba en la oscuridad. El pelo rubio y grasiento le colgaba alrededor del rostro pálido y afilado, y unas ojeras oscuras rodeaban sus facciones hundidas.

—Yo soy A-Alexis —susurré con cautela, extendiéndole la mano amoratada. Me temblaba la muñeca adolorida mientras esperaba a ver qué hacía.

«¿Se va a burlar de mi tartamudeo?».

Miró fijamente mi mano, pero no la tomó.

Si no hubiera tenido los ojos abiertos, me habría costado creer que estaba vivo porque se mantuvo totalmente inmóvil.

Bajé la mano y me acomodé para que hubiera espacio en la caja de cartón.

Los dos éramos pequeños. Cabíamos.

Discretamente moví a Nyx al otro lado para que no la tocara.

—Tengo diez años —dije en voz baja—, ¿tú también tienes diez?

Charlie negó con la cabeza y, con cautela, se acomodó a mi lado. Seguía sin hablar.

—¿Eres más chico? —le pregunté.

Asintió mientras nos sentábamos uno junto al otro en la oscuridad.

—¿Tienes nueve?

Volvió a asentir.

—Supongo que ahora eres mi hermano menor. No te preocupes, seré una buena hermana —le prometí rápidamente—. Sé todo sobre nuestros padres adoptivos. Sígueme la corriente y estarás bien. Yo te protegeré.

—No tienes que hacerlo —susurró.

Le di un codazo.

—Ya sé que no tengo que hacerlo, pero quiero. Te voy a cuidar.

Abrió muchísimo los ojos.

—¿Qué te pasa? —le pregunté con preocupación.

Sacudió la cabeza como si no fuera nada, pero una ligera sonrisa le curvó los labios.

Sentí que un calorcito se extendía en mi pecho y le devolví la sonrisa.

Había empezado el día con cero amigos.

Ahora tenía dos.

Las cosas estaban mejorando.

2
EL MONSTRUO
ALEXIS: AÑO 2091

La energía en el remolque era, en el mejor de los casos, polémica y, en el peor, traicionera.

El viento aullaba afuera mientras el invierno descargaba nieve con furia.

La tormenta de febrero lo ensombrecía todo. La luz verde de la esquina brillaba con debilidad, apenas sostenida por la escasa electricidad asignada al remolque.

Era de noche, por eso Nyx estaba afuera cazando. Decía que la oscuridad hacía más fácil matar.

Le creía.

—Tenemos que actuar ya —le susurró mi madre a mi padre en la cocina del remolque.

«¿De qué están hablando?». Se me revolvió el estómago cuando un mal presentimiento me recorrió el pecho.

Pensaban que eran los únicos que seguían despiertos.

Charlie estaba dormido a mi lado.

Yo estaba bien despierta.

Charlie había estado con nosotros desde el verano, y ya era el mejor hermano que podía haber pedido.

Era callado y tímido, pero a mí no me importaba, porque salía conmigo todos los días y me dejaba ayudarlo con sus tareas de matemáticas. Nunca se burló de mi tartamudeo ni me dijo estúpida.

En realidad, no había dicho ni una palabra además de la única frase que dijo cuando nos conocimos, pero eso no me molestaba.

Por primera vez no me sentía sola.

Mi madre susurró algo inaudible, y su tono era oscuro.

El único problema era que las cosas no iban bien con los padres adoptivos.

Había menos provisiones que nunca en el banco de alimentos local. La mitad de los cupones de alimentos que recibían para Charlie y para mí no eran canjeables, porque en invierno no había carne ni lácteos.

Todos nos moríamos de hambre. Más que de costumbre.

El frío también hacía que menos vecinos salieran de su remolque para comprar la «bebida especial» de los padres adoptivos.

Mi madre hablaba en voz baja y yo me esforzaba por escuchar.

—Tenemos que deshacernos de Charlie —susurró—. Nadie lo sabrá.

Mi padre convino con un gruñido.

Me quedé helada de miedo.

«No».

«No pueden hacer eso».

Pero sí podían.

Hacía semanas que no íbamos a la escuela porque los caminos estaban demasiado congelados para circular, y probablemente por eso estaban haciendo planes en ese momento.

Algunos profesores generosos nos daban las sobras de su comida. Normalmente era lo que nos mantenía con vida. El panorama se volvía más desesperado para nosotros con cada tormenta de nieve.

Ahí, en el norte rural de Montana, en pleno invierno, podías hacerle *lo que fuera* a cualquiera y nadie lo sabría hasta la primavera.

Sacudí con suavidad a Charlie para que se despertara.

Sus ojos amarillos brillantes me miraron con confusión. Se estremeció; la condensación de nuestro aliento se suspendía en el aire. Su piel pálida era casi traslúcida.

—Ve a esconderte en el baño, ahora —le dije—. Cierra la puerta con seguro.

Los ojos de Charlie se abrieron con horror al ver mi expresión tensa.

—Oigas lo que oigas, no salgas del baño —susurré con rapidez—. Si las cosas se ponen... graves y no hay otra opción, solo entonces usa el teléfono y llama para pedir ayuda. Marca 777.

El teléfono estaba pegado a la pared del baño en una caja de vidrio con el letrero «Solo para emergencias». Todas las casas estaban obligadas a tener uno en caso de un ataque de los titanes.

Mi madre había instalado el nuestro en el baño porque decía que no quería «ver esa maldita cosa horrenda todo el día».

Había dicho lo mismo sobre mí.

A Charlie se le cortó la respiración cuando se dio cuenta de lo que le estaba diciendo.

La línea telefónica conectaba con socorristas, pero ellos se ocupaban de las crisis *después* de que se desencadenaran. Los titanes eran la única amenaza que justificaba una intervención inmediata; para todo lo demás, cada quien estaba por su cuenta.

Después de todo, solo existían diez espartanos ctónicos, y por ahora solo cinco estaban calificados para cazar a decenas de titanes monstruosos.

El Escuadrón de la Muerte tenía poco personal.

Desde la Gran Guerra, solo habían nacido cinco niños ctónicos. *Todo el mundo* sabía quiénes eran.

Augusto, Caronte, Patro, Aquiles y Helena.

Técnicamente había otra hija, Medusa, pero estaba encarcelada en el inframundo, que era la famosa prisión espartana de máxima seguridad.

También había un puñado de creaturas que luchaban por el escuadrón junto con los líderes ctónicos, pero rara vez tenían hijos.

Además, como los ctónicos no se unían al escuadrón hasta alcanzar la inmortalidad, a los veinte años, solo había *un* heredero varón ctónico, ctónico de pura sangre, en edad de luchar con los líderes.

Augusto, heredero de la Casa de Ares.

Era el hijo de veintitrés años de Ares y Afrodita.

El siguiente hijo en alcanzar la mayoría de edad sería Caronte, el hijo de dieciocho años de Artemisa y Érebo.

La hermana de Augusto, Helena, era la heredera de ocho años de la Casa de Afrodita.

No se sabía mucho más de ellos, porque los herederos y las herederas eran famosos por su reclusión.

Eran las élites espartanas modernas, más importantes y poderosas que lo que cualquier miembro de la realeza humana podría haber soñado jamás.

Los últimos hijos de los ctónicos eran dos extraños mitad humanos, llamados mestizos: Patro y Aquiles.

Patro, de la Casa de Afrodita, tenía trece años, y Aquiles, de la Casa de Ares, catorce.

Eran el futuro del Escuadrón de la Muerte, pero hasta que alcanzaran la mayoría de edad, apenas había monstruos suficientes para luchar contra los titanes.

La humanidad seguía en grave peligro.

La Federación había mantenido a la civilización con vida, pero todo lo que no era una necesidad era prescindible.

Charlie y yo estábamos debajo de lo prescindible.

Estábamos en el piso.

—Vete ya —le susurré a Charlie, luego me incliné hacia delante y le di un fuerte abrazo—. Todo va a salir bien.

Los dos estábamos temblando mientras nos abrazábamos.

Cuando me aparté, Charlie asintió y se arrastró en silencio hasta el baño, al lado del lugar donde dormíamos.

«Emmy y Carl se esforzaron mucho para convertirse en pioneros de las matemáticas. Emmy se enfrentó al mal en su época y se mantuvo fuerte».

«Sé como ella, Alexis».

Quería fingir que no había oído a mi madre, pero sí la había oído.

«No puedo hacerlo».

Ellos eran dos, y yo solo una. Aunque era alta para mi edad, ellos eran mucho más grandes que yo.

«Sí puedes».

Respiré con dificultad y me levanté.

Con las muñecas crispadas por el dolor fantasma, froté las ligas para el pelo que cubrían la piel lisa de mis viejas cicatrices.

Habría consecuencias si actuaba, siempre había consecuencias en el infierno.

«Necesitas un plan».

Lentamente salí a la cocina, donde ellos estaban tomando sus bebidas, y me paré con las piernas abiertas.

No tenía ningún plan. Necesité una docena de intentos antes de reunir el valor para hablar.

—Si-si intentan he-herir a Charlie, te-tendrán que pasar por en-encima de mí —dije—. Le-le contaré a to-todo el mu-mundo lo que intentaron ha-hacer y lo-los encerrarán para siempre.

Por mucho que me concentrara, mi tartamudeo siempre era peor cuando hablaba con ellos: solo desaparecía por completo con Charlie y Nyx.

Se dieron vuelta hacia mí como en cámara lenta.

Tenían los ojos muy abiertos y desenfocados, con las pupilas dilatadas. Les escurría líquido de los labios. Las sombras cubrían sus rostros demacrados.

—¿Qué carajo acabas de decirnos, niña? —preguntó mi padre con lentitud.

Mi madre sonrió, mostrando las encías podridas y tres dientes. Aventó su vaso vacío, que se hizo añicos en el suelo de baldosas agrietadas.

Di un salto y me tragué un grito.

—¿Qué tal si los matamos a los dos? —Mi madre se rio—. No tenemos nada que perder, de todas formas, nos estamos muriendo de hambre.

El sudor me corría por un lado de la cara y luego se congelaba con la gélida temperatura. Cada hueso de mi cuerpo quería darse la vuelta y correr.

Me mantuve firme y busqué con desesperación un arma: recogí el tostador de metal roto de la barra y se lo lancé.

Mi padre gimió al recibir el golpe y retrocedió dando tumbos.

Hubo un momento de silencio.

«Mal plan».

Lo apartó de una patada.

—¿Cómo... carajo te atreves? —gritó mi madre. Entonces se abalanzaron sobre mí en una ráfaga de gritos y puñetazos.

Todo parecía distante mientras los fragmentos de cristal me mordían las plantas de los pies y mi madre me sacudía por los hombros, gritándome obscenidades. Su aliento apestaba a químicos.

Mi padre me golpeó el ojo izquierdo con el puño, pero yo no *sentía* nada.

El tiempo se distorsionó.

Después de toda una vida de dolor, el cerebro aprende a sufrir. Yo sabía cómo mantenerme consciente durante una paliza. Había tenido años para perfeccionar mi técnica.

La clave era tensar el abdomen y las nalgas.

Tarareando.

Y el nihilismo.

También me ayudaba interpretar el papel de un torturado prodigio musical del siglo XIX en la agonía imaginaria de escribir una ópera violenta.

Una melodía inquietante empezó a sonar en mi cabeza.

Solo yo podía oír la música.

Me agaché, y mi madre me dio un puñetazo en la oreja izquierda.

—Maldita puta holgazana y malagradecida, amenazándonos después de todo lo que hemos hecho por ti… —Un fuerte zumbido cortó sus palabras (una lástima; tenía algunos puntos intrigantes).

Me tambaleé y me giré.

Otro puñetazo me dio en el lado izquierdo de la cabeza.

La cocina era estrecha, y mi padre se vio empujado hacia atrás mientras mi madre seguía atacando.

En mi lucha por evitar la violencia, su puño golpeó en el mismo lugar, todo se volvió borroso y no pude ver ni oír.

La música clásica, delirio, llenó la oscuridad.

Una luz tenue se filtraba a través de mis córneas vulneradas: la mitad de mi campo de visión era negra y, con la otra mitad, arañaba casi a ciegas la cara y el cuello de mi madre con las uñas ensangrentadas.

Me agarré de su blusa.

Gritó algo que no pude oír.

Su puño me dio en la boca y mi sangre salpicó la cara arañada de mi madre mientras me aferraba a ella con todas mis fuerzas, desesperada por impedir que llegaran hasta Charlie.

«Mantenlos ocupados. Se van a cansar. Entonces aprovecha un descuido».

—¡Déjame entrar, Alexis, déjame entrar AHORA! —la voz de Nyx gritó desde afuera. Debió haber regresado de su cacería y oyó la conmoción.

«Ella puede ayudarme a proteger a Charlie».

Me abalancé hacia la puerta para dejarla entrar, pero mi padre se lanzó al mismo tiempo. Me arrastró de vuelta a la cocina (el infierno) y me arrojó hacia mi madre (un demonio de dicho lugar).

El golpe de castigo me dio en el costado de la cabeza y todo *ardió*. La arañé mientras forcejeaba.

—¡Niña, déjame entrar ahora mismo! —El remolque se sacudió cuando Nyx se golpeó contra él.

El puño de mi madre volvió a dar contra mi ojo izquierdo y las luces se apagaron. El negro envolvió mi visión.

Había sangre por todas partes.

Me gritó en la cara y yo le contesté el grito. «Ay, mira, estamos afinando. A Mozart le habría encantado».

Volvió a golpear un lado de mi cabeza, y mis dedos se aflojaron mientras todo giraba más rápido.

«Concéntrate. Estás perdiendo, Alexis. Concéntrate».

Me llené de pánico agudo y caliente, como si me hubieran apuñalado directamente en el corazón. «Charlie está en peligro. No te atrevas a desmayarte».

¡CRASH!

El mundo explotó: la ventana que teníamos al lado se rompió en mil pedazos.

Llovieron cristales. «Oh, mira, un *crescendo*».

Me tambaleé hacia atrás, resbalando con la sangre y los cristales mientras me esforzaba por recuperarme.

Había fragmentos por todas partes.

El remolque estaba cubierto con rayas rojas porque *algo* había entrado por la ventana desde el exterior.

Mi padre me señaló. Luego señaló a mi madre y se gritaron el uno al otro. Yo señalé el lavabo y grité.

Gritaron y saltaron hacia atrás, empujándose uno a otro para alejarse del monstruo imaginario del lavabo. Los empujones se volvieron más agresivos y luego voló un puñetazo. Se pelearon a golpes.

«Esa distracción tuvo más éxito del esperado».

El esternón de repente me estalló de dolor.

«Genial, voy a tener un infarto a los once». Cualquier otro día, habría recibido un ataque cardíaco con los brazos abiertos. Pero no en ese momento, cuando Charlie dependía de mí.

Mi madre agarró un cuchillo del bloque, lo blandió con violencia, y gritó algo confuso sobre un demonio rojo mientras me miraba fijamente. Su expresión era feroz.

«Se volvió loca por completo».

Su mente estaba envenenada.

Tratando de esquivarla, tropecé con algo sólido en el suelo y aterricé de nalgas.

Ella se alejó de mí.

Los vidrios se me encajaron en las palmas de las manos al mismo tiempo que algo se estrellaba contra mi pierna, me paralicé de horror. Me lancé hacia delante y tanteé el espacio, agarrándome a un cuerpo invisible.

—Yo te protegeré —siseó Nyx.

Nyx se había lanzado por la ventana para salvarme. Ella era la razón por la que me había escapado.

El pánico se triplicó en mi pecho. «No, no pueden herirla». Tanteé a ciegas en busca de mi mejor amiga, agitando sus escamas heladas con cada gramo de fuerza que me quedaba.

—Quédate a mi lado —susurré con desesperación—. Tenemos que proteger a Charlie. No a mí —jadeé.

Nyx siseó.

Tarareé una melodía frenética en mi cabeza.

Los evolucionistas se equivocaban: los humanos no habíamos evolucionado a partir de los primates, habíamos *involucionado* de ellos.

Con las manos enredadas en las escamas heladas de Nyx, nos arrastré a las dos hacia atrás por el suelo.

Me agarré a la manija de la puerta del baño y empecé a levantarnos. La puerta se abrió y caímos adentro.

«Dejó la puerta abierta para mí».

La cerré detrás de mí rápidamente.

Mi madre y mi padre gritaron algo sobre un demonio mientras se aullaban el uno al otro.

En el reducido espacio, Charlie estaba hecho un ovillo en un rincón.

Su cuerpo escuálido estaba apretujado entre el excusado y la pared. Sus ojos llorosos abiertos de par en par me miraron con horror. Luego tembló con más fuerza y agachó la cabeza como si tratara de esconderse.

Nyx se sacudió entre mis manos.

—Suéltame —siseó—. Tengo que matar a esos bastardos por hacerte daño.

Charlie no reaccionó, y no me sorprendió. Hacía tiempo que había aceptado que yo era la única que podía oír a Nyx.

Todo el mundo asumía que yo era una perdedora que hablaba sola.

Lo de perdedora seguía siendo objeto de debate (no lo era; en mi tiempo libre, yo era autora de un *fan fiction* sobre Emmy Noether y Carl Gauss).

Jadeé y me estremecí mientras el dolor del esternón se intensificaba.

—Protejamos a Charlie desde aquí, primero dejemos que se lastimen entre ellos.

La sinfonía tocó más rápido.

Nyx se deslizó por mi cuerpo y me rodeó el cuello y los hombros como una bufanda invisible.

Charlie sollozó con más fuerza en un rincón.

Yo también habría llorado, pero estaba demasiado alterada por la adrenalina.

Además, no había sentido nada en once años.

También eso.

Sin aliento, me tambaleé hasta el excusado y quité la pesada tapa de porcelana. Volví a colocarme junto a la puerta, levanté mi arma improvisada y cerré los ojos.

Cuando entraran, yo los golpearía y Nyx los mordería.

«Nadie le hará daño a Charlie. Nadie me lo va a quitar. Nunca. Está a salvo. Yo lo mantendré a salvo».

El dolor me apuñaló el pecho.

Nunca había sentido un ataque de pánico tan agudo.

«Sol sostenido en un *crescendo*».

Con la respiración entrecortada, obligué a mis temblorosos brazos a permanecer levantados mientras Charlie se mecía de un lado a otro desconsolado.

«Por él puedo hacer cualquier cosa».

Podía ser que no fuéramos parientes, pero como predicaba el padre John: «La sangre de un pacto es más fuerte que los lazos de nacimiento».

Día y noche, Charlie y yo sobrevivíamos juntos en este remolque del infierno. Compartíamos una cama de cartón. Pasamos hambre juntos. Además de Nyx, él era la única persona que tenía en mi vida.

—¿Cuál es tu plan? —preguntó Nyx, su lengua invisible me rozaba la mejilla.

—Si entran, los matamos —dije, tronándome el cuello.

Los platillos chocaron.

Sentía una agonía en el esternón.

Charlie sollozó con más fuerza.

Estaban pasando muchas cosas.

—Gran plan —siseó Nyx.

Los padres adoptivos habían ganado: me habían convertido en una asesina.

Del otro lado de la puerta, mi madre soltó un grito funesto y se me erizaron los pelos de la nuca. El sonido fue tan atroz que mi pánico se cuadruplicó. Jadeé por la fatiga mientras me dolía el pecho.

Escuchamos unos pasos pesados.

Mis brazos temblaban de cansancio mientras levantaba más alto la tapa de cerámica amarillenta, lista para luchar.

La voz de mi padre estaba cerca cuando gritó:

—¡Niños, ayuda, rápido… algo la está lastimando!

Me quedé inmóvil.

¿Qué acababa de decir? ¿Acaba de pedirnos ayuda? ¿A los niños que planeaba matar? «Este hombre no puede estar hablando en serio».

Charlie gimió y se acurrucó más en su lugar.

Cerré los ojos y no me moví.

Los lamentos armonizaban.

—¡Niños, llamen al 777! ¡Un titán tiene a su madre! —La puerta del baño se agitó como si intentara entrar—. *Alex*, haz algo.

Odiaba ese apodo.

Nosotros no teníamos madre.

En realidad, no.

En la cocina se oyó un chillido espeluznante.

Los titanes se sentían atraídos por la sangre y la violencia, pero en este remolque la miseria era una ocurrencia casi diaria. «¿Por qué atacaría uno ahora? No tiene sentido, a menos que...».

Reprimí un grito: la ventana estaba abierta de par en par después de que Nyx la hubiera atravesado, así que el remolque no estaba cerrado como de costumbre.

Había entrado una bestia.

En mis manos, la tapa temblaba sin parar. Unas escamas heladas se deslizaban contra mi cuello como si Nyx se posicionara para atacar.

—Algo invisible la está destrozando... es... es... es uno de ellos... tiene que ser... por favor, llama... *¡por favor, ayuda!* —mi padre suplicó a través de la puerta.

La puerta crujió cuando la golpeó para intentar entrar.

Me doblé por el dolor en el pecho.

Mi madre gritó más fuerte y mi padre sollozó mientras arañaba la puerta del baño.

—Por favor, llamen a los espartanos ya. Por favor, niños. Su boca está echando espuma. Es... horrible.

A ella la estaban atacando, y él estaba en la puerta. De verdad estaba sucediendo, los titanes estaban ahí.

Apreté más los ojos.

Charlie sollozó más fuerte.

La orquesta tocó el acto final.

Unos puños golpeaban la puerta, un hombre desesperado suplicaba de manera intermitente, y las manos me temblaban cada vez más.

La sangre escurrió por mi cara y goteó en el suelo.

La puerta se sacudió.

La moribunda gritó.

La inquietante música clásica seguía sonando.

—Eres fuerte —susurró Nyx—. Eres valiente. —Las escamas se deslizaron por mi cara como si me estuviera acariciando—. Puedes encargarte de todo: puedes dominar el universo.

Las lágrimas se unieron a la sangre y gotearon por mi cara.

No me moví ni abrí los ojos.

El teléfono de la pared permaneció intacto.

Se oyó un horrible gorgoteo y luego… silencio. El único sonido eran los sollozos entrecortados de mi padre.

Los músicos dejaron sus instrumentos e hicieron una reverencia.

Contuve la respiración mientras esperaba. Esperé a que él hiciera el mismo sonido que mi madre había hecho. Esperé a que la puerta se rompiera. Esperé la lucha contra un titán. Esperé la muerte.

El tiempo se alargó.

Yo seguía esperando.

—Creo que ya se fue —dijo mi padre con abatimiento. Entonces se oyó un golpe como si se hubiera tropezado. La puerta principal se cerró de golpe y su voz se apagó mientras gritaba y pedía ayuda a los vecinos.

No bajé mi arma.

Charlie sollozaba quedamente.

La insoportable sensación de mi esternón desapareció poco a poco y todo se volvió borroso.

Ruidos, sonidos, movimientos… todo era una neblina confusa.

El tiempo se distorsionó.

Charlie se acurrucó adormilado contra mi costado. Parpadeé hasta que estuve consciente.

Encima brillaban tenues luces verdes y debajo de mí había un familiar sofá raído. Había caído la noche en el remolque y nevaba suavemente en la oscuridad.

La tormenta había pasado.

Charlie dormía con mi brazo encima, y Nyx estaba envuelta alrededor de mi torso, invisible bajo mi sudadera. El remolque estaba lleno de desconocidos que bullían de energía. Uno de ellos dijo algo de que los vecinos habían llamado.

Dos de los desconocidos se dirigieron hacia mí.

Me estremecí e intenté encogerme hacia atrás en el sofá, para poner distancia entre nosotros.

A los médicos, hombre y mujer, no les importó. Se inclinaron más e invadieron mi espacio personal, con el león dorado de la Casa de Zeus en sus relucientes placas de identificación.

Si hubiera tenido fuerzas, habría gritado.

Apenas pude emitir un gruñido.

Me untaron algo en los cortes más profundos de la cara, las manos y los pies, y me estremecí.

—Quédate quieta —dijo la doctora con brusquedad—. Te estoy poniendo un gel curativo espartano extremadamente caro. Solo queda un poco. Cuando se acabe, ya no tendrás más suerte. —Frunció los labios con disgusto.

«El problema no es la medicina, sino que me estás tocando».

—Deberías darnos las gracias de que lo estemos usando contigo —dijo el médico con sorna—. Este frasco está caducado. De lo contrario, de ninguna manera lo gastaríamos en ti. Los laboratorios espartanos olímpicos tardan años experimentando y diseñando fórmulas para crear estos medicamentos milagrosos.

Deseé que no hubiera caducado.

Respiré hondo, tarareé una melodía clásica y me concentré en los aspectos positivos: a pocos metros de distancia, mi madre era introducida en una bolsa para cadáveres por personas vestidas con trajes blancos para materiales peligrosos, y mi padre estaba afuera, en la nieve, discutiendo mientras lo interrogaban.

«Buenos tiempos».

La puerta del remolque se azotó.

—Quédate quieta —me ordenó el médico mientras me apretaba las mejillas y me frotaba el ojo izquierdo.

«Probablemente nunca estudió matemáticas después de cálculo. Carl Gauss jamás me hablaría así».

Un policía alto, vestido de negro y con elegantes pistolas espartanas en ambas caderas, se arrodilló frente a mí, y el caballo salvaje de la Casa de Artemisa brilló en su identificación. Tenía ojos furiosos inyectados de sangre.

El policía encendió una grabadora y habló en voz baja, como si hablara con un animal asustadizo.

—Solo necesitamos que nos digas qué fue lo que pasó. ¿Tu padre te hizo esas heridas? ¿Él te golpeó? —preguntó en voz baja, como si importara.

Ambos sabíamos que no importaba.

Ya no se perseguían ni las agresiones ni los abusos; el sistema espartano dedicaba recursos a combatir *un* solo delito.

—No es mi padre —lo corregí, y mi voz sonó extraña—. Es mi padre adoptivo, y sí. Él me go-golpeó.

El policía entornó los ojos con interés.

—¿Y quién golpeó a tu madre? ¿Quién la mató? ¿Recuerdas…?

—¡Dile lo que pasó, Alexis! —bramó mi padre desde afuera—. Dile que fueron los titanes. Tú sabes que yo estaba… —gruñó como si alguien lo hubiera golpeado.

Mi cerebro terminó la frase por él: «sollozando en la puerta del baño, rogándote que llamaras a los espartanos».

—No le hagas caso —dijo el policía—. ¿Quién mató a tu madre adoptiva? Puedes decirme la verdad. Estaba… empapada en sangre y echando espuma por la boca… fue un ataque particularmente… brutal.

Abrí la boca para decir que debía haber sido un titán, pero las palabras no me salieron.

Charlie podría haber muerto esa noche. Nyx podría haber resultado herida. Me froté las muñecas y miré al policía fijamente a los ojos.

—Mi padre la mató —dije con calma.

Sus ojos rojos de diablo se reflejaron de manera acusadora en su placa.

El policía apagó la grabadora.

—Gracias. Era todo lo que necesitaba. El sistema manejará esto enseguida. Será trasladado esta noche a la Penitenciaría de la Federación Espartana, donde cumplirá cadena perpetua sin libertad condicional. —Me hizo un gesto con la cabeza—. Ya no te va a molestar.

Se levantó y salió del remolque.

Afuera, mi padre empezó a gritar obscenidades sobre matarme (algo ambicioso, en mi opinión, puesto que ya había tenido su oportunidad), pero la puerta de un coche se cerró de golpe y se calló.

La doctora me miró con disgusto y me habló con voz distorsionada:

—No pudimos hacer nada por tu ojo ni por tu oreja. No estás calificada para recibir tratamiento hospitalario.

No tenía ni idea de qué estaba hablando.

Se marchó con su compañero.

No iba a extrañar su energía positiva.

Me di cuenta de que, a lo lejos, alguien estaba desenrollando una cinta amarilla en la que se leía «zona contaminada» a lo largo de las paredes del remolque, mientras otra persona tapiaba la ventana rota.

La gente se fue.

El tiempo pasó con rapidez.

Parpadeé.

El remolque estaba vacío y apestaba a desinfectante. Me recordó la «bebida especial».

Unas luces verde neón proyectaron sombras sobre las paredes mientras una fila de camiones eléctricos espartanos se alejaba hacia la tormenta. La nieve se acumulaba suavemente en las ventanas.

Los tres estábamos solos.

Era un sueño hecho realidad; era una pesadilla.

Temblando y castañeteando los dientes, me quité a Nyx de encima y volví a acostar a Charlie en el sofá. Luego me tambaleé hasta la puerta del remolque.

Me llevó varios intentos girar las tres cerraduras.

Con brazos temblorosos, arrastré el viejo sillón por la sala y lo puse enfrente de la puerta a modo de barricada.

Unas luces tenues iluminaban la neblina verde.

Después de jalar la manta raída y remendada de la cama en la que ninguno de nosotros había dormido nunca, me acosté junto a Charlie en el sofá y atraje a Nyx a mis brazos.

No podía dormir.

Cuando el reloj digital marcó las 5:00 de la mañana, renuncié a intentar descansar y entré tambaleante al baño.

Las tuberías gimieron mientras salía el agua de la llave. Me eché agua helada en la cara y me miré en el pequeño espejo que estaba sobre el lavabo.

Abrí la boca en un gesto de horror.

Mis rizos apuntaban en todas direcciones y mi piel dorada estaba cubierta de contusiones, moretones y cortes.

Ese no era el problema.

Lentamente, cerré el ojo derecho.

El mundo se volvió borroso y oscuro a pesar de que mi ojo izquierdo seguía abierto. Abrí el ojo derecho y recuperé la visión.

Agua rosada goteaba lentamente de mi cara.

Unos iris desiguales me devolvieron la mirada en el espejo. No era una ilusión: ya no tenía dos ojos oscuros.

El iris izquierdo era blanco.

El iris derecho era negro.

Lo mejor: eso no era todo.

Sintiéndome como si estuviera bajo el agua, me llevé la mano temblorosa a la oreja derecha y hablé en voz alta. El sonido era distorsionado y lleno de estática. Bajé la mano y repetí la acción. Esta vez pude oír mi voz.

Estaba ciega y sorda del lado izquierdo.

Respiré hondo, me eché más agua helada, me acomodé el pelo y eché los hombros hacia atrás.

La niña del espejo parecía tranquila. Cubierta de cortes, con inquietantes ojos disparejos, era intimidante. Poderosa. A su derecha, el teléfono de emergencias colgaba intacto de la pared.

—¿Quién es ella? Debo saber su nombre —diría Carl Gauss si la viera caminando por la calle en Brunswick, Alemania—. ¡Esa niña será mi prodigio!

Sonreí.

Mis abusadores se habían ido.

Era libre.

Esa madrugada, me hice amiga del segundo monstruo que había conocido: yo misma.

Al menos, eso creía.

Más tarde comprendí que tenía mucha razón y que a la vez estaba muy, muy, pero *muy* equivocada. Los monstruos son así de engañosos: cuando uno se da cuenta de lo que son en realidad, ya es demasiado tarde.

Más tarde, ese día, tocaron la puerta del remolque.

Un hombre de mediana edad con profundas arrugas en la boca estaba de pie en la nieve.

—La Federación —En un alarde de sofisticación, escupió un grueso gargajo— identificó este remolque como escena del crimen y, por tanto, es inhabitable.

Señaló un enorme camión blanco con una elegante plataforma plateada en la parte trasera.

—Me ordenaron que me lo lleve. —Su voz estaba distorsionada y el pitido agudo de mi oído izquierdo empeoró.

Hubo una ráfaga de nieve y sus pestañas se cubrieron de escarcha.

—¿Y dónde se supone que vamos a vivir? —le pregunté con los labios entumecidos.

—No es mi problema. Todos los habitantes deben evacuar… ahora —dijo, con rostro inexpresivo—. Estoy autorizado a usar la fuerza. —Apoyó la mano en una macana que llevaba sujeta al cinturón.

Unos minutos más tarde, Charlie, Nyx y yo estábamos parados en el terreno vacío de pasto muerto con la manta de los padres envuelta alrededor de los hombros. Teníamos a nuestros pies una caja con unas pocas y míseras pertenencias.

El camión se llevó el remolque por el camino cubierto de hielo.

—Busquemos refugio —susurré y conduje a mi familia hacia el remolque más cercano para rogar ayuda.

Oficialmente éramos indigentes.

Eso era lo malo de vivir en tiempos oscuros: la vida empeoraba poco a poco.

Siempre.

3
SOBREVIVIR AL INFIERNO (LA ESCUELA)
ALEXIS: AÑO 2099

La luz verde neón parpadeaba en el techo mientras que la red eléctrica luchaba por mantener encendidas las luces de la escuela.

Eran las seis de la mañana, pero el salón de clase, en el periodo en el que los profesores pasaban lista antes de empezar las clases, vibraba por el ruido.

«¿A quién le importa si Sarah engañó a Bethany con Eric e hicieron cosas por atrás?».

La gente me confundía, pero los adolescentes me dejaban francamente perpleja.

A veces (todos los días), diecinueve años en la Tierra me parecían suficientes.

Ya había visto demasiado.

Suspiré pesadamente e intenté concentrarme en resolver una ecuación en la que llevaba meses trabajando.

Toda mi vida dependía de que estuviera entre el mejor .001 por ciento en la prueba de mérito espartana de junio. Todos los jóvenes de diecinueve años hacían la prueba para determinar si podían asistir a una de las tres universidades que quedaban en el mundo, dirigidas por los espartanos.

Aunque consiguiera entrar, de todos modos necesitaba pruebas de mis logros académicos además de mis calificaciones. Mi trabajo sobre la hipótesis de Riemann sería mi prueba.

Charlie dependía de mí. No lo defraudaría.

Jessica estaba sentada a mi lado, a la izquierda, y se puso a olfatear con exageración.

—¿Alguien más huele eso? —preguntó en voz alta, y luego se rio con un grupo de chicas.

«Gracias a Dios soy parcialmente ciega y no puedo ver su expresión. Un pequeño consuelo».

Olfateó más fuerte.

Deseaba disolverme en pedacitos y desaparecer, pero solo me encogí más en mi asiento.

Me había lavado en el baño de la escuela esa mañana.

Me limpiaba con obsesión, pero nunca era suficiente porque el olor a indigente persistía en mis pocas prendas por mucho que las lavara.

El aroma proclamaba a todo el mundo que Charlie y yo vivíamos en cajas de cartón detrás del campamento de remolques más pobre de nuestra ciudad.

Jessica se tapó la nariz y sus amigas fingieron arcadas.

Tarareé una melodía clásica.

Dolores fantasma se dispararon por mis antebrazos, debajo de la docena de viejas ligas para el pelo que cubrían mis muñecas llenas de cicatrices.

Ignoré la mugre incrustada bajo mis uñas, demasiado profunda para sacarla jamás.

Ignoré la pesadez de mis párpados, porque cada noche me costaba trabajo conciliar el sueño, preocupada por si cualquier sonido en el bosque era un titán que venía a hacerle daño a Charlie.

Ignoré el enorme vacío que sentía en el estómago, ya que dar clases particulares a cambio de vales de comida de otras personas apenas nos mantenía alimentados y la Federación consideraba ilegal el trabajo infantil, así como el trabajo de cualquiera que todavía no hubiera hecho la prueba de mérito espartana.

Decían que era incivilizado hacer trabajar a los niños.

«Punto polémico, ¿saben qué es incivilizado? Obligar a los niños sin hogar a morirse de hambre porque no se les permite mantenerse a sí mismos».

—Les juro que nunca se baña. Es un asco —dijo Jessica en voz alta para que todo el salón pudiera oírla.

Se carcajearon de nuevo.

El esternón me ardía de vergüenza.

En momentos como ese deseaba ser una de esas chicas ruidosas y seguras de sí mismas. De las que dicen lo que piensan y no se dejan someter. Como las fuertes y valientes *femmes fatales* que aparecen en videos y libros antiguos.

—Huele horrible. —Jessica fingió una fuerte arcada.

No dije nada.

Me sumí aún más en mi asiento y froté las palmas húmedas contra mis pantalones remendados. Interactuar con otros humanos no era mi fuerte. Las palabras siempre se me atragantaban en la garganta.

La banca de Jessica rechinó cuando se alejó de mí a propósito, como si estuviera enferma.

La presión en mi pecho se multiplicó por diez.

«Solo déjame en paz».

Diablos, para entonces yo ya le había dado clases particulares a la mitad de la población escolar y era gracias a mi si alguien podía hacer álgebra en este lugar dejado de la mano de Dios.

Sí, la vara estaba abismalmente baja. Eso pasaba con la caída de la civilización.

La banca de Jessica rechinó más fuerte mientras se alejaba.

Sin importar lo que hiciera, jamás sería más que la sucia indigente que tartamudeaba y olía mal.

Los humanos apestaban.

—¡Dios mío… oigan! —gritó Taylor emocionada mientras entraba corriendo al salón—. Hay una nueva publicación en la página Estilo de Vida Espartano sobre el Dúo Escarlata: ¡con imágenes de ellos *luchando contra unos titanes*!

El Dúo Escarlata, Patro, de la Casa de Afrodita y Aquiles, de la Casa de Ares, eran los miembros más famosos del Escuadrón de la Muerte.

Actualmente, los mestizos semihumanos eran la obsesión espartana favorita de todo el mundo.

Lo único que emocionaba más a los humanos era la grabación del Torneo de Gladiadores Espartanos, que se celebraba cada tres años. Tanto así que la escuela ya estaba colgando estandartes, preparándose para el año siguiente, cuando se celebraría la competencia.

«Genial, espartanos ctónicos y creaturas oscuras luchando entre sí y contra los titanes durante semanas en el Coliseo de los Dolomitas. Yupi, tortura y muerte. Arriba el deporte».

No lo entendía.

El salón estalló en un parloteo eufórico y me provocó un pitido agudo en el oído izquierdo. Las sillas rechinaron y los pupitres chocaron mientras los alumnos corrían hacia el fondo del salón de clases.

Mis compañeros (enemigos) se agolparon como buitres sobre un cadáver alrededor de las voluminosas computadoras preespartanas, intentando echar un vistazo a la página web dedicada a todo lo relacionado con los espartanos.

El sitio web era la única razón por la que existía un enorme mercado clandestino de computadoras de principios del siglo XXI.

Contenía videos, imágenes, *fan fiction* y trivias sobre cualquier cosa relacionada con los espartanos de las doce grandes casas.

El sitio también ofrecía contenido más profundo y sugerente sobre los espartanos: bocetos de sus penes desnudos hechos por humanos según relatos de primera mano.

No es que yo los hubiera visto.

Bueno, los había visto una vez, pero había gritado y apagado la computadora de la biblioteca pública.

De acuerdo, la había reiniciado solo para poder ver de nuevo.

Tal vez había tenido un largo debate con la bibliotecaria sobre si los penes parecían caracoles deformes (ella era del equipo que creía que parecían pepinos de mar).

Claro, después había pasado cinco días seguidos revisando la página porque no podía creer que los hombres tuvieran esas cosas entre las piernas.

Sí, todo eso había ocurrido la semana anterior. No, no quería hablar de ello; aún sufría por mi inocencia perdida.

—*Cállense* todos, estoy tratando de dormir —gimió Nyx en voz alta, solo por el efecto dramático, ya que ambas sabíamos que yo era la única que podía oírla.

Oculta bajo mi enorme sudadera, enroscó su cuerpo invisible de serpiente alrededor de mi estómago. Reprimí un grito por la repentina asfixia.

—Deja de moverte —le susurré—. Estoy tratando de concentrarme en esta ecuación.

¿Acaso era la única persona en el mundo que respetaba las matemáticas?

—Si esa chica chilla una vez más, voy a matarla —dijo Nyx—. No me importa lo que digas, niña. Eso es lo que va a pasar.

Negué con la cabeza.

—Se llama Taylor.

—Muy bien —siseó Nyx—. Pues voy a matar a *Taylor* lenta y dolorosamente, ¿te parece mejor así?

Nyx mordisqueó el aire. Su solución para todo era morder a alguien hasta matarlo. Nunca lo había hecho, sobre todo porque yo se lo impedía físicamente.

Aunque tenía mis sospechas de por qué hace tres años el señor Jones, el supervisor del pasillo, había «caído muerto de repente» en la cafetería después de burlarse de mi tartamudeo, pero Nyx juró que era inocente y yo nunca había podido demostrar nada.

—¿Profesor Brewer? —preguntó con expresión contrariada Timothy, el mariscal de campo de la escuela (Tim-Tom en mi cabeza)—. ¿Podemos poner el video en el proyector para que todos puedan ver cómo los ctónicos aniquilan a los titanes?

—Hagan lo que quieran. Ya están en el último año —dijo el profesor Brewer, que comía ruidosamente una salchicha de desayuno.

—¿Ya puedo morder a un estudiante? —preguntó Nyx.

Con discreción, como saben hacer todos los adolescentes, golpeé a mi serpiente homicida invisible y mejor amiga contra el pupitre para impedir que me aplastara a muerte porque no la dejaba asesinar a mis compañeros.

Las cosas no iban bien.

El profesor Brewer apagó las luces y los alumnos murmuraron emocionados cuando se encendió el proyector. La página Estilo de Vida Espartano apareció en la pantalla.

—No puedo creer que vayamos a ver al Dúo Escarlata —le susurró Tim-Tom a su amigo—. Es la primera vez que se aparecen desde enero.

«Cuatro meses enteros: es un milagro que hayamos sobrevivido».

Un calor se deslizó contra la parte delantera de mi cuello.

—Quiero ver —dijo Nyx mientras asomaba su cabeza invisible por el cuello de mi sudadera.

Miré a mi alrededor, nerviosa de que alguien hubiera notado un extraño bulto con forma de serpiente bajo mi ropa.

Nadie me estaba viendo a mí.

Todo el salón miraba al frente con las pupilas dilatadas. La luz verde neón del proyector se reflejaba en sus ojos vidriosos y desorbitados.

Crac.

Saltamos en nuestros asientos.

En la pantalla, un titán voló por los aires y se estrelló contra un árbol, y unas horribles venas negras cubrían cada centímetro de su piel expuesta.

De sus dedos retorcidos sobresalían largas garras negras.

Se oyeron gritos.

El video había sido grabado por un cazador de espartanos, uno de los humanos que acechaban a los espartanos por todo el mundo intentando conseguir imágenes del Escuadrón de la Muerte mientras luchaba y capturaba titanes.

Había una razón por la que el Dúo Escarlata era famoso.

Se rumoraba que los demás ctónicos, los líderes, los herederos y las herederas, se regían por una serie de normas arcaicas enfocadas en mantener el honor. Formaban parte de una alta sociedad secreta que gastaba su fortuna y recursos en mantenerse aislados de los humanos. Sin embargo, el Dúo Escarlata, criado por espartanos desde su nacimiento, no se regía por las duras normas de honor de la alta sociedad.

Eran celebridades a nivel mundial.

El ángulo de la cámara cambió. Un espartano musculoso agarró al titán y lo lanzó a cientos de metros por el bosque como si no pesara nada. Luego, el espartano corrió hacia el titán dándole la espalda a la cámara.

El titán gemía de dolor.

—Por favor, no —suplicaba, mientras arañaba el brazo del hombre con sus afiladas garras.

Un lobo negro de complexión obscena entró a cuadro y se sentó protectoramente junto al espartano. La bestia gruñó con brutalidad.

Volteó la cabeza hacia la cámara: de su mandíbula salían ojos rojos y feroces colmillos.

Se me erizó la piel de los brazos y las piernas.

En un abrir y cerrar de ojos, el espartano sacó un cuchillo y se abalanzó sobre el titán mientras que el lobo le saltaba encima. El titán gritó de agonía.

Desvié la mirada.

A juzgar por los ruidos de asombro del salón, yo era la única que sentía repulsión.

Si los olímpicos eran los héroes cuyos avances tecnológicos salvaron nuestra civilización, los ctónicos eran los nuevos dioses oscuros, venerados por su poder destructivo.

«Dios nos salve a todos».

La pantalla se salpicó de sangre negra.

El espartano se sentó a horcajadas sobre el monstruo y, por primera vez en el video, pudimos ver su perfil: un bozal negro con un dibujo de rejilla envolvía la mitad inferior de su rostro moreno.

—Carajo, es él —dijo un estudiante—. Es Aquiles.

Todo el mundo conocía a Aquiles.

Era el único espartano que usaba bozal.

La Federación Espartana lo había restringido después de su aterradora participación en el torneo tres años atrás porque los poderes de su voz hacían una cosa: torturar. Había puesto en coma a decenas de creaturas con unas pocas palabras.

Era un monstruo entre los monstruos.

Lo cual tenía sentido, la Casa de Ares era llamada la Casa de la Guerra por una razón: todos los espartanos que salieron de esa casa eran psicóticos.

Sus poderes eran pura maldad, incluso en comparación con las otras Casas Ctónicas.

Hacían trizas a la gente.

Por diversión.

—Es tan guapo —susurró Jessica.

—Sí —respondió todo el salón al unísono.

Como los espartanos también eran conocidos por tener relaciones sexuales con todo el mundo —no tenían prejuicios de género y solían salir (ser promiscuos) con varias personas a la vez—, se puso de moda entre los humanos emular su estilo de vida sexualmente libre.

A mí no podría haberme importado menos.

Carl Gauss, también conocido como celibato extremo, era el único para mí.

Tim-Tom hizo un comentario inspirador sobre que él abriría bien las piernas y lo recibiría como un campeón, y yo me concentré en algo menos perturbador: el titán que gritaba mientras lo torturaban.

«Algo de razón tenían cuando empezaron a asesinar humanos».

Sus datos aparecieron en letras de neón a la derecha de la pantalla.

- **Nombre:** Aquiles
- **Apodos:** El Hijo de la Guerra, El Asesino, La Bestia del Dúo Escarlata
- **Linaje:** padre – Ares, líder de la Casa de Ares. Madre – humana
- **Afiliación a la Casa Espartana:** ctónico
- **Estatura:** 2 metros
- **Peso:** 130 kilogramos
- **Fecha de nacimiento:** 23 de marzo de 2077
- **Poder:** habilidad de torturar con la voz, detalles desconocidos
- **Animal de protección:** lobo
- **Nivel de poder:** 95 de 100
- **Ocupaciones:** miembro del Escuadrón de la Muerte. Fundó la empresa de fabricación de armas GSMM con Patro, Augusto y Caronte
- **Patrimonio:** 3,000 millones de dólares

Pum. Pum. Pum. Pum.

Aquiles vació un cargador de balas sobre el titán que gritaba.

Sus ojos color bermellón eran despiadados; naturalmente eran de un tono rojo impresionante, incluso cuando no estaba usando sus poderes, y llevaba el pelo largo y castaño recogido en un chongo. Sin duda, él era la razón por la que la mitad de los alumnos del salón llevaban el pelo recogido en un chongo.

—¿Estás viendo? ¿Lo ves a él? —susurró un muchacho.

—Ya sé. Es… irreal.

—Salvaje y *sexy*.

El salón se rio.

Yo me debatía entre estrangularme en ese momento o más tarde.

Pum. Pum. Pum. Pum.

El titán seguía gritando, porque ser inmortal significaba que no se le podía matar, pero sí torturar.

El arma hizo clic.

La bestia del Dúo Escarlata sacó con tranquilidad otro cargador y siguió disparando como si estuviera aburrido.

Tenía fundas sobre todos sus abultados músculos; casi cada centímetro de su poderoso cuerpo estaba cubierto de armas.

En el cañón del arma de Aquiles se leían las letras doradas GSMM. La G y la S significaban Guerra y Sexo, una oda a los apodos que los humanos habían dado al Dúo Escarlata, pero nadie sabía qué significaban las dos emes, solo se sabía que representaban a Caronte y Augusto, los reservados herederos ctónicos que se rumoraba que eran *más* aterradores que el Dúo Escarlata.

Tomando en cuenta que Aquiles estaba torturando a un titán en la pantalla, me costaba trabajo creerlo.

Un segundo espartano apareció de repente en escena, agarró a Aquiles por el hombro y lo apartó del titán.

Un jaguar de Nemea se acercó sigilosamente y se sentó junto al lobo. Eran del mismo tamaño (de la altura de los ponis miniatura, pero sin la ternura).

—¡*Dios mío*, es él!

—No puede ser.

—¡Quítate para que pueda ver! —gritó alguien mientras empujaba a otro alumno de su silla.

El segundo espartano apareció a plena vista: era el Sexo de GSMM. El hijo de la mujer más hermosa que jamás hubiera pisado la Tierra.

La única persona con la llave del bozal de Aquiles.

Patro.

Cayó de rodillas y rodeó la garganta del titán con la mano, y sus datos aparecieron en la pantalla.

- **Nombre:** Patroclo
- **Apodos:** Patro, El Hijo del Sexo, Líder del Dúo Escarlata, El Hombre Ideal, El Controlador de Aquiles
- **Linaje:** madre – Afrodita, líder de la Casa de Afrodita. Padre – humano
- **Afiliación a la Casa Espartana:** ctónico
- **Estatura:** 1.93 metros
- **Peso:** 108 kilogramos
- **Fecha de nacimiento:** 23 de agosto de 2078
- **Poder:** mental, detalles desconocidos
- **Nivel de poder:** datos insuficientes
- **Animal de protección:** jaguar de Nemea
- **Ocupaciones:** miembro del Escuadrón de la Muerte. Fundó la empresa de fabricación de armas GSMM con Aquiles, Augusto y Caronte
- **Patrimonio:** 3,500 millones de dólares

El titán pataleó y suplicó.

Patro tocó la frente del titán con el dedo índice; sus ojos verdes brillaron inyectados de sangre mientras activaba sus poderes ctónicos, y el titán dijo algo.

Patro apretó la mandíbula con rabia. Luego giró la cabeza hacia la cámara.

Pelo negro corto y ondulado, labios rojos carnosos, largas pestañas oscuras, piel negra, mejillas hundidas y profundos hoyuelos creaban una imagen impresionante.

Los estudiantes jadearon.

—Los rumores son ciertos. Realmente se parece a la estatua del David —dijo alguien, y el salón asintió en voz alta.

Los alumnos movieron sus escritorios para acercarse.

Incluso a través de la pantalla granulada, el rostro de Patro era algo de otro mundo. Era demasiado atractivo para ser real.

Definitivamente el padre John estaba pensando en Patro cuando dijo: «El diablo tiene una cara hermosa, y la humanidad irá al infierno por adorarla».

Patro alzó un dedo y apuntó directamente a la cámara.

—Maldita sea —susurró Tim-Tom detrás de mí.

Unas pesadas botas negras salieron a escena y revelaron unos muslos abultados cubiertos de armas, unos afilados ojos rojos y un bozal.

Aquiles jaló hacia atrás el puño y destrozó el lente de un puñetazo: la pantalla se volvió negra.

Se hizo un silencio sepulcral mientras todos asimilaban lo que acababan de ver.

Unos relámpagos destellaron afuera, iluminando el alambre de púas, y los truenos resonaron en la oscuridad.

La lluvia arreció.

—Dios mío, ¿vieron eso? Carajo, no puedo ni respirar. Fue lo más sensual que he visto en toda mi vida. Ni siquiera puedo…

RIIIINNNG.

La clase había terminado.

Los estudiantes bullían de emoción mientras recogían sus cosas y salían, cuidándose de dejar un gran espacio a mi alrededor, como si yo fuera la mismísima peste.

El cielo se iluminó con un siniestro tono verde que combinaba con las luces mortecinas del salón de clases y los pasillos.

—Bueno, niña, eso fue más entretenido que de costumbre —dijo Nyx al lado de mi cuello, y yo la volví a meter discretamente bajo mi sudadera.

Alcé mi mochila y me dirigí a la biblioteca.

—Fue horripilante —susurré.

Un alumno me miró raro.

—Si por horripilante quieres decir brillante, entonces claro —dijo Nyx y murmuró algo perturbador sobre que una mujer tenía necesidades.

La ignoré.

Los rostros se confundían mientras avanzaba por la luz verde de los pasillos abarrotados, con el pensamiento acelerado.

Técnicamente, hacía tres años que había terminado la preparatoria, pero solo los jóvenes de diecinueve años podían presentar la prueba de mérito espartana y graduarse.

Me pasaba los días en la biblioteca, estudiando para la prueba y, por mi cuenta, aprendiendo lecciones avanzadas con viejos libros de texto universitarios.

Los gritos del titán seguían resonando en mis oídos mientras caminaba más rápido entre la aglomeración de cuerpos.

A lo largo de las paredes había hombres vestidos de negro con las manos apoyadas en las empuñaduras de sus pistolas, con la inscripción «GSMM» grabada en oro en las fundas.

También exhibían el minotauro de la Casa de Ares y los perros infernales de la Casa de Hades en sus placas.

Lo que quedaba del gobierno estadounidense obligó a los trabajadores del Estado a portar los símbolos de la Federación Espartana, especialmente los de las Casas Ctónicas. A fin de cuentas, no significaba nada, pero hacía que la gente se sintiera más segura.

Un mercenario hizo contacto visual conmigo.

Él apartó la mirada primero.

Los hombres siempre hacían lo mismo. Les gustaba fingir lo contrario, pero mis ojos de distintos colores los asustaban.

Los mercenarios eran carnada.

Los titanes eran cazadores solitarios, pero como eran poderosos inmortales a los que apenas frenaban las avanzadas armas espartanas, la falta de número no importaba.

Un solo titán podía destruir una ciudad entera si quería.

Cuando aparecieron, en 2050, los gobiernos intentaron lanzarles bombas nucleares.

Había sido un desastre.

Había una terrible imagen muy famosa de un titán emergiendo de una explosión, desfigurado, pero moviéndose todavía, con los ojos fijos en los humanos heridos atrapados en la zona de la explosión.

Los mercenarios del pasillo eran señuelos de cinco segundos como mucho, pero al parecer los hombres armados que miraban a los estudiantes hacían que todos se sintieran más seguros.

El pasillo era una mancha de desconocidos.

Una mano me agarró del hombro, retrocedí y me estampé contra un casillero.

—Oye, cálmate, solo soy yo. —Un chico se metió en mi espacio personal.

Se alzaba sobre mí como una nube oscura.

—Soy yo, Josh, ¿no te acuerdas de mí? —Su sonrisa vaciló—. Me diste clases el mes pasado para el examen de matemáticas. En el que saqué sesenta y cinco, por cierto.

Me quedé mirándolo sin comprender. «¿Quiere que le conteste?».

La gente no conversaba conmigo fuera del servicio de tutoría; me hablaba sin esperar respuesta.

Hablaban sobre los agujeros de mi ropa y me preguntaban si de verdad vivía con perros salvajes en el bosque.

Bromeaban diciendo que tenía pulgas.

Josh echó la cabeza hacia atrás y estalló en carcajadas (nada de esto tenía gracia).

—Estoy *muy* emocionado. Es la calificación más alta que he sacado en la vida. —Me dio palmaditas en el hombro.

El casillero sonó detrás de mí mientras me alejaba de él.

Como yo era alta para ser una niña, la mayoría de los chicos de nuestra escuela eran casi de mi estatura, pero Josh era más corpulento.

—Ya sé que habíamos acordado que te dejara tu pago en tu casillero —dijo Josh con una expresión extraña—. Pero quería hablar contigo en persona.

Me entregó tres vales de comida.

Los tomé rápidamente y los doblé con cuidado en mi bolsillo, luego me aparté del casillero y me le adelanté para entrar a la biblioteca.

—¡Espera! —Josh, a quien ahora recordaba vívidamente porque pensaba que seis por siete eran sesenta y siete y no creía que el cero fuera un número (alguien tenía que salvarlo de su miseria), corrió a mi lado izquierdo.

No podía verlo.

El pánico me oprimió el pecho.

—No te preocupes. Huele a débil. No tienes nada que temer —me dijo Nyx con un siseo—. Pero... lo morderé hasta matarlo por ti porque soy generosa y servicial. De nada.

—No vas a morder a *nadie* —susurré.

—¿Qué dijiste? —Oía la voz de Josh amortiguada y distorsionada, así que tardé un segundo en descifrar qué había preguntado.

No contesté.

Los detectores de metal de la biblioteca aparecieron a la vista y apresuré el paso.

Josh se paró delante de mí y me acercó la mano a la cara.

Reprimí un grito.

Me quedé inmóvil.

Esperé el golpe.

Enredó un dedo en uno de los rizos dorados que se me escapaban de la capucha de la sudadera.

—¿Sabes?, no eres como dicen. Tus ojos en realidad son bastante bonitos —dijo con suavidad.

«Gracias, y tú eres en realidad bastante estúpido».

Por dentro, me burlé de él.

Por fuera, me quedé en silencio, paralizada por el miedo.

—Espera, niña —dijo Nyx—. ¿No es el tipo que no sabía multiplicar?

Su voz me sacó de la conmoción y di un paso hacia la biblioteca.

Josh se movió conmigo.

—Entonces, ¿qué dices? ¿Te interesa…? —Movió las cejas de arriba abajo y luego hizo una pausa como si esperara que yo dijera algo.

«Espera. Quiere que nosotros dos… lo hagamos».

Negué con la cabeza con horror.

Prefiero morir.

De una manera horrible.

Ahora mismo.

Aquí, en este mismo pasillo.

En un universo alternativo, era lo suficientemente valiente como para decirle todo eso a la cara.

La agradable sonrisa de Josh desapareció ante mi expresión.

En este universo, lo empujé en silencio y corrí hacia mi santuario, con el pecho agitado.

«Por eso no interactúo con la gente».

—¡Nada de correr en la biblioteca! —me gritó Dorean, la bibliotecaria, en cuanto crucé el umbral—. No estamos en una zona desprotegida, Alexis. Ten un poco de recato. No somos titanes.

Dorean me miró con atención, con los rasgos arrugados por el enojo. Una pistola espartana brillaba en la cadera que le habían reemplazado el año anterior en un lujoso instituto de investigación espartano. Se rumoraba que había donado un riñón para salir de la lista de espera.

«Qué mujer tan inteligente».

Me deleité con su impresionante presencia.

Dorean era el tipo de mujer que yo aspiraba a ser.

Fuerte. Audaz. Intimidante. Capaz de verbalizar sus pensamientos intrusivos.

En la biblioteca reinaba un silencio sepulcral, ya que solo un puñado de estudiantes tenían acceso después del «incidente». Dorean había cachado a Jake Dalmer masturbándose debajo de un escritorio, y le había disparado en el pene. A quemarropa. Sin dudarlo.

Por eso es mi heroína.

—El director quiere verte —Dorean (leyenda de la comunidad) me entregó un permiso para salir al pasillo y me sacó de mi ensoñación.

—Gracias po-por su servicio a la escuela —dije instintivamente.

Dorean apoyó la mano sobre su pistola y alzó las cejas. El mensaje era claro: «Sal de la biblioteca o tendré que tomar medidas».

Comprensible.

Ella era la única persona, aparte de Charlie, que me agradaba.

Me quedé en la puerta de la biblioteca hasta que el pasillo se despejó. Luego atravesé la escuela apresuradamente, con los ojos muy abiertos y volteando para asegurarme de que estaba sola. Si Josh aparecía de nuevo, me echaría a correr.

Cuando entré a la oficina del director, Charlie estaba ahí sentado junto a un niño cubierto de sangre.

El viento sacudía los barrotes de la ventana; la tormenta seguía arreciando.

La cara del director estaba enrojecida.

—Aunque tenga dieciocho años, como tutora de Charlie, es tu trabajo castigarlo —dijo en cuanto entré a la pequeña oficina—. Brandon empujó a Charlie, y después Charlie se encargó de darle una paliza sangrienta.

Los tres se voltearon hacia mí.

El director me miró como si yo tuviera alguna autoridad sobre la situación, como si no fuéramos dos niños sin hogar que compartían una caja de cartón.

—Están esperando que digas algo —siseó Nyx bajo mi sudadera, y agradecí la indicación.

—Castigaré a Charlie —dije—. Su comportamiento es... —busqué una palabra apropiada— condenable.

El director exhaló y se recargó en su silla.

—Señorita Hert, usted es la estudiante más inteligente que esta escuela ha producido. Por favor, asegúrese de que no vuelva a ocurrir. Su hermano también es uno de nuestros mejores estudiantes, y no tengo el tiempo ni la energía para ocuparme de estas tonterías; tenemos *titanes* de qué preocuparnos.

Señaló con la mano a los dos casi adultos que chorreaban sangre en el suelo.

Todos los presentes esperaban algo.

Yo esperaba algo también.

—Di algo —siseó Nyx.

—Lo-lo entiendo —dije.

No entendía.

Unas horas más tarde, nos bajamos de un oxidado autobús escolar, otra reliquia de la época anterior a los espartanos.

Le dimos las gracias al conductor del autobús, que nos mostró un diente negro mientras gruñía una despedida o un insulto vulgar (sin duda fue lo segundo).

Ahora caía una cálida lluvia primaveral, pero ni a Charlie ni a mí nos molestaba; cualquier cosa era mejor que el frío glacial del invierno.

Nyx se quejó sobre la posibilidad de morirse ahogada.

Para ser una serpiente salvaje, era demasiado demandante.

Charlie se acercó a mí cuando entramos al campamento de remolques y cerró la reja de alambre de púas con un chasquido.

De alguna manera, por alguna razón, la reja había mantenido lejos a los titanes todo el tiempo que habíamos estado sin hogar.

Era un milagro. Aun así, me quedaba despierta cada noche ahogada en ansiedad. El hecho de que algo no hubiera ocurrido en el pasado no afectaba la probabilidad de que ocurriera en el futuro. Eso me atormentaba.

Pasé el brazo por los anchos hombros de Charlie. Era delgado, pero más ancho y alto que yo; si se alimentara bien, tendría un físico impresionante.

Lo acerqué.

Se encorvó.

Había algo frágil en su mayor tamaño, como si temiera su propia capacidad de violencia.

En ese momento sus pálidos nudillos estaban cubiertos de sangre seca, los ojos amarillos entornados.

La pigmentación de Charlie era tan diferente de la de mi piel y mi cabello dorados que la gente de la escuela se sorprendía cuando se enteraba de que éramos hermanos.

Pero los lazos traumáticos no cambiaban tu apariencia, solo tu alma.

—¿Estás enojada? —preguntó con sus largos dedos.

Cuando hace ocho años quedó claro que Charlie no hablaba, los dos aprendimos el lenguaje de señas de un viejo libro de la biblioteca.

Fruncí el ceño confundida y le contesté con señas:

—¿Por qué iba a estar enojada? —Siempre hacía señas mientras hablaba, para que no se sintiera solo comunicándose con las manos.

—Golpeé a ese chico hasta que quedó cubierto de sangre —dijo a señas frunciendo el ceño, los movimientos de sus manos eran espasmódicos—. No era mi intención, pero mi mente se puso en blanco, y de repente él era nuestro padre, y yo solo quería proteger…

—¿No te empujó él primero? —le pregunté.

—Sí —Charlie dijo con señas lentamente.

—Entonces fue culpa suya —respondí—. Tienes derecho a defenderte. No está bien que nadie te toque sin tu permiso, *jamás*. No lo olvides.

Charlie me abrazó. Su cuerpo envolvió el mío y me incliné hacia él.

Me encantaban sus abrazos.

Nos abrazamos uno al otro.

Cuando por fin se apartó, levantó el brazo, mostrando el tatuaje negro que decía «C+A» que tenía en el antebrazo.

Choqué mi tatuaje, que era igual, contra el suyo.

Era algo nuestro.

Un hombre nos saludó desde la ventana de su remolque y nosotros le devolvimos el saludo.

Era el alma más amable de todo el campamento.

El año anterior nos había prestado un kit para hacer tatuajes. Él era la única persona que nos daba cajas de cartón y cobijas.

Si no nos hubiera dejado entrar a su remolque durante los días más fríos y nevados del año, los dos estaríamos muertos.

Era nuestro salvador.

Nuestro santo personal.

También estaba cubierto de la cabeza a los pies de cráneos de animales y símbolos satánicos, lo cual, si no lo pensabas demasiado, era inspirador.

Un pentagrama sobresalía en su frente mientras nos observaba a Charlie y a mí sumergirnos detrás de los árboles.

Detrás de unas ramas cuidadosamente colocadas, apartamos la lona que protegía de la intemperie nuestra red de cajas de cartón.

El suelo estaba cubierto de mantas y alfombras viejas que habíamos robado de los remolques justo después de que la gente que vivía en ellos muriera, antes de que la Federación se los llevara.

Fluffy, el husky de 40 kilos que Charlie había nombrado, se levantó y se abalanzó sobre mí como un carnero mientras yo caía de rodillas.

Le besé el hocico mientras él movía la cola de emoción.

Alguien había abandonado a Fluffy en el campamento hacía tres inviernos y él se había metido en nuestro refugio y se había negado a separarse de nosotros.

Me preocupaba cómo íbamos a darle de comer, pero resultó que le gustaban las ardillas y los conejos muertos que nos llevaba Nyx.

A veces Charlie y yo nos los comíamos cuando estábamos muy desesperados, pero si consumíamos demasiados nos sentíamos mal, así que se los dejábamos a Fluffy, a quien nunca le afectaban.

Tres años después, Fluffy era el mejor alimentado de todos.

Hablando de comida, levanté la esquina de la alfombra y escondí nuestros nuevos vales de comida en una vieja botella de cerveza, ya que solo se podían canjear los viernes.

Era lunes.

Solo teníamos que pasar cuatro días más de hambre. Tres, técnicamente, porque el lunes estaba a punto de terminar y comeríamos el viernes.

Setenta y dos horas de inanición.

«No es mucho».

Encendí una linterna solar agrietada que habíamos robado y una luz verde llenó el espacio.

Unos minutos más tarde, estaba acostada sobre un montón de cobijas, con una serpiente invisible alrededor del cuello acariciándome la cara, un husky sobre mi regazo y Charlie sentado a mi lado con su tarea extendida sobre sus piernas.

En nuestro viejo y destartalado radio solar sonaba música clásica.

Estaba apoyado sobre el lado derecho de mi cabeza y las vibraciones me recorrían todo el cuerpo.

Charlie roía uno de los palitos de carne seca que había almacenado para que pudiera comer algo diario. Estaba en crecimiento, así que necesitaba la proteína más que yo.

Sentí una punzada de hambre, pero me concentré en la suavidad bajo mi cuerpo y en el cartón sobre mi cabeza.

«Somos afortunados. Los padres adoptivos se fueron. Somos libres de sus abusos».

La lluvia golpeaba suavemente la lona.

Charlie me hacía preguntas de matemáticas con señas, y las secuencias de números flotaban a mi alrededor mientras pensaba en la hipótesis de Riemann.

Las escamas de Nyx se sentían suaves contra mi cara, y Fluffy se frotaba contra mis piernas, dejando pelos por todas partes.

La gratitud me envolvió.

Estaba rodeada por mi familia, a salvo. Todo iba a estar bien.

Si hubiera sabido lo equivocada que estaba.

4
LA PRUEBA DE MÉRITO ESPARTANA
ALEXIS

—Cinco minutos para que termine el examen —anunció la supervisora desde la entrada del gimnasio. Los mercenarios estaban parados alrededor del perímetro con sus armas espartanas a la vista—. Terminen de escribir sus respuestas —dijo—. Recuerden, después de picarse el dedo, *no* presionen la yema contra el papel: apriétense el dedo y dejen que la sangre gotee en las dos casillas… solo necesitan una pequeña cantidad.

Los papeles crujieron cuando cientos de estudiantes cambiaron de página.

Sentía la mano acalambraba alrededor del lápiz mientras escribía Con desesperación. Doce horas de prueba me habían pasado factura.

El reloj avanzaba.

¿No podían habernos dado otra hora?

Me concentré desesperadamente en terminar mi redacción sobre la física de la mecánica cuántica: la respuesta tenía que escribirse en latín.

A medida que avanzaba la prueba de mérito espartana, la dificultad de las preguntas aumentaba exponencialmente.

A partir de la mitad, había que responder todas las preguntas en latín. A juzgar por la cantidad de cambios de página de los demás alumnos, yo era la única que estaba respondiendo la última pregunta.

—¡Quedan tres minutos!

«Mierda, ¿cómo se dice "cromodinámica cuántica" o "quarks" en latín?».

El sudor me escurría por los costados.

Tenía la traducción en la punta de la lengua, pero el tiempo me presionaba.

—¡Queda un minuto!

Garabateé *parva pila*, que se traducía como «pequeñas esferas». No era del todo correcto, así que escribí apresuradamente el contexto y esperé que fuera suficiente para…

Sonó una campana.

—Se acabó el tiempo: ¡dejen los lápices! —anunció la supervisora—. Los profesores pasarán a recoger los exámenes. Asegúrense de que su nombre esté escrito en la primera página. Si todavía no lo han hecho, tómense el tiempo ahora para picarse el dedo y rellenar las dos casillas de la última página.

Me desplomé en el asiento y me subí la capucha, jadeando como si hubiera corrido kilómetros.

«Si no alcanzaste un puntaje lo suficientemente alto, Charlie y tú están condenados».

Me temblaban las manos.

«Respira, cálmate. No parecía demasiado difícil y lo respondiste todo».

—¿Por fin terminó? —preguntó Nyx desde debajo de mi sudadera—. No sé qué me va a matar primero, el hambre o el aburrimiento.

—Te dije que te quedaras en la casa —susurré.

Nyx se enroscó más alrededor de mi estómago.

—¿Y dejarte a tu suerte?

—Tengo diecinueve años, no necesito una niñera.

—Niña, yo no soy una *niñera*. Soy una cuidadora de tiempo completo, sin los beneficios de llegar a matar gente. Mi vida es trágica.

—Ay, sí, qué calamidad. —Me castañeteaban los dientes por la adrenalina de haber contestado una prueba tan larga—. Además, ¿qué niñeras tienen el beneficio de matar gente? —pregunté confundida.

—Las buenas —respondió Nyx—. Las que de verdad protegen a los niños, obviamente.

Nada era obvio para mí en esta situación.

—Eres muy rara —susurré.

El alumno sentado frente a mí se dio la vuelta y me miró con extrañeza.

Arrugó la nariz.

Me encogí en el asiento, frotándome las ligas para el pelo de la muñeca. Los agujeros de las mangas de mi sudadera se burlaban de mí.

«Sobreviviste a la preparatoria. No tienes que volver a ver a esta gente».

Una profesora desconocida caminaba lentamente entre las filas, recogiendo los exámenes. Se detenía y le hacía una pregunta a cada alumno, así que tardaba una eternidad.

Marqué con el pie el ritmo de una melodía clásica que solo yo podía oír.

El antiguo aire acondicionado chisporroteaba ruidosamente y apenas enfriaba la húmeda habitación. Las luces del gimnasio brillaban en verde neón y zumbaban mientras la red eléctrica se esforzaba por soportar tanta electricidad.

Estábamos a finales de junio y estaba húmedo.

Estaba atrapada con cientos de estudiantes, en la fila de en medio, rodeada por todos lados.

Cuando la profesora *por fin* llegó hasta mí, levanté mi cuadernillo y se lo entregué, ansiosa por terminar e irme.

Lo tomó con una sonrisa y pasó al siguiente…

—Espera. —Me devolvió el examen—. Olvidaste picarte el dedo, menos mal que lo revisé. Asegúrate de llenar las dos casillas.

Tomé el examen y el pequeño dispositivo de punción que nos habían dado a todos y me lo hundí en el dedo. Salió sangre a borbotones.

—Ay, amor —jadeó la profesora—. Sé amable contigo misma.

Apenas lo había sentido.

—Está bi-bien. —Sostuve el dedo goteante sobre las dos casillas de la parte de atrás.

Rápidamente le devolví el examen.

Me limpié el dedo en la sudadera y esperé a que se marchara.

No se movió.

Levanté la vista hacia ella. «¿Ahora qué?».

Su rostro estaba pálido y el papel se sacudía en sus manos temblorosas.

—¿Qué está pasando? —siseó Nyx—. ¿Por qué tu ritmo cardíaco acaba de aumentar?

—No sé.

La profesora no se movió, parecía haber visto un titán. Sus ojos se desviaron hacia mi cara, luego volvieron a la hoja y sus pupilas se dilataron. Un hilo de humo se desprendió del papel como si estuviera ardiendo. Se apartó un paso de mí como si tuviera miedo.

—¿Qué pasa? —pregunté.

Las cálidas escamas de Nyx se deslizaron contra mi cuello.

—¿Qué le hiciste?

—Nada. —Me agarré las muñecas con fuerza mientras un dolor fantasma me subía por los brazos—. Yo no hice nada.

La profesora abrió la boca y la volvió a cerrar, como si no encontrara palabras. Los alumnos se voltearon para ver a qué se debía el retraso.

Empezaron los susurros.

Se me erizaron los vellos de la nuca.

Todo el gimnasio nos estaba mirando.

—Róbale el arma a un mercenario —dijo Nyx—. Dispárale en las dos piernas y luego sal corriendo. Hazlo rápido. Yo te cubro.

Se me crispó un párpado.

—No se puede dispararle a la gente —susurré (yo no era como Dorean).

—Siento ser la única de nosotras que realmente intenta resolver el problema —siseó Nyx.

—Dispararle a la gente no es resolver problemas —respondí.

—Eso suena como algo que diría alguien… —Nyx hizo una pausa dramática— que en realidad nunca ha *resuelto* un problema.

—Estás loca.

—Si tuviera pulgares oponibles, las cosas que haría —dijo Nyx—. Los movimientos sexuales que probaría, las *posiciones* que…

—Por favor, deja de hablar —supliqué.

Milagrosamente, Nyx me escuchó.

El profesor Brewer caminó rápidamente por el pasillo hacia la maestra que sostenía mi examen.

—Julie, ¿qué pasa? ¿Por qué dejaste de recoger las pruebas? Tenemos que salir de…

Ella le enseñó la prueba y él se quedó callado. Un agujero crecía rápidamente en la hoja, y estaba humeante, como si alguien hubiera vertido veneno sobre la página.

El profesor Brewer se tambaleó hacia atrás.

—Protocolo —soltó en voz alta el profesor, y todas las cabezas del gimnasio se voltearon para mirarlo. Sacó un librito de su bolsillo trasero y lo hojeó. También le temblaba la mano.

Yo quería vomitar.

—Tenemos que avisar. —El profesor Brewer agarró a la profesora del codo y la condujo entre los pupitres hacia la pared más alejada del gimnasio. Se detuvieron frente al teléfono de emergencia.

El profesor Brewer tomó el martillo de la pared. Crash, rompió el vidrio alrededor del teléfono.

Marcó tres números y alguien contestó al otro lado.

—Por protocolo —dijo el profesor Brewer con un tono de voz anormalmente agudo—. Informo que tenemos una estudiante cuya sangre volvió amarilla la casilla, y... luego el papel se quemó. No, no es la casilla de creaturas de abajo. No, no se incendió. Es la... casilla de arriba.

La página se desintegró en cenizas en su mano.

—Sí... sí... sí... la hoja acaba de desintegrarse —dijo por teléfono el profesor.

Los alumnos se voltearon hacia nosotros desde sus pupitres y hablaban abiertamente entre ellos mientras me miraban con disgusto.

Nyx chasqueó los dientes.

—Ocúpense de sus asuntos —siseó.

Nadie la oyó.

—Las coordenadas son... —El señor Brewer miró el panel del teléfono entornando los ojos y leyó—: ... 46.5891 grados norte y 112.0391 grados oeste; sí, estamos cien por ciento seguros... sí... entendido.

Colgó el teléfono.

Bum.

Hubo una explosión.

El gimnasio tembló. Los pupitres se estremecieron. Las luces verdes se apagaron y luego parpadearon rápidamente.

Un rayo de luz blanca me quemó los ojos, salió humo y el aire sopló a ráfagas como si hubiera estallado una bomba.

Dos hombres salieron del humo. Eran dos Goliats: extremadamente altos, cubiertos con capas de músculos y trajes a la medida que se amoldaban a cada curva de sus cuerpos absurdamente poderosos.

Echaban chispas por los ojos.

Llevaban el león de la Casa de Zeus bordado en oro en los bolsillos del pecho.

—¿Dónde está? —gritó uno de los hombres.

La habitación enmudeció.

Su voz resonó en el espacio.

Por sus vestimentas, sus impresionantes físicos y la falta de coronas, era obvio quiénes eran: espartanos olímpicos mestizos de la Casa de Zeus.

El profesor Brewer me señaló directamente.

Un lápiz cayó de un pupitre y los alumnos se sobresaltaron con el ruido. Nyx se deslizó alrededor de mi cuello.

—¡Aléjate de ella! —siseó.

Los dos imponentes hombres avanzaron con fuerza hacia mí.

La boca me supo a sangre.

—Quítate la capucha, hijo —bramó uno de ellos—. Míranos a los ojos cuando te hablamos.

Me arrancó la sudadera por la cabeza y se quedó inmóvil.

—Es otra *niña*, jefe, mierda... no *otra vez* una niña —dijo el otro hombre con un grito ahogado.

El jefe frunció el ceño.

—Ya veo.

Se acercaron.

Estaba rodeada.

Nyx me apretó el cuello y siseó más fuerte:

—Los morderé. Después, corre. Solo dime cuándo.

Ninguno de los dos hombres reaccionó a su amenaza.

Yo no habría podido responder, aunque hubiera querido.

El jefe frunció el ceño y habló con brusquedad:

—Según el artículo tercero de la prueba, hacerse pasar por espartano y usar sangre espartana es un delito capital que se castiga con la muerte, ¿eres consciente de eso?

—Demonios, niña —dijo Nyx—, no tenía ni idea... *¿tú sabías?*

La habitación giró más rápido.

—¿Sí o no? —me gritó en la cara, con voz explosiva y cruel—. Necesitamos tu consentimiento de que eres consciente de esto. ¡Contéstame!

El alumno que tenía enfrente se puso a llorar.

Otro chico sollozaba.

—¿ERES CONSCIENTE? —gritó, salpicándome de saliva.

Parpadeé.

—S-Sí.

Algo plateado atravesó el aire y mi mano quedó sujeta hacia arriba por su agarre cruel.

Me clavó una gruesa aguja en la mano.

Empujó una jeringa.

Vació un líquido plateado en mis venas y una sensación helada se extendió bajo mi piel.

Me quedé mirando mi mano sin expresión.

Una orquesta tocaba la marcha fúnebre de Chopin.

El espartano habló, y sonaba como si estuviera hablando bajo el agua:

—Según la ley de la prueba de mérito de la Federación Espartana, te inyecté suficiente adrenalina purificada para matar a un cíclope... si realmente eres una mestiza espartana abandonada, lo cual es extremadamente raro, entonces sobrevivirás. —Sonaba escéptico mientras alzaba un cronómetro—. Sin embargo, si eres una *humana* que consiguió *ilegalmente* sangre espartana en el mercado negro y me estás mintiendo, entonces estarás muerta en tres minutos.

Activó el temporizador.

Escuché arcadas y más estudiantes lloraron, lo que me resultaba confuso, ya que no eran ellos a quienes les quedaban segundos de vida.

Me quedé mirando la aguja que tenía en la mano fijamente.

«Maldita sea».

Se me encogió el corazón.

«Charlie va a estar devastado».

«Además, Carl Gauss demostró el teorema fundamental del álgebra a los veintiún años, y yo todavía no he hecho un nuevo descubrimiento en matemáticas. Qué vergüenza».

El espartano interrumpió mi crisis mental.

—Los humanos son ridículos. Otra niña boba tratando de acercarse al Dúo Escarlata. Es una maldita epidemia —se burló—. Cronos sálvanos de esa estúpida página web. Desperdiciaste tu vida, jovencita, ¿y para qué? Ahora estás muerta. Probablemente todavía sigas fantaseando con ellos como una idiota...

«Si me muero ahora, nunca resolveré la hipótesis de Riemann. Unos meses más y lo habría conseguido».

El espartano sacudió la cabeza con disgusto.

—No ha habido una mestiza mujer en siglos —dijo—. Y aunque hay algunas herederas, son las más honorables y puras de todos nosotros; tú no te pareces nada a ellas.

Hizo un gesto de asco después de hablar, como si la idea de compararme con ellas le diera nauseas, y luego siguió despotricando.

—A una heredera *jamás* la habrían descubierto participando en una iniciación espartana, ni la encontrarían en un basurero como este. —Miró la habitación con disgusto.

Se estremeció dramáticamente y murmuró algo sobre la deshonra y la protección de las costumbres más puras de la Casa.

Volvió a sacudir la cabeza.

—Mestiza o heredera, ninguna espartana abandonaría voluntariamente a una bebé niña: sería una blasfemia. —Su expresión era de horror—. Nuestro número de mujeres es tan bajo.

Nos miramos fijamente durante un momento largo e incómodo.

«¿Está esperando a que diga algo?».

No hablé.

Por desgracia, lo tomó como una señal para continuar.

—Adivina qué, ni siquiera eres la primera que lo hace: el año pasado tuvimos dieciocho positivos fraudulentos, todas niñas bobas... ¿crees que nos gusta malgastar recursos viajando por todo el planeta, solo para encontrar fans de los espartanos a las que tenemos que *asesinar*? Cronos, es vergonzoso el estado en el que ha caído la humanidad. Un dato curioso, porque estás a punto de estar enterrada a dos metros de profundidad: los mestizos solían tomar microdosis de esta cosa para competir con los herederos, pero eso se acabó porque todos y cada uno de ellos se volvieron locos. Aunque tú no necesitas que te enseñe sobre la locura...

El temporizador sonó y el espartano que había estado en silencio lo miró boquiabierto.

—Jefe… mire. —Lo levantó con los ojos muy abiertos.

Se quedaron mirándolo.

Me miraron a mí.

Volvieron la mirada al reloj.

—Levántate —me dijo el jefe suavemente.

«¿Me va a romper el cuello porque la droga no funcionó?».

No me moví.

«Mierda. No estoy preparada mentalmente para que me rompan el cuello».

Me tapé la tráquea.

—Alexis, tienes que hacerle caso —dijo Nyx con urgencia—. Levántate ya.

Con las rodillas temblorosas, me levanté del pupitre y me agarré el torso, sin saber cuál era la conducta adecuada para que me rompiera el cuello.

«¿Debo intentar tronármelo primero para que esté más suelto? ¿Debo girar en la misma dirección para que sea más fácil?».

Los espartanos me miraban como si estuvieran deseando telepáticamente que cayera muerta, y yo esperaba que me atacaran. En algún lugar del más allá me esperaba Carl Gauss (estaba delirando).

Seguimos… esperando.

Tarareé con desesperación.

«¿Quién diría que ser asesinada sería tan incómodo?».

—Mierda, jefe, santo Cronos, esto va… esto va a cambiar todo. Es un acontecimiento.

El jefe se aclaró la garganta.

—Lo sé.

Sacó suavemente la aguja de mi piel.

—Según el artículo tercero, se ha confirmado que eres una espartana mestiza mujer abandonada. Por la presente se te declara una ciudadana de Esparta.

«Un momento… ¿qué?».

—¿Tienes diecinueve años? —preguntó con voz suave.

—Sí —susurré con los labios entumecidos.

Tragó saliva.

—¿Ya tienes relación con alguna de las doce Casas Espartanas, incluyendo herederos o patrocinadores?

—No.

—¿Tienes alguna razón para creer que eres heredera de una Casa?

—No.

—Según las enmiendas al artículo tercero, todos los ctónicos están obligados a competir en el Torneo de Gladiadores Espartanos a los dieciocho años. También están obligados a unirse al Escuadrón de la Muerte, si sobreviven a la prueba final. ¿Tienes alguna razón para creer que eres ctónica?

—No.

—En algún momento de tu vida, ¿has sido reclutada, has convivido o has tenido algún contacto con un titán?

«Mi padre adoptivo suplicando en la puerta del baño: "Por favor, llamen a los espartanos ya. Por favor, niños". Mi madre adoptiva aullando de agonía mientras era despedazada».

—N-No —respondí.

—¿Tienes alguna razón para creer que no rellenaste ambas casillas y que también tienes herencia de creatura?

—No —susurré con voz ronca. «Esto está pasando de verdad».

—¿Cómo te llamas?

—Alexis. —Me aclaré la garganta—. Hert.

Dio un paso hacia mí.

—Según el artículo tercero —Su tono era serio—, Alexis Hert, ahora eres candidata para asistir a la Academia de Guerra Espartana... la inmortalidad no es un derecho, sino un privilegio. Que la fortuna te guíe, hija de Cronos.

«Hora de entrar en pánico».

Me agarró del brazo y susurró: «*Domus*».

El mundo explotó.

El humo giraba a mi alrededor. Una agonía recorrió cada uno de mis nervios y abrí la boca para gritar, pero la oscuridad me hizo pedazos. La realidad se transformó en un...

El insoportable dolor cesó.

Escuché ruidos intensos a mi alrededor.

Me tambaleé.

Ya no estábamos en la luz verde del gimnasio.

Estábamos afuera.

El jefe espartano, el mismo hombre aterrador que me había gritado en la cara, me acarició suavemente las mejillas.

—Buena suerte, niña. La vas a necesitar. —Su voz estaba llena de pesar.

Suspirando, se alejó.

El cielo estaba gris y lloviznaba, y el aire era ligeramente fresco, como si todavía fuera primavera y no finales de junio.

Había arena húmeda bajo mis pies.

Me zumbaron los oídos y me quedé estupefacta mientras giraba en círculos.

Un estadio escasamente lleno se alzaba a mi alrededor, pero la gente y los animales de las gradas coreaban a gritos:

—¡*Amor fati, memento mori... amor fati, memento mori... amor fati, memento mori*!

Se me erizó la piel.

«Recuerda que morirás, ama tu destino».

No.

No podía ser.

Sí lo era.

La multitud estaba compuesta por espartanos, sus animales de protección y creaturas vestidas con túnicas completamente negras.

Los chicos de mi edad ya estaban en la arena, como si esperaran a que empezara algo.

Todos se voltearon y me miraron fijamente.

El cántico perturbador resonaba por todas partes.

Unas montañas escarpadas se alzaban detrás del estadio y el sol se asomaba bajo las nubes, aunque en el gimnasio de la escuela ya había anochecido.

El horizonte me resultaba extrañamente familiar.

«Dios mío».

Al darme cuenta sentí como si me apagaran un cigarrillo contra la piel. Al principio, no sentí nada. Luego, el dolor fue insoportable.

Me tambaleé hacia atrás.

Los Dolomitas italianos tocaban el cielo, lo que significaba que la horrible agonía había sido el sistema de transportación espartano.

Habíamos saltado al otro lado del mundo.

Respiré entrecortadamente mientras el corazón se me retorcía.

Charlie estaba a miles de kilómetros.

Me rodeaba el Coliseo de los Dolomitas, donde se celebraba el Torneo de Gladiadores. También era donde se decía que los jóvenes espartanos y las creaturas luchaban a muerte en un proceso secreto de pruebas que tenía más de rumor que de realidad.

«Tengo el mal presentimiento de que está a punto de confirmarse».

Un cuerno sonó con fuerza.

El escaso público agitó los puños y se alzaron doce banderas alrededor de la arena.

Una antigua civilización inmortal celebraba.

Esparta.

Las ocho coloridas banderas de las Casas Olímpicas ondeaban entre una docena de personas en cada sección.

El león de oro de la Casa de Zeus.

El pavorreal arcoíris de la Casa de Hera.

El búho morado de la Casa de Atenea.

El pez verde de la Casa de Hermes.

El delfín azul de la Casa de Poseidón.

El cerdo café de la Casa de Deméter.

El águila amarilla de la Casa de Apolo.

La cabra morada y verde de la Casa de Dioniso.

En cambio, las Casas Ctónicas parecían completamente fuera de lugar entre los Olímpicos. La mitad del coliseo tenía los asientos vacíos, lo que los separaba del resto de la variopinta multitud.

Solo había diez espartanos en esa sección.

En total.

Algunas creaturas terroríficas vestidas con largas túnicas negras se situaban entre ellos.

Cuatro banderas negras ondeaban, y sus símbolos eran todos igual de escalofriantes, cada uno cubierto de sangre con horripilantes ojos rojos.

El Minotauro atacando de la Casa de Ares.

El esqueleto de Can Cerbero de la Casa de Hades.

El caballo rabioso de la Casa de Artemisa.

El cisne negro de la Casa de Afrodita.

Incluso desde lejos, los espartanos ctónicos parecían amenazadores. Los hombres y las mujeres eran más altos y fuertes (más atractivos, observó la adolescente pervertida que llevaba dentro, sin ánimo de ayudarme).

Vestidos con trajes de tres piezas y vestidos negros, permanecían de pie con los brazos cruzados en diversas posturas de aburrimiento.

Era la única sección que no celebraba.

Sin embargo, lo que *realmente* los diferenciaba eran sus animales.

La mayor parte de la sección olímpica estaba repleta de coloridos pájaros de protección: cuervos y cornejas de alas flamígeras, colas de león y picos extraños. También había algunas gárgolas, monos rosas y otras creaturas de aspecto extraño, pero la gran mayoría eran aves.

Sin embargo, bajo los estandartes negros de las Casas Ctónicas, los animales eran... diferentes.

Eran depredadores terrestres.

Grandes felinos de la selva.

Un perro café con tres cabezas.

Un lobo desgreñado estaba parado junto a un elegante jaguar, y un hombre bronceado y con bozal se apoyaba contra un hombre negro impresionante de pelo corto y ondulado.

«Santa Madre, es el Dúo Escarlata».

En mi mente resonaron recuerdos de un titán gritando mientras lo torturaban.

Temblando de miedo, aparté la mirada de ellos y miré alrededor de la arena. Apenas había mujeres en Esparta.

En la arena era aún peor.

Unos cincuenta chicos estaban conmigo en la arena y todos me miraban fijamente.

Yo era la única chica.

«Por favor, díganme que estoy teniendo un sueño lúcido. Por favor, que esto no sea real».

Tres chicos llevaban coronitas de laurel doradas, el símbolo de los herederos olímpicos, y miraban a su alrededor con arrogancia, con la cabeza bien alta, como si fueran mejores que los demás.

GRRRRRR.

Un amenazador rugido animal retumbó en el aire.

La multitud enmudeció.

Un león de Nemea se deslizó sobre una plataforma blanca que emergía del fondo del estadio y agitó su majestuosa melena dorada.

A la derecha, una bestia de hombre vestido de blanco caminaba a su lado.

Llevaba una magnífica corona de laurel de oro cubierta de joyas brillantes (mucho más elegante que las de los chicos de la arena). El famoso tocado indicaba que era el líder de una Casa Olímpica.

Era el *noble* espartano.

El famoso líder de la Federación Espartana.

El cabello rizado y dorado, la barba poblada del mismo tono, los impactantes ojos grises y la piel resplandeciente eran inconfundibles. No era muy alto, pero sí ancho y fornido.

Exudaba poder.

Se detuvo en el extremo del podio, enmarcado por dos columnas blancas, y extendió los brazos.

La electricidad emanaba de su piel brillante como si fuera un cable con corriente. La energía se mezclaba con la lluvia y formaba chispas que hacían un ruido crepitante.

Era el espartano más divino que jamás hubiera pisado la Tierra.

Era Zeus.

Sus poderes olímpicos eran legendarios: la electricidad que generaba de forma natural potenciaba su velocidad, inteligencia y fuerza. Sencillamente, era mejor que nadie... en la historia.

—La Casa de Zeus da la bienvenida a toda Esparta en este equinoccio de verano. —La voz de Zeus se proyectó por todo el coliseo.

—¡Con nuestros laboratorios y avances científicos, los olímpicos somos más poderosos que nunca! —gritó—. Somos los dioses de esta nueva era.

La arena vibró cuando los espartanos patearon el suelo, y la llovizna se convirtió en una lluvia torrencial. Las chispas se hicieron más brillantes sobre sus hombros.

Zeus sonrió ampliamente y saludó a la multitud.

—Las doce antiguas Casas de Poder se presentan ante mí unidas y más fuertes que nunca, y es un *gran honor* darles la bienvenida a todos ustedes: a los generales espartanos y a los aprendices que están esforzándose para obtener el estatus de general para que también puedan ser miembros de nuestra ilustre Federación algún día.

Los espartanos celebraban y pateaban. Los animales batieron sus alas y rugieron. Las banderas de las casas ondeaban.

Zeus se volteó hacia la arena.

—Y una bienvenida *especial* a los iniciados de este año: herederos, mestizos y creaturas de la nueva generación. En este coliseo bendecido por Cronos, todos son iguales. No hay ctónicos este año, pero hay una *impresionante* variedad de olímpicos.

Mostró sus dientes blancos.

Después de la Gran Guerra, los espartanos habían tenido problemas para producir herederos, y se rumoraba que se estaban desesperando, creando tantos mestizos con humanos como les era posible para mantener su raza.

Dado que en la arena solo tres chicos llevaban coronas, ese rumor parecía ser cierto.

Solo dos llevaban los mantos negros de las creaturas.

Unos rayos de electricidad se enroscaron en los brazos de Zeus, que volvió a extenderlos.

—¡*Memento homo quia pulvis es et in pulverem reverteris*!

«Recuerda que eres polvo y al polvo volverás».

Era extraño oír latín en voz alta. El hecho de que las palabras se pronunciaran en desorden hacía que me martillara la cabeza mientras me esforzaba por traducirlas.

«Esto es real».

«Hablan una lengua muerta para los humanos».

Di otro paso atrás.

Los rizos dorados de Zeus se erizaron con la electricidad estática.

—Bienvenidos, iniciados, a la masacre de iniciación de la Academia de Guerra Espartana. Si sobreviven, tendrán el honor de participar en la competición final, la prueba de intelecto más rigurosa de todo el mundo. Esta masacre de iniciación es un privilegio sagrado.

Abrí los ojos de par en par.

«¿Por qué no un almuerzo de bienvenida a la antigua usanza?».

El público (monstruos sedientos de sangre) vitoreaba más fuerte y aplaudía al compás de sus pisadas.

—Todos tienen diecinueve años. —Zeus asintió como si nuestra edad fuera de gran importancia—. Sus poderes ya se han desarrollado. *Sin embargo*, la mayoría de ustedes no alcanzará la edad de la inmortalidad hasta los veinte. Así que esta es la hora de la verdad: el primer, y... para la mayoría... último obstáculo al que se enfrentarán.

La arena húmeda vibraba bajo mis pies.

Pensé si debía levantar la mano: «¿Qué hacemos si no tenemos poderes? ¿Podemos optar por no participar en la masacre?».

Además, ¿quién iba a decirle que toda mi vida había sido un obstáculo? No había dejado de esquivar obstáculos desde que salí del vientre materno.

Zeus inclinó la cabeza hacia atrás, echando chispas por la boca mientras bramaba al cielo:

—Como declaró Cronos en el albor de los tiempos: ¡la inmortalidad no es un derecho, es un privilegio!

La multitud gritó con él, y yo me estremecí cuando la respuesta me causó un fuerte ardor.

«¿Cuál es el siguiente paso después de entrar en pánico? Tengo que hacer eso».

Zeus nos miró.

—Iniciados, ¿tienen lo necesario para CONVERTIRSE EN DIOSES? —gritó con todas sus fuerzas.

«Mi respuesta instintiva es no».

El cielo se abrió y la lluvia arreció; me salpicó la cara con gotas frías y alrededor de Zeus estallaron rayos azul neón.

—Esto es preocupante —susurró Nyx contra mi oreja derecha.

Asentí, entumecida por dentro.

Tenía el mal presentimiento de que estaba a punto de desbloquear un nuevo nivel de sufrimiento.

5
LA MASACRE DE INICIACIÓN
ALEXIS

En medio de la lluvia torrencial, una figura ágil y pálida, con el pelo largo y oscuro, bajó lentamente al podio hacia Zeus.

Llevaba una corona de rubí con espirales de plata altas y dentadas, que era el famoso símbolo de los líderes de la Casa Ctónica.

Era una cabeza más alto que Zeus.

La expresión del hombre era abrasiva.

Amenazante.

Si fuera una melodía musical, sería el modo locrio, la escala musical más oscura tocada en un piano.

Una niebla oscura se arremolinaba alrededor de los pies del hombre, y sus ojos eran de un insidioso tono negro.

Un monstruoso perro de tres cabezas aumentaba lo sobrecogedor de su imagen. El terrorífico animal lo seguía con los ojos igual de negros. El hombre y su bestia eran famosos por dirigir el inframundo, una prisión de máxima seguridad que solo albergaba reclusos inmortales en el Mar del Norte. El lugar donde se torturaba a los titanes y a los espartanos encarcelados. Era donde se sabía que Medusa estaba encarcelada.

A su lado caminaba una mujer bajita de piel oscura con un vestido rosa.

Ella era su complemento: bonita y delicada.

Llevaba una pequeña corona de laurel sobre el pelo rubio y rizado, lo que indicaba que era una heredera olímpica, y un dragón del tamaño de un perro estaba posado sobre su hombro dorado con la cola enroscada alrededor de su cuello.

Las herederas eran sumamente raras y muy codiciadas debido a los problemas de fertilidad de los espartanos.

Cuando la mujer se puso de puntitas para susurrarle algo al oído, la expresión del hombre se suavizó y la rodeó con el brazo para protegerla.

«Hades y Perséfone».

Su amor era legendario.

Perséfone era hija de Deméter y de Yasión, una creatura oscura de la que se decía que tenía poder sobre las plantas.

Debido a su herencia, Perséfone tenía un poder y una belleza únicos.

Esa era en parte la razón por la que Hades y Perséfone eran tan conocidos.

También porque todos sabían que Hades haría *cualquier cosa* por Perséfone. Algunos humanos habían sido asesinados y otros espartanos habían sido encarcelados por el solo hecho de haberla mirado mal.

Además, los espartanos eran conocidos por su promiscuidad (tenían amantes masculinos y femeninos *por montones*). Como resultado, pocos espartanos hacían juramentos matrimoniales, y aún menos los hacían con una sola persona. Hades y Perséfone eran una de esas singulares rarezas.

Los demás líderes de las casas estaban en relaciones de pareja, como Zeus y Hera, pero no estaban unidos bajo el juramento espartano y se sabía que tenían aventuras con otros espartanos y humanos.

Se rumoraba que hacía siglos la norma era que los espartanos se unieran en matrimonio, y que la boda más multitudinaria había sido entre *siete* personas.

Hades le dio una cálida palmada en la espalda a Zeus, asomándose por encima del hombre de piel dorada.

Aunque ninguna de las familias espartanas estaba emparentada, se decía que ellos eran tan unidos como hermanos y que su colaboración había puesto fin a la Gran Guerra.

Los pelos de las tres cabezas del perro se erizaron mientras le gruñían al león. Las bestias se miraron a los ojos, enseñando los dientes.

Mientras Zeus se alejaba y su león lo seguía, un sentimiento de condena se instaló en mis huesos.

Di otro paso atrás en la arena.
La lluvia me calaba hasta los huesos.
Hades extendió los brazos.
—La masacre de iniciación comienza ahora. Como siempre, las armas no están permitidas: quien empuñe un arma será asesinado. —Su voz se proyectó por el coliseo como un disparo.
Nos miró y su rostro parecía esculpido en mármol, cruel y sin emoción.
—Usen sus puños y su ingenio —dijo Hades—. La adrenalina que bombea por sus venas los mantendrá en pie cuando, en otras circunstancias, su cuerpo les fallaría; por encima de todo, esto es una prueba mental. —Alzó la voz—. Los espartanos son dioses… recuerden… ¡no existen los dioses estúpidos!
El público rugió.
Las sombras se extendieron alrededor de Hades.
—¡Esta es su oportunidad de demostrar su valor! —bramó, y la niebla negra se acumuló a sus pies.
La niebla oscura descendió por las altas paredes hasta las arenas donde nos encontrábamos.
Su poder legendario fluyó hacia nosotros. Nadie sabía exactamente qué hacía, pero todos sabían que debían temerle.
La Casa de Hades era conocida como la Casa de la Muerte por una razón: sus habilidades eran tan temibles como las de la Casa de Ares.
«Todos los ctónicos son malvados».
El aliento salió de mi boca en un antinatural soplo helado mientras la niebla se extendía y la temperatura caía en picada. Me froté el pecho, con el corazón tremendamente acelerado por la adrenalina que me habían inyectado.
Sonó un trueno.
Estaba dolorosamente viva.
A medida que se acercaba, la niebla negra arrastraba voces: una mujer gemía, un hombre me suplicaba que llamara a los espartanos, un niño sollozaba, un extraño aullaba de dolor y Nyx siseaba de confusión.
Me giré para huir de ella, pero no había adónde ir: la niebla y sus gritos me rodeaban por todos lados. Oscura y sólida. Me atrapó.

Me castañeaban los dientes.

—¡PELEEN A MUERTE! —bramó Hades, su voz se deformó con una extraña cadencia, y retumbaron tres ladridos.

—La inmortalidad no es un derecho, es un privilegio... La inmortalidad no es un derecho, es un privilegio... —resonaba en el coliseo.

A mi derecha, un chico gritó, y se oyó que un cuerpo era golpeado entre la niebla.

Giré la cabeza y entorné los ojos.

A mi izquierda, el chillido de un chico se interrumpió bruscamente.

Hubo un gruñido y luego silencio.

Cayeron relámpagos y el aire se llenó de electricidad. Mi pelo mojado se encrespó. Di vueltas en círculos y me esforcé por distinguir algo en la niebla, pero no veía nada.

—Tienes que prepararte, mantente alerta —dijo Nyx.

—¿Prepararme para qué? —susurré.

Un chico apareció entre la niebla, atacándome.

Me di la vuelta para correr. Se estampó contra mí y mi cara cayó sobre la arena húmeda. Sentí un hormigueo en las extremidades al caer. Él estaba sobre mí. Me estaba *tocando*.

Hubo un momento de pura conmoción.

Me quedé inmóvil.

Nyx me gritó algo, pero no pude oírla.

Unos puños me golpearon la cabeza y el zumbido del oído izquierdo se hizo más fuerte. Otro golpe me alcanzó en la barbilla.

Seguía tocándome y yo no quería eso.

Algo se rompió dentro de mí.

Me agarré al chico, me balanceé y pateé a ciegas. Lo arañé. Mis puños chocaron contra gruesos músculos. Forcejeamos, rodando por la arena húmeda.

Me golpeó el estómago con una fuerza demencial.

Tuve un sabor a vómito.

Nyx se deslizó en mi cuello.

Mi atacante se desplomó sobre mí, convulsionando.

Lo había mordido.

Grité entre dientes mientras empujaba su cuerpo y me ponía de pie, con el corazón acelerado y la respiración agitada. Luché por orientarme y pensar. Se me erizó la piel donde me había tocado.

Me froté los brazos cubiertos de arena con las manos, como si pudiera limpiarme la desagradable sensación.

—Gracias —jadeé.

—Niña, tienes que estar alerta y correr —dijo Nyx—. Si se acercan, los morderé para que…

Dos cuerpos se estrellaron contra mí.

Luego un tercero.

Un cuarto.

Perdí la cuenta. Los chicos peleaban por todas partes. No había tacto, ni defensas, ni maniobras expertas como en los libros de ficción de la biblioteca.

No había honor.

Éramos animales.

Unos platillos chocaban y sonaba una música inquietante.

El infierno no era un lugar; eran huesos rotos y gritos roncos en medio de una refriega. Era luchar entre la niebla negra de gritos que sonaba alarmantemente como mis padres adoptivos.

La cordura desapareció mientras daba puñetazos, patadas y arañazos a ciegas en medio del caos. La sangre salpicaba. Llovía a cántaros. Los truenos retumbaban.

«Bautismo de fuego».

Un puño me golpeó la cara. Me rompió la nariz y manó la sangre. El cobre me inundó la boca.

Alguien jaló al dueño del puño de vuelta a la niebla.

Unas manos intentaron rodearme la garganta por detrás, pero Nyx ya estaba allí, y quien fuera se convulsionó con un grito.

Mi aliento entrecortado se veía en el aire.

La temperatura era helada mientras la niebla me envolvía como una cobija sádica: una mujer gemía mientras *moría*.

—Sucia mestiza abandonada —gruñó alguien.

El zumbido de mi oído izquierdo era ahora un ardor agudo.

Me di la vuelta y corrí.

Tropecé. Esquivé. Corrí con estupor por la arena húmeda a través de la niebla opaca. «*Lejos. Lejos. Lejos*». Necesitaba *alejarme*.

La ignominia era demasiado para mí. Me jalé el pelo mientras corría, con arcadas por una vergüenza que no acababa de comprender.

Caían rayos y retumbaban truenos.

Todo se distorsionó.

Entre las voces de la niebla y los cuerpos luchando, no podía distinguir qué era *real* y qué estaba en mi cabeza.

Le grité a alguien a la cara ensangrentada, y me devolvió el grito.

Un chico me dio una patada y me crujió el antebrazo.

Apenas me di cuenta. Estaba acostumbrada a la violencia, pero no *así*. La adrenalina me hizo correr tan rápido como pude cuando no debía ser capaz de mantenerme en pie.

Las escamas invisibles de Nyx se deslizaban contra mi cuello mientras se abalanzaba en todas direcciones.

Unas manos me sujetaron y se soltaron, convulsas.

Retrocedí entre la niebla, tratando de poner distancia entre la pelea y yo.

Choqué con algo y salté.

Di vueltas.

—No. No. No —decía un niño con una túnica negra andrajosa que sollozaba con las manos en el rostro y no se movía. De alguna manera, no había sentido el choque contra él—. No fue mi intención. Lo juro... no fue mi intención.

Estaba de rodillas, solo.

Unos diminutos cuernos negros brotaban de su cabeza.

«Es una creatura».

La niebla negra se retorcía a su alrededor como si lo estuviera atacando.

—¡No, lo siento mucho! ¡Lo siento mucho! —se atragantó, y un relámpago iluminó sus rasgos angustiados—. Lo siento mucho. Mentí. ¡Sí fue mi intención!

Se dio un puñetazo en la cabeza.

Un trueno retumbó.

Sonaba música oscura.

La arena se salpicó de sangre mientras se golpeaba con sus propios puños hasta morir. Sus cuernos aterrizaron en el suelo.

—*Ay, dioses* —susurró Nyx.

Me di la vuelta y corrí, pero me resbalé.

Me detuve con las manos sobre un profundo charco. El dolor me recorrió los brazos. Cuando volví a ponerme en pie, tenía los brazos cubiertos de rojo, desde la punta de los dedos hasta el codo.

Gruesas gotas de lluvia caían sobre el charco.

Me quedé mirando el charco de sangre viscosa en el que había caído. Me castañearon los dientes y escupí arena. Temblaba de terror. Jadeaba mientras me esforzaba por inhalar.

«No puedo respirar».

—Lo siento mucho —dijo Nyx con abatimiento—. Si lo hubiera sabido, niña... te habría preparado.

Me quedé mirándome las manos temblorosas.

—Según mi experiencia, los que tienen poderes sufren por tenerlos —susurró Nyx.

Una niebla de gritos me envolvió las piernas. Me golpeé la cabeza con la base de la palma de la mano para que cesaran los ruidos.

No lo hicieron.

Estaba cubierta de heridas abiertas y empapada de sangre de pies a cabeza, y no toda era mía.

Había sangre bajo mis uñas, bajo las que no me habían arrancado.

—Pero yo no tengo poderes —susurré.

Las escamas se deslizaron sobre mi cuello.

—Están en tu sangre, los quieras o no —dijo Nyx—. Sí tienes. Siempre has tenido, solo que no lo sabías.

—QUEDAN VEINTE COMPETIDORES. —La voz distorsionada de Hades sonó como un látigo—. SOLO DIEZ LLEGARÁN A LA FINAL: DEMUESTREN SU VALOR AHORA O PEREZCAN.

Me limpié una costra de sangre de la nariz palpitante.

Vi el tatuaje que decía «C+A» en mi antebrazo y se me nubló la vista. Extrañaba a Charlie. Extrañaba a Fluffy. Tuve unas ganas irrefrenables de caer de rodillas y ponerme en posición fetal.

Quizá lo hice en un mundo alternativo.

En este mundo, un cuerpo grande salió de la niebla disparado hacia mí. Una vez más.

Un puño me alcanzó en el lado izquierdo de la cabeza. Di una patada y rasguñé mientras unos brazos me rodeaban y me tiraban al suelo. Me arrancaron pelo al intentar agarrarme de la cabeza para romperme el cuello.

Nyx siseó y arremetió.

Como los demás, el chico se desplomó.

Empujé su cuerpo y me acosté bocarriba bajo la lluvia, jadeando mientras intentaba recuperar el aliento… y una pierna salió pateando de la niebla.

El nuevo atacante me golpeó el costado con una bota con punta de acero. Mis costillas crujieron. Un segundo chico apareció y me pateó antes de que pudiera ponerme de pie.

—Una mestiza abandonada… claramente eres una abominación que abandonaron por alguna razón. Nuestras casas nos enseñaron a encargarnos de adefesios como tú —gruñó.

Se unió un tercero.

Los truenos retumbaron.

Nyx se lanzó desde mi cuello. Tuac. Su peso se estrelló contra mi pecho.

Mientras me invadía el pánico dejé de sentir los golpes, dejé de percibir mi sangre salpicando sus espinillas.

La lluvia arreció.

—¡NYX! —grité mientras levantaba su cuerpo invisible. Se quedó helada y flácida en mis brazos.

«No. No. No. No. No. No».

La sensación dentro de mi pecho era abrumadora.

Aullé como un animal y arañé con las uñas las piernas de las bestias que habían herido a Nyx. Mi brazo crujió cuando lo golpeó una bota, y no me importó.

«¡NYX!».

Forcejeando, luchando, gritando, arañé a los hombres con las uñas que me quedaban, arrancándoles la piel de los huesos mientras me insultaban e intentaban tirarme. Me abalancé sobre ellos y los mordí.

Sus golpes no servían de nada, porque yo sabía aguantar una paliza.

Uno de ellos se resbaló y cayó. Me puse de pie y me lancé tras ellos. Retrocedieron.

Tres contra una.

«Hirieron a Nyx. Ella siempre ha estado conmigo. Acurrucada a mi alrededor en una caja de cartón».

Mostré los dientes y les grité mientras mi corazón ardía como si se rompiera en mil pedazos.

Los tres dieron un paso atrás y me miraron boquiabiertos.

Yo di un paso adelante.

Me invadió la rabia.

Alguien gritó y los cuatro giramos la cabeza hacia la derecha.

Una figura sombría se perfilaba en la niebla. Hubo un movimiento, y su mano se extendió hacia mis atacantes.

Una luz roja resplandeciente se reflejaba en la niebla negra.

Olvidé cómo respirar.

El dolor me apuñaló el pecho.

El chico que estaba en la niebla tenía poderes ctónicos, podía hacernos daño y no teníamos forma de detenerlo. Como para corroborar ese pensamiento, mis tres atacantes cayeron de rodillas y gritaron de dolor mientras me miraban con expresión horrorizada.

«Zeus dijo que no había ctónicos este año. ¿Alguien sabe lo que es él?».

La espuma goteaba de los labios de los moribundos y sus cuerpos se arqueaban como si estuvieran ardiendo mientras me miraban fijamente y bramaban. La niebla se espesó a nuestro alrededor y se abalanzó sobre mí como si me atacara. En la niebla me gritaban voces masculinas.

Cerré los ojos.

Los gritos se intensificaron: los reales y los imaginarios.

El pánico ardiente me apuñaló el corazón.

La niebla helada se retorcía contra mi piel.

Estaba paralizada, satisfecha de que se estuvieran muriendo, pero incapaz de soportar el espectáculo. Por fin, los tres soltaron un gemido espantoso y se callaron.

La lluvia salpicaba suavemente la arena.

«Se acabó».

Disipado el pánico, abrí los ojos.

El pálido niño ctónico salió de la niebla. Le quedaban algunos retazos de ropa alrededor de los hombros, pero le habían arrancado el resto. Me miró con una expresión de asco. Emanaba desprecio.

Los relámpagos estallaron y un trueno *in crescendo* hizo vibrar la arena.

Le devolví la mirada.

Esperé a que me atacara.

Dio un paso…

—LA MASACRE HA TERMINADO. —La voz de Hades crepitó en el aire como electricidad—. LOS DIEZ FINALISTAS ASISTIRÁN A LA PRUEBA FINAL, FELICIDADES.

La niebla negra se disipó. Se retiró por las paredes y se enroscó alrededor de los pies de Hades. Los horribles gritos se disiparon. La temperatura volvió a la normalidad.

Había cuerpos destrozados por todas partes.

Todo, la arena, los caídos, los diez que estábamos de pie, todo estaba cubierto de rojo.

—¡Bienvenidos a Esparta! —vitoreaba la multitud mientras agitaba sus banderas bajo la lluvia.

Miré hacia abajo.

Mi ropa estaba desgarrada y colgaba de mi cuerpo como harapos, pero al menos las ligas para el pelo todavía cubrían las cicatrices de mis muñecas.

Estaba semidesnuda, cubierta de harapos y manchas de arena, pero no tenía energía para preocuparme. «Liberemos el pezón y los labios (vaginales), ¿no?».

La cabeza me daba vueltas y el mundo era un caleidoscopio.

La adrenalina seguía afectándome.

Nada parecía real.

Suspiré de alivio cuando sentí que Nyx se deslizaba por mis piernas y me rodeaba el cuello.

—Necesito… descansar —susurró débilmente.

A través de la lluvia, Hades permanecía tranquilo en el borde del podio con su atroz niebla negra arremolinándose en sus tobillos.

Su poder parecía una locura.

El padre John se equivocaba; el diablo era real, pero no había dios que lo detuviera.

El líder de la Casa de Hades miraba la arena con expresión indiferente y despiadada.

Nada podía salvar a la humanidad de él.

Él era la razón por la que Nyx estaba herida, la razón por la que tantos estaban muertos.

Nunca había odiado tanto a nadie.

—*Felicidades* a nuestros diez espartanos que han demostrado la fortaleza física y mental de los dioses —dijo Zeus, desprendiendo chispas mientras se ponía al lado de Hades con una sonrisa—. Bienvenidos a la prueba final. Sobrevivan al próximo año y serán nombrados ciudadanos de Esparta. La inmortalidad está a su alcance.

El coliseo vitoreó con más fuerza.

Todavía podía sentir la niebla negra envolviéndome como una prensa. «Me estoy volviendo loca».

Zeus sonrió a la multitud y brilló con más intensidad.

—Gracias a todos por acompañarnos. Esparta y la Federación Espartana son más fuertes que nunca gracias a ustedes. Ahora, honorables espartanos que han sido elegidos como mentores, reúnanse conmigo en la arena.

Pum.

Zeus y una docena de hombres saltaron desde el borde del muro y aterrizaron en la arena con una rodilla flexionada. Sus animales los siguieron.

El muro era de al menos cinco pisos de altura.

Me quedé mirando a los hombres que se acercaban, sin comprender. Todo era confuso.

El tiempo se distorsionó.

Zeus hablaba del otro lado de la arena.

—Ser mentor es un gran honor. Como saben, si su iniciado sobrevive a la prueba final, se les concederá el estatus de general… ¡El nombramiento más alto que un espartano puede alcanzar, y la oportunidad de unirse a la Federación!

Los espartanos que habían saltado a la arena se arrodillaron e inclinaron la cabeza hacia él.

—¡Es un honor para nosotros! —respondieron a coro.

Se arrodillaron sobre la sangre.

Oí un ruido amortiguado.

—¿Cuál… nombre?

Una anciana diminuta salió a mi lado izquierdo.

—¿Cuál es tu nombre? —repitió. Tenía el pelo blanco brillante y los ojos de un extraño tono violeta.

Me quedé inmóvil.

Me parecía familiar, pero tenía la cabeza llena de adrenalina y no recordaba de dónde la reconocía.

Zeus siguió hablando sobre el honor.

La anciana sostenía una pluma sobre un pergamino y me miraba con expectación. Llevaba un impermeable amarillo y unas botas de lluvia naranja neón. Se veía ridícula.

—¿Cuál es tu *nombre*? —repitió—. Eres la última de la lista... tenemos que apuntarte, para que todo quede como se debe.

Un resoplido frenético se me escapó de la nariz.

—Despierta, niña. —La cabeza me crujió en un costado cuando me dio una cachetada.

«¿Quién le hace eso a alguien que acaba de conocer?».

Dorean lo haría... la extrañaba.

Mientras me frotaba la mandíbula adolorida, la ancianita (la violenta asaltante) agarró los restos de mi sudadera destrozada y me jaló con una fuerza sorprendente hasta ponerme a su altura.

—Los hados están contigo, no te atrevas a hacer que nos arrepintamos de apoyarte, Alexis Hert.

Me zafé de su agarre.

«Si ya sabía mi nombre, ¿por qué me preguntó?». Se lo habría preguntado, pero resultó que ni siquiera una masacre fue suficiente para vencer mi miedo a hablar con desconocidos.

Sus ojos brillaron con un tono azul eléctrico antinatural.

—Dime tu nombre —El registro de su voz bajó tres octavas—. Dímelo *ahora*.

—Alexis H-Hert —susurré.

Sus ojos azules volvieron a ser violetas, entonces me dio una palmadita en la mejilla y sonrió con dulzura.

—Y no lo olvides, corazón. —Se inclinó hacia mí y me susurró con complicidad—: *De mujer a mujer*, yo les daría una oportunidad a los asesinos, si sabes a lo que me refiero, incluso con sus sabuesos. —Me guiñó un ojo y escribió mi nombre en su pergamino—. No dejes que su... *pasión*... te asuste.

—¿Qué? —pregunté.

Hizo un gesto con las cejas y se alejó pisando cuerpos mientras se dirigía hacia Zeus.

«Quizás está peor que el vecino Paul antes del palazo».

Había oído que los ojos de los ctónicos se volvían rojos cuando usaban su poder. ¿Qué significaba que sus ojos se hubieran vuelto azules?

«¿Qué puede hacer? ¿Qué es ella? ¿Por qué me parece tan familiar?».

Una extraña sensación me recorrió la espalda.

Se sentía como...

—Fortuna ha escrito a estos diez espartanos en nuestras filas —anunció Zeus mientras recibía el pergamino, y luego comenzó a leerlo—: Máximo, mestizo de la Casa de Hera.

Un chico bajo y desnudo, con mechas azules en el pelo rubio y ojos castaños, avanzó tambaleándose.

—Tu mentor es Ryax —dijo Zeus—, otro mestizo de la Casa de Dioniso.

Un espartano con un cuervo albino al hombro dio un paso al frente. Tenía una mirada intensa. «Me alegro de que no vaya a ser mi mentor».

El público aplaudió.

Unos relámpagos cruzaron el cielo gris y los truenos retumbaron.

Me castañearon los dientes.

Zeus leía los nombres, y los hombres daban un paso al frente, pero yo apenas me daba cuenta. Todo se desmoronaba a mi alrededor. Nada era real.

—Drex Chen —dijo Zeus, y me sobresalté porque reconocí al chico ctónico desnudo que dio un paso al frente. Era el que había matado a mis tres atacantes.

En la multitud, nadie vitoreó.

Zeus dejó de sonreír.

—¡Mestizo abandonado! —gritó alguien.

«Debe ser por eso que no sé de él. ¿Soy la única que sabe que es ctónico? Eso no es bueno».

Zeus señaló con la cabeza a un apuesto hombre rubio de piel dorada y ojos grises como tormentas. Un buitre de cabeza dorada se posaba en su hombro.

—Tu mentor es Theros, heredero de la Casa de Zeus.

Esta vez el coliseo estalló en vítores.

Theros frunció el ceño con la pequeña corona de laurel dorada brillando sobre su cabeza, pero después su rostro se transformó en una brillante sonrisa y saludó a la multitud mientras se acercaba a Drex y le daba una palmada en la espalda.

Zeus se aclaró la garganta.

—Por último, tenemos a Alexis Hert; los hados nos han... bendecido. Por favor, den la *bienvenida* a la primera mestiza mujer en siglos.

Hubo algunos aplausos incómodos mientras cientos de espartanos me escudriñaban. Drex me miró con expresión disgustada.

El aire zumbaba con murmullos de que no me querían. Como vivía en una caja de cartón detrás de un campamento de remolques, era fácil ignorar sus juicios. Sus burlas no eran nada en comparación con las de Jessica, la que me molestaba en la escuela.

—Debido a sus... circunstancias especiales, los mentores de Alexis son... —Zeus hizo una pausa y me miró con expresión inescrutable—: Patro, mestizo de la Casa de Afrodita, y Aquiles, mestizo de la Casa de Ares.

La sección olímpica guardó silencio en su mayor parte; hubo algunos aplausos aislados.

Sin embargo, la sección ctónica pisoteó y gritó a todo pulmón, agitando sus banderas.

Dos sombras altas avanzaron desde el borde de la arena.

Caminaron sobre la arena ensangrentada.

Se me erizaron los vellos de la nuca.

Cuando los dos hombres se dirigieron hacia mí, parecían más salvajes que el lobo y el jaguar monstruosos que caminaban junto a ellos. Los dos animales enseñaban los dientes mientras me miraban.

«Corre mientras puedas».

Di un paso atrás.

Se detuvieron a un brazo de distancia: uno, atractivo como el pecado; el otro, salvaje, con el bozal ajustado sobre la mandíbula. Los videos no le hacían justicia a su tamaño. Tuve que inclinar la cabeza hacia atrás para verles la cara.

Estaban lo suficientemente cerca como para mutilarme.

Se alzaban sobre mí con sus trajes perfectamente confeccionados. En sus muñecas, brillaban unas mancuernillas de oro con diamantes, pero, a diferencia de los demás, llevaban fundas de armas sujetas al pecho, los muslos y los brazos. Estaban cubiertos de pistolas y cuchillos.

El mismísimo Lucifer habría sido menos intimidante.

—Ahora eres nuestra —dijo Patro lentamente, con voz fría.

«Qué manera de saludar a alguien».

Dio un amenazador paso adelante.

—Que te quede claro —gruñó Patro—. Nos perteneces, y no vamos a ser indulgentes contigo porque seas una niña abandonada. —Sus labios se curvaron—. Además, nos das asco, *no* nos agradas y nunca nos agradarás, así que quítate cualquier ilusión romántica. Esto es exactamente lo que va a pasar: sobrevivirás a la prueba y nos convertirás en generales. Entonces, vamos a olvidar que alguna vez exististe. Tú eres olímpica, y nosotros somos ctónicos. Nos importas un carajo. ¿Entendido?

Sus ojos verdes resplandecieron a modo de advertencia, como las luces parpadeantes de un camión en medio de una tormenta. Inquietantes y siniestros.

Me mostró los dientes.

Internet tenía razón, los ctónicos eran malvados.

—¿Entendido? —Patro se inclinó hacia delante, y Aquiles lo agarró del hombro como si lo estuviera reteniendo. El hombre amordazado me miró fijamente, y sus ojos rojos dejaron claro que me sacaría las tripas para proteger a Patro.

Me miraban desde arriba, irradiando odio.

—Ustedes también me dan ¿asco? —Me sobresalté con mi atrevimiento.

Alzaron las cejas.

Me tragué las ganas de suplicar clemencia, pero me negué a acobardarme ante hombres salvajes.

—*Bien*, me alegro de que el sentimiento sea mutuo —dijo Patro con engañosa suavidad—. Pero eso no fue lo que te pregunté… Te pregunté si me habías *entendido*.

Inclinó la cabeza a un lado provocativamente; tenía la palabra «Aquiles» tatuada con letras rojas en un costado del cuello.

El hijo de la mujer más bella de la historia del mundo irradiaba odio.

Un escalofrío recorrió mi espina dorsal.

—Sí, entendido —susurré y agaché la cabeza.

Zeus dijo algo, y dieron un paso adelante, colocándose de modo que me flanquearon a ambos lados. A milímetros de distancia.

Lo suficientemente cerca como para matar.

Los escalofríos empeoraron.

A mi derecha, Patro se inclinó, y un helado aroma a menta me quemó la nariz.

—No querrás meterte con nosotros… —lo que no dijo: «o te haremos *daño*», quedó flotando en el aire entre nosotros.

No tenía que decirlo; no era la primera persona que me amenazaba.

Me aparté del aliento gélido que me golpeaba la sien y mi costado chocó con el de Aquiles. Salté y di un paso adelante para alejarme.

Patro me agarró del brazo y me jaló entre ellos.

—Sonríe —me ordenó en voz baja—. Todo el mundo está mirando… contrólate.

El jaguar bufó una advertencia.

Patro me estaba *tocando*. Se me erizó la piel y todo mi cuerpo empezó a sudar. Había algo raro en él, algo… cruel.

Él pánico aumentó.

Jamás debí contestarle.

«¿En qué estaba pensando?».

Me aparté y volví a chocar con Aquiles. Me miró con ojos despiadados rodeados por círculos oscuros. Olía a ámbar y a fuego. Irradiaba calor.

Patro tenía un aura gélida.

Fuego y hielo.

—Dije que sonrías —me ordenó con dureza.

Los bordes de mis labios se levantaron, la memoria muscular tomó el control. Era cómodo llevar una máscara y fingir que todo estaba bien. Lo había hecho todos los días de mi miserable vida.

Zeus continuó.

—Si un iniciado sobrevive a la prueba hasta el Baile de Iniciación Ciudadana de enero y la ceremonia de graduación a la mañana siguiente, será un ciudadano inmortal de Esparta. Sus mentores serán nombrados generales… y se les dará un asiento en la Federación Espartana.

Se aclaró la garganta.

—Si un iniciado es ctónico, aunque este año no hay ninguno, se le inscribirá en el Escuadrón de la Muerte en la ceremonia de graduación.

«Definitivamente no saben que el chico que me salvó es ctónico».

Miré hacia él, pero se estaba mirando las manos ensangrentadas con los ojos muy abiertos y una expresión de conmoción.

No me correspondía revelar su secreto.

Al menos no había *ninguna* posibilidad de que yo acabara en el Escuadrón de la Muerte, y lo más probable es que no sobreviviera hasta enero.

Un resquicio de esperanza.

«¡Yupi! Qué suerte tengo».

Un lobo bufó a mis pies, pero no miré hacia abajo.

—Niña, ¿por qué te gruñe ese perro callejero? —siseó la voz de Nyx, y sentí que me desmayaba de alivio porque sonaba más sana.

La mano de Patro en mi bíceps era lo único que me mantenía en pie.

—Contrólate. —La voz de Patro era afilada, como un cuchillo de sierra.

—¿Estás bien? —le pregunté a Nyx en voz baja.

—Por supuesto que estoy bien. —Nyx tosió—. El niño estúpido me noqueó; pero se necesita más que un niño para matarme, *obviamente*.

Sus cálidas escamas se deslizaron por mi cuello en un asfixiante abrazo, y su lengua bífida me lamió las lágrimas de la cara.

—Agh, niña… ¿por qué el Dúo Escarlata está junto a ti?

—Son mis mentores —susurré.

Patro me soltó el brazo y se acercó hasta que nuestros costados se tocaron.

—Deja de murmurar tonterías y enderézate.

Me alejé de él.

Él se acercó.

—Estás arruinada —dijo Nyx como si fuera un hecho—. Este hombre *no* está bien. Se nota en sus ojos. Quiere devorarte. Violentamente.

Hice una mueca.

«Qué encanto».

Zeus me miró.

—Iniciados, pasarán las próximas dos semanas viviendo y sanando con sus mentores mientras los preparan para la prueba final. Además, durante el próximo año, cada dos semanas pasarán tres días entrenando y trazando estrategias con ellos.

Las escamas se deslizaron por mi cuello.

—No veo que esto vaya a acabar bien —dijo Nyx.

Un resoplido maníaco se me escapó de la nariz.

—¿De qué te ríes? —La voz de Patro era gélida.

«¿Acaso tiene que preguntar?».

Estaba semidesnuda enfrente de cientos de espartanos, parada junto al Dúo Escarlata, que ya me detestaba por ser olímpica, y Zeus acababa de decir que pasaríamos mucho tiempo juntos.

—Iniciados, pronto se les pasará el efecto de la adrenalina —anunció Zeus; su poder brillaba sobre su piel dorada—. Mentores, cúrenlos y guíenlos, y recuerden… —Levantó las manos hacia la multitud—. ¡La inmortalidad no es un derecho, es un privilegio! —El coliseo coreó al unísono con él.

Zeus sonrió, su piel resplandecía.

Unos dedos callosos rodearon mis dos bíceps.

—*Domus*, —susurró Patro, y nos alejamos de un salto.

Un dolor candente recorrió cada uno de mis nervios. Mis pulmones se llenaron de humo. La oscuridad me hizo pedazos. La realidad se transformó en un…

La agonía cesó y las manos me soltaron.

Caí de rodillas; el humo ondeaba a mi alrededor.

—Bienvenida a casa —dijo Patro con crueldad.

Hice lo siguiente mejor que morir: me desmayé.

6
SANAR
ALEXIS

—Tómate las medicinas —ordenó Patro por millonésima vez. Miró con desprecio hacia abajo, donde yo estaba tendida inmóvil en la cama, imitando a un cadáver.

Una sábana me cubría el torso, preservando mi pudor inexistente (todavía no podía creer que hubiera estado medio desnuda delante de un estadio lleno de gente), y un techo de madera se elevaba al menos tres pisos encima de mí.

«No sabía que las habitaciones podían ser tan altas».

Estaba acostada en la cama más grande que había visto en mi vida. Tenía una cabecera negra muy masculina y un edredón blanco que parecía de seda. Nyx dormía bajo una de las almohadas.

La cama era excesiva, un lujo que nunca había experimentado.

También estaba cubierta de mi sangre seca.

—De ni-ninguna manera —dije enérgicamente, porque no había ninguna posibilidad de que me dejaran inconsciente con extraños. Por lo que sabía, podían extraerme los órganos.

«Nadie me va a quitar mi riñón. Y menos gratis. Podría conseguir al menos diez vales de comida por él».

Patro se pasó las manos por el pelo revuelto.

—Estás siendo un incordio.

Intenté encogerme de hombros, pero el movimiento me provocó dolor. En lugar de eso, tarareé con suavidad (frenéticamente).

La adrenalina que me habían administrado desapareció en cuanto dejamos el coliseo, así que, cuando por fin llegaron los médicos, me retorcía de dolor.

Las últimas horas habían sido un torbellino de tortura.

—Mantenla quieta —dijo el médico espartano, que parecía un hombre de mediana edad, pero probablemente tenía cientos de años. Llevaba el pez de la Casa de Hermes bordado en el bolsillo del pecho y un búho níveo posado sobre su hombro—. No dejes que se mueva.

Aquiles me tomó de las piernas y me sujetó.

Las ganas de gritarle que me soltara me subieron por la garganta, pero las reprimí y tarareé más alto.

Patro me agarró tímidamente de la cintura, como si no quisiera tocarme.

El sentimiento era mutuo.

Al otro lado de la habitación, frente a la chimenea, un jaguar levantó la cabeza que tenía apoyada en las patas y me miró con sus gélidos ojos esmeralda. Bufó en mi dirección. A su lado, un lobo de ojos rojos levantó las orejas y me enseñó los dientes.

Abrí la boca para preguntar si…

El médico bruscamente colocó mi hombro dislocado en su lugar y un dolor punzante me recorrió el costado.

Gemí.

El profundo gruñido de un lobo vibró por toda la habitación.

Un zumbido agudo me quemó el oído izquierdo.

El médico le devolvió la mirada al animal y se alejó un paso de mí.

—Reajusté todos sus huesos dislocados. Solo tengo que vendar las fracturas.

Como si lo hubiera oído, entró la otra doctora. Llevaba un cuervo verde en el hombro y un portapapeles con una larga placa en la mano. La abominación alada (nunca me han gustado los pájaros) me miró fijamente mientras le mostraba la página a su colega.

Los dos se quedaron boquiabiertos, me miraron y luego miraron fijamente el papel.

—¿Qué pasa? —preguntó Patro con fastidio. Los médicos llevaban horas cosiéndome y acomodándome los huesos, y estaba claro que estaba perdiendo la paciencia.

Ella le entregó la placa. Era una radiografía de mi cuerpo y tenía flechas rojas dibujadas con plumón permanente. Me habían escaneado con una elegante máquina portátil espartana.

—Las flechas son las fracturas de los huesos —dijo.

Había muchas flechas.

Mis muñecas y antebrazos prácticamente estaban cubiertos de rojo.

—¿Cómo carajos sigues viva? —preguntó Patro en voz baja.

«Llevo años preguntándomelo».

Aquiles me miraba fijamente desde el extremo de la cama. Como no podía hablar con el bozal, no estaba claro qué pensaba.

Me daba celos.

Si yo llevara bozal, la gente no esperaría que les hablara.

«Me pregunto si me lo prestaría».

—¿Sabes cuántos huesos rotos tuvimos Aquiles y yo, entre los dos, después de nuestras masacres? —preguntó Patro apretando los dientes—. Adivina cuántos.

Los dos médicos se apartaron de la cama y miraron a los hombres con ansiedad.

Aquiles se cruzó de brazos.

Se había quitado el saco y la corbata, y se había desabrochado las mancuernillas. Llevaba la camisa arremangada hasta los codos, revelando un intrincado tatuaje en el antebrazo derecho. De su ancho pecho colgaba la funda de un arma.

—Adivina cuántos —repitió Patro con dureza.

Chasqueó los dedos delante de mi cara.

Lo fulminé con la mirada.

Sus ojos verdes brillaron.

—Cero —anunció lentamente—. Sobrevivimos porque nosotros les rompimos los huesos a los demás: así se hace.

Apreté los dientes, el sudor me corría por la frente mientras me atravesaba otra oleada de dolor.

Volteándose, Patro golpeó la pared junto a la cabecera con el puño y respiró con brusquedad, como si intentara controlarse.

Al otro lado de la habitación se escuchó el crujir de papeles, y el jaguar de Nemea se puso en pie.

Los médicos se pegaron a la pared, lo más lejos posible de la bestia furiosa (Patro). «Me identifico: llévenme con ustedes».

El jaguar se deslizó perezosamente hacia ellos, agitando su larga cola de un lado a otro. Cada pocos segundos, me bufaba. Los médicos miraban al animal con los ojos muy abiertos, llenos de pánico, y sus pájaros aleteaban.

Patro apretó los dientes.

—¿Cómo carajos conseguiste un lugar para la prueba? —preguntó despacio.

Suspiré y mis pulmones hicieron un ruido audible.

—Soy buena aguantando —susurré. Después de todo, era más o menos cierto, y no iba a hablarles de Nyx y ponerla en peligro.

Por alguna razón, incluso entre los superpoderosos espartanos, yo era la única que podía oírla.

—Jaque mate, carajo. Olímpicos estúpidos, conspiradores y débiles —dijo Patro mientras me miraba con disgusto—. Tú ganas esta ronda, Zeus.

«¿De qué habla?».

Se aflojó la corbata e hizo contacto visual con Aquiles.

Se miraron fijamente durante un largo rato, y el silencio entre ellos fue eléctrico.

—Estamos arruinados —dijo Aquiles en lenguaje de señas con movimientos largos y fluidos.

—¿Deberíamos matar a los médicos? —respondió Patro con señas—. Ellos saben lo débil que es. Si las otras casas se enteran, lo usarán en su contra.

El corazón me dio un vuelco. Necesité todo mi control para mantener el rostro inexpresivo y no mostrar que entendía el lenguaje de señas. Era perturbador ver con qué despreocupación hablaban de cortar a la gente en pedacitos.

Contuve la respiración y esperé su respuesta.

—Sí —dijo en señas Aquiles—. Los mataremos más tarde.

Me tragué un grito. «Malvados. Ctónicos. Monstruos». Definitivamente no le iba a pedir prestado su bozal.

Mis mentores voltearon al mismo tiempo hacia los médicos acobardados.

—Venden sus fracturas —dijo Patro fríamente—. Ahora.

Los médicos asintieron e inclinaron la cabeza. Luego corrieron hacia mi cama. El jaguar les gruñó al pasar.

Me frotaron la piel con una pasta fría y me envolvieron el brazo con una extraña tela blanca flexible pero firme.

La mujer miró a Patro.

—La buena noticia es que no todas las flechas son fracturas recientes. Alrededor de una cuarta parte eran fracturas más antiguas.

No reaccioné.

Los padres adoptivos habían sido crueles, pero los inviernos de Montana habían sido más crueles todavía. La nieve y el hielo te hacían los huesos frágiles.

Patro respondió despacio:

—¿Cómo va a hacerme sentir mejor el hecho de que tenga un historial de debilidad? —Sus palabras destilaban veneno.

La doctora abrió y cerró la boca.

Patro dio un paso hacia ella como si fuera a atacarla, y ella se sobresaltó. Aquiles negó con la cabeza, y Patro puso los ojos en blanco y se recargó en la pared, que tenía un agujero hecho por su puño.

Se quedó ahí mientras los médicos me vendaban el antebrazo derecho, los dos hombros, el fémur izquierdo, las costillas, tres dedos de los pies, ocho dedos de las manos y la cabeza.

Cuando por fin terminaron, los médicos no perdieron el tiempo conmigo. Me dijeron que los huesos tardarían unas dos semanas en curarse y que, al cabo de una semana, debía quitarme las vendas para que los huesos respiraran, lo cual no tenía sentido.

Después, salieron corriendo de la habitación y se oyó un estruendo en el pasillo cuando se transportaron fuera de ahí.

El humo entraba por la puerta abierta. Habría gritado: «Los van a cortar en pedacitos», pero mis mentores probablemente se habrían vuelto locos y nos habrían matado a todos en un ataque de rabia.

Aunque, en este punto, eso podía sería preferible.

Volví a mirar el techo escandalosamente alto, mientras Patro me daba una lección sobre cómo bloquear golpes; al menos, eso parecía.

Lo ignoré.

Había llegado a mi límite diario de interacción con la gente.

Si los huesos rotos le habían hecho pensar a Patro que yo era débil (su expresión de asco dejaba claro que pensaba que por eso me habían abandonado), se iba a volver loco cuando se enterara de lo de mi ojo ciego y mi oído sordo.

No es que eso me frenara, ya me había adaptado a mi nueva realidad, pero algo me decía que Patro no lo vería así.

«Me matará. Nunca se lo diré».

La pasta producía un hormigueo agradable y una sensación de adormecimiento me penetraba profundamente. Todo se volvió borroso.

«En las nubes».

Se me cerraron los ojos y caí en un sueño profundo y reparador, acunada en el lujo de una cama.

Días borrosos.

Estaba perdida en un sueño febril.

Me despertaba jadeando, cubierta en sudor frío, pero me volvía a dormir enseguida.

El proceso se repitió.

Unas escamas se deslizaban a lo largo de mi cuello y susurraban que todo iba a estar bien. Durante un raro momento de lucidez, Nyx dijo algo sobre Medusa.

—Pero está en el inframundo —dije con voz ronca, con la garganta como papel de lija—. Utilizó a los titanes para atacar la Casa de Zeus. —Levanté la cabeza.

—Yo no lo creo —siseó Nyx. Cerró los dientes con un chasquido.

Abrí la boca para preguntar más, pero la cabeza se me cayó hacia atrás.

Me sumergí en pesadillas.

Esta vez, la muerte en persona se cernía sobre mí con la mano alrededor de mi tobillo, posesivamente. Tenía la piel pálida y unos odiosos ojos sanguinolentos, y me observaba sin pestañear. Una extraña sensación de intriga y curiosidad me invadió el pecho; era obsesiva.

Nunca había sentido nada igual.

La muerte se quedó durante horas.

En algún momento, se fue.

Todo se deformó y cambió. Unas uñas pintadas de negro me pasaron un trapo frío por la frente. Una voz masculina y ronca susurró insultos sobre patéticos mestizos olímpicos abandonados.

Levanté el dedo de en medio vendado; el delirio me volvía audaz.

Se rio sombríamente.

«Al menos a Satanás le parezco divertida».

Sus insultos se volvieron más crueles, pero suspiré aliviada cuando el paño me refrescó la carne enfebrecida. Me lo pasó suavemente por la cara, como si yo fuera de cristal.

La oscuridad se retorció.

—Me da gusto que hayas vuelto, pero ¿qué vas a hacer? —preguntó una áspera voz masculina.

Hubo una larga pausa. Luego otra voz respondió:

—Va a competir para nosotros, nos aseguraremos de ello.

—Qué buena suerte, carajo. ¿Una patética niña enclenque como ella? —Hubo una risa oscura y grave—. Van a necesitar mi ayuda.

El otro hombre suspiró y murmuró:

—Eres un maldito con suerte, ya eres general y no tienes que lidiar con esta mierda.

Me fui a la deriva.

En otra habitación sonaba un piano, y la evocadora melodía me recordaba a la miel. Se me llenaron los ojos de lágrimas. Era tan hermoso. La música vibraba en mi interior y ahuyentaba las pesadillas.

Pasó el tiempo.

—Nerón, Popea, dejen de gruñirle. ¿De verdad van a ignorarme?

Soñé que me caía de las nubes.

Caía en picada.

Justo antes de golpear el suelo, un hombre sin rostro me atrapaba. Era cruelmente hermoso, con unos impresionantes ojos azules: era la muerte otra vez.

Un ángel caído.

Puso su pulgar contra mi lengua bruscamente. Me agarró la barbilla con los dedos y me mantuvo la boca abierta mientras me metía unas pastillas en la boca. Me echó la cabeza hacia atrás y me echó agua por la garganta.

Me atraganté y balbuceé:

—Vete al infierno —Tosí mientras intentaba abrir los ojos llorosos.

Arrastró su pulgar fuera de mi boca.

—¿De dónde crees que vengo, *carissima*?

Una risita profunda resonó mientras el sueño volvía a hundirme.

Dos animales gruñeron, y el sonido era profundo y despiadado. «De otro mundo».

Una figura alta se cernía sobre mí.

—¿Charlie? —pregunté—. ¿Tú también estás aquí?

La voz murmuró algo sobre tontos e intenté responder, pero los sueños me llevaron.

Sonaba un piano.

Me desperté con los ojos llenos de lágrimas.

En la oscuridad, me incorporé jadeando, cubierta de sudor. Una brisa me acarició la piel y caí de espaldas con los ojos cerrados, incapaz de mantenerme sentada.

Mi visión se desenfocó.

Unas voces susurraban.

Me pusieron una copa en los labios.

Unos familiares dedos callosos me rodearon la mandíbula y me echaron la cabeza hacia atrás. Luego recorrieron mis pómulos. El agua helada calmó mi garganta destrozada.

—Gracias —susurré.

—No me des las gracias todavía —dijo la voz áspera—. Tengo el presentimiento de que no nos vamos a llevar bien. Una inocente como tú debería tenerle mucho miedo a un monstruo como yo.

Abrí la boca e intenté preguntarle qué quería decir, pero no me salió nada.

Las pesadillas me asfixiaban.

Había sangre por todas partes. Puños y cigarrillos contra mi piel. Me dolía el pecho mientras ella moría. ¿La estaba lastimando? Unos ojos carmesíes brillaron cuando una mano me tocó la pierna, y una curiosidad extraña me quemó el pecho. Me invadió el impulso de devorar: parecía el sentimiento de otra persona. Una daga se clavó en mi esternón y agité las manos ensangrentadas. Un hombre gritó.

Me senté y me apreté el corazón frenético.

Completamente despierta, jadeé mientras me frotaba la cicatriz palpitante del pecho.

La brillante luz del sol quemaba.

La sábana con costras de los médicos seguía cubriéndome y la habitación de techos altos se sentía cálida. Una brisa se filtraba por las puertas francesas abiertas que daban a un patio. No me había fijado en ellas.

Los rayos de la mañana entraban con un brillo cegador.

Oí chapoteos de agua.

Entorné los ojos y mi ojo derecho se adaptó a la luz.

«Santa madre». Después de una terraza, el agua azul turquesa llenaba el horizonte y exuberantes hojas verdes enmarcaban las ventanas.

El mar interminable estaba tan cerca que podía salir y caer en él.

Era impresionante.

Divino.

Había visto fotos de grandes masas de agua, pero nada me habría preparado para la vida real. El aroma del agua salada, el sonido del chapoteo, la forma como se extendía en el horizonte hasta la eternidad.

La puerta rechinó y me apreté la sábana ensangrentada contra el pecho.

Patro estaba en la puerta con un vaso de agua y un paño. Su piel oscura prácticamente resplandecía a la luz del sol, y sus pómulos altos eran tan afilados como para cortar vidrio.

Era impresionante lo mucho que se parecía a la estatua del David.

Sus ojos verdes se entornaron.

—Estás despierta. —Se dio la vuelta y salió de la habitación.

Parpadeé.

Su voz era suave, helada en su cadencia, nada que ver con la profunda voz ronca que me había insultado en sueños.

Debía de estar alucinando.

«Bien, ya me estoy volviendo loca. Los diecinueve no son mi año».

Unos minutos después, se oyó una fuerte explosión en el vestíbulo y los mismos médicos de antes entraron deprisa en la habitación. Aquiles y Patro los siguieron con sus aterradoras bestias pisándoles los talones.

«Al menos no han matado a los médicos... todavía».

—¿Le han estado dando la píldora nutritiva para ganar peso como les indicamos? —preguntó el médico mientras sacaba artículos de una bolsa.

Aquiles y Patro lo fulminaron con la mirada.

—Claro, por supuesto que sí —dijo el médico temblando—. Como ya pasó una semana, tenemos que quitarle la sábana para poder remover los yesos.

—No —grité con voz rasposa, agarrando la sábana con más fuerza.

«Mi padre sonriendo mientras me miraba y apagaba un cigarrillo contra mi estómago. Los puños de mi madre golpeando un lado de mi cara».

Mi carne era mía y nadie la vería a menos que yo quisiera.

A diferencia de Charlie, cuya espalda entera era una retorcida cicatriz de tejido mutilado, de la que nunca había hablado, yo tenía docenas de pequeñas cicatrices, en su mayoría imperceptibles. Las crestas de mis muñecas eran las más prominentes.

Mi torso estaba lleno de marcas.

Rasguños finos y tenues por mover ramas de árboles con extremos puntiagudos. Un círculo rojo de un cigarrillo. Pequeños puntos por trozos de cristal que se clavaron en mi espalda. Un surco irregular donde me caí sobre el hielo. Y la cicatriz arrugada que tenía en el esternón desde que era bebé.

Sin embargo, seguía sintiéndome pudorosa de mi piel.

Los eventos del coliseo fueron diferentes. Me habían llenado de adrenalina y estaba lo suficientemente cubierta de sangre como para que nadie pudiera ver nada.

Esto era personal.

Yo era yo otra vez.

Aquiles se paró en el borde de mi cama y me miró fijamente; el bozal obstruía su expresión.

Esperé el ataque. Había visto lo que le había dicho a Patro por señas. Era despiadado.

Con los nudillos blancos por apretar la sábana, me preparé para luchar si intentaban quitármela. Ganarían... al final, pero al menos podía dar batalla. Enderezando la columna, respiré profundamente. Tensé los muslos.

—Todos fuera menos tú. —La voz de Patro resonó en la habitación mientras señalaba a la doctora.

El médico recogió sus cosas y salió corriendo de la habitación tan rápido como pudo. Lentamente, el Dúo Escarlata lo siguió.

Patro se detuvo en la puerta y miró atrás.

—Ella está bajo la protección de las Casas de Ares y Afrodita. Hazle daño de *cualquier* manera, y nadie te encontrará jamás.

La mujer tragó saliva.

—¿Entendido? —bramó Patro con los ojos llenos de sangre, y me sobresalté por la ferocidad de su voz.

—Sí. Por supuesto. Soy de la Asociación de Sanadores. Hice un juramento de curación —dijo rápidamente—. Nunca haría nada que...

Patro cerró la puerta de golpe y la interrumpió.

La mujer exhaló e inclinó la cabeza hacia el techo como si estuviera rezando.

Habría rezado con ella, pero estaba noventa y nueve por ciento segura de que Dios me había abandonado. Además, estaba nerviosa por el hecho de que iba a tocarme. Era mejor que un hombre, pero no mucho.

Una cosa había aprendido con los años: a la mayoría de la gente no le caía bien.

El lobo y el jaguar nos gruñeron ferozmente a las dos y luego se sentaron en un rincón de la habitación.

Tras el largo momento que la doctora necesitó para recuperarse, tomó sus utensilios y se volteó hacia mí.

La miré con inquietud. «Por favor, no me robe los órganos».

El mundo posterior a los titanes estaba lleno de personas que se hacían pasar por médicos para sacarles los órganos a las personas sin su consentimiento y ganar dinero con sus partes en prósperos mercados negros.

La doctora sonrió.

Intenté no gritar pidiendo clemencia.

Me tocó el brazo y respiré entrecortadamente por la nariz. Cortó una venda, y yo observé sus tijeras como un halcón, esperando a ver si me iba a cortar la piel.

—Ten cuidado con el Dúo Escarlata —murmuró mientras se inclinaba sobre mí. Me sobresalté al verla tan cerca—. Son peligrosos —murmuró mientras seguía cortando.

«¿Cómo cree?, parecen superagradables».

—O sea... mira de quién son amigos. —Se dirigió al vendaje de mi pierna y murmuró en voz baja algo sobre «herederos psicópatas con los que todo el mundo está obsesionado».

Se estremeció dramáticamente y bajó la sábana para hacerse cargo en mis costillas.

Cerré los ojos y fingí que no estaba expuesta frente a ella.

Me tomó la mano y fue dedo por dedo.

—Francamente, Cronos ayúdanos, no creo que el bozal sea suficiente para Aquiles.

Al parecer, tomó mi falta de respuesta como un estímulo para continuar.

La doctora levantó su bolsa y se dirigió a los últimos vendajes de mi cabeza.

—Sabes —Su voz bajó a un susurro, como si temiera que la escucharan—, se rumora que iban a enviar a Aquiles al inframundo después de su participación en el Torneo de Gladiadores… un mestizo ctónico como él, con ese tipo de poder… solo estás pidiendo que se repita la Gran Guerra.

Sacudió la cabeza y se inclinó más cerca, cortando con las tijeras a lo largo de mi cabeza.

—O sea, fundaron esa horrible empresa de armas con Augusto y Caronte, que son auténticos *sociópatas*. He oído que incluso fueron diagnosticados. O sea, mira qué eligieron para representarse a sí mismos.

Arrugó la nariz de asco.

Algo me decía que las emes de GSMM no significaban «maravilloso» y «magnífico».

Me daba miedo preguntar.

Me apartó el pelo de la frente. Intenté no tener arcadas mientras ella actuaba como si fuéramos amigas.

«¿Ayuda?».

Esta amistad era perturbadora.

Continuó:

—El hecho de que Patro hiciera el juramento espartano de que solo le quitaría el bozal a Aquiles si era necesario es una locura. Todo el mundo sabe que a la gente que hace juramentos espartanos, aparte del matrimonio y de la unión con animales, le pasan cosas *malas*. —Me sonrió—. Pero probablemente te estoy aburriendo, porque tú ya sabes todo esto.

«En realidad, señora, no sé nada, y no puedo discernir si quiere mi riñón o no».

«También, por favor, sáqueme de aquí. Le agradecería mucho que me secuestrara rápidamente, antes de que vuelvan mis mentores. Gracias».

Intenté desesperadamente encontrar el valor para hablar.

Cayó la venda de mi cabeza y ella aplaudió.

—Ahora, tus huesos están casi curados, pero seguirán muy débiles durante los próximos siete días, así que tómatelo con calma.

Me miró entornando los ojos.

—¿Sabes?, tiene sentido que te fractures fácilmente. La Casa de Zeus es conocida por sus problemas de fertilidad. Todos los mestizos recientes han… tenido dificultades. Gracias a Dios por Theros, es el primer heredero que han tenido en siglos. Todas las Casas Olímpicas han tenido dificultades con la fuerza de su progenie después de la Gran Guerra.

«Gracias a Dios, aún hay esperanza. Tal vez Esparta caiga y yo pueda vivir en paz».

—Pero la nueva ley sobre el matrimonio va a arreglar todo eso, gracias a Cronos. —Sonrió muy alegremente—. Todo el mundo está hablando de ello. Es genial, va a hacer que todos los ciudadanos de Esparta hagan un juramento matrimonial al cumplir veintiséis años. Bueno, todos menos los líderes de las casas, obviamente. A ellos nadie les dice qué hacer.

Fruncí el ceño.

«¿Perdón? ¿Una ley de matrimonio a los veintiséis? Sería un matrimonio infantil».

Yo nunca he querido casarme.

Tendría que tocar sexualmente a otra persona.

Paso.

—Hay algo mejor —continuó la doctora, ajena a mi crisis mental—. Pusieron una cláusula en la que se enlistan los diez nombres de los ctónicos y se establece que no pueden casarse *solo* con alguien de esa lista. Los líderes ctónicos se negaron a acatar la cláusula si se prohibía totalmente a los ctónicos casarse entre sí, así que la Federación transigió y añadió el «solo». De cualquier modo, tienen que casarse con un olímpico.

Se rio burlonamente.

—En realidad, el tecnicismo no importa: la próxima generación de sangre ctónica se diluirá con la sangre olímpica. No hay forma de que encuentren un resquicio legal. La Federación alega que la ley se debe a los problemas de fertilidad de Esparta, pero todo el mundo sabe que en realidad es para obligar a los ctónicos a hacer alianzas con los olímpicos... es brillante.

Otra vez iba a quitarme el pelo de la frente y yo esquivé su mano.

Entornó los ojos.

—Bueno —Resopló—. Yo intenté ayudarte. Aunque no seas más que una mugrienta mestiza abandonada —murmuró en voz baja mientras recogía sus utensilios.

«Qué corta amistad».

—Tenga cu-cuidado —dije apresuradamente mientras agarraba las sábanas con fuerza—. Le van a hacer daño.

Se rio.

—No sabes *nada* de las costumbres de las grandes Casas. Tú eres la que está en peligro, no yo.

La puerta se abrió de golpe y entraron mis mentores.

La mujer se sobresaltó.

—Es un placer ayudar a las grandes Casas —dijo con la cabeza inclinada mientras hacía reverencias a los hombres—. Por favor, informen a la Casa de Hades de mis servicios a las grandes familias ctónicas, y hagan saber al Escuadrón de la Muerte que si alguna vez...

—Fuera —la interrumpió Patro con frialdad. Aquiles estaba a su lado, con los brazos cruzados y los ojos rojos brillantes de peligro.

Me llené de culpa. «Intenté advertirle».

La mujer jadeó y se alejó corriendo.

—Nerón, sal de la habitación —le ordenó Patro al lobo de Aquiles, y este se alejó de mala gana después de mirarme de reojo—. Popea, tú también —dijo, y el jaguar obedeció.

Nos dejaron a los tres.

Solos.

«Ayuda».

7
TIEMPO DE HACER ESTRATEGIAS
ALEXIS

—Intenté limpiarte un poco la sangre, pero supuse que no querrías que alguien te bañara mientras estabas inconsciente —dijo Patro, y Aquiles se cruzó de brazos a su lado—. Por eso la sábana todavía está sucia.

«Suena casi... ¿amable?».

—Eh, gracias. —Me apoyé en las almohadas mientras la incomodidad se extendía entre los tres.

«Tal vez no sea tan malo. Tal vez estaban bromeando sobre matar a los médicos, y yo solo estaba siendo dramática...».

—Hueles y te ves asquerosa. —Patro señaló una puerta en la pared del fondo—. Usa el baño y ponte presentable. Estar cerca de ti en este estado es repugnante y una deshonra para nuestras Casas. Si fueras una heredera, los líderes se desmayarían de horror al ver lo impura que eres.

«Olvídenlo. Definitivamente es malvado».

—Además, procura no resbalarte y romperte el cuello —añadió Patro—. Sería un inconveniente.

«Trata de morir en la ducha a propósito. Entendido».

Esperé a que se marcharan apretando la sábana contra el pecho.

Patro entornó los ojos.

—¿Entendido? —preguntó en voz baja.

—Claro como el agua —susurré. Por alguna razón, no podía controlar mi lengua cerca de él.

—Bien.

—Genial.

—Fantástico.

—Fa-fabuloso.

—Estupendo.

—Soberbio.

Aquiles agarró a Patro del codo y lo sacó de la habitación antes de que pudiera seguir discutiendo. Cuando se cerró la puerta, me senté con un suspiro.

Lo peor era que Patro tenía razón. Mi pelo estaba lleno de sangre y me sentía asquerosa. Necesitaba una ducha urgente.

—Nyx —susurré en la habitación silenciosa.

La almohada de seda del otro lado de la cama se movió.

—¿Qué? —espetó Nyx.

—¿Quieres bañarte? —le pregunté, porque le gustaba que le echara agua de pozo durante los calurosos meses de verano.

—¿Que si *quiero* bañarme? —se burló—. ¿Qué clase de pregunta ridícula es esa? Claro que quiero.

Una hora más tarde, estaba bajo una cascada de agua caliente con las piernas temblorosas y una serpiente invisible alrededor del cuello. En mi cabeza sonaba música clásica mientras el agua salía del techo y las paredes.

Era divino.

Se me llenaron los ojos de lágrimas al lavar años de suciedad.

A juzgar por los ruidos de felicidad que hacía Nyx, estaba de acuerdo conmigo. Había varias botellas de productos, que yo no estaba segura de cómo usar, ya que Charlie y yo solo habíamos racionado un jabón robado durante años.

«Charlie».

Me dolía el corazón.

Quería pedirles a mis mentores que averiguaran si estaba bien, pero acababa de participar en una lucha a muerte y de ver cómo un estadio vitoreaba el asesinato de docenas de chicos, y ellos eran de su propia especie. No se preocuparían por un humano.

No estaba dispuesta a correr el riesgo de que los espartanos le hicieran daño.

Tenía dieciocho años y sabía valerse por sí mismo.

«Pero está solo, extrañándote».

El baño giró a mi alrededor. La música se apagó. Mi respiración se agitó mientras apoyaba las manos en las rodillas y jadeaba.

—Niña, ¿qué pasa? —preguntó Nyx.

—Charlie —jadeé, con el pecho ardiendo por el comienzo de un ataque de pánico.

Nyx susurró un flujo constante de ánimo sobre lo capaz que era mi hermano pequeño hasta que pude respirar de nuevo.

A ciegas, tomé una de las botellas de la repisa y me eché jabón en el pelo y el cuerpo.

Olía a menta.

Froté con todas mis fuerzas.

Me clavé las uñas en la piel después de que la suciedad y la sangre desaparecieron, y me concentré en la niebla invisible. Seguía pegada a mí, insidiosa y fría. Las voces susurraban sobre mi carne. «Mi madre está muerta porque tú…».

—Estás limpia. Cálmate, Alexis. —La voz de Nyx me devolvió a la realidad.

Mis antebrazos estaban cubiertos de marcas rojas.

Mi visión se alteró y, por un segundo, pareció como si un veneno se extendiera bajo mi piel.

Gemí.

—¡Despierta, mujer! —gritó Nyx.

Respiré temblorosamente y me erguí, controlándome.

—¿Qué haría yo sin ti?

—Estarías en problemas —dijo Nyx.

Eché la cabeza hacia atrás y cerré los ojos.

—Nyx, ¿mi poder es hablar contigo?

Se deslizó alrededor de mi cuello.

—Cuando hablamos, ¿sientes un cosquilleo, como una euforia, en la cabeza? —preguntó despacio.

Exhalé y me salió agua de la boca.

—No. —Lo único que sentía era una desesperación aplastante.

—Entonces no es tu poder.

Abrí los ojos y me quedé mirando el rocío.

—¿Entonces cuál es?

—Niña, si lo supiera, te lo diría. He visto cosas locas en mi vida, pero estas dos últimas semanas se llevan las palmas.

Las dos suspiramos.

Me animé.

—¿Eres mi animal de protección, entonces? ¿Como Nerón y Popea y los pájaros en los hombros de los doctores? ¿Estamos unidas de alguna manera, y es por eso…?

—No —siseó Nyx interrumpiéndome.

Me sobresalté ante la vehemencia de su voz.

—No —repitió en voz más baja—. Yo ya estoy unida a alguien más.

Se me encogió el corazón.

—¿A quién? —susurré, con los celos quemándome el pecho.

—Estoy unida, niña, quiero decírtelo, pero no soy físicamente capaz de hacerlo. —Las escamas de Nyx se deslizaron contra mi cuello, como si se estuviera levantando—. Los juramentos espartanos son cosa seria. Juran lealtad a sus animales por encima de todo, y cuando los aceptamos, estamos atados al mismo juramento. Pero mi persona ha… desaparecido. El juramento no me permite hablar más, no directamente.

«¿Significa que ha hablado de esa persona indirectamente?».

—Lo entiendo —dije, aunque no era así.

—No te preocupes, niña. Aquí estoy contigo. Siempre estaré contigo.

—Sí. —Me enjuagué los ojos, agradecida por el baño—. Por supuesto.

—Te juro que no estoy tratando de cambiar de tema —dijo Nyx lentamente—. Pero ¿crees que el jaguar podría estar interesado en mí?

Se me escapó una carcajada acuosa.

—No estarás hablando en serio.

—¿Viste sus colmillos? Esos caninos son letales. Afilados como navajas. Y sus cuádriceps son una locura.

—Estás loca. —Me reí, consciente de que me estaba distrayendo, pero agradecida por ello—. Pensé que te gustaban los hombres.

Nyx siseó.

—No seas una mojigata de mente cerrada, Alexis, no te queda.

Me reí débilmente.

Cuando mi piel estuvo reluciente y hube gastado lo que debía ser una pequeña fortuna en agua —intenté no sentirme mal por el gasto, pero sin duda me sentía mal—, salí del baño.

Tomé una toalla esponjosa del estante de la pared, me maravillé de lo caliente que estaba y sostuve el lujoso artículo frente a mí.

El peso abandonó mi cuello cuando Nyx se lanzó sobre ella.

Después de secarnos, inspeccioné el baño de mármol. Había productos nuevos sobre el lavabo, seguramente para mi uso.

Me pasé un cepillo por el pelo mojado y fingí no darme cuenta de que el mango estaba grabado en oro.

Después, sintiéndome como una ladrona, me llené las muñecas de ligas para el pelo nuevas antes de que pudiera disuadirme de hacerlo. Estaba acostumbrada a recoger ligas viejas del suelo, así que ver una pila de ligas nuevas era una oportunidad demasiado buena para dejarla pasar.

Me lavé los dientes hasta que me sangraron las encías.

Luego repetí el proceso tres veces más.

Cuando por fin salí del baño, mi sábana de apoyo emocional había desaparecido y alguien había sustituido el edredón por uno blanco y limpio.

La habitación en sí era minimalista, con techos altos y una cama baja.

Todo estaba impecable.

Era el paraíso.

«Charlie».

Me sentí culpable e intenté no pensar en él solo entre nuestras cajas de cartón.

Sobre la cama también me esperaba un montón de ropa limpia, y había brasieres deportivos de todas las tallas con las etiquetas puestas. Me puse el más pequeño, agradecida de que ninguno de los dos hubiera puesto tanta atención como para darse cuenta.

Una camiseta me quedaba bien y grande, como a mí me gustaba, pero tuve que arremangarme en la cintura el único pantalón y amarrarlo para evitar que se me cayera.

Al ponérmelos, me di cuenta de que la camiseta olía a ámbar y fuego, y los pantalones a menta. Los olí un par de veces… solo para confirmarlo.

Después de lo que me parecieron siglos de acicalarme, me sentí renacer.

Salí a la terraza.

Siempre me había gustado nadar en el estanque turbio de atrás del campamento de remolques, pero no podía ni imaginar cómo se sentiría flotar en el mar turquesa.

El verde follaje se extendía por la casa, construida en la parte baja de una frondosa colina.

Era impresionantemente tropical.

El cálido sol se sentía divino sobre mi piel tierna, así que me acosté con alegría en un camastro y cerré los ojos.

Una sonrisa curvó mis labios.

Me quedé dormida.

—¿Por qué te pareces a Zeus? —gritó Patro, y me incorporé de golpe.

El Dúo Escarlata estaba de pie frente mí, tapando por completo el sol con su monstruoso tamaño.

—¿Qué? —pregunté con confusión.

—Los mismos ridículos piel y rizos dorados. —Patro miró mi pelo, ahora seco, como si lo ofendiera moralmente—. Incluso tienes uno de sus ojos blanco grisáceo. Aunque… —Entornó los ojos— él jamás abandonaría a una hija a menos que hubiera algo extremadamente malo con ella.

Un dolor fantasma me punzó en el costado izquierdo, justo donde padre adoptivo me había golpeado con el puño.

No lo corregí sobre el color de mis ojos.

Todo el mundo asumía siempre que había nacido con heterocromía.

«Algunas heridas son tan visibles que nadie puede verlas».

Patro me miró con los ojos entrecerrados, como si intentara averiguar qué tenía de malo (tantas cosas que podía hacer una lista). Me aclaré la garganta e intenté cambiar de tema.

—Se podría hacer una prueba de pa-paternidad para ver —ofrecí tentativamente.

Parecía ridículo suponer mi parentesco con base en mi pigmentación. Todo el mundo sabía que la genética no era un juego de suma cero. No se puede decir «él también tiene la piel dorada» y pum, son parientes.

Aquiles y Patro me miraron como si fuera estúpida, lo que aún era discutible.

—No. —Patro puso cara de que había dicho algo tonto—. No podemos simplemente analizar tu sangre. Ya no eres solo una débil humana. La sangre espartana es demasiado ácida para analizarla. Obviamente.

«Literalmente nada es obvio sobre Esparta».

Patro frunció los labios y suspiró con dramatismo.

—Cambiando de tema, la verdadera pregunta es, ¿por qué Zeus te emparejaría con nosotros y no con Theros?

Aquiles lo miró fijamente y arqueó una ceja.

—Él es débil y patético —dijo en lenguaje de señas—. Igual que ella.

Me costó todo lo que tenía no hacer una mueca. «Eso era innecesario».

—Sé que es un incompetente —respondió Patro en voz alta—. Pero es su heredero, así que por qué no iba a... —Me miró, estupefacto—. A menos que realmente quiera que triunfes —Arrugó la nariz—. Pero a ti te abandonó y a nosotros nos odia. Solo tiene sentido si está tratando de matarte y arruinarnos.

«En este punto, parece que todo el mundo está tratando de crearme traumas con mi padre».

Patro se frotó las sienes como si estuviera pensando o tuviera un tumor que le causara dolor.

Recé porque fuera lo segundo.

El silencio se extendió y la situación volvió a ser incómoda.

«¿O tal vez siempre ha sido incómoda?». Yo solía tener ese efecto en la gente, sobre todo en los hombres. Probablemente eran mis pechos gigantes, mi cuerpo curvilíneo y mi personalidad extrovertida y burbujeante.

—¿Estamos en Creta? —susurré, nombrando la primera isla griega que me vino a la mente.

Ambos me miraron con el ceño fruncido. Bueno, supuse que Aquiles fruncía el ceño; era difícil saberlo por el bozal.

«¿Le rozará a veces?».

—No, no estamos en Creta. Estamos en Corfú —se burló Patro como si yo hubiera hecho la pregunta más tonta del mundo—. La Casa de Hades es dueña de Creta, obviamente.

«Voces, frío, niebla negra por todas partes, un niño con cuernos golpeándose la cabeza durante la masacre».

—No pongas esa cara de asco —espetó Patro—. No eres tan buena como para lamerle las botas a Hades o a Perséfone; ellos son los mejores de nosotros —dijo casi con nostalgia.

Si ellos eran los mejores, no quería conocer a los peores.

Aquiles se quedó quieto como si estuviera tallado en mármol, y Patro encendió un cigarrillo que olía a clavo y tabaco.

Arrugué la nariz por el olor.

Patro sopló el humo en mi dirección y me hizo dedo.

Hice una mueca y miré hacia otro lado.

Tras un momento de tensión, Patro dio una larga calada y dijo:

—En fin. Entonces, hija de Zeus y de una maldita humana cualquiera que probablemente quería probar la fama, pero terminó en la ruina porque él no te quiso, ¿cuál es tu poder? Por favor, ilumínanos. Personalmente, no puedo esperar a escuchar esto, carajo.

—Decir groserías es señal de debilidad mental —susurré, y luego me tapé la boca con una mano, horrorizada por haber expresado mis pensamientos en voz alta.

Me estaba volviendo loca.

Patro se cruzó de brazos y se burló:

—«Decir groserías es señal de debilidad mental». —Su sonrisa era venenosa—. Madura de una maldita vez. ¿Cuál es tu maldito poder? Dínoslo ya, carajo.

Respiré hondo para tranquilizarme.

—No tengo.

El ojo derecho de Patro se crispó, y Aquiles permaneció inmóvil.

—¿Qué quieres decir? —preguntó Patro en voz baja, con el cigarrillo temblando entre sus labios.

Me miré los pies.

—No tengo poderes.

Una brisa marina sopló cálidamente y nos movió el pelo.

Patro aplastó su cigarrillo, entró y gritó a todo pulmón en la otra habitación.

Me sorprendió que no golpeara la pared como un psicópata.

Se oyó un crujido y un bramido: la pared. «Clásico».

Una crisis mental más tarde, unos diez minutos más o menos, el Dúo Escarlata volvió a sentarse frente a mí en los camastros.

Patro se frotó los nudillos ensangrentados.

—Los olímpicos siempre dicen que su poder se siente como algo placentero y burbujeante… ¿estás cien por ciento segura de que nunca has sentido algo así? —preguntó.

Si era completamente sincera, no estaba segura de haber sentido «placer» alguna vez. Lo más cerca que había estado del gozo fue cuando Tim-Tom fue suspendido de la escuela durante una semana porque, con la consigna «paz, amor y sexo anal», provocó un pequeño motín en los pasillos. Sí, eso de verdad sucedió.

La preparatoria era un lugar extraño.

—Sí —repetí.

—¿Es en serio? —gritó Patro, y se levantó. Aquiles le puso una mano en el muslo y lo empujó hacia abajo.

—¿Cómo se siente usar su po-poder? —pregunté, porque Nyx decía que era importante entablar conversación y no mirar fijamente a la gente en silencio (yo no estaba convencida).

Patro respiró hondo.

—Es… intenso —dijo apretando los dientes—. Doloroso y lo consume todo de una manera que los olímpicos jamás podrían entender. Pero no es asunto tuyo.

Sacudió la cabeza y entrecerró los ojos con crueldad.

—Las únicas mujeres ctónicas son las herederas —dijo con vehemencia—. Una mujer ctónica mitad humana es literalmente imposible: nuestro poder te haría trizas desde dentro. Te desgarraría en patéticos pedazos y te haría hervir el vientre. Ni siquiera puedes imaginar lo que sentimos.

«Fascinante. Suena como un ciclo menstrual promedio».

No es que hubiera tenido muchos. A causa de la inanición, podía contar con los dedos de una mano las veces que había tenido la regla, pero cada una había sido sumamente traumática.

—Entonces, para que quede claro —Patro hizo una pausa y respiró pesadamente—. ¿No tienes poderes, ni entrenamiento, ni el respaldo de una Casa, y sí un historial de huesos rotos? ¿Eso es lo que aportas?

«También tengo un ojo ciego y un oído sordo, y Tim-Tom me dijo una vez que tenía la complexión de una jirafa; todavía no estoy segura de si su intención era insultarme o hacerme un cumplido».

Los ojos de Patro se movieron como si le fuera a dar un aneurisma.

Esperé ilusionada.

Lamentablemente, no cayó muerto.

«No queda justicia en este mundo frío y cruel».

Tras largos y prolongados momentos de incómodo contacto visual, suspiré y le dije:

—Me va bien en la escuela. Podría ser una ventaja.

Patro cortó el aire con la mano como un cuchillo.

—Los espartanos son conocidos por su inteligencia. ¿Crees que en la prueba final alguien va a ser tonto? —Abrió los ojos de par en par con horror—. ¿Siquiera sabes qué es la prueba final?

Reconocía una pregunta capciosa cuando la oía.

Mis labios permanecieron cerrados.

Se tapó la boca.

—No sabes... no tienes ni idea de lo que te espera. —Se volteó—. Está muerta.

Aquiles asintió.

—¡Eso es lo que yo siempre digo! —gritó Nyx desde la otra habitación.

Me apreté la frente con los dedos y recé para que cayera un meteorito del cinturón de asteroides y me matara.

«Por favor, Dios, dame tu mejor golpe. Estoy lista».

—Eres patética. Incluso para una olímpica, eres una vergüenza —gruñó Patro—. Y eso es mucho decir.

Dios, qué sorpresa, no me dio su mejor golpe.

—Yo nunca pedí nada de esto —dije, con la garganta sin usar ardiendo por la fuerza de mi arrebato—. Yo pensaba que era completamente humana hasta la semana pasada.

—Ah, sí. —Patro agitó las manos en el aire—. Debió ser muy difícil crecer como una humana mimada sin más responsabilidades que ir a la escuela y vivir una vida encantadora. Llora el río Estigia si quieres.

Apreté las manos para no darle un puñetazo.

«No deberías haber hablado».

Nerón me miró desde el suelo y enseñó los dientes.

Me recordaba a Fluffy, pero con los colmillos afilados como cuchillas, los ojos rojos, un tamaño descomunal y la capacidad de arrancarme la garganta de un mordisco.

Además, a diferencia de Fluffy, me detestaba.

Me dolía.

El silencio se prolongó mientras Patro y Aquiles parecían mantener otra conversación muda.

Me recosté en mi camastro y tomé el sol (soñé con la muerte e intenté ser un objetivo más claro para el asteroide). «Cruzo los dedos».

Patro se levantó bruscamente y se fue de la terraza.

Eché un vistazo: Aquiles me estaba mirando.

No apartó la vista cuando le sostuve la mirada.

«No presagia nada bueno».

—Toma —gritó Patro cuando volvió a salir y dejó caer dos libros sobre mi regazo. Uno tenía en la portada una pintura de un cadáver destripado; el otro, el dibujo de un casco espartano.

«Algo me dice que no van a ser mis *fan fictions* de Emmy y Carl».

—¿Tienes algún libro de ma-matemáticas? —pregunté antes de poder contenerme. Mis niveles de estrés eran altísimos; necesitaba números para calmarme. También necesitaba dejar de hablar con el hombre que probablemente iba a estallar y matarme.

Patro hizo una mueca.

—No, porque, lo creas o no, no soy un perdedor. Además, esto no es lectura de ocio. —Señaló la portada ilustrada—. Es un manual original sobre la prueba del fundador, pero está en latín, así que también te traje la versión traducida.

—Sé leer latín —susurré.

—Sí, claro —se burló con incredulidad—. Volveremos a reunirnos cuando los hayas leído y dejes de ser una salvaje ignorante.

Pasé los dedos por las ásperas páginas amarillas del original. «¿Cuántos años tiene este libro? Tengo la historia en mis manos».

Por poco no me di cuenta de que los hombres se fueron.

Una hora más tarde, tenía náuseas y sudaba.

El latín era áspero pero comprensible, por desgracia.

«Ojalá fuera analfabeta».

El libro comenzaba con:

> «Toda Esparta está dividida por una prueba mental, en una de las cuales habita la paranoia; en otra, la privación del sueño; y en la tercera, la inanición. Lo que otros en su idioma llaman "dolor"

es, en nuestra Academia de Guerra Espartana, la prueba. El río Estigia separa los Dolomitas de la academia; el ahogamiento y la carrera los separa de la mente. De todos ellos, los astutos son los más valientes. Porque están más lejos de la civilización y el refinamiento, sus mentes no se rompen cuando el resto se hace añicos».

A partir de ahí empeoró progresivamente.

El libro detallaba hasta la saciedad la importancia del dolor, el sufrimiento, la suciedad, el miedo y el hambre. De forma confusa, se refería a la prueba como un reto mental, pero luego lo describía constantemente como una guerra.

Más adelante, el libro repetía: «La prueba tiene derecho a romper a los que ha conquistado para que no puedan protegerse de sí mismos. Si tienes que romper a un hombre, hazlo para revelar su poder; en todos los otros casos, mátalo».

«Encantador».

Y la última línea decía: «No hay dioses estúpidos porque no hay espartanos estúpidos. La prueba o la muerte; no hay tercera opción».

El sudor me recorría la espalda. Abrí la versión en español del libro, esperando haberme equivocado al traducir.

Era exactamente igual, salvo que el traductor utilizaba con más frecuencia los términos *masacre*, *asesino* y *repugnante*.

Aparté ambos libros de mi regazo, incapaz de digerirlos.

La prueba sonaba casi peor que la preparatoria.

Me desplomé sobre la silla con Nyx alrededor de la garganta. El sol se ponía sobre el mar Jónico y un cementerio de estrellas hacía su aparición.

Apenas me di cuenta.

El tiempo se distorsionó a mi alrededor.

Los grillos cantaban y las olas azotaban mientras me ahogaba en los sonidos nocturnos.

Cuando por fin me arrastré a la cama, con la cabeza confundida por los pesados pensamientos, oí un extraño crujido procedente del otro lado de la pared.

Un gemido bajo y masculino y un grito.

Jadeos pesados.

Alguien gritó, como si le doliera algo.

Entonces el crujido se reanudó.

Antes de que pudiera despertarme lo suficiente para investigar, me sumergí en pesadillas.

Unos ojos escarlatas brillaban desde el extremo de mi cama.

Había un peso en mi tobillo, dedos envueltos con fuerza. Me invadió una extraña sensación de interés y curiosidad. La obsesión me quemaba viva.

Unos esqueletos gruñeron.

La brisa nocturna se arrastraba por mi piel como si tuviera garras.

—Vas a sobrevivir —ordenó la voz ronca y familiar—. Vas a hacerlo por ellos, o te traeré de vuelta a la vida y te haré desear estar muerta. Entonces haré que se quiebre tu mente. Obedece, no quieres ponerme a prueba, carissima.

—¡Despierta! —gritó Patro.

Me incorporé con un grito ahogado.

«Santo cielo, nunca había tenido sueños como esos».

Patro estaba de pie junto a la cama.

—Supongo que leíste los libros que te di —dijo sin preámbulos—. ¿Entiendes qué es la prueba?

Me desplomé contra las almohadas y asentí débilmente.

—Prueba mental, dolor, sufrimiento, inanición, paranoia, muerte, bla, bla, bla.

«Un día normal viviendo en el bosque».

Patro resopló y, por un segundo, casi pareció que sonreía.

—Es un resumen bastante acertado.

Hice una mueca ante su expresión: la gente alegre me perturbaba. «¿Qué hay que les haga sentir bien en estos tiempos? De verdad. Quiero saberlo».

Por suerte, la cara de Patro se contorsionó de disgusto (comprensible), y tomó un delgado libro de texto de la mesita de noche.

—Lee esto hoy: cubre las cuatro disciplinas de la prueba.

Lo acepté.

—Nunca has oído hablar de ellas —dijo—. Las disciplinas se mantienen en secreto a propósito para que ningún iniciado tenga ventaja, lo que en realidad ayuda en tu caso. El libro solo esboza los nombres y da una descripción general de cada clase. No es nada que tú, ni nadie de tu edad, haya estudiado antes.

Mi interés despertó.

«¿Qué se puede enseñar de lo que nunca haya oído hablar?». La prueba de mérito espartana abarcaba una docena de materias diferentes.

Patro debió confundir mi silencio con desinterés.

—Tienes que conocer las cuatro clases —dijo con un resoplido—. *Primera*: Matemáticas Thagoreanas, que son matemáticas avanzadas relacionadas con filosofía. *Segunda*: Mitos Clásicos Perdidos, que se centra en la historia arcaica en latín. *Tercera*: Disciplina y Poder, D y P para abreviar, la clase más útil por mucho, ya que abarca los poderes, los juramentos espartanos, el escudo mental y la transportación.

—¿Dijiste que eran cuatro? —pregunté.

Patro sonrió con satisfacción.

—La cuarta es menos una clase y más un desafío largo, que empieza después del verano. Es vincularse con un animal de protección.

Miré hacia la almohada bajo la que sabía que dormía Nyx.

—Oh —dije, con el ánimo por los suelos porque no quería vincularme con un animal cualquiera.

—Ya que Zeus parece ser tu padre —dijo Patro con el ceño fruncido—, como olímpica con un fuerte linaje, estoy seguro de que los pájaros volarán hacia ti y podrás elegir entre ellos.

No pude encontrar la energía para asentir.

Nunca me habían gustado los pájaros.

No, no era porque el vecino Paul (después del incidente del golpe en la cabeza con la pala) solía gritar desde el porche de su remolque que los pájaros eran drones de vigilancia del gobierno.

Es que nadie había podido probar que los pájaros no nos espiaran.

Además, ¿por qué siempre estaban volando por ahí? ¿Adónde iban? ¿Qué hacían? ¿Por qué siempre estaban cantando? Sospechoso.

Los gorjeos matutinos sonaron a través de las ventanas y abrí los ojos de par en par. «Nos tienen rodeados».

Patro frunció el ceño como si estuviera esperando que yo dijera algo.

—Sí, pa-pájaros —dije tentativamente—. ¿Arriba las palomas? *Seguro* que no nos vigilan ni envían información a la…

Patro salió de la habitación.

«Eso fue raro, Alexis, incluso para ti. Bájale».

Suspirando, me acosté en la terraza y leí mi nuevo libro.

El tiempo reanudó su pausado paseo (su marcha de la muerte).

Durante los cinco días siguientes, tomé abundantes píldoras nutritivas y mis huesos se curaron. La clavícula y las costillas también dejaron de sobresalir tanto. Casi me veía sana.

Pero un nuevo temor se apoderó de mis nervios porque la prueba, un reto mental similar a la guerra, se acercaba rápidamente.

Cada noche, me ahogaba en pesadillas en las que una voz áspera se burlaba de mí.

El último día antes de mi partida, el Dúo Escarlata volvió a sentarse frente a mí en la terraza.

Las hojas verdes crujían en la ladera circundante.

El mar brillaba como los diamantes.

—No vas a sobrevivir en la Academia de Guerra Espartana sin un poder —dijo Patro con tono grave—. Literalmente, te matarán si creen que no tienes poder. Sin hacer preguntas. Así que no se lo digas a nadie.

Tragué saliva.

—Mi hermano, Augusto, dará la clase de D y P este año —dijo Patro con una sonrisa cariñosa—. Es muy ecuánime y honorable, pero no soporta a los tontos. Si no tienes poder… digamos que no quieres no tenerlo. Aunque suele ser protector con las mujeres por nuestra hermana, Helena. Aun así, explotará tus debilidades sin piedad para hacerte mejor.

Me estremecí.

«Augusto, de treinta y un años, es el mayor de los herederos ctónicos».

Todo el mundo conocía al famoso hijo de Afrodita y Ares.

Circulaban historias disparatadas sobre su «belleza pecaminosa, su poder perturbador y su furia divina», pero como era sumamente reservado, ninguna había sido confirmada.

Durante años, la página Estilo de Vida Espartano había intentado conseguir fotos de él y había fracasado porque pertenecía al nivel superior, la sociedad real secreta de los espartanos que se preocupaban por el honor y la pureza.

«Todos están locos».

El vecino Paul (antes de la pala) parecía más aterrizado que los herederos espartanos.

Una cosa era segura: Augusto no era alguien a quien yo quisiera conocer. Como hijo de dos herederos, podía haber elegido ser el heredero de la Casa de Afrodita o de Ares, pero había sido nombrado heredero de la Casa de Ares.

Había *elegido* la Casa de la Guerra.

Suficiente.

Patro continuó:

—La buena noticia para ti es que preguntarle a otro espartano sobre su poder, sin que él mismo se ofrezca a discutirlo, se considera tabú. Tu incompetencia no debería plantear demasiados problemas, al menos por ahora.

—De acuerdo —dije lentamente—. Entonces, ¿cuál es nuestra estrategia general?

Los hombres se miraron entre sí.

Patro se pasó la mano por el pelo.

—Que sobrevivas. —Se encogió de hombros.

—¿Eso es todo? —Lo miré estupefacta, llena de furia, mientras apretaba las manos.

Patro puso los ojos en blanco.

—Después de las dos primeras semanas, pasarás otros días con nosotros. Una vez que hayas experimentado… una probada de nuestra cultura, podremos volver a evaluar. Sobrevive hasta finales de julio, y entonces hablaremos.

Vi rojo.

—Se están rindiendo —susurré—. Ni siquiera lo intentaron.

Los ojos verdes resplandecieron como relámpagos en la niebla.

—No te atrevas a decirme a mí lo que estoy haciendo, carajo. Nosotros tenemos mucho más que perder que tú.

Crucé los brazos y me miré a los pies.

—Mi *vi-vida* está en juego.

Patro se inclinó hacia delante.

—Nuestro *mundo* está en juego. Si nos nombran generales, obtendremos asientos en la Federación Espartana y el poder de los ctónicos aumentará. En cambio, tu vida no significa nada para nadie en

Esparta. —Su tono era despiadado—. Madura y averigua cómo hacer que sí importe.

Fruncí el ceño.

—Quiero una estrategia. Ahora.

—¿Quieres saber cuál era mi estrategia? —Patro enseñó los dientes—. Ganarle a todo el mundo en todo: destacar como más listo, más fuerte, más rápido y más rudo desde el primer día... Hice que no pudieran ignorarme. No podía quedarme atrás, porque todos me perseguían.

—¿Qué pasa si te quedas atrás? —pregunté.

Los dos hombres me miraron con lástima.

—Te matan.

«No hay dioses estúpidos porque no hay espartanos estúpidos. La prueba o la muerte; no hay tercera opción».

Las palabras del libro me atormentaban.

Patro sonrió con maldad.

—¿Quieres saber cuál era la estrategia de Aquiles? —preguntó con sarcasmo—. Tenía el mismo maldito plan que yo. Éramos lo mejor de lo mejor, algo que alguien como tú no se puede ni imaginar.

Hablaba como si yo fuera menos que él.

Sin importancia.

Reemplazable.

Sucia.

Patro continuó:

—Sobrevive, si duras catorce míseros días, entonces pensaremos en un maldito plan.

Se levantó, y Aquiles lo siguió junto con los animales. Ninguno miró atrás.

Nunca me había sentido más pequeña.

Esa noche, apenas dormí.

Antes de que el sol saliera por el horizonte, Patro irrumpió y me ordenó que me levantara y me vistiera.

—Es una toga de ejercicio —me dijo mientras me entregaba un fino trozo de tela negra de un material elástico y suave como la mantequilla, algo que nunca antes había sentido.

Parecía un vestido, pero tenía incorporados shorts y brasier, «gracias a Dios». Colgaba sin mangas de los hombros, se amontonaba en la cintura y caía hasta las rodillas.

—No hay zapatos; no te dejan usarlos durante la prueba —dijo Patro. Luego se fue para que pudiera cambiarme.

Me puse la extraña prenda y revisé que las ligas para el pelo cubrieran las marcas de mis muñecas.

—Estoy li-lista —grité.

No lo estaba.

El Dúo Escarlata me agarró de los brazos y nos transportamos en una nube de humo y dolor.

Cuando me recuperé, miré a mi alrededor: los dedos de mis pies pisaban pasto y el Coliseo de los Dolomitas brillaba a lo lejos con un resplandor dorado. Los hombres ya se habían ido.

Hubo estallidos estruendosos mientras los mentores espartanos llegaban y se iban.

Se hizo el silencio.

Nueve chicos estaban junto a mí en una fila, todos asesinos a sangre fría con muertes en su haber.

Solo uno de los chicos del grupo llevaba una corona de laurel dorada. De los tres herederos olímpicos en la masacre, él era el único que había sobrevivido.

Me di la vuelta y se me cortó la respiración.

Una maravilla arquitectónica estaba tallada en la ladera de la montaña ante nosotros. Era un edificio de altas columnas, láminas de oro, frontispicios arqueados y fuentes, que se extendía cientos de metros por encima de nuestras cabezas.

Estábamos en los terrenos de la Academia de Guerra Espartana. La prueba había comenzado.

8
LA ACADEMIA DE GUERRA ESPARTANA
ALEXIS

Me estremecí en el aire húmedo de la cueva.

Aunque estábamos a mediados de julio, las rocas de la montaña se sentían heladas bajo mis pies descalzos.

El general Cleandro, un calvo imponente vestido con una larga toga negra, nos condujo por una escalera poco profunda que se adentraba en la estructura tallada en la montaña.

Un halcón gigantesco del tamaño de un perro mediano, se sentó sobre sus hombros y nos miró con ojos brillantes.

«Pajarito, pajarito. Por favor, no uses tus afiladas garras para arrancarme el cuero cabelludo».

El halcón hizo ruido con el pico como si ansiara beber los jugos de mi cerebro.

—Creatura repugnante —siseó Nyx en mi oído y tuve que darle la razón.

En el centro de la corta escalera un estrecho estanque atravesaba la roca y largas velas rojas colgaban del techo, goteando cera en el canal.

Una luz tenue parpadeaba.

La cera caía roja.

La música evocadora se intensificó a medida que nos adentrábamos en la oscuridad y, por primera vez en mucho tiempo, no estaba en mi cabeza.

Al final de la escalera había una habitación alargada y cavernosa.

El estanque se expandía en una larga y profunda alberca de cera roja con miles de velas colgando encima, y un estrecho camino conducía a cinco puertas.

Me quedé estupefacta.

En el alto techo sobre el estanque, docenas de esculturas de mármol y bronce de tamaño natural representaban a hombres y mujeres en batalla: era una mezcla de cuerpos, espadas y escudos.

El carmesí goteaba bajo las estatuas, desde las velas hacia el agua... «como si estuvieran sangrando».

Pero lo que había debajo me dejó sin aliento.

«Es precioso».

En el estanque había estatuas de mujeres músicas. Arpas y violines motorizados sonaban en sus manos mientras les goteaba cera roja en la cara. Sus vestidos estaban tallados en la piedra en capas exquisitas, que creaban el efecto de que estaban empapados.

Era arte más allá de la imaginación.

—¡Iniciados, en fila! —gritó el general Cleandro y su voz resonó entre las rocas, en agudo contraste con la conmovedora melodía que sonaba tras él.

Nos miraba con el ceño fruncido mientras formábamos una fila, y las profundas arrugas en su frente se hicieron más evidentes. Parecía tener unos sesenta años, lo que significaba que probablemente en realidad tenía cientos de años.

—Hay cinco puertas junto al estanque sagrado —señaló detrás de él—: un salón de clases, una biblioteca, un baño, un dormitorio y un túnel que conduce a la colección de animales.

Sus ojos oscuros se entornaron mientras caminaba lentamente de un lado a otro ante nosotros.

Lo que sea que haya visto, no le gustó.

«*Touché*».

—¿ME ENTIENDEN? —bramó.

Un agudo sonido resonó en mi oído izquierdo cuando su perversa voz de barítono produjo un estruendo más fuerte de lo que debería ser posible.

—¡Sí, general! —respondimos a coro.

La música se intensificó.

Esperamos.

Las sandalias del general Cleandro rozaban la roca y el aire frío del subsuelo me erizaba la piel.

Finalmente se rio burlonamente.

—*Luctor et emergo* —dijo.

«Luchar para sobrevivir».

Una nueva melodía sonó mientras el general Cleandro nos miraba con disgusto y el halcón que llevaba en el hombro copiaba su expresión.

La melodía era suave e hipnotizante.

Todo era surrealista.

—Los humanos —escupió la palabra como si fuera asquerosa— tardan ocho semanas en curarse de un solo hueso roto. Además, solo pueden pasar veintiún días sin comer... diez días sin dormir, y solo... tres días sin agua.

La cera llovía a sus espaldas.

Las músicas parecían llorar lágrimas rojas.

Yo quería llorar con ellas.

La luz de las velas proyectaba sombras extrañas por la habitación.

—¿Eres humano? —Se abalanzó hacia delante y le gritó en la cara al iniciado que estaba a mi izquierda, escupiendo y con las mejillas de un rojo intenso.

Técnicamente, nueve de nosotros éramos medio humanos porque éramos mestizos, pero incluso yo tenía la suficiente conciencia social como para no señalarlo.

—¿USTEDES SON HUMANOS? —repitió.

El sonido agudo de mi oído izquierdo se acentuó y apreté los dientes.

—¡No, general! —gritamos a coro.

Volvió a pasearse frente a nosotros con una expresión fría como el hielo.

—A diferencia de los humanos, los espartanos podemos vivir eternamente... nuestros huesos sanan en dos semanas, podemos pasar sesenta días sin comer, treinta días sin dormir y dos semanas enteras sin una sola gota de agua.

Entornó los ojos.

—Pero ustedes apenas tienen diecinueve años y todavía no son plenamente espartanos. Algunos de ustedes tienen mentes y cuerpos más fuertes que otros. Muy pronto, vamos a averiguar quién tiene lo que se necesita.

Se detuvo frente a mí.

—¿Sabes qué pasa cuando un humano sobrepasa esos límites temporales, niña? —Su tono dejaba claro que yo no era bienvenida. «Su sufrimiento termina, como debe ser».

—¡Se mu-mueren, general! —respondí, manteniendo una expresión relajada y nada confrontativa.

A mi derecha, un iniciado se rio de mi tartamudeo, pero yo mantuve el rostro inexpresivo. Estaba acostumbrada al ridículo, a las burlas y a los insultos.

Nyx siseó en su dirección, pero, como de costumbre, nadie reaccionó.

Hubo la sombra de un movimiento a mi izquierda, demasiado cerca para esquivarlo.

Crac. El general Cleandro golpeó con el puño la cabeza del chico que estaba a mi lado, que cayó al suelo por la fuerza del golpe.

—¿QUÉ ES TAN GRACIOSO, INICIADO?

El iniciado se levantó tambaleándose.

—¡Nada, general!

—¿QUÉ LES PASA A LOS ESPARTANOS QUE SOBREPASAN SUS LÍMITES? —Se inclinó hasta que su cara quedó pegada a la del chico, nariz con nariz.

—¡Entran en coma, general!

—No. El punto es que viven, iniciado —gruñó—. Vuelve a reírte delante de mí y te arrancaré la lengua de la boca.

—¡Sí, general!

Me encorvé y me convertí en un blanco más pequeño.

El general Cleandro volvió a pasearse delante de nosotros.

—Algunos de ustedes tienen la idea equivocada de que esto es como cualquier campo de entrenamiento militar, pero esto no es una patética prueba física humana. Esta… es la prueba más civilizada del mundo.

Hizo una pausa.

—¡SEPARAMOS A LOS ANIMALES DE LOS DIOSES! —Las rocas vibraron por la fuerza de su bramido.

Me costó todo mi esfuerzo no agarrarme la oreja izquierda y hacer una mueca de dolor.

El general Cleandro dio media vuelta y se detuvo frente al iniciado rubio de la corona de laurel.

—Casio Hermes, espero que sepas que ser un heredero aquí no significa *nada* —le dijo al chico en la cara—. Aquí no hay deshonra, no hay reglas de oro. Me importa un carajo si tienes una postura perfecta, si usas ropa con diamantes incrustados, si sabes cómo comer una comida de catorce tiempos, o si cortejas a otro heredero con joyas antiguas para que acepte chupar tu verga patética y flácida por toda la eternidad. ¿ENTIENDES, HEREDERO?

—¡Sí, general! —gritó el iniciado, y la corona olímpica brillaba mientras él se mantenía perfectamente inmóvil.

«Diamantes en la ropa y una comida de catorce tiempos no pueden ser verdad, ¿o sí? Además, ¿los espartanos realmente intercambian joyas por sexo?».

Frunci los labios.

«¿Puedo elegir hacer eso mejor?».

Lamentablemente, no se presentó la oportunidad de unirme a los espartanos haciendo una felación, en vez de competir literalmente a muerte.

Qué descorazonador.

—Esta es una prueba *mental*. —El general Cleandro retrocedió y se dirigió a todos—. Hasta el próximo mes de enero, no comerán mientras estén aquí, a menos que lo digamos nosotros, pero no lo haremos. Tampoco se bañarán, y... no dormirán a menos que estén a segundos de la muerte. Además, si están heridos, se curarán a sí mismos. No habrá médicos que los mimen.

La canción cambió y la energía de la montaña también.

Era ominosa.

Mostró los dientes.

—Lo que harán será estudiar hasta que les sangren los ojos, y después —sonrió maliciosamente— van a estudiar más, carajo.

«Esto es exactamente por lo que evito a la gente».

—La prueba entrena la mente. —Sonrió—. Esta es la pregunta que respondemos en esta montaña: ¿cómo reaccionarán cuando todo se desmorone a su alrededor?

Se lanzó hacia adelante como si fuera a golpearnos y se rio cuando retrocedimos.

—Si consiguen sobrevivir a la prueba —dijo con engañosa suavidad—, se graduarán y serán nombrados ciudadanos de Esparta. Serán dioses inmortales.

Su sonrisa era perversa.

—Pero es poco probable... recuerden... —Golpeó su puño contra su ancho pecho y bramó—: ¡NO HAY DIOSES ESTÚPIDOS PORQUE YO ME ASEGURO DE QUE NO HAYA ESPARTANOS ESTÚPIDOS!

Me estremecí de nuevo.

Esto no era bueno.

—Bienvenidos a la Academia de Guerra Espartana. Síganme. —Caminó a lo largo del borde del estanque, se detuvo frente a la primera puerta, y la abrió—. Este es el dormitorio.

Dentro de la habitación oscura y de techo bajo había diez catres colocados sobre las rocas, nada más.

La puerta se cerró en nuestras narices.

—Les aconsejo que no entren nunca —dijo—. Sobre todo si quieren sobrevivir. Que no los tiente lo que no pueden tener. Los debilitará.

Pasó a la siguiente puerta.

—Este es el baño, un privilegio que no se merecen. En mis tiempos, cagábamos en un agujero. —Hinchó el pecho como si estuviera orgulloso de esa afirmación.

¿Qué le sucedía a esta gente?

La habitación era diminuta, con nada más que un retrete oxidado, que probablemente me contagiaría enfermedades, y un lavabo roto.

—Lujoso —espetó, y sacudió la cabeza con decepción.

Se dirigió a la puerta de al lado.

—Este es el salón de clases.

Era otra habitación sin ventanas, parecida a una cueva. La única diferencia era que unas velas rojas colgaban del techo, a lo largo del perímetro de la pared, y su cera goteaba en recipientes más pequeños. El humo de las velas flotaba en el techo en una nube brumosa. Se me nublaron los ojos.

Había un escritorio con una silla y un pizarrón en la pared de enfrente.

Diez pilas separadas, cada una con un cuaderno, tres libros de texto y una pluma, estaban repartidas en el suelo.

No había más mesas ni sillas.

Era estéril y frío.

Oscuro.

Húmedo.

Deprimente como el demonio.

«Sinceramente, tiene las mismas vibras que la preparatoria».

—Aquí es donde pasarán la mayor parte de los días. —El general Cleandro vibró con una alegría apenas contenida.

«También le vendrían bien unos golpes con la pala».

Nos condujo a la cuarta puerta.

—Esta es la biblioteca, el segundo lugar donde pasarán más tiempo.

Eché la cabeza hacia atrás y abrí los ojos.

Era palaciego.

Altas torres de libros, sillas de terciopelo, escritorios de caoba y chimeneas con ardientes llamas llenaban el espacio largo y estrecho. A diferencia de las otras habitaciones, el techo de roca se alzaba muy alto. Unas velas rojas mucho más grandes colgaban en el centro y su cera goteaba en un charco largo y estrecho.

El aroma a pergamino antiguo llenaba el aire y el rugido de las chimeneas ahuyentaba el frío subterráneo.

Era encantadora.

Unas cuantas mujeres vestidas con togas blancas trabajaban ahí, colocando libros en los estantes y traduciendo textos en los escritorios. Casi lloro al ver que no era la única mujer en ese lugar.

—Aquí está nuestro nuevo grupo de iniciados —anunció el general Cleandro, y algunas mujeres voltearon, pero la mayoría nos ignoró—. Mostrarán respeto a las musas —espetó—. O serán asesinados.

No era buena señal que sonara esperanzado.

Antes de que me diera un ataque de pánico, lo seguimos hasta la última puerta, que daba a un túnel largo y oscuro.

—Como mencioné antes —dijo mientras su halcón (o dron de vigilancia del gobierno) nos miraba fijamente—: la colección de animales está al final de este pasillo. Pero no verán a los animales hasta septiembre, así que no deberían usar para nada esta puerta.

Hizo una pausa.

—Algunos de ustedes no vivirán tanto, así que no tienen que preocuparse en lo absoluto por esta sala. —Sonrió con maldad—. Bueno, espero que hayan disfrutado la visita. No hay cocina ni regaderas, porque *no* comerán ni se bañarán mientras estudien aquí.

La puerta se cerró con un ruido sordo.

Me dieron ganas de llorar.

—Sus estudios comienzan ahora.

Su expresión era cruel.

—Asistirán a las clases: Matemáticas Thagoreanas, Mitos Clásicos Perdidos y Disciplina y Poder, en ese orden. Las sesiones durarán el tiempo que determinen sus dos profesores, y yo les anunciaré cuándo tendrán descansos y su duración… es todo muy sencillo.

«Sencillamente horrible».

—Oh, una cosa más. —Se acercó un paso—. Este año tendrán tres profesores invitados: el general Pino y el general Augusto serán sus profesores en el salón de clases, y el general Caronte trabajará en el circuito.

Los iniciados susurraron horrorizados a mi alrededor.

«¿Augusto y Caronte, los dos infames herederos ctónicos, serán nuestros maestros?».

El general Cleandro enseñó los dientes.

—Aquí usamos el método socrático. Se les harán preguntas al azar, y si responden mal, llamaremos a sus mentores. Ellos dirigirán a toda la clase a través del circuito, que consiste en correr por las montañas y nadar en el río Estigia, donde los esperará Caronte.

Hubo una pausa larga e incómoda.

—¿Alguna pregunta, iniciados?

Alguien gimoteó, pero nadie habló. «¿Qué idiota le preguntaría algo? Se lo comería vivo».

Drex, el otro mestizo abandonado, que yo estaba casi segura de que era secretamente ctónico, levantó la mano con lentitud.

El general Cleandro alzó una ceja.

—¿Qué?

Drex se aclaró la garganta.

—¿Podría haber titanes en el circuito? No vi ninguna reja en el exterior que marcara que esta es una zona protegida.

«Buena pregunta».

El general Cleandro se carcajeó.

Tras cinco largos minutos de morirse de risa, se secó las lágrimas y sonrió.

—Por supuesto que estas tierras no están en una patética zona protegida como las de los humanos. Nosotros somos *espartanos*. Los titanes nos temen, no al revés.

Los otros iniciados rieron entre dientes.

—Sin embargo —Sonrió el general con crueldad—, se ha sabido que algunos titanes han atacado a los iniciados más débiles en las montañas. Así que manténganse alerta.

Ahora nadie se reía.

Casio levantó la mano, con la corona de laurel reluciente.

—Pero, general ¿no es el trabajo de los ctónicos luchar contra los titanes? ¿De los que no son olímpicos, como nosotros? Ese era el objetivo del Escuadrón de la Muerte.

Al general Cleandro se le borró la sonrisa.

Respondió con voz burlona:

—Aquí se trata de separar a los débiles de los dioses; si los titanes ayudan a hacerlo, que así sea. ¿Entendido?

—Sí, general.

«En realidad, yo no entiendo nada y tengo muchas preguntas».

Una musa se acercó al general Cleandro, y él se apartó de nosotros para hablar con ella, pero su halcón giró completamente la cabeza y siguió mirándonos.

«Sí, seguro que es un robot al cien por ciento».

—Por lo menos Augusto es conocido por ser honorable y justo —susurró un iniciado a mi derecha—. Es el heredero más cuerdo que ha tenido la Casa de Ares.

Un chico de pelo castaño rizado contestó:

—Sí, pero de todos modos tenemos que lidiar con Caronte, pensé que era un rumor para asustarnos este año. Que Cronos nos salve, es casi tan inestable como Medusa, y ella se alió con los malditos titanes.

Ambos asintieron con expresiones graves.

—Caronte es literalmente «el Cazador» y el soldado favorito de Hades. ¿Por qué aceptaría trabajar en la prueba?

—Tal vez porque está *loco* y le gusta torturar a los olímpicos. —Todos los iniciados se estremecieron dramáticamente—. Eso es lo que ocurre cuando Artemisa procrea con Érebo: dicen que Caronte es más monstruo que hombre. Se rumora que Artemisa lo dio a luz para castigar a los olímpicos por haber matado a sus hijas en la guerra: es su venganza.

Palidecí. «Eso no suena bien».

A Tim-Tom le encantaba la teoría de que la parte creatura de Caronte hacía que tuviera un pene enorme. En cambio, el padre John predicaba que era descendiente del diablo.

Frunсí los labios; técnicamente, ambas cosas podían ser ciertas.

«Nota mental: empezar a rezar por mi alma».

«Con mucha determinación».

El general Cleandro se dio vuelta con una intensa mirada que hizo callar a todo el mundo de inmediato. Luego nos condujo al frío y austero salón de clases.

Gruñó mientras se sentaba en el único escritorio, situado enfrente de todos para poder mirarnos, y subió los pies.

Nos sentamos incómodamente en el suelo junto a las diez pilas de libros.

Algunos iniciados me miraron con desdén y echaron miradas furtivas al heredero, pero en general todos miraban al frente con nerviosa expectación.

La tensión era palpable.

La puerta se abrió de golpe y todos nos sobresaltamos.

Un hombre con una larga toga blanca entró en la habitación.

—¡Hola! —Sonrió y saludó con la mano.

Joven, de rostro agradable, pelo castaño corto y ojos cafés y gentiles, el nuevo profesor parecía amistoso. Un brillante cuervo negro se posaba tranquilamente en su hombro.

Su expresión simpática parecía genuina.

«Qué perverso».

—Hola, iniciados —repitió alegremente—. Bienvenidos a su primer día. Me llamo Pino.

Aplaudió con emoción, como si no fuéramos rehenes encerrados en una cueva en contra de nuestra voluntad.

«Quiero tomar los antidepresivos espartanos que él esté tomando».

—Impartiré las clases de Matemáticas Thagoreanas durante el circuito. —Se rio entre dientes—. Se trata de una materia mejor conocida por algunos de ustedes como matemáticas avanzadas, o como a mí me gusta llamarla: diversión.

Nadie se rio.

Escribió su nombre en el pizarrón con letras grandes y garigoleadas.

—Como la mayoría de ustedes —dijo Pino—, soy un mestizo espartano. Sin embargo, a diferencia de la mayoría de ustedes, soy un mestizo que nació en circunstancias menos ideales.

Su mirada recorrió la habitación y luego se detuvo en mí.

«No vamos a crear lazos por problemas de abandono».

Rápidamente apartó la mirada.

—Muy bien, vamos. —Pino aplaudió—. Vayan a la página uno de su libro de texto. Vamos a repasar los fundamentos de la filosofía y la ética de las matemáticas. En mi clase, estos dos principios se combinarán en gloriosas ecuaciones.

Las páginas crujieron al abrir los pesados libros.

—No se preocupen —dijo Pino alegremente—. Esta no es una simple clase en la que la matemática normal y aburrida no tiene permanencia. Cada número y símbolo que utilicemos estará relacionado con un problema ético de la vida real.

«Interesante. ¿Quizás esta clase no apeste?».

A juzgar por las expresiones y los gemidos de los chicos a mi alrededor, yo era la minoría.

Pino se lanzó inmediatamente a resolver una ecuación.

Plop. Plop. Plop. La cera de las velas caía a un ritmo relajante. La música clásica llegaba desde el exterior, y la cadencia de enseñanza de Pino era agradable; yo tomaba abundantes notas.

«Esto no está para nada mal».

—Alessandro Poseidón. —Pino dejó de dar clase y señaló a un iniciado bajito que estaba sentado al fondo del salón—. ¿Cuál acabo de decir que era la función del platonismo?

El cuervo en su hombro ladeó la cabeza, como si también esperara una respuesta.

La cara de Alessandro palideció.

—¿Dijo… que es el postulado de la raíz cuadrada?

Pino arqueó una ceja, su sonrisa desapareció.

—Ni por asomo.

Se volteó y le hizo un gesto con la cabeza al general Cleandro, que tocó alegremente un pequeño aparato de comunicación negro.

Las alas del halcón revolotearon de emoción.

BUM.

Un hombre alto de ojos grises apareció enfrente del salón envuelto en una nube de humo. Un hurón rosa del tamaño de un gato pequeño se aferraba a su brazo.

Se había transportado directamente a la montaña.

—Vorex, heredero de la Casa de Poseidón —dijo el general Cleandro al recién llegado—. Eres el mentor de Alessandro, ¿correcto?

—¡Sí, general! —Vorex levantó la palma de la mano e inclinó la cabeza; su corona de laurel brillaba incluso en las sombras.

Su hurón rosa asintió.

«Ay, qué tierno».

El general Cleandro lo miró fijamente.

—Dirige a la clase en su primera ronda del circuito. Y quizá quieras aconsejar a tu iniciado que preste atención en clase. Es un maldito imbécil.

«Nada tierno».

—¡Sí, general!

Vorex le dirigió a Alessandro una mirada de odio que prometía venganza.

Me estremecí porque Patro no había sido físicamente violento conmigo… todavía.

—¡DE PIE! —gritó el general Cleandro con su voz atronadora, y todos nos levantamos. Su halcón graznó más fuerte—. ¡HAGAN UNA FILA DETRÁS DE ÉL!

El oído izquierdo me ardía de dolor.

Seguimos a Vorex, que salió corriendo del salón.

—Quédate aquí —le susurré a Nyx mientras obligaba a mis rígidas piernas a cooperar.

Las escamas se apretaron alrededor de mi cuello y me ahogué.

—De ninguna manera te dejaré sola, niña.

Eso fue desafortunado.

Unos minutos más tarde salimos de la montaña y me costó adaptarme al clima cálido y a la brillante luz del día. El sol de julio era abrasador y la hierba se aplastaba cuando la pisábamos.

Era un contraste desconcertante con el salón oscuro y frío.

Vorex se dirigió hacia la montaña más cercana y nos condujo por un camino de tierra.

En la escuela, había participado a un total de *una* clase de deportes. Me había estado muriendo de hambre y el movimiento me había dado ganas de desmayarme, así que durante el resto del curso me escondí detrás de un cobertizo, resolviendo problemas de matemáticas.

No me volvieron a asignar deportes.

Ahora sufría por mi inactividad.

Ascendí por la ladera de uno de los Dolomitas, con los pulmones en llamas, las pantorrillas y los muslos acalambrados y goteando sudor. Moví los brazos desesperadamente.

Uno por uno, los otros iniciados me pasaron.

Nyx era un peso muerto alrededor de mi cuello.

A mitad de camino, la temperatura refrescó y mi sudor se congeló, dificultándome abrir los ojos.

—¿Estás...? —jadeé—. ¿Intentando matarme?

—Deja de hablar —dijo Nyx bruscamente—. Necesitas conservar tu energía, concéntrate, niña.

Respiré con dificultad (asfixiándome) y me *concentré* para no asesinar a mi amiga.

Mis pulmones crujían.

Vorex gritó algo, pero no pude escuchar lo que decía por encima de mis pensamientos suicidas.

El camino se estrechaba. A la izquierda había un acantilado escarpado: un paso en falso y estaría muerta. «Ojalá».

Me abracé a la ladera de la montaña, porque mi ceguera izquierda me dificultaba juzgar la profundidad.

«Un pie delante del otro. Bajar será más fácil. Solo llega a la cima. No te detengas».

Intenté tener pensamientos positivos.

«¿Cómo invoco a un titán para que me mate? Inmediatamente».

Fracasé.

El espacio entre el último iniciado y yo se iba haciendo más grande, así que apreté los dientes y moví las piernas más deprisa, desesperada por alcanzar al grupo.

Sentía que Nyx pesaba un millón de kilos.

Cerca de la cima de la maldita montaña más grande del mundo, los chicos por fin dejaron de correr. Desfallecían con las manos sobre las rodillas formando un círculo.

Cuando me acerqué, unos cuantos me miraron con ojos llenos de odio.

—No sabía que una mujer espartana pudiera tener un aspecto tan patético —dijo un iniciado alto y pelirrojo—. ¿No se supone que todas son asombrosamente fuertes y hermosas? No me extraña que no te quisieran.

Tenía *toda* la energía de Jessica y Tim-Tom.

Otros dos chicos del grupo se acercaron a él y se rieron.

—Muy buena, Tito —dijo uno de ellos.

Los oídos me zumbaban por el cansancio, y solo los miré incrédula.

Drex puso los ojos en blanco y no se unió a ellos.

—¿Cómo es posible que parezcas más débil que un humano? —dijo Tito más fuerte mientras me miraba—. ¿No te da vergüenza?

«Ignóralo. No merece tu tiempo».

Me escupió a los pies, se abalanzó sobre mí y me jaló de la cola de caballo.

Me alejé a trompicones de su asqueroso contacto.

«¿Cómo es posible que tu cerebro sea más pequeño que tus diminutos testículos?», grité de forma agresiva, agitando el puño.

En mi cabeza.

En la realidad no dije nada, porque no me gusta relacionarme con la gente. Además, no podía respirar. Así que eso fue todo.

Me fallaron las piernas.

Con mis rodillas golpeando las frías rocas y mis temblorosas palmas excavando entre los guijarros, bajé la cabeza y comencé a jadear. Los mocos goteaban atractivamente de mi boca.

«Ah, la feminidad».

Tito se burló:

—Era obvio que serías una zorra inútil que ni siquiera podría tragar. —Sus cómplices soltaron una carcajada.

Me dolían los ojos de tanto girarlos.

—¿Quieres que lo muerda? —preguntó Nyx mientras yo me recargaba en el suelo y me quejaba de dolor.

—No —susurré. Ya había matado suficiente gente por mí en la masacre.

Además, quería ser yo quien le quitara la luz de los ojos.

«¿Ah, sí?».

«Nota mental: el esfuerzo físico me vuelve homicida. Evita cualquier cosa más intensa que una caminata ligera».

Tito dijo algo más, pero dejé de escuchar, porque tenía libre albedrío.

Tosiendo, escupí más mocos sobre las rocas.

«¿Debería preocuparme que tenga sangre?».

—Eso es, sácalo —dijo Nyx—. Respira profunda y calmadamente. Es totalmente normal escupir sangre. Es muy común.

—Te voy a matar —susurré mientras golpeaba el aire frente a mi cuello como si hubiera visto un insecto—. Deslízate por el suelo junto a mí.

Nyx se quejó cuando le golpeé la cabeza, y sus escamas se apretaron alrededor de mi garganta.

—No seas ridícula —siseó mientras aflojaba la presión—. No soy un perro cualquiera, me llevarás cargando y lo disfrutarás.

—Eres de lo peor —susurré.

El chico que vomitaba a mi lado me miró con extrañeza.

Le hice una cara.

—Escuchen, todos —dijo Vorex erguido, con las manos en la cadera y cara de aburrimiento. Su hurón siseó, mostrando unos colmillos largos y puntiagudos.

Ni siquiera estaba sudando. Dios tenía a sus favoritos: yo no era uno de ellos.

Otro iniciado se inclinó y vació el estómago.

«Me identifico. Déjalo salir, hermano».

Vorex puso los ojos en blanco mientras nos miraba.

—Ahora van a recuperarse y a seguirme montaña abajo. Tendremos otro descanso al final, así que dejen de hacerse los dramáticos. Esta será la vuelta al circuito más fácil que hagan. —Señaló el sol cegador—. El clima es perfecto.

Spoiler, estaba trastornado.

El clima era atroz. Yo lo habría descrito como un día ardiente en el infierno en lugar de usar el término «perfecto».

Vorex dejó de hablar y murmuró algo en voz baja sobre perras patéticas y débiles.

Me habría ofendido, pero estaba demasiado ocupada intentando encontrar mis ganas de vivir, como la mentada perra patética y débil. El borde de la montaña parecía muy tentador.

—Vamos. —Vorex estiró su musculoso cuerpo y empezó a trotar con facilidad por la ladera de la montaña, como si fuera ingrávido.

El resto del grupo gimió al seguirlo, y yo obedecí hoscamente.

«Ni modo, el viaje al infierno continúa».

9
LA PRUEBA
ALEXIS

Accidentalmente hice contacto visual con otro iniciado mientras me limpiaba la saliva y seguía al grupo montaña abajo (en realidad me iba cayendo hacia delante mientras, de alguna manera, me mantenía erguida).

El chico se acercó arrastrando los pies, con el pelo rizado y dorado pegado a su pálida piel por el sudor.

—Lo lograremos —dijo mientras me ofrecía la mano. Estaba ensangrentada porque se había caído y cortado.

Tropecé y me alejé dando tumbos para evitar que me golpeara.

Mis palmas rozaron las afiladas rocas mientras me agarraba a duras penas y, tambaleándome, me volví a levantar con mis pies adoloridos.

Hubo una pausa incómoda, porque él *todavía* tenía la mano extendida hacia mí.

No se la di.

Me lanzó una mirada extraña.

Avergonzada, troté más rápido (pasé del ritmo de un caracol lesionado al ritmo de un caracol un poco más saludable).

Por desgracia, me alcanzó por el lado izquierdo, rondando en mi punto ciego.

La inquietud me recorrió la espalda.

El pánico palpitó en mi pecho.

—Soy Cristo Zeus —dijo—. Encantado de conocerte.

Gruñí y mantuve la mirada apartada de él para que entendiera la indirecta.

—Alexis, ¿verdad? He oído hablar de ti. Yo también soy un mestizo. —Señaló sus rizos cerrados mientras descendíamos la montaña—. Como se cree que tú también eres de la Casa de Zeus, eso nos convertiría en medios hermanos.

Sonrió como si algo le hiciera gracia.

Nada era chistoso últimamente. La gente tenía que aprender a aceptar la energía de los tiempos oscuros.

Charlie estaba del otro lado del mundo, probablemente muy preocupado.

—Ya tengo un hermano —susurré.

—Bueno, de cualquier manera, estoy seguro de que seremos grandes amigos. —Cristo me dio una palmada en la espalda, y yo salté, cayendo sobre las rocas mientras me tambaleaba tratando de alejarme.

Se rio.

Yo no.

—Qué alegre ese idiota —siseó Nyx.

Le habría dado la razón, pero estaba demasiado ocupada intentando no *morir*.

El tiempo se alargó mientras el sol marchaba lentamente por el cielo, una frenética melodía sonaba en mi cabeza y aprendí algo muy importante: correr cuesta abajo *no* era más fácil que correr cuesta arriba.

No había justicia en este mundo cruel.

Horas más tarde, con las pantorrillas acalambradas y el pecho agitado, me desplomé en cuatro al pie de la montaña, donde descansaba el grupo.

Cristo cayó de rodillas a mi lado.

—Oh, fue horrendo. —Tosió.

Me alejé de él. Mi lista de amigos estaba llena. Sí, Nyx ocupaba todos los lugares. Tenía una gran personalidad (trastornada).

Tito dijo algo despectivo sobre que el lugar de las mujeres es la cama.

—¡Levántense! —ordenó Vorex demasiado pronto, y me uní al coro de gemidos.

Señaló el agua azul oscura que había detrás de nosotros.

—Ese es el río Estigia. ¿Ven el barco en el que hay un hombre de pie?

Una figura alta y de anchos hombros estaba erguida en una delgada barca. Cubierto de pies a cabeza con la capa negra que significaba que era parte creatura; con un largo mástil en la mano, parecía más una sombra que un hombre.

—Él es Caronte, el heredero de la Casa de Artemisa y el asesino ctónico más mortífero de la Tierra —dijo Vorex con un gesto duro—. Si dejan de nadar… si los atrapa… morirán. El hecho de que él haya aceptado ser el barquero del circuito este año no es buena noticia para sus posibilidades de supervivencia.

El barco de Caronte giró en el agua hacia nosotros.

Escuchamos un gruñido espeluznante y todos miramos a nuestro alrededor con recelo. «¿De dónde viene ese sonido?».

Vorex frunció el ceño.

—Por algo llaman a Caronte el Cazador. No querrán que los atrape. Es más creatura que hombre.

Un iniciado temblaba de miedo (era yo).

Pero, al parecer, no nos veíamos lo suficientemente aterrorizados, porque Vorex continuó:

—Él es el único espartano que no tiene animal de protección. ¿Quieren saber por qué? Porque todas las creaturas monstruosas le tienen *miedo*. Él es una de ellas… pero peor.

Caronte nos miró a través del río Estigia y sonrió.

«¿Me está mirando a mí?».

Me aparté discretamente para esconderme detrás de Cristo.

Vorex hizo una mueca mientras continuaba:

—Se rumora que tiene un calabozo en su villa del lago de Como, donde tortura a cualquiera que lo haga enojar.

«Caronte definitivamente sigue mirándome».

Palidecí y me agaché más.

«Por favor, no me lleves a tu calabozo».

—Muy bien. —Vorex se encogió de hombros. Su hurón se arrastró sobre su hombro y se paró en dos patas—. Todo el mundo: métanse al agua y naden hasta la academia.

Señaló el extremo del agua ondulante, donde apenas se veía la ladera tallada de la montaña.

La distancia era *grande*.

Nyx se deslizó por mi costado hasta el suelo.

—Nadaré a tu lado, niña.

Me desplomé de alivio al liberarme de su aplastante peso y me senté, pero no tuve tiempo de disfrutarlo.

Cristo volvió a ofrecerme su palma ensangrentada.

Suspirando, la tomé.

Los rasguños ardieron en mi mano cuando se reabrieron.

—¿Qué están esperando? ¡Váyanse! —gritó Vorex—. Naden como si sus vidas dependieran de ello.

Los diez corrimos hacia el río. El agua helada hizo que mi agotado organismo entrara en pánico. Fue como caer de cara contra concreto.

Un dolor agudo me apuñaló el pecho.

Con todas mis fuerzas, lancé los brazos hacia delante y pataleé mientras luchaba por alejarme de los otros cuerpos que se sacudían en el agua.

Era una locura.

Codazos en los brazos. Piel que golpeaba. Salpicaduras. Manos que jalaban pies.

El dolor del esternón empeoró.

Conseguí distanciarme un poco, agradecida por los largos días de verano que había pasado nadando en el estanque detrás del campamento de remolques después de que los padres adoptivos salieran de mi vida.

A medida que continuaba nadando, la gratitud se extinguía.

El pánico de mi corazón se convirtió en un dolor cegador.

Íbamos a contracorriente. Desde la orilla, parecía que el agua se agitaba perezosamente en un movimiento lento y tranquilo, pero era todo lo contrario.

Con cada brazada, giraba la cabeza hacia un lado y jadeaba, desesperada por llenar de aire mis desinflados pulmones, pero no era suficiente.

Luchaba contra el agua.

Cuando inhalé al girar la cabeza, la nariz se me llenó de agua y me ahogué. Tosí y me acosté boca arriba. Con los senos nasales ardiendo, aspiré aire desesperadamente.

Un fuerte chapoteo me llamó la atención y volteé la cabeza para mirar a mi alrededor.

Cristo estaba a mi lado, pataleando el agua, gimiendo lastimosamente.

—¡Ayuda! —gritaba, chorreando espuma por la boca mientras chapoteaba como si estuviera agonizando.

«Alguien le está haciendo daño, pero ¿quién?».

Su cabeza se hundió mientras me miraba con frenética desesperación.

Intenté alcanzarlo para ayudarlo.

Se alejó y gritó más fuerte, luchando contra un monstruo invisible.

Apareció un barco sombrío, aparentemente de la nada. Abrí los ojos de par en par.

Ahí estaba *quién*.

—¡Nada! —le grité a Cristo con desesperación mientras trataba de sostenerlo.

Nos sumergió a los dos. Cuando salimos a la superficie gritó más fuerte, chapoteando mientras luchaba contra mí.

—Na-nada —le supliqué mientras escupía agua.

Me dio una patada.

Una capa oscura y andrajosa flotaba amenazadora con la brisa de la montaña mientras Caronte se inclinaba hacia abajo en la barca.

El pánico hizo que una agonía al rojo vivo me atravesara el pecho.

Nadé lejos de Cristo, desesperada por alejarme.

Caronte me miró fijamente. Inclinó la cabeza a un lado con interés, como si estuviera observando algo único.

Miré a mi alrededor, pero todos los demás estaban nadando a metros de distancia.

Me miraba directamente con sus glaciales ojos azules.

Me fulminaba con la mirada.

Concentrado.

Como si me estuviera cazando.

Un ataque cardiaco me desgarró el esternón y todo se volvió confuso.

Me costaba respirar.

El agua me tragó. Cuando volví a la superficie, los ojos de Caronte estaban llenos de sangre y su dedo largo y pálido tocaba la frente de Cristo.

Cristo lanzó un grito espantoso, como si un solo toque lo hubiera arruinado, y salpicó agua salvajemente mientras decenas de pájaros volaban de un árbol a la orilla del río.

Caronte sonrió, apartó la mano y se puso de pie sobre su barca. Miró al chico que se ahogaba con indiferencia.

Cristo gemía como si unas fuerzas invisibles lo estuvieran despedazando. Derramaba sangre mientras su piel era destrozada.

Salía espuma de su boca como si fuera una creatura salvaje.

Sus gritos se hicieron más desesperados.

Desesperanzados.

Una agonía punzante me atravesó el pecho.

Cristo desapareció bajo el agua y no volvió a salir.

Tenía ganas de llorar.

«Seremos amigos». ¿Por qué me había negado a hablar con él?

Caronte levantó lentamente la cabeza cubierta por la capa y me miró fijamente, con brillo en sus afilados ojos ctónicos llenos de sangre.

El hijo de Artemisa y Érebo era el mal encarnado.

Caronte esbozó una sonrisa peligrosa como un cuchillo y giró su barca en mi dirección. El agua salpicaba alrededor de la embarcación.

Su sonrisa era la de un depredador que sigue de cerca a su presa. «Se dirige directamente hacia mí».

Abrí los ojos de par en par.

—Nada, Alexis —siseó Nyx desde algún lugar cercano—. Tan rápido como puedas, ¡*ahora* mismo!

No necesitaba que me lo dijeran dos veces.

Pataleando con todo lo que tenía, golpeando el agua con los brazos, con la cabeza hacia abajo, dejé de respirar durante minutos seguidos.

Nadé como si el diablo me persiguiera.

Así era.

El mundo se difuminó en una bruma frenética.

Finalmente, mis rodillas se hundieron en el lodo caliente, y salí del agua arrastrándome por la orilla. Vorex señaló una pila de mantas térmicas y los iniciados se apresuraron a tomarlas, pero no había suficientes para todos y yo no fui lo suficientemente rápida.

Las escamas heladas de Nyx se deslizaron por mi torso mientras se envolvía alrededor de mi cuello.

Me puse de pie tambaleándome. Cojeé detrás del grupo goteando, convulsionando por los escalofríos.

Formamos una fila frente a la entrada de la academia.

El general Cleandro parecía furioso.

—Si me entero de que uno de ustedes se dio a la tarea de separar a sus compañeros débiles...

«¿De qué está hablando? Fue Caronte. Yo lo vi. Debe haber hecho algo con sus poderes para lastimarlo».

El general entornó los ojos.

—No estaré contento. No tienen que hacer nada más que preocuparse por ustedes mismos. Eliminar a los débiles es mi trabajo... ¿o creen que no puedo hacer mi trabajo?

—¡No, general! —gritamos a coro, con la voz rasposa y cruda. Alguien tosió agua (fui yo).

Habíamos pasado de diez a nueve, en un solo día.

Un vacío penetrante me llenó el pecho.

«¿Cómo voy a sobrevivir en este lugar?».

La doctora había dicho que la Casa de Zeus era conocida por sus problemas de fertilidad, y que los mestizos más recientes tenían problemas de salud. Ahora sus palabras parecían aterradoramente proféticas.

Otro más estaba muerto.

«¿Seré la siguiente?».

—En un principio iba a darles un descanso, pero ahora asistirán a Mitos Clásicos Perdidos con el profesor Augusto —el gesto del general era cruel.

La puesta de sol proyectaba sombras largas y siniestras.

—MUÉVANSE, INICIADOS —gritó el general—. ¿QUÉ CARAJOS ESTÁN ESPERANDO, PEREZOSOS DE MIERDA? MUÉVANSE, CARAJO.

Como era de esperar, todos nos movimos.

De vuelta bajo la montaña, la cera goteante, las esculturas de tamaño natural, el estanque carmesí y la música melancólica eran deprimentes.

También hacía mucho frío.

Me resbalé y me estremecí al sentir los cortes en las plantas de los pies rozando las rocas. Volví a sentarme en el duro suelo del salón de clases (me caí y, de algún modo, aterricé sentada).

Mis manos también estaban cubiertas de heridas. Goteaba sangre, agua de río y desesperación.

Nuestras respiraciones eran ruidosas y ásperas, y alguien tosía cada dos segundos.

El ambiente en el salón era de *miseria*.

La puerta se abrió.

Entró un hombre.

Su energía era despiadada.

A diferencia de cuando Pino llegó, todos se enderezaron de inmediato, incluso el general Cleandro.

Era él.

El infame asesino, del que se rumoraba que tenía poderes oscuros.

El heredero de la Casa de Ares.

Augusto.

El hijo de Ares y Afrodita parecía más un guerrero salvaje que un profesor.

«El mal encarnado».

Una gruesa cicatriz atravesaba la parte superior de su afilado pómulo derecho y terminaba en su nariz, del mismo color que su corona cubierta de rubíes.

Me froté las muñecas cubiertas de ligas para el pelo. El miedo me impedía respirar.

Se alzaba sobre nosotros con una postura perfecta. Tenía la estatura de Aquiles y sus poderosos músculos se contrajeron cuando entró al salón. Sus manos, del tamaño de un plato, se cerraron en puños.

Tenía un aura imponente (aterradora).

De repente, la descripción de la belleza pecaminosa, el poder perturbador y la furia divina cobraron sentido.

Le quedaba bien.

Augusto era una amalgama aterradora de aristas afiladas.

Una ligera barba oscura cubría su mandíbula cuadrada y dura. La piel morena se tensaba sobre sus pómulos malvados. Las sombras se acumulaban en los huecos de sus mejillas. Sus ojos negros ardían. Los labios se curvaban con maldad.

Una marcada línea en el centro dividía su cabello bicolor, mitad negro y mitad blanco, recogido en una larga y sedosa cola de caballo.

Sus orígenes quedaban claros al verlo.

Era letal.

«No quisiera estar a solas con él en un callejón oscuro, ni siquiera en un callejón bien iluminado. En realidad, no quisiera estar a solas con él en ningún sitio».

Augusto se paseó lentamente al frente del salón y se me erizaron los vellos de los brazos y las piernas.

—En serio tienes que conseguir un arma espartana —me dijo Nyx al oído.

Asentí.

Dos voces susurraron cerca de mí y miré a mi izquierda. No había nada.

«Te estás volviendo loca».

Respiré hondo y me concentré en el monstruo que tenía enfrente.

Electrizaba el aire a su alrededor. Un poder oscuro vibraba bajo su piel y sentí un cosquilleo en la boca, como si pudiera saborearlo.

Estábamos en medio de una montaña, pero de alguna manera, al mismo tiempo estábamos también en una tormenta eléctrica.

Augusto era la tormenta.

Una pequeña creatura gris con rayas oscuras atravesó el salón desde la puerta y trepó a los hombros de Augusto. Unas pequeñas manos rodearon el grueso cuello del profesor y sus ojos eran tan negros como la medianoche.

También era esponjoso.

Me quedé estupefacta al ver al *mapache* al que Augusto básicamente llevaba de caballito.

Era el animal de protección ctónico más tierno que había visto en mi vida.

—Podría comerme a esa creatura en tres bocados —siseó Nyx, y yo le di una bofetada discreta.

—Me arruinas la vida —murmuró, y luego se quedó dormida de inmediato y dejó escapar un ronquido fuerte y áspero.

Envidiaba su estilo de vida.

Augusto nos miraba mientras el adorable mapache jugaba con su larga cabellera.

—Se dirigirán a mí como profesor Augusto. —Su sedosa voz de barítono vibró a través de mis huesos—. Este es mi animal de protección, Poco.

Se giró para mostrar a la creatura que yo quería secuestrar y agarrar a besos.

—Puede parecer inofensivo —advirtió Augusto—. Pero tengan cuidado, es una creatura salvaje, si lo tocan, sufrirán las consecuencias. Están advertidos.

Poco, el mapache, nos miraba desde lo alto, con la cola de caballo blanca y negra enrollada en el puño, y nos mostró un juego completo de dientes afilados como cuchillas que más parecían pertenecer a la boca de un tiburón.

Sus ojos negros brillaron cuando echó la cabeza hacia atrás y chilló.

«Evitar al mapache rabioso».

«Entendido».

—Como la mayoría de ustedes ya sabe —continuó Augusto—, soy conocido por mi honor. No los torturaré solo por torturarlos. Todo lo que haremos en esta clase tendrá un propósito.

Los iniciados se relajaron, algunos le sonrieron al profesor con alivio, y él les devolvió un asentimiento.

«Patro dijo que era ecuánime; quizá no sea tan malo después de todo».

—Veo que este año tenemos una... chica en clase. —Augusto me miró fijamente—. Eso es lamentable.

Los chicos se rieron detrás de mí.

La atención del profesor era intensa mientras me sostenía la mirada.

—¿Qué opinas de que las mujeres participen en la prueba?

Esperaba una respuesta.

—¿Está... bien? —Me encogí de hombros, sin saber qué quería que dijera. «Francamente, no entiendo muy bien qué es todo esto».

La expresión cordial de Augusto desapareció; una aversión pura retorció sus facciones.

—Así que ese bastardo realmente tuvo una hija que se cree moralmente superior, igual que él. ¿De verdad crees que otras mujeres deberían someterse a esta prueba?

«Ay, no».

Definitivamente había dado la respuesta equivocada.

Abrí la boca para rebatirlo, pero tenía la boca seca y la lengua trabada.

—Oh, e-eso no es... —Me esforcé por hablar—. No e-es lo que...

—Ahórrate las excusas. —Augusto me interrumpió alzando la mano. —Las generaciones futuras tendrán que sufrir por tu proeza. ¿Has pensado en eso? ¿O simplemente eres egoísta?

Unos ojos negros sin alma me atravesaron.

«Eh, no tengo ni idea de qué está hablando. ¿Ha pensado alguna vez en eso?».

Me froté las muñecas cubiertas con ligas para el pelo, y la sensación de dolor fantasma me subía por los antebrazos. Luego aparté la mirada y me quedé mirando el suelo.

La piel me escocía bajo el peso de su furia.

Finalmente, después de lo que me parecieron *siglos*, apartó su asfixiante atención de mí.

Con un giro dramático de su larga toga, Augusto escribió «La historia del Minotauro» en latín en el pizarrón.

—Vayan a la página dos de sus libros de texto —dijo en latín—. La historia comienza con...

La cera goteaba lentamente.

Plop. Plop. Plop.

Los ojos se me cerraban por el cansancio; me sujeté las piernas temblorosas contra el pecho para conservar mi calor corporal mientras escuchaba la sórdida historia de un minotauro salvaje y Cronos.

Me dolía el cerebro mientras intentaba ordenar en frases las palabras latinas que Augusto pronunciaba en un orden aleatorio.

«Es una lengua muerta por una razón. Alguien tiene que volver a matarla. Además, quien la inventó debería recibir veintitrés puñaladas por la espalda».

Pasó el tiempo.

Me obligué a concentrarme en las palabras.

A mitad de la clase, Augusto habló con dureza en inglés, y el cambio de idioma fue desconcertante.

—Alexis. ¿Para qué utilizaban principalmente a los minotauros los antiguos espartanos de la Casa de Poseidón?

Poco bufó en su hombro.

Abrí los ojos.

—Como entretenimiento.

Augusto hizo un ruido de disgusto en el fondo de la garganta.

—¿A *qué* entretenimiento te refieres? —Me miró con desdén.

Desprendía veneno.

«¿Por qué soy tan odiable? Literalmente, solo intento vivir una buena (corta) vida».

En la parte delantera del salón, el general Cleandro se reclinó en su asiento y sacó su aparato negro. Sobre sus hombros, su halcón desplegó lentamente las alas.

—O, al igual que tu padre, crees que ya lo sabes todo —se burló Augusto—. Así que no te has molestado en aprender los verdaderos entresijos de la lengua latina, y llevas dos horas ahí sentada, sin comprender una palabra, pero creyéndote mejor que nadie, esperando...

Sacudí la cabeza y hablé rápidamente:

—Cazaban minotauros por deporte en el laberinto de Micenas, en la isla de Creta. —Con los labios entumecidos, repetí su clase antes de que pudiera seguir criticándome—. Pero los minotauros eran bestias sintientes que se comunicaron entre sí para atrapar y destrozar a los espartanos: se co-convirtieron en los cazadores, despedazaron a los espartanos y bloquearon la salida del laberinto. Cada vez que los espartanos se curaban, los desmembraban inmediatamente.

—*Jamás* vuelvas a interrumpirme. No eres mejor que los demás porque seas de la Casa de Zeus —dijo Augusto con dureza mientras Poco hacía girar su larga cabellera blanca y negra alrededor de sus patitas.

Algunos iniciados se rieron en voz baja.

Augusto cambió al latín.

—¿Cuánto tiempo estuvieron atrapados los espartanos? —preguntó.

Tosí (me despedacé un pulmón durante un minuto), y luego respondí:

—Todavía siguen ahí; la Casa de Hades ha bloqueado cualquier iniciativa de rescate.

—¿Por qué? —preguntó Augusto.

Me encogí de hombros.

—¿Porque son ctónicos y o-odian a la Casa de Poseidón?

«Porque son malvados».

En lugar de burlarse de mi tartamudeo, mis compañeros asintieron y algunos incluso aplaudieron.

—Malvados bastardos ctónicos —murmuró alguien, y luego tragó saliva de miedo cuando Augusto lo miró fijamente.

En la frente bronceada de Augusto aparecieron arrugas profundas cuando se volteó hacia mí.

—Tus respuestas sobre lo que enseñé fueron técnicamente correctas, pero tu evaluación fue... *decepcionante*.

El salón soltó un suspiro de alivio colectivo al ver que no íbamos a correr el circuito, y miré con culpabilidad a Drex, que estaba sentado a mi lado. Estaba mirando su libro de texto, ignorando a todo el mundo.

«Técnicamente, él es ctónico, pero te salvó».

Me sentía avergonzada. Sucia. Augusto también era ctónico, y yo acababa de insultarlo.

«Cristo gritando al morir y Caronte sonriendo. El Dúo Escarlata torturando a un titán».

El entumecimiento se extendió.

El padre John decía que el mal era la ausencia de Dios y que había visto al diablo en los ojos sangrientos de los ctónicos.

Yo también lo había visto.

Augusto cambió de tema y empezó a hablar en latín sobre que las sirenas eran creaturas sintientes avanzadas de la misma clase que los minotauros, y yo suspiré aliviada.

No hizo preguntas a nadie más y les sonrió a los demás iniciados cuando le hicieron comentarios.

A mí no me sonrió.

Ni una sola vez.

Una cantidad indeterminada de tiempo después, que se sintió como una *eternidad*, la clase de Mitos Clásicos Perdidos terminó, y el general Cleandro anunció que teníamos un descanso de tres horas para estudiar antes de la clase de Matemáticas Thagoreanas con Pino.

—Espero que todos pasen el tiempo en la biblioteca, o habrá... consecuencias.

Mi instinto me decía que *no* eran advertencias vacías.

Sin embargo, estaba tan cansada y tenía tanto frío que apenas podía mantenerme en pie.

En la biblioteca, me acurruqué (me tiré boca abajo) en un sofá de terciopelo guinda frente a una chimenea crepitante, que estaba oculta al fondo, detrás de los estantes.

Una bonita musa de larga cabellera rosa apilaba libros en un estante cercano. Me miró frunciendo el ceño, pero apartó la mirada cuando hicimos contacto visual.

La mayoría de los otros iniciados se habían acurrucado frente a las chimeneas, pero dos chicos estaban sentados en los largos pupitres de caoba, trabajando. Al parecer, eran el ejemplo perfecto de la disciplina y tenían suficiente resistencia física y mental para estudiar.

«No me identifico».

Ni siquiera tenía energía suficiente para morir, si llegara a pasar (ojalá así fuera).

Nada podría haber impedido que me durmiera.

Nyx murmuró satisfecha alrededor de mi cuello, y yo la acerqué a mí como una manta.

Tuve un *déjà vu*. Todo había cambiado, pero *nada* era diferente. Seguía siendo una niñita exhausta, no deseada, llena de moretones, temblando en una caja de cartón.

—Este lugar apesta —susurré—. Me quiero ir a casa.

—Un hogar no es un lugar —dijo Nyx suavemente—. Es una persona.

Cerré los ojos.

—Literalmente, eso tiene cero sentido.

—Algún día lo entenderás.

La oscuridad se apoderó de mí.

10
TORTURA
CARONTE: UNAS HORAS ANTES

Estaba de pie en la barca, muriéndome de aburrimiento mientras esperaba a que los idiotas terminaran la primera vuelta del circuito.

Cuando la Federación me había obligado de la nada a trabajar en la prueba este año (una decisión que seguía sin tener ningún sentido para mí), supuse que torturar engendros olímpicos sería un poco divertido.

Me equivoqué.

El hastío ya se había apoderado de mí.

Me picaban los dedos por las ganas de empuñar el cuchillo y apuñalar algo. Preferiblemente, a alguien.

Quería estar en el bosque cazando titanes.

Lo necesitaba como necesitaba el oxígeno.

La ansiaba como un cíclope desea la sangre.

Can soltó un bostezo de aburrimiento, y Cerbero se dio una voltereta, lo que hizo que el barco se meciera.

Sí, nombré así a mis perros infernales de protección. De cualquier manera, nadie podía verlos más que yo, otra ventaja de tener ascendencia de creaturas monstruosas.

Los tres estábamos agotados por el solo hecho de quedarnos quietos.

No fuimos criados para ser pacientes.

Fuimos criados para devorar.

La violencia, la caza, lo era todo. Cada segundo atrapado en el estúpido bote era un segundo que podría haber aprovechado acechando a mi presa a través de un bosque. Siguiéndola durante horas, y atacándola cuando no se lo esperara.

Ahora estaba atrapado en el trasero de los Dolomitas jugando con mis pulgares.

«Al carajo la Federación y sus maquinaciones políticas. Si creen que obligarme a hacer de niñero de sus bebés me hará más empático con los olímpicos, van a tener un duro despertar. Los mataré a todos».

El hecho de que nos obligaran a participar en el Escuadrón de la Muerte demostró, en primer lugar, lo descerebrados que estaban. La Federación pensaba que mantenía ocupados a los ctónicos forzándonos a combatir a los titanes para ganarnos la vida.

No sabían que era exactamente lo que nosotros queríamos hacer.

Estábamos afilando nuestras habilidades.

Esperando nuestro momento.

A diferencia de los inútiles olímpicos, los ctónicos fueron hechos a mano por el mismísimo Cronos. Nacimos para matar, y lo hacíamos bien.

Era un *placer* masacrar.

Luchar.

La violencia era divina.

Enderezándome en el estúpido bote al que llamaban barco, me quedé mirando el imponente paso montañoso y esperé a que llegaran los bastardos del Olimpo para torturarlos a muerte.

Me troné los nudillos.

El hecho de que la Federación intentara ensuciar nuestro linaje ctónico obligándonos a casarnos con débiles, patéticos y llorones olímpicos estaba más allá de lo absurdo. Hacer un juramento matrimonial y unir mi alma oscura a uno de esos malditos era un destino peor que la muerte.

Cuando los ctónicos se unían, se hacían más fuertes, pero cuando se unían con los olímpicos, se debilitaban.

Era inaceptable.

Me negaba a que me castraran.

Los olímpicos llamaban «habilidades» a sus insignificantes características, pero los ctónicos sabíamos la verdad.

Eran impotentes.

No saboreaban la sed de sangre como nosotros. No ansiaban los juegos, la caza. No conocían la gloria de desgarrar una presa con sus propias manos mientras su corazón latía con dolor por usar el poder real.

No experimentaban el delirio de la matanza, porque no eran depredadores como nosotros.

Los olímpicos eran los espartanos que no eran lo suficientemente fuertes para ejercer el verdadero poder.

Apenas eran mejores que los patéticos humanos, y en comparación con nuestros ilustres linajes, no eran nada.

Escupí al río Estigia con asco.

La nueva ley sobre el matrimonio es una prueba de la desesperación de la Federación.

Hacían todo lo que estaba en sus manos para mantenernos a raya porque sabían que éramos superiores a ellos en todos los sentidos.

Solo era cuestión de tiempo que acabáramos lo que había empezado la Gran Guerra.

Zeus y los demás líderes olímpicos apenas mantenían su poder.

Todos estábamos esperando.

Para atacar.

Me enderecé y los músculos destrozados de mi pierna derecha se tensaron, así que giré el tobillo, intentando aliviar el dolor.

«Al carajo el torneo de gladiadores. Al carajo los olímpicos. Al carajo este bote maldito por Cronos».

Mi pierna arruinada era un recordatorio.

Incluso de niño, la Federación había intentado destruirme. No tenía edad para asistir a la prueba, pero según la Federación, era lo suficientemente mayor para ser cazado en el Coliseo de los Dolomitas y mutilado como una creatura salvaje.

Eso era lo que los olímpicos hacían cuando se daban cuenta de que alguien tenía verdadero poder: lo atacaban.

El dolor se intensificó.

El pánico me arañó el pecho y respiré hondo para calmarme. Froté las marcas de mi pecho.

Había una razón por la que cazaba todo el día y toda la noche; si dejaba de moverme, sentía el dolor. Recordaba el trauma. Sin embargo, si me mantenía distraído, entonces no lo recordaba. Casi.

Apretando los dientes, me froté los ojos cansados.

No recordaba la última vez que había dormido. El problema era que en cuanto me acostaba, mi subconsciente me torturaba con los atroces recuerdos.

Así que permanecía despierto.

No huía de mis demonios. Los alimentaba, y ahora *yo* era el demonio.

Los olímpicos me llamaban de muchas maneras.

Insomne.

Sociópata.

Cazador.

Asesino.

Todas eran ciertas.

Sacudí el pie más rápido, y debatí sobre si debía volcar el bote solo para tener algo que hacer.

Can y Cerbero gimieron mientras daban volteretas con un resoplido.

El impulso de masacrar algo me agitaba como una fuerza viva, y por el lenguaje corporal de mis sabuesos, estaban de acuerdo. No estábamos hechos para esto.

El tiempo se arrastró lentamente.

Jugué con mis cuchillos.

Pasaron horas y suspiré aliviado cuando los engendros por fin aparecieron. Pensé en dispararles por diversión, pero no quería ocuparme del papeleo.

Bajaron tambaleándose hasta la base de la montaña y luego se desplomaron en el suelo en diversos estados de miseria.

Resoplé.

La prueba no era nada comparada con el entrenamiento en el Escuadrón de la Muerte. No durarían ni un segundo.

Can gruñó profundamente e inclinó la cabeza sobre el bote mientras miraba fijamente a un iniciado, pelando los dientes afilados.

—¿Qué pasa? —pregunté.

Mis animales de protección solo le gruñían a Augusto porque los perros infernales eran muy territoriales, pero solo con otros depredadores. Como estaban en el extremo de la cadena alimenticia, no se sentían amenazados a menudo.

Can enseñó los dientes aún más y giró la cabeza hacia la figura esbelta que se arrodillaba apartada del grupo con la cabeza agachada. Dejó escapar un sonido de agresión.

Me concentré en la iniciada.

La piel dorada prácticamente resplandecía a la luz del sol.

Los rizos brillaban como la seda.

La iniciada levantó la vista. Un ojo blanco y otro negro me miraron fijamente: los diferentes colores eran impresionantes.

Era *ella* otra vez.

Alexis Hert.

La niña abandonada de la que hablaban todos en Esparta. Aquella a la que había hecho de enfermero en el tugurio que Patro y Aquiles llamaban hogar, después de la masacre, cuando los llamaron para luchar contra los titanes.

Había pensado que los sabuesos habían gruñido porque habían olido a Augusto en mí, pero en realidad había sido la niña.

«Interesante».

Había estado fuera de sí por el delirio y el dolor, pero incluso retorciéndose sobre las sábanas cubiertas de sangre, había algo intenso en ella.

Era un sentimiento sin nombre.

Fuera lo que fuese, mientras le sujetaba la barbilla y le daba pastillas, una especie de reconocimiento se había agitado en mi interior. Había una energía en ella, un aura que se sentía como si la conociera de antes.

Había estado tan indefensa, por completo a mi (inexistente) merced, y, sin embargo, incluso medio dormida, había luchado como una fiera.

Sonreí al recordarlo.

Esparta era pequeña, y no había suficientes espartanos y criaturas en la tierra para mantenerme entretenido, así que era raro que me interesara por alguien.

Sin embargo, con ella, quería jugar.

Incluso cubierta de sudor, arrodillada en la tierra a unos metros de distancia, Alexis tenía algo que llamaba la atención. Iba más allá de su aspecto físico, que recordaba a una cosa salvaje.

La forma como observaba el mundo era intrigante, como si estuviera constantemente alerta y sorprendida por su entorno.

La última persona por la que me sentí tan atraído fue Augusto. Sin embargo, con él tenía sentido, porque tenía cicatrices y estaba atormentado, como yo. La dureza de sus ojos, la negrura de su alma, eran lo que me había atraído en primer lugar. Los iguales se reconocían.

Pero Alexis parecía débil y quebradiza. Era toda miembros largos y desgarbados y ojos grandes e inocentes.

Da la impresión de ser ingenua.

«¿Cómo carajo sobrevivió a la masacre? Parece como si la hubieran matado de hambre».

Can gruñó más fuerte. Cerbero se puso de pie a su lado y lanzó un aullido de advertencia. Sus colmillos resplandecieron como si se estuvieran preparando para luchar contra un depredador despiadado.

Ambos estaban concentrados en ella.

«¿Cuáles son tus secretos, *carissima*? ¿Eres más de lo que pareces?».

Un retorcido interés ardió en mi esternón al tiempo que una nueva obsesión cobraba vida.

«¿Su aire inocente es solo una actuación? ¿Es peligrosa?».

Sonreí más ampliamente.

De repente, los titanes no eran lo único que quería herir.

«Qué divertido será abrirla. Romperla y revelar todos sus secretos».

Se oyó un grito. Después, los diez iniciados se lanzaron al río.

Me quedé embelesado mientras Alexis nadaba con destreza por el agua. Yo la seguía en mi barca, con el pecho oprimido por la adrenalina y la expectación.

Entonces, un chico cerca de ella empezó a gritar. Aulló más fuerte, con el sonido de un animal moribundo, como si algo, *alguien*, lo estuviera matando.

Busqué la fuente.

Can y Cerbero se volvieron locos, gruñendo y ladrando en dirección a Alexis, que había dejado de nadar y estaba flotando a su lado.

Se abalanzó sobre él.

Su cara se volteó hacia mí.

Una insólita revelación me atropelló y el aliento se me fue de los pulmones como si me hubieran dado un puñetazo.

«Oh, mi Cronos, ella lo está matando».

El chico gritó más fuerte, como si lo estuvieran despedazando, mientras ella forcejeaba con él.

Lo que fuera que Alexis estuviera haciendo; era tremendamente poderosa.

La obsesión que se había encendido estalló en una hoguera de puro deseo. Me ajusté el cinturón para aflojar la creciente presión en mis pantalones.

«Mierda, lo está asesinando».

«Es despiadada».

El chico gritó más fuerte mientras nadaba para alejarse de ella.

Alexis gritó algo mientras lo ahogaba, pero no pude oírlo por el zumbido en mis oídos.

«La quiero para mí».

Se desenredó y se alejó nadando.

Me invadió la euforia.

Inclinándome, toqué la frente del chico y liberé mi poder para acabar el trabajo. El dolor me atravesó el pecho. Sus gritos se intensificaron cuando dejé que viera a mis animales de protección, y se revolcó mientras Can y Cerbero se daban un festín, pero toda mi atención seguía puesta en ella.

Un plan se desplegó ante mí.

Funcionaría.

Tenía que funcionar.

Yo era el cazador de mi generación porque sabía jugar a largo plazo: siempre atrapaba a mi presa.

«Voy a devorarla».

Me levanté y olvidé al chico, mientras giraba lentamente mi barco hacia ella.

Alexis se alejó nadando frenéticamente.

Eché la cabeza hacia atrás y me reí mientras la seguía.

«Gloria a Cronos. Gracias por entregarme esta exquisita criatura como un cordero para el matadero».

Era un gran maldito día para ser un monstruo ctónico. *Alea jacta est*: la suerte estaba echada.

Sin duda, un gran día.

11
EL INFIERNO
ALEXIS

—¡SE ACABÓ EL DESCANSO! —La voz del general acometió la biblioteca como una bomba nuclear, de las que los humanos habían utilizado sin éxito contra los titanes cuando aparecieron por primera vez.

Me incorporé sobresaltada y gemí de dolor. Sentí como si hubiera dormido durante solo unos segundos.

—Diez minutos más —refunfuñó Nyx mientras me apretaba el cuello. Me froté los ojos aturdida y gemí más fuerte mientras me levantaba.

Cada músculo de mis piernas gritaba de dolor. Cada paso era una agonía y quería derrumbarme.

Me levanté tambaleándome del sofá y me estampé contra un estante.

«Genial, ahora un mueble inanimado intenta liquidarme».

Tenía el ojo derecho nublado por el cansancio (mi campo de visión era del treinta y cinco por ciento en el mejor de los casos) y me dolía la cara donde me había golpeado contra el estante.

—¡INICIADOS, FORMEN UNA FILA!

A juzgar por los gemidos somnolientos de los demás iniciados, yo no era la única que estaba sufriendo.

Por supuesto, el general Cleandro decidió que era el momento adecuado para lanzar una perorata desquiciada sobre la importancia de la fortaleza mental y de ser valiente. Su halcón se balanceaba sobre su hombro como si conviniera con él.

«Los pájaros son insoportables».

El halcón soltó un graznido y Nyx siseó.

El general Cleandro hablaba y hablaba sobre la importancia de ser fuerte.

Personalmente, prefería ser mentalmente débil: hacía la vida más interesante.

«¿Hoy me mataré de forma dramática o sobreviviré a duras penas?». Cada día era un nuevo misterio.

No recordaba haber vuelto al salón de clases, pero de repente estaba sentada en el mismo lugar de antes sobre las frías rocas, temblando y tarareando para mis adentros. El general Cleandro estaba sentado al frente del salón con su pájaro demoniaco en el hombro.

El profesor Pino trazaba ecuaciones en el pizarrón mientras su cuervo nos miraba fijamente en la clase de Matemáticas Thagoreanas. Los números se confundían entre sí y mi letra, habitualmente pulcra, resultaba ilegible cuando garabateaba notas al azar.

En algún momento la clase terminó y el profesor Augusto llegó para dar la clase de Disciplina y Poder. Poco entró detrás de él, aplaudiendo con sus manitas negras como si estuviera emocionado.

El profesor Augusto habló despacio:

—Hay algunas reglas diferentes que rigen la vida de los mestizos y los herederos, y esto opera especialmente cuando se trata de mujeres, ya que son muy raras. Por ejemplo, una mestiza puede participar en la prueba. —Me miró fijamente, con sus ojos negros brillantes de fiereza—. Sin embargo —continuó—, si una heredera participara sería la mayor *deshonra*, y si sobreviviera, lo que sería muy improbable debido a su educación gentil, se tomarían métodos extremos para salvar su honor, como un matrimonio arreglado.

Sus ojos estaban llenos de disgusto.

«Está tratando de avergonzarme enfrente de todos».

Le devolví la mirada inexpresivamente.

Yo no tenía honor.

Había robado todo lo que tenía.

Viví en una caja de cartón durante años.

Me limpiaba en lavabos todo el invierno cuando el agua del pozo estaba demasiado fría.

Sus palabras no significaban nada para mí. En todo caso, me alegré por todas las herederas que no podían participar en este infierno.

Era bueno que alguien las protegiera.

«Sigan siendo honorables, hermanas».

Augusto arqueó una ceja oscura hacia mí, luego apartó la mirada y continuó:

—Independientemente de las diferencias de trato a las raras herederas femeninas, todos los espartanos de veinte años o más, olímpicos y ctónicos, tienen cuatro cosas en común.

Levantó cuatro dedos; sus labios se torcieron en una sonrisa mientras hablaba con los demás.

Me dolía la cabeza mientras daba clase.

—*Primero*, la inmortalidad después de cumplir veinte años. —Bajó un dedo—. Con el paso del tiempo nuestros cuerpos se hacen más fuertes y nuestros sentidos más agudos, aunque los espartanos no son infalibles y entrarán en coma si son heridos o pasan hambre durante demasiado tiempo. Cortar nuestros cuerpos en trozos pequeños y esparcirlos también asegurará que permanezcamos en coma.

«¿Lo ofrecen gratis en alguna parte? ¿O se tiene que pagar por ello?».

Unos ardientes ojos negros me miraron con rencor, como si pronosticara el coma en mi futuro.

«Lo mismo para ti».

Sus labios se fruncieron con disgusto.

—*Segundo*... —Augusto bajó otro dedo—. Inteligencia aumentada.

Se burló como si creyera que eso no aplicaba para nosotros.

—*Tercero*... la teletransportación a través del mundo. La primera vez que un espartano se transporta, solo puede ir al lugar que considere su *domus*, o casa. Normalmente esto se refiere a una persona con la que tiene una fuerte conexión.

Su labio superior se frunció mientras bajaba otro dedo.

—No se dejen engañar —dijo—. La teletransportación espartana es *extremadamente* difícil de dominar. Si pierden la concentración, pueden acabar en el lugar equivocado; la mayoría de las veces, en medio del océano. Algunos de ustedes *nunca* podrán hacerlo. Sin embargo, en otoño nos esforzaremos por enseñarles a despejar la mente, si sobreviven hasta entonces.

Bajó el último dedo.

—*Cuarto* y último, los espartanos tienen la habilidad única de prestar juramento.

Me balanceaba adelante y atrás intentando entrar en calor.

—Los juramentos espartanos... son *extremadamente* serios. —Su voz de barítono bajó una octava en señal de advertencia—. El juramento es un contrato vinculante que se forma cuando un espartano mira a otro espartano a los ojos, y se cree que es una antigua forma de hipnotismo que cambia las rutas neuronales de nuestro cerebro.

Habló despacio.

—Los dos espartanos tienen que decir las palabras en latín para cimentar un juramento, y solo se pueden tener *tres* vínculos, el número áureo, con una sola persona.

Sacudió la cabeza.

—Sin embargo, esto es una reliquia de los tiempos antiguos. Hoy en día, nadie se vincula voluntariamente fuera de los matrimonios espartanos y los lazos con animales de protección: la inmortalidad es un tiempo peligrosamente largo para estar atado a una promesa. Por eso esta nueva ley sobre el matrimonio tiene a todo el mundo tan indignado.

Los iniciados se pusieron a susurrar.

Augusto frunció el ceño, sus ojos destellaron.

«Como él ya pasó los veintiséis, ¿significa que tiene que casarse este año? Pobre de su esposa».

Se enderezó más y señaló hacia abajo, donde Poco roía un trozo de gis con los colmillos.

Cuando el mapache rabioso vio que lo convocaba, se lanzó alegremente sobre Augusto y subió corriendo por su torso. Se colgó de su cuello y luego balanceó su cabecita de un lado a otro, intentando comerse la larga cola de caballo bicolor.

«Oigan, eso es muy lindo. Alguien tiene que tomar una foto».

Augusto suspiró, pero no detuvo a Poco, como si estuviera acostumbrado a sus gracias. Continuó:

—Un animal de protección se gana a través un juramento espartano. Una vez más, si sobreviven este verano, tendrán acceso a la colección de creaturas que se encuentra bajo esta montaña.

Entornó sus ojos oscuros.

—No crean que conseguir un protector es fácil. Algunos de los iniciados más fuertes de la historia no consiguieron graduarse de esta academia porque ningún animal quiso unirse con ellos. —Me fulminó con la mirada.

—Los animales pueden sentir tanto los niveles de poder en nuestras venas como la naturaleza de nuestras almas. Nos ven mejor que nosotros mismos.

Frunció el ceño.

—La historia nos enseña que los animales pueden sentir el aura de una persona. El animal de protección te elige a ti, no al revés, como la mayoría cree erróneamente. Cuando está claro que un animal quiere establecer un vínculo contigo, lo miras fijamente a los ojos y dices «*domus*». Si está de acuerdo con el vínculo, te sostendrá la mirada y sus ojos cambiarán a tu color a medida que se consolide la conexión.

Culpé a mi estado de agotamiento por fijarme en las docenas de venas del antebrazo bronceado de Augusto. Era injusto lo atractivo que era.

El tierno mapache que colgaba de su cuello también ayudaba mucho.

«Me pregunto si habrá un dibujo inapropiado de él en la página Estilo de Vida Espartano».

El mameluco que llevaba puesto cuando me encontraron en el orfanato también tenía bordado en oro los números «1/23/2080». Pensaron que era mi fecha de nacimiento, lo que significaba que era acuario.

Una revista antigua de la biblioteca decía que tenía una personalidad independiente, leal, tranquila y que me distraía con facilidad.

Al parecer, me distraían los dibujos obscenos de genitales masculinos.

«Me voy a ir al infierno».

—Si el animal no está de acuerdo con el vínculo, o ve algo en tu alma que no le gusta —dijo Augusto con gravedad—, tu mente hervirá en tu interior, y tendremos que matarte para sacarte de tu miseria.

Me atraganté con mi saliva.

Me lanzó una mirada cruel.

«Eh, ¿cómo? Repita esa parte».

—Pero no tienen que preocuparse por eso ahora —aseguró Augusto—. Llegará un día en diciembre en el que todos harán un vínculo con un animal... ojalá.

«Ese *ojalá* no es reconfortante».

—Basta de hablar de animales de protección —dijo Augusto—. Tienen que concentrarse en conectar con su fuente de energía.

Se sentó con elegancia en el frente del salón, y Poco se subió a su cabeza sobre su espigada corona, como un sombrero obeso.

«Eso no debe ser cómodo».

—Ahora meditemos —ordenó Augusto.

Cerré los ojos y de inmediato entré en un estado de paz parecido a un trance.

Solo bromeaba. Me quedé dormida sentada.

Clap.

Me desperté con sobresalto.

—¿Qué experimentaron mientras meditaban? —preguntó Augusto mientras nos miraba con suspicacia. Poco estaba panza arriba, dormido, sobre su cabeza.

Nadie habló.

El general Cleandro tomó su caja negra, y el heredero alto de cabello rubio levantó la mano. Era uno de los chicos que se había puesto a estudiar en vez de dormir durante el descanso.

Augusto le sonrió.

—¿Y tú eres?

—Casio, heredero de la Casa de Hermes. —El iniciado rubio descruzó las piernas y mostró los tobillos: unas alas de color carne brotaban de su piel dorada y se agitaban en sus talones—. Cuando meditaba, sentí un cosquilleo placentero en la cabeza. También podía sentir el poder acumulado en el interior de mis piernas.

«Qué bonito. Tiene tobillos de elefante».

Las extrañas alas revolotearon más rápido.

Augusto dijo algo sobre aprovechar nuestros poderes, pero yo tenía demasiado frío y estaba demasiado cansada para prestar atención.

Me miró como si sospechara que era una idiota, lo cual era irónico, porque Poco estaba royendo su corona, y me arrepentí profundamente de haber nacido.

El tiempo siguió avanzando con negligencia.

Disciplina y Poder se convirtió en Matemáticas Thagoreanas y, luego, en Mitos Clásicos Perdidos.

No tomé notas.

El aire helado de las montañas penetraba en mis huesos.

Las historias en latín sobre cíclopes se mezclaban con ecuaciones matemáticas que predecían el futuro, luego fueron sustituidas por horas de meditación (dormir con los ojos abiertos).

«¿Siquiera sigo viva?».

No me acordaba.

En medio de un episodio depresivo, levanté la mano.

—¿Puedo ir al ba-baño?

Augusto arqueó una ceja, escéptico, ya que llevábamos días sin comer ni beber nada, pero luego hizo un gesto de burla y señaló la puerta.

—Rápido, pero no esperes un trato especial por ser una chica —dijo, y Poco señaló también—. Tú fuiste quien decidió participar en esto.

«¿Yo? No recuerdo que nadie me diera una opción. Además, ¿desde cuándo ir al baño constituye un trato especial?».

Salí del salón de clase tambaleándome, y la piel me picaba bajo la intensa mirada de Augusto, y luego me desplomé sobre el asiento roto del excusado y me puse a llorar.

El óxido me rasguñaba a través de la toga y probablemente me contagiaría una enfermedad venérea, pero ni siquiera me importaba.

«Me odia».

«Estoy tan cansada y tengo tanto frío».

«Tengo tanta hambre».

—No puedo hacer esto —susurré—. No puedo. No puedo. No puedo.

Los sollozos sacudían todo mi cuerpo.

—Alexis Hert. —Nyx se hizo visible, sus ojos morados brillaron sobre las relucientes escamas negras—. Eres la persona más fuerte que he conocido, y vaya que he conocido todo tipo de héroes espartanos.

Lloré más fuerte.

Se inclinó más cerca y siseó:

—Eres la misma niña que se hizo amiga de un monstruo sin tener miedo. Has peleado cada día de tu vida por ti y por Charlie. Has vivido toda tu vida siendo fuerte, no te atrevas a rendirte ahora.

—Tú no eres un monstruo —jadeé, limpiándome los mocos de la cara.

—Niña, las dos sabemos que eso no es verdad.

Eché la cabeza hacia atrás

—No quiero vivir así. Simplemente no puedo —susurré.

Me sujeté las muñecas, que me torturaban con la sensación de dolor fantasma.

Se suponía que la vida por fin iba a mejorar, no a empeorar.

No debía sentirme así.

Ya no.

«No puedo hacerlo».

—Es temporal. —Nyx pasó la lengua por mi mejilla húmeda por las lágrimas—. Hazlo por Charlie: ahora mismo está esperando que su hermana mayor vuelva a casa con él. No lo decepciones.

Tomando una bocanada de aire, dejé caer la cabeza sobre las palmas de las manos.

Mi hermano menor estaba asustado y solo, viviendo en el bosque.

«Contrólate, mujer».

Tarareé en voz alta, me apreté los ojos con las palmas de las manos y me concentré en una melodía apacible.

Pasó el tiempo.

Respirando superficialmente, recorrí las letras «C+A» tatuadas en mi antebrazo.

—Puedo hacerlo —susurré.

—Sí —siseó Nyx—. Puedes hacerlo, y lo harás.

Utilicé papel higiénico para limpiarme las lágrimas y los mocos de la cara, me levanté y volví cojeando lentamente al salón de clases.

Cuando me desplomé de nuevo en el suelo, el profesor Augusto abrió la boca para decir algo sobre lo larga que había sido mi pausa para ir al baño. Su mirada se encontró con la mía, y cerró la boca apretando la mandíbula. Compasivamente, no dijo nada.

Lo que fuera que hubiera visto en mi cara lo hizo guardar silencio. Sin embargo, los bordes de sus ojos se arrugaron y contrajo la boca, como si estuviera perturbado.

Me enjugué una lágrima, meciéndome en mi sitio.

Me miró a hurtadillas durante el resto de la clase. Su expresión se endureció con el paso del tiempo, hasta que se convirtió en una oscura nube de furia.

«¿Ahora por qué está enojado?».

Los profesores intercambiaron puestos una y otra vez, sin cesar. Nos arrojaban información en un torrente constante de palabras y números.

El tiempo perdió todo sentido.

—Leo Apolo —dijo el profesor Augusto, y yo apenas me di cuenta de que estaba hablando—. ¡Leo! —repitió con un suspiro.

El compañero de Tito, un chico musculoso con la cabeza rapada, estaba acostado en el suelo detrás de mí con los ojos cerrados.

—¡Leo! —dijo Augusto alzando más la voz, pero el chico no se movió. Poco chilló sobre la cabeza de Augusto con un gis en las manos—. Alguien ayúdelo, por favor —dijo Augusto negando con la cabeza.

«¿Está dormido o muerto?».

—¡LEO, DESPIERTA DE UNA MALDITA VEZ! —rugió el general Cleandro, y su halcón (demonio) graznó como una *banshee*.

Un horrible sonido taladró mi oído izquierdo.

«Para nada dramático».

Mientras Leo se despertaba con un espasmo, el profesor Augusto volvió a suspirar. Poco se aburrió y se metió el gis a la boca («me pregunto si sabe bien»).

El general Cleandro pulsó el botón de su terrible caja negra.

—¡HORA DEL CIRCUITO! —bramó con regocijo.

El tiempo se distorsionó, como se sabía que ocurría en el infierno.

Parpadeé.

El sol ardía caliente y brillante en el cielo, iluminando la tierra escarchada cerca de la cima de la montaña. En el valle de abajo, el Coliseo de los Dolomitas tenía el tamaño de un juguete.

Miré hacia abajo. Unas huellas rojas me seguían por las rocas dentadas.

«Alguien me acecha». Miré a mi alrededor con nerviosismo y luego me estremecí. Eran mis huellas.

Nos tambaleábamos lentamente en grupo.

Me ardían las piernas y me pesaban los pulmones.

Recé con todas mis fuerzas, pero, en un muy perturbador giro de los acontecimientos, no apareció de repente un titán para asesinarme violentamente.

«No queda justicia en este mundo cruel».

«Tiempos oscuros, sin duda».

No recordaba haber llegado a la cima, no recordaba haber bajado a trompicones por el otro lado, no recordaba haberme medio ahogado mientras nadaba patéticamente en el río, no recordaba haberme arrastrado hasta la orilla mientras Caronte me miraba con odio.

O tal vez sí lo recordaba y quería olvidarlo.

Esta vez, después de nadar había suficientes mantas térmicas para todos, pero yo estaba demasiado cansada para tomar una.

Augusto envolvió una manta alrededor de mis hombros de forma agresiva y gritó algo.

Parpadeé.

Entramos tambaleándonos al salón de clases. Delante de mí, el general Cleandro inclinaba unas tazas frente a la cara de los iniciados.

Augusto se abalanzó sobre mí y me agarró de la barbilla con fuerza. Vertió agua entre mis labios. Tenía la garganta tan irritada de tanto jadear que me *ardía*. Intenté apartarme, pero me apretó más con los dedos.

Al resto de los iniciados solo los obligaron a dar un pequeño sorbo, pero Augusto no me soltó hasta que me acabé toda la taza. Frunció el ceño y me susurró algo sobre los ctónicos en el oído izquierdo. Por suerte, no pude entender lo que dijo.

—Es hora de su primer examen —dijo el profesor Pino después de que retomáramos nuestros lugares en el suelo, y su cuervo nos miraba con ojos inteligentes.

Pino repartió una hoja de papel.

Me quedé viéndolo con la mirada perdida.

«¿Ecuaciones?». Con los dedos entumecidos, recogí mi pluma. Me costó varios intentos conseguir que la tinta se quedara donde yo quería en la página.

Escribir un número me llevó un minuto.

Poco a poco, dígito por dígito, fui repasando las secuencias, siguiendo los pasos sobre todo por intuición. Recordaba algunas cosas de las que había hablado Pino, pero la mayoría eran completamente nuevas. Cada pregunta estaba relacionada con dilemas éticos con docenas de variables y pasos.

Las preguntas hacían que las matemáticas de la prueba de mérito parecieran infantiles.

—¡Se acabó el tiempo! —anunció Pino—. Dejen las plumas.

Apenas había llegado a la mitad.

El tiempo se distorsionó.

Parpadeé y el profesor Augusto estaba sentado frente a la clase, meditando con los ojos cerrados. Todos los iniciados dormían a mi alrededor.

Augusto se movió, y la cicatriz de su pómulo se tiñó de un rojo furioso.

Sus anchos hombros estaban en la postura perfecta.

Como estaba medio desplomada con el pecho izquierdo apuntado al suelo, la postura perfecta no era algo con lo que pudiera identificarme.

Miré al cruel profesor entornando los ojos. «¿Los demonios siempre han sido tan atractivos?».

Unos ardientes ojos oscuros se abrieron de golpe.

—¿Qué... estás haciendo? —preguntó Augusto lentamente.

Apreté los ojos.

«Por favor, que no me vea. Por favor, que no me vea».

—Como estoy sentado justo enfrente de ti, obviamente te estoy viendo.

«Dios mío, me lee la mente. Tengo que matarnos a los dos».

Aplaudió.

—Alexis, abre los estúpidos ojos. Estás hablando en voz alta y distrayendo a la clase, mírame. Ahora.

Abrí los ojos de golpe.

La clase estaba en un estado que solo podía describirse como gravemente catatónico. «¿Distrayendo a la clase de qué? ¿De la muerte?».

Augusto murmuró algo sobre las mujeres, la deshonra y la prueba.

—Amén, amiga —le respondí entre dientes.

Su ojo derecho se crispó.

—Cálmate —dijo frunciendo el ceño—. Concéntrate en tu centro, encuentra tu calma interior.

—Lo haré, capitán. —Me incliné y caí de bruces en el suelo—. Como una ballena varada —dije con las mejillas apretadas contra las rocas—. No se preocupe, la marea me traerá de vuelta.

Me giré de lado.

Augusto parecía preocupado.

Hice un sonido de ballena.

No me lo devolvió. «Por eso no hablo con la gente. Nunca me entienden».

A Augusto le tembló un músculo de la mandíbula cuando se levantó, se inclinó sobre mí y me acomodó en una posición sentada.

El chico que tenía enfrente gimió en sueños.

Augusto me agarró del hombro con dolorosa fuerza y no me soltó.

—¿Me salvó? —susurré.

Sus pestañas, sorprendentemente largas, se agitaron. Su expresión se suavizó. Sus dedos se aflojaron.

—Salvó a la Gran Bertha, la ballena jorobada.

Me dejó caer.

Dejé salir el llamado (gemido acuático) de mi pueblo.

En un sorprendente giro de los acontecimientos que nadie vio venir, no me dirigió la palabra durante el resto de la clase.

El tiempo corrió.

—¿Estás bien, niña? —preguntó alguien.

—¿Quién pregunta? —Miré a mi alrededor, pero no vi a nadie, y el iniciado sentado a mi lado, «creo que se llama Drex», me miró con extrañeza. Detrás de él, un chico miraba el techo de roca escurriendo baba por la boca abierta.

—Niña, soy Nyx —repitió la extraña voz—. Baja la voz.

No conocía a ninguna Nyx.

Pino escribió unos nombres en el pizarrón y escribió un cuatro al lado de «Alexis».

Entorné los ojos e intenté descifrar el enigma.

«Alexis es mi nombre». Me llené de satisfacción por haberlo descubierto.

—Este es el orden en el que quedaron en el examen —dijo Pino.

«¿Cuál examen?».

Pino señaló al chico que babeaba.

—Jasón Atenea —dijo—. Eres una vergüenza para tu ilustre Casa. No pudiste responder una sola pregunta de Matemáticas Thagoreanas. Ese nivel de ineptitud es inaceptable en un espartano.

El general Cleandro se levantó:

—Jasón, vas a correr el circuito tú solo. Yo te guiaré. Levántate, vamos.

Jasón fue arrastrado fuera del salón de clases con la boca abierta y los ojos desenfocados.

Horas más tarde, el general Cleandro regresó.

Estaba solo.

Se me erizaron los vellos de la nuca, pero no recordaba por qué me importaba.

Nos dieron un breve descanso en la biblioteca.

Augusto me detuvo en el pasillo, con el ceño fruncido.

—¿Estás bien, Alexis? —preguntó con voz sedosa y se me retorcieron los dedos de los pies.

—¿Con quién es que desea hablar? —Me estremecí cuando mis pies ensangrentados rasparon el suelo de roca.

A juzgar por la mirada asesina de Augusto, no quería saberlo.

—Guarde sus se-secretos. —Le di unas palmaditas en el pecho inquietantemente duro.

Augusto bajó la mirada hacia donde yo lo estaba tocando.

Ninguno de los dos dijo nada más.

No recordaba quién se había marchado primero (fue él).

El tiempo se volvió más confuso.

Nos hicieron más exámenes; corrimos (cojeamos) por el circuito. En la ladera de la montaña, bajo la oscuridad de la noche, un punto brillante resplandeció en mi visión. Había una luz adelante, que parecía cálida.

«Solo tengo que llegar a ella».

Nunca lo logré.

La música sonaba frenéticamente en mi cabeza.

Tres uñas de mis pies se pusieron negras cuando me golpeé contra unas piedras. El río Estigia era espeluznante por la noche, y sollocé mientras me arrastraba fuera del agua hasta la orilla fangosa. Dos voces gruñeron y luego susurraron en la oscuridad.

Les devolví el gruñido.

La luz brillante seguía flotando fuera de mi alcance.

—Felicidades, sobrevivieron a las dos primeras semanas —dijo alguien, pero no supe quién.

Estaba mareada y con náuseas.

Bang. Apareció gente en una nube de humo.

—Maldito Cronos, Alex, ¿estás bien? —La luz de la luna iluminó unos ojos color esmeralda, que se llenaron de sangre cuando un dedo me tocó la frente.

«Odio ese nombre».

—Hace a-a-años que no e-e-estoy bien. —Los dientes me castañeteaban tanto por el frío que me dolía la mandíbula.

—Qué interesante. Está diciendo la verdad. —Hubo una pausa. Luego la voz se burló—: Pero nadie ha estado bien. —Me envolvieron los hombros con una manta térmica y el dolor helado se hizo un poco más cálido.

El hombre guapo con ojos de luz espeluznante se volteó hacia un hocico.

Hice una mueca.

—Bu-bu-buen pe-perrito.

—¿Acaba de llamarte *perro*? —Se rio sombríamente.

Unas manos me rodearon el brazo dolorosamente.

—Vamos. *Domus*.

El mundo se deformó.

La oscuridad me asfixió y la música murió.

Permanentemente.

12
DÍAS CON LOS MENTORES
ALEXIS

—¡Despierta! —ordenó una voz.

Gemí y me tapé la cabeza con las cálidas mantas, pero el leve movimiento hizo que los brazos me ardieran de dolor.

Lamenté profundamente estar viva (más de lo habitual).

—Es casi mediodía —dijo una voz furiosa—. Tienes que despertar ahora mismo. Tenemos que alimentar tu cuerpo y elaborar una estrategia. Nuestro futuro depende de que te levantes de una maldita vez.

Un hombre estaba hablando, así que dejé de escuchar.

Los sueños me seducían.

Me arrancaron las mantas calientitas. Hacía un frío tremendo, así que apreté la cara contra la almohada en busca de calor, y también me la arrebataron.

Gritando entre dientes, me planteé despertarme, pero me pareció demasiado trabajo. El sueño me reclamaba.

Unas manos me agarraron de las piernas y los hombros con brusquedad. Me elevaron en el aire, y mi nariz se llenó de olor a menta. Alguien me había levantado.

Me caía baba por la cara y recé para que fuera Carl Gauss quien me abrazaba. «Por favor, que tenga un pene de forma normal. No puedo soportar más traumas».

Gemí con fuerza mientras me cargaban.

—¡Cállense todos! —gritó Nyx desde algún lugar cercano.

Sin apoyo, mi cuello cayó hacia atrás y un calor intenso me llenó la cara de repente.

Se oía un extraño sonido de agua.

De repente, las manos me soltaron.

Estaba en caída libre.

Splash.

Grité burbujas.

Me sacudí desorientada bajo el agua.

«Caronte está cerca. Me va a matar. Nada. Nada tan rápido como puedas antes de que te mate y…».

Salí a la superficie del agua.

La brillante luz del sol me quemaba los ojos mientras luchaba por orientarme y alejarme del malvado barquero que me perseguía en el circuito.

El pánico se intensificó.

Salpiqué con más fuerza.

Mi visión se enfocó. Estaba de pie (medio caída, convulsionándome) en aguas turquesas, cálidas y tranquilas, que me llegaban a la cadera, nada que ver con el río Estigia.

Una exuberante colina verde contrastaba con el mar brillante, y una amplia casa blanca estaba enclavada entre las plantas al borde de la isla.

Las puertas francesas estaban abiertas y daban a una habitación que me era familiar.

O estaba teniendo un episodio alucinógeno, o estaba de vuelta en Corfú, en la casa del Dúo Escarlata.

El mar Egeo estaba tranquilo a mi alrededor.

Centelleante y sereno.

«Si volví con mis mentores, hemos de estar a principios de agosto». El brillante sol de verano me calentaba la cara. Una figura se movía en las sombras de la terraza. Aquiles era una silueta imponente, vestido de negro de pies a cabeza. Un cigarrillo sobresalía de la rejilla de su bozal.

Expulsó una nube de humo.

Unas sombras se movieron a la altura de sus piernas, Nerón movió la cola y Popea le lanzó una mirada fulminante.

El agua ondulaba mientras otra figura me tapaba el sol.

Patro estaba parado enfrente de mí.

Parecía *furioso*.

Abrí la boca para preguntarle por qué me había arrojado al mar, pero de mis labios solo salió un gemido. La cabeza me punzaba y unas manchas blancas me impedían la visión.

El mundo dio un giro.

Me *dolían* todos los músculos del cuerpo.

Apoyé las manos en las rodillas y tosí con dificultad. Gotitas rojas de sangre brotaron de mis labios y se hundieron en las aguas cristalinas.

Era demasiado.

Me desplomé de espaldas en el mar y extendí los brazos maltratados. En mi cabeza, flotaba tranquilamente. En realidad, me ahogaba parcialmente porque no tenía fuerzas para levantar mi cadera adolorida.

Una lágrima se me escurrió por el rabillo del ojo.

Si no supiera qué me había pasado, habría supuesto que me había atropellado un camión espartano. Me sentía como si un conductor me hubiera embestido de costado, luego hubiera pasado en reversa sobre mi cuerpo, y luego bajado del vehículo y pisoteado mi...

—¿Por qué arrugas así la cara? —Patro interrumpió mi espiral.

Gruñí mientras intentaba respirar.

—Estoy haciendo el perfil del conductor imaginario que me atropelló con su camión. —Entorné los ojos mientras pensaba en ello.

Un pájaro graznó mientras surcaba el cielo despejado y lo estudié con desconfianza. ¿Me está espiando?

—La próxima vez, no lo cuentes —dijo Patro lentamente.

—La próxima vez —susurré—, no preguntes.

—¿Qué tal si la próxima vez te despiertas como una persona normal? —dijo Patro bruscamente—. Así no voy a tener que lanzarte al mar y ver cómo te ahogas en aguas superficiales.

Puse los ojos en blanco, sospechosamente llenos de humedad.

—Solo déjame dormir.

Patro me agarró del tobillo y me arrastró por el agua hasta que quedé justo a su lado.

—No, necesitas que tu cuerpo recupere fuerzas después de la academia. Para eso son principalmente estos tres días libres. Llevo *horas* intentando despertarte, Alex —gruñó—. Nada funcionaba.

Detestaba ese nombre.

Me apretó más el tobillo; en sus nudillos estaba tatuada la palabra «MENTIROSO» con tinta roja y su pulgar rozó mi espinilla.

Ambos miramos hacia abajo, donde me estaba tocando.

Darme cuenta me golpeó más fuerte que el camionero imaginario: me estaba tocando. «Otra persona me está tocando».

Grité y le di una patada en la ingle.

Patro gimió y se dobló sobre sí mismo.

—Pero ¿qué carajos...? —gimió de dolor—. ¿Por qué carajos hiciste eso?

Salpicando agua y con los músculos acalambrados, corrí hacia la orilla.

—No me to-toques —grité débilmente.

Patro se irguió en toda su estatura, con los anchos hombros imponentes (el mar centelleante no lo suavizaba de ninguna manera) y una camiseta mojada pegada a su pecho cincelado como una segunda piel. Era verde y resaltaba el color de sus ojos.

Si no supiera la verdad, habría jurado que Patro había posado para la estatua del David. Realmente era pecaminosamente guapo.

No es que me hubiera dado cuenta.

—¿Qué carajos te pasa? —gritó.

—La ira es una emoción secundaria —le señalé acomedidamente con voz rasposa mientras retrocedía hacia la tierra—. Deberías esforzarte po-por expresar tu-tus emociones primarias... y no decir groserías.

Abriendo las fosas nasales, Patro se tronó los nudillos.

—Pregunta genuina... ¿Qué demonios te pasa?

Me estremecí.

«¿Por qué sigo interactuando con el asesino psicótico?».

Patro entornó los ojos.

—¿Tienes algo que decir?

Me ardían las heridas de los pies mientras caminaba por el suelo de guijarros y negué con la cabeza.

El valor momentáneo había desaparecido.

Nunca debí haber hablado.

—Me pateaste, Alex. —La voz de Patro era fría—. Mocosa malcriada.

No se me escapó la ironía de que me llamara malcriada mientras utilizaba el horrible nombre con el que *ellos* solían llamarme.

—Por favor, no me digas así —susurré en voz baja.

—Patéame así otra vez —dijo Patro mientras avanzaba a través del agua— y te voy a romper una maldita pierna, *Alex*.

Que todo el mundo adorara al hombre cruel que tenía enfrente estaba más allá de mi entendimiento. Claro, era interesante mirarlo, pero también lo era el magma antes de quemarte vivo.

Ampliando los pasos de mis piernas doloridas, mientras una mancha escarlata se formaba en el agua por las heridas abiertas de mis pies, intenté aparentar que no estaba a cinco segundos de desmayarme y ahogarme.

Los crueles recuerdos aparecían en bucle en el borde de mi subconsciente.

Patro dio otro paso hacia delante y llegó a una distancia desde la que podía alcanzarme. «Retirada, retirada». Me di la vuelta y corrí (cojeé lentamente) sobre los guijarros de la orilla hasta la terraza.

Dejé un rastro rojo detrás de mí.

Agarré una toalla de la silla más alejada de Aquiles, me coloqué detrás del mueble y de Nerón, con la cabeza inclinada para poder mirar con el ojo derecho a ambos hombres.

Me preparé para gritarle a Nyx.

«Cuando Patro ataque, lo golpearé en la cabeza con la silla».

El hijo de Afrodita llegó a la terraza y yo me pegué a la pared junto a las puertas francesas.

Nerón giró la cabeza hacia un lado y me miró como preguntándome: «¿Qué te pasa, mujer?».

«Tantas cosas».

Mostró los dientes y gruñó, como si quisiera atacarme.

Hice una mueca.

—Eres una reina del drama; no te voy a atacar, Alexis. —Patro puso los ojos en blanco mientras Aquiles le tendía una toalla—. Por ahora, no.

Patro se abalanzó sobre mí y grité.

Se rio mientras yo me agarraba el pecho.

«El imbécil se está burlando de mí».

De repente, las viejas creencias de que las mujeres tenían problemas de «histeria» no parecían tan descabelladas.

Podía verlo.

El caso es que yo era una mujer y estaba histérica.

Como si hubiera terminado de burlarse de mis nervios crispados, Patro se apoyó en la pared junto a Aquiles y le susurró algo al oído. Se puso de puntitas para hablarle, y su lenguaje corporal casi parecía… tierno.

«Casi» era la palabra clave.

Me encogí mientras los hombres me miraban con decepción, e intenté actuar con despreocupación (por desgracia, no había estado relajada ni un solo día de mi vida).

—¿Cuándo llegué aquí? —pregunté en un patético intento por romper la tensión, pero cuando miré al interior de la casita, me llené de dudas.

«¿Me imaginé todo lo de la montaña?».

«¿Fue todo un mal sueño?».

Los ojos de Patro brillaron mientras se pasaba la toalla por el corto pelo ondulado.

—Anoche, terminaste tus dos primeras semanas en la academia. —Habló despacio, como si yo fuera idiota.

Empecé a hacer una mueca para burlarme de él, pero mi instinto de conservación se puso en marcha y mantuve un rostro inexpresivo.

Una suave melodía sonó en mi mente y tarareé.

Patro me miró sin impresionarse, como si pudiera leerme la mente.

—Te recogimos ayer al mediodía —dijo—. Después de recorrer el circuito, estabas delirando, cubierta de lodo y no reconocías a nadie, así que te lavamos aquí con una manguera. —Levantó las palmas hacia enfrente en son de paz—. No te pongas loca. Estabas completamente vestida.

Levantó las cejas, como si debiera estar agradecida porque me había lavado con una manguera como a un animal salvaje (lo era).

Sin embargo, como me habían torturado hasta dejarme en estado comatoso, mi gratitud no era enorme.

—Estuviste dormida más de doce horas. —Patro frunció el ceño—. Solo tenemos dos días y medio para hacer un plan antes de que tengas que volver a la academia.

Se me cayó el estómago al suelo.

—No quiero volver —susurré.

«Por favor, no me obliguen a volver. Por favor. Haré lo que sea».

—Esa no es una opción. Madura. —Patro tiró su toalla a un lado—. Vamos a comer. Me muero de hambre. —Se alejó hacia la casa, como si la conversación hubiera terminado.

Gemí.

Una nube de humo con aroma a clavo salió por la rejilla del bozal de Aquiles mientras seguía a Patro al interior de la casa.

—Ese hábito podría ma-matarte —le dije mientras lo seguía. Años de advertir a Charlie sobre los peligros del consumo de drogas me habían arraigado esa respuesta.

Aquiles miró hacia atrás por encima del hombro. De cerca, sus ojos tenían un inquietante tono rojo.

También llevaba tatuado «Patro» en tinta escarlata en un costado del cuello.

Rodeé con los dedos el tatuaje que decía «C+A» de mi antebrazo.

Era una extraña coincidencia que los tres tuviéramos nombres de personas en nuestros cuerpos, pero no me hacía sentir más cercana a ellos. En todo caso, resaltaba lo diferentes que eran los mundos de los que procedíamos.

Charlie era humano.

No tenía hogar.

Vivía en una caja de cartón, solo, probablemente extrañándome tanto como yo a él.

Yo estaba con multimillonarios que no podían morir.

Aquiles hizo un sonido de burla y se volteó hacia enfrente.

«Nunca volveré a hablar en voz alta. No vale la pena».

Los seguí a ambos por un estrecho pasillo.

Los techos eran bajos y el suelo, de un intenso color nogal, reflejaba la brillante luz del sol que entraba por las ventanas arqueadas. Entramos en una amplia cocina rústica con una gran ventana sin cristal que daba al mar turquesa.

No sabía que una casa pudiera ser tan bonita.

Sobre una barra de madera, una joven con un delantal ponía fruta picada en un cuenco. Les sonrió tímidamente a los hombres, me miró con curiosidad y se apresuró a marcharse.

El aire estaba cargado de aromas cálidos; montones de alimentos que no reconocía estaban esparcidos sobre una larga mesa de piedra. Parpadeé, pero el espectacular festín no desapareció.

Quería llorar.

Del otro lado del mundo, Charlie contaba los vales de comida y racionaba una sola caja de cereal durante semanas. Permanecía despierto bajo una lona, tratando de ignorar la constante sensación de inanición.

Y aquí estaba yo, enfrente de suficiente comida para alimentar a un pueblo.

«Cómete a los ricos».

No había justicia en nuestro mundo infestado de titanes.

—Tienes que consumir todo lo que puedas para compensar las próximas dos semanas de inanición —dijo Patro mientras él y Aquiles se sentaban y se servían en un despreocupado alarde de glotonería. Aquiles comía pequeños bocados a través de la rejilla de su bozal.

Me tambaleé lentamente por la cocina con la cabeza aletargada y los miembros adoloridos, como si estuviera teniendo una experiencia extracorpórea.

Un ruido amortiguado a mi lado izquierdo me sobresaltó.

Otra joven me sonreía mientras iba limpiando el suelo por donde yo caminaba. Me miró con el ceño fruncido, como si esperara una respuesta, pero antes de que pudiera descifrar qué hacer, se marchó apresuradamente con el trapeador ensangrentado.

Me senté en la mesa junto a los hombres (me dejé caer hacia un asiento y de alguna manera aterricé en él).

Mi cerebro se quedó en blanco y el hambre tomó el control; me metí comida en la boca lo más rápido que pude, tratando de consumir cada delicioso…

Parpadeé y el tiempo cambió.

Con el estómago revuelto, me abrazaba a un bote de basura que estaba en un rincón de la cocina y vomitaba en él. Las lágrimas me corrían por la cara. Alguien dijo algo, pero no podía oír.

Nunca había comido abundantemente y mi estómago me castigó por ello.

Un rato después pude volver a la mesa.

Aturdida, mareada, indispuesta, agotada, deprimida y catatónica (exactamente como me había sentido después de la única clase de deportes a la que había asistido en la escuela) me quedé mirando la comida.

Con dedos temblorosos, agarré una pequeña fruta morada y la mastiqué lentamente.

Tentativamente, tomé otra fruta, luego otra.

Tres horas más tarde había consumido suficiente fruta, quesos y carnes para mantenerme durante meses.

Cuando terminé de atiborrarme, Patro y Aquiles seguían sentados del otro lado de la mesa con expresiones de fastidio. Bueno, supuse que Aquiles estaba fastidiado; era difícil saberlo con el bozal.

Todavía quería que me lo prestara.

Suspirando, me desplomé en la silla (casi me caigo, pero la esquina de la mesa me mantuvo erguida).

—¿Qué? —pregunté mientras me miraban con desdén.

Patro resopló.

—Tienes el estómago más débil que cualquiera que haya conocido y los peores modales en la mesa. Tienes que dejar de ser tan dramática y glotona.

Lo miré inexpresivamente.

«La audacia del hombre persiste».

Patro dio una palmada y asintió como si hubiera llegado a una conclusión.

—Estamos arruinados… ¿cómo, en toda la creación de Cronos, pudiste tocarnos tú como discípula? Tiene que ser una broma de mal gusto. Eres la espartana más patética que he visto.

Una sensación aguda me atravesó el corazón.

Estaba harta de que todo el mundo me tachara de inadecuada.

Algo se rompió dentro de mí.

Junté las manos temblorosas y las apoyé sobre la mesa.

—Debe ser trágico que su destino como generales esté en mis patéticas manos —susurré.

Los dos hombres entornaron los ojos peligrosamente.

Salía humo de la rejilla del bozal de Aquiles. Sus ojos bermellones ardían.

«Los mataremos más tarde», había dicho con señas tan despreocupadamente.

No estaba tratando con hombres.

Estaba tratando con monstruos.

—¿Nos estás amenazando? —preguntó Patro en voz baja.

—¿Cuál es mi estrategia? —repliqué.

Patro abrió las fosas nasales y agarró la mesa como si estuviera a punto de lánzamela a la cabeza.

—Seduce a los otros iniciados —dijo finalmente—. Distráelos para que fracasen.

«¿Qué?».

—No, prefiero morir —dije con sinceridad.

—Eso se puede arreglar. —Patro se lanzó hacia mí amenazadoramente, pero esta vez no contraje ni un músculo.

«Pégame».

«Te reto».

«No serías el primero».

—Entonces ha-hazlo. —Mi voz era antinaturalmente fría y todo se entumeció—. Mátame ahora mismo.

«Por favor».

Patro inhaló apretando los dientes y cerró las manos como si se resistiera a estrangularme.

No pasó nada.

«Cobarde».

—Quiero una estrategia real —dije con voz suave.

Patro golpeó la mesa con la mano.

—Solo hay tres estrategias —dijo con un gruñido—. Cogértelos, matarlos o vencerlos. —Sus ojos verdes destellaron—. Como no puedes vencerlos y te niegas a cogértelos, vas a tener que MATARLOS. —Se volvió a sentar, jadeante.

Aquiles se cruzó de brazos y sus bíceps sobresalían obscenamente. Su mirada era aguda.

El deseo de no existir se intensificó.

Los miré con incredulidad.

—¿Qué sentido tiene que sean mis me-mentores? Son unos inútiles.

—Qué ironía —gruñó Patro—. Viniendo de una mestiza abandonada y que ni siquiera debería existir. Ah, espera.

—Desgraciadamente, existo —murmuré.

Patro se jaló el pelo.

—Los herederos espartanos y los mestizos son criados desde su nacimiento, entrenándose para la masacre y la academia de guerra.

Los únicos mestizos abandonados que sobreviven lo hacen porque sus poderes son *demenciales*.

«Drex extendiendo la mano, la luz roja brillando en la niebla, tres chicos cayendo de rodillas, gritando».

—Pero tú no tienes poderes. —Patro me fulminó con la mirada—. Francamente, me sorprende que hayas sobrevivido a las dos primeras semanas, y todavía no creo que no haya sido una enorme y maldita casualidad.

«Toda mi existencia ha sido una casualidad».

«De alguna manera, mi vida desafía todas las probabilidades matemáticas, y siempre empeora».

—Quizás no... sobreviva a la próxima semana —dije lentamente.

Pasó un tiempo mientras asimilaban mis palabras.

Los ojos de Patro brillaron con crueldad.

—¿Sigues amenazándonos? —Se inclinó hacia delante sobre la mesa. Aquiles cerró los puños.

Una melodía ominosa sonó en mi mente.

Por primera vez, me sentí peligrosa, como si estuviera jugando sobre gasolina con un cerillo encendido.

«Así es como se siente el poder».

Me gustó.

Aquiles abrió los puños y puso una mano sobre el hombro de Patro. Lo jaló hacia atrás. El hombre del bozal trazó círculos tranquilizadores en su espalda.

Patro recargó su peso sobre la mano de Aquiles.

—No te atrevas a sabotear todo lo que hemos...

BUM.

El humo llegó del vestíbulo hacia la cocina.

«Genial, otro espartano se transportó a la casa. Probablemente sean los estúpidos doctores. Bueno, ojalá que sigan vivos».

Una figura imponente con una capa negra hecha jirones entró a la cocina.

—Cariños, estoy en casa —dijo sarcásticamente una ronca voz masculina.

«No».

No parpadeé.

No me moví.

No respiré.

La cabeza del recién llegado, cubierta con la capa, rozaba el techo. Era alto y ancho, rivalizaba en tamaño con Aquiles y Augusto.

—Bueno —Se rio sombríamente—. Qué acogedor.

«Por favor, Dios, mátame».

«Hazlo rápido».

Caronte, el Cazador, uno de los dos herederos ctónicos del mundo, el hijo de Artemisa y Érebo, mitad creatura, el asesino de Cristo, se quitó la capa oscura que indicaba su condición de creatura.

Una corona plateada cubierta de rubíes se posaba sobre su cabello negro y desordenado.

Reprimí un grito.

Sus glaciales ojos azules ardían. La piel pálida se tensaba sobre unos pómulos afilados como navajas, y unas sombras oscuras completaban los planos perfectos de su rostro.

Mientras que Patro era clásicamente guapo, Caronte era perturbadoramente atractivo.

Sonreía con dientes blancos y relucientes, con la misma expresión malvada que tenía mientras Cristo se ahogaba.

Olía como una tormenta violenta, a sal mojada con lluvia, como un huracán.

Como la muerte.

—No te esperábamos —dijo Patro con sorpresa—. ¿Viniste a compadecerte por la nueva ley sobre el matrimonio? Augusto y tú tienen que casarse técnicamente este año debido a sus edades... ¿qué van a hacer?

Caronte sonrió sombríamente.

—Ay, no me preocupa. Creo que encontré una... solución.

—¿Cuál? —preguntó Patro—. Hicieron una lista con todos nuestros nombres. No hay lagunas legales. No puedes casarte con Augusto, ni con ninguno de nosotros, ni con Helena: tienes que casarte con un olímpico o con una creatura, y *todos* los elegibles están en el bolsillo de los olímpicos.

—¿Me estás proponiendo matrimonio? —le preguntó Caronte a Patro con una risa siniestra—. No te ofendas, pero no eres mi tipo. Prefiero a mis amantes un poco más sanguinarios.

Patro lo empujó de los hombros, pero un oscuro rubor tiñó la parte superior de sus mejillas.

Me quedé estupefacta.

«¿Patro no es lo suficientemente sanguinario para él? ¿Con quién quiere casarse, con Satán?».

Caronte apoyó despreocupadamente la cadera en el borde de la barra y tomó un pastelito.

—Digamos que hay un vacío legal en curso. Ya le eché el ojo a alguien. Incluso podría decirse que me estoy... obsesionando.

«¿Eh, por qué me está mirando?».

Su capa se abrió y vi la palabra «Furia» tatuada en su garganta.

En algún lugar había visto que «furia» en latín, además de significar «ira» tenía otra acepción, pero no recordaba cuál era. Algún uso argótico.

Iba a volverme loca intentando recordarlo.

Una sedosa camisa blanca de botones le cubría el ancho pecho, y los botones azules de diamantes brillaban al sol, sujetando a duras penas la tensa tela.

Además, sobre sus muslos abultados se extendían fundas de armas que sostenían pistolas y un cuchillo de aspecto perverso. Los caros pantalones estaban perfectamente cortados.

Su daga estaba cubierta de sangre fresca.

«Con quienquiera que esté obsesionado debería suicidarse de inmediato».

—Entonces, ¿de qué me perdí? —preguntó lentamente Caronte.

—Aquí Alex... —dijo Patro.

Miré horrorizada a mi mentor. «¿Por qué dirige la atención a mí? ¿Ayuda?».

—... nos estaba amenazando. —Patro me sonrió con maldad mientras hablaba con Caronte—. Decía que iba a morir a propósito para que no pudiéramos convertirnos en generales.

Me mordí el labio inferior y percibí el sabor a cobre.

Caronte masticaba con cuidado.

—¿Ah, sí? —preguntó despacio, con su voz áspera resonando en la cocina como una advertencia—. Qué interesante.

Tuve imágenes de salpicaduras de sangre mientras un depredador devoraba mi cadáver.

El rostro de Caronte era *inexpresivo*, demasiado inexpresivo. Algo maligno burbujeaba bajo la superficie.

Tenía una cualidad salvaje, como si estuviera a un movimiento en falso de distancia de despojarse de la fachada de civilidad y lanzarse a una masacre.

—Estaba bro-bromeando. —Esbocé una sonrisa lastimera.

Caronte tragó saliva, y las palabras temblaron en su garganta.

—Eso espero —dijo en voz baja mientras se lamía azúcar del pulgar.

Tenía las uñas pintadas de negro y un esqueleto tatuado en la parte superior de la mano derecha.

Unos ojos azules como el hielo me sostuvieron la mirada.

Se me erizó la piel.

Por alguna razón me miraba fijamente, como si quisiera ver dentro de mi alma.

Me quedé viendo la mesa, y el cuello me picaba bajo el peso de su cruel mirada, mientras mi vida pasaba ante mis ojos.

—Hades quiere que repase con ustedes la información sobre los movimientos de los titanes y nuestra estrategia antes de ir a la próxima misión.

«Está hablando del Escuadrón de la Muerte».

—Voy a pasar unos días en mi habitación aquí en su encantadora choza —añadió—. Mientras mi compañero está ocupado en otras cosas.

«¿Choza? Es la casa más bonita que he visto. Debería ver dónde vivo».

Las sillas rechinaron cuando mis mentores se pusieron de pie.

Incliné la cabeza hacia un lado para mantenerlos en mi visión periférica mientras permanecía sentada.

Patro hizo a Caronte una reverencia profunda.

—Estaremos encantados con tu compañía; *vivimos* para servirte, oh, temible señor —dijo, con voz llena de deferencia—. No todos podemos vivir en una villa como tú.

Me quedé estupefacta.

«¿Lo adoran porque es un heredero? ¿Caronte no tiene veintiséis años, solo unos pocos más que Patro?».

Patro se carcajeó, y Caronte puso los ojos en blanco.

Era una broma.

¿Quién bromearía con ese monstruo?

—¿Cómo te trata la honorable vida de heredero? —preguntó Patro con sarcasmo—. He oído que este año eres el soltero más codiciado de la alta sociedad gracias a la maldita ley del matrimonio. ¿Qué tal la desesperación de las vergas y las vaginas del Olimpo? He oído que incluso hay algunas creaturas detrás de ti.

Caronte apretó la mandíbula.

—Todos son tontos sin poder, demasiado temerosos para mirarme a los ojos, pero quieren la corona y la fortuna. Además, la emoción de cogerse a un miembro del Escuadrón de la Muerte ayuda. Como si fuera a casarme con uno de esos llorones cobardes.

«No mirarte a los ojos parece muy razonable».

«También lo es casarse con un rico para no tener que preocuparse jamás de morir de hambre».

«Yo lo haría».

—No —Patro jadeó burlonamente—. Pero sus mamás y papás olímpicos les dijeron que eran especiales.

Ambos se rieron.

Entorné los ojos, intentando averiguar si los padres hacían eso de verdad o si era broma.

Caronte apretó los dientes.

—Voy a empezar a *apuñalar* a los olímpicos que se me acerquen en el próximo estúpido baile de sociedad.

Los hombres rieron más fuerte.

Me encogí más en la silla y esperé a que Caronte se olvidara de mi existencia.

—Alex, retomaremos nuestra conversación mañana —dijo Patro.

«¿Por qué se dirige a mí después de haber estado hablando de apuñalar olímpicos? ¿Por qué me mira? DEJA DE MIRAR. NO ME HABLES».

Por supuesto, siguió haciéndolo.

—Deberías dormir más ahora que dejaste de ser dramática y ya comiste —dijo Patro—. Además, tal vez quieras darte un buen baño: hueles mal.

«Voy a acabar con él».

Me quedé mirando la mesa, con la piel erizada por el peso de su atención. Finalmente, un millón de años después, los tres salieron de la cocina.

Dejé escapar un suspiro de alivio y eché la cabeza hacia atrás.

Caronte reapareció en la puerta.

Me quedé inmóvil.

Se acercó hasta donde yo estaba sentada.

Sus ojos azules como un glaciar ardían de furia.

—Si te atreves a hacerte daño, te traeré de vuelta a la vida y te torturaré por toda la eternidad —dijo con voz rasposa y sus pómulos brillaron como navajas.

Se me cortó la respiración.

Unos dedos largos rodearon mi garganta como si me estuviera demostrando cómo lo haría.

Su pulgar se apoyó sobre mi pulso agitado.

Un extraño malestar me acalambró el bajo vientre y la cabeza me dio vueltas.

El blanco de sus ojos se llenó de sangre.

La sensación en mi estómago se cuadruplicó y jadeé, abrumada por las extrañas sensaciones. Algo extraño y obsesivo se arremolinaba en mis entrañas.

«¿Va a usar sus poderes y a matarme como hizo con Cristo?».

Esperé el dolor.

Caronte apartó la mano y dio un paso atrás; sus ojos volvieron a la normalidad.

El sudor me resbaló por la cara mientras lo observaba con recelo.

—Las vidas ctónicas son importantes —susurró con dureza, aún inclinado sobre mí—. Patro y Aquiles se convertirán en generales, y tú *sobrevivirás* a la prueba para lograrlo. Si de algún modo intentas desviarte de ese plan, te haré daño. Solo por diversión.

Palidecí.

Unas largas pestañas se movieron sobre las sombras oscuras que rodeaban sus penetrantes ojos.

—Te lo prometo… *jamás* te recuperarás —dijo ásperamente mientras retrocedía y ponía más distancia entre nosotros—. Seremos solo tú y yo… para siempre.

«Espera, ¿de qué estamos hablando?».

—No te preocupes, los dos nos vamos a divertir mucho en el futuro —dijo misteriosamente.

Estaba más que preocupada.

Su sonrisa era feroz.

—Pero si te dejas herir, te convertirás en mi enemiga mortal.

Inhalé con rapidez.

—¿Sabes qué les *hago* a mis enemigos? —preguntó con voz áspera y amenazadora—. ¿Has oído los rumores?

Mostró los dientes.

—Dime… ¿quieres averiguarlo?

—Eh, no-no —dije temblorosa.

—Sé lo que le hiciste a Cristo. —Sonrió satisfecho—. Sé que lo estabas matando.

Palidecí y negué frenéticamente con la cabeza.

—No. No. Estaba intentando salvarlo y…

—*Deja* las malditas mentiras. —Hizo un movimiento cortante con la mano—. No te atrevas a jugar conmigo —dijo con tono sombrío, como si mi falta de honradez fuera una conclusión inevitable—. Te arrinconaré de una forma que nunca verás venir.

«¿Por qué dijo que lo estaba matando? Los dos sabemos que él lo hizo. ¿Sería porque Cristo estaba ahogándose y yo intenté salvarlo? ¿Cómo pudo malinterpretarlo tanto?».

Las palabras de Caronte decían una cosa, pero lo depravado de su tono decía algo más.

Había capas de contexto que me estaba perdiendo.

Abrí la boca para responder (pedir clemencia y suplicar una muerte rápida), pero él ya había desaparecido por el pasillo.

«Vaya… eso fue demasiado».

Dejé caer la cabeza hacia adelante y me golpeé contra la mesa.

La amenaza de Caronte no se parecía en nada a la de Patro; era infinitamente peor.

Ya podía sentir sus dedos apretándome la garganta, exprimiéndome la vida mientras sonreía.

Me quedé largos minutos sentada en la mesa, intentando encontrar el valor para moverme. Por fin lo hice, pero estaba medio delirante cuando regresé a mi dormitorio.

Aturdida, me quité la estúpida toga y entré tambaleándome en la regadera. El agua me escaldaba la piel, así que subí la temperatura. Luego la subí más, odiando que fuera tan divina.

Me senté en las baldosas y sollocé bajo el agua hirviendo.

Un sonido agudo me punzó el oído izquierdo.

Me palpitaba la cabeza. Mi visión era borrosa. Mi garganta maltratada ardía por la fuerza de mi dolor.

No quería un enemigo mortal.

Solo quería escuchar música del siglo XVIII y resolver oscuras ecuaciones matemáticas. Tal vez acostarme en algún campo de flores durante el verano y nadar en un lago cálido. Casarme con Carl Gauss y tener hijos suyos en la otra vida.

«¿De verdad es mucho pedir?».

Después de ahogarme parcialmente, salí de la regadera a gatas como un animal herido y me desplomé desnuda en la cama. Me tapé la cabeza con la gruesa cobija hasta quedar envuelta en un capullo de oscuridad.

Los sueños no tardaron en llegar.

«El diablo estaba parado al pie de mi cama, mirándome con ojos rojos brillantes. Me tocó el tobillo y se transformó en dos esqueletos monstruosos que susurraban tenebrosamente. La extraña curiosidad estaba teñida de manía. El diablo quería saber más de mí: "¿Por qué mientes sobre quién eres en realidad?", me preguntó».

Me desperté gritando, agarrándome el pecho.

La cordura se me escapaba.

El mar Jónico brillaba en el exterior, burlonamente pintoresco, y los sonidos de la naturaleza me bañaron apaciblemente.

Afortunadamente estaba sola.

Pasaron las horas y mis mentores no hicieron acto de presencia, pero pude oír la voz de Patro todo el día mientras hablaba con Caronte (el diablo) en algún lugar de la casa.

Agradecida por el tiempo a solas para contemplar mi inminente perdición, pasé las horas comiendo lentamente pequeñas porciones de comida de la cocina, holgazaneando en el mar tranquilo y conversando con Nyx.

Al paso de pocas horas me bañaba con agua hirviendo y me frotaba hasta dejarme en carne viva.

A veces lloraba en el agua, a veces me reía y, una vez (tres veces distintas), me recogí los rizos para parecer un padre fundador y fingí dar un discurso revolucionario; pero cada uno de mis discursos era demasiado bueno (el sheriff del pueblo me fusiló por insurrecto y morí dramáticamente en la regadera mientras mis compañeros rebeldes miraban horrorizados).

Durante el día, me acosaba el impulso femenino de liderar una revuelta ficticia.

Por la noche, las pesadillas volvían a destrozarme.

Siempre eran unos ojos rojos brillantes y un hombre que me observaba con crueldad. Me tocaba la pierna posesivamente, y de nuevo sentía una emoción extraña: compulsión por mirar, fascinación, una oscura obsesión.

Cuando me desperté a la mañana siguiente, el ciclo se repitió.

Comí con cautela; canté una canción deprimente que me inventé en el momento, muy desafinada; me acosté bocabajo en el mar e intenté ahogarme sin mucho entusiasmo; le conté a Nyx con lujo de detalles la trama de mi *fan fiction* favorito de Emmy y Carl (sí, se susurraban problemas mientras cabalgaban hacia la puesta de sol... uno sobre el otro); me di otro baño y me quedé dormida; me desperté y bebí agua helada; tarareé la Sinfonía núm. 41 de Mozart hasta que me ardió la garganta; luego me di otro baño porque todavía no podía creer lo lujoso que se sentía.

A pesar de todo el descanso (tres baños seguidos), el fuerte dolor de cabeza no disminuía y me seguía doliendo caminar.

Intenté pensar en la hipótesis de Riemann, pero me pareció que la estaba ensuciando al contemplarla en mi lamentable estado, así que desistí.

Más tarde esa noche me *ardía* el estómago y sollocé porque estaba convencida de que me moría por úlceras de estrés.

Solo eran calambres por haber comido demasiado.

Pero el dolor metafísico persistía.

Los extraños gruñidos, golpes y chirridos que resonaron contra la pared durante toda la noche no ayudaron a mi estado mental.

Así las cosas, me desperté el último día antes del infierno con un nuevo propósito en la vida: «necesito suicidarme antes de que me envíen de nuevo a ese lugar miserable».

Corrí hacia el mar dramáticamente.

Cinco minutos más tarde, flotaba de espaldas en el agua caliente con los ojos cerrados porque no podía soportar mirar la naturaleza gloriosa.

«El mar es mi lugar favorito en la tierra. Ojalá Charlie pudiera estar aquí para verlo».

Agosto en una isla griega parecía un sueño dentro de una pesadilla.

No ayudaba el hecho de que siguiera oyendo las vibraciones anormalmente graves de la voz de Caronte a través de las ventanas abiertas. En cambio, la voz de Patro era más ligera de lo habitual y no paraba de reír. Como Aquiles tenía el bozal, no oía nada de él, pero podía *sentir* su presencia maliciosa.

Me giré en el agua.

Bocabajo, con los ojos diferentes abiertos de par en par, grité burbujas.

—¿Te sientes mejor, niña? —preguntó Nyx cuando salí a tomar aire. El agua ondulaba cerca como si estuviera nadando en un círculo.

—No —dije sinceramente.

—Deberías probar comerte una rata recién cazada. Lo juro, *nada* sabe mejor en el mundo.

—En realidad, las ratas son animales muy inteligentes —respondí inexpresivamente—. Se sabe que son buenas compañeras.

—¿Y? —preguntó Nyx.

Cerré los ojos e imaginé que era un astronauta a principios de los dos mil, navegando pacíficamente por el espacio en la Estación Espacial Internacional. Los titanes no existían y los espartanos no habían surgido. Un viejo libro de astronomía de la biblioteca decía que los matemáticos solían convertirse en astronautas, yo habría disfrutado explorar el cosmos.

—Cazar es muy divertido. Deberías probarlo —dijo Nyx.

La ilusión se hizo pedazos.

Mi mejor amiga era una serpiente venenosa parlante, y todas las misiones espaciales se abandonaron después de que un solo titán masacrara a casi todas las personas de Florida, incluyendo a todos los científicos de Cabo Cañaveral. Fue uno de los primeros lugares que atacaron.

Al parecer, los monstruos inmortales estaban en contra de la exploración espacial y del clima cálido. «Descorazonador».

El cuello me picó como si me estuvieran observando, así que levanté la cabeza y miré a mi alrededor, pero estaba sola.

Nyx divagaba sobre el acecho, y me invadió un mal presentimiento.

Algo me decía que ya había empezado una cacería, pero yo no era el depredador.

Yo era la presa.

Me di la vuelta y volví a gritar dentro del agua.

13
EXÁMENES
ALEXIS

El profesor Pino nos hizo un gesto con el pulgar hacia arriba, y el cuervo que se posaba en su hombro inclinó la cabeza hacia un lado.

«No me mires así, pájaro. Sé que eres un dron de vigilancia».

—Buena suerte con Disciplina y Poder —dijo Pino mientras recogía sus papeles de Matemáticas Thagoreanas y salía del salón de clases con su espía robótico.

La puerta se cerró suavemente tras de Pino, y gemí en voz baja con el resto de la clase mientras esperábamos a que Augusto hiciera su entrada.

Solo ocho de nosotros estábamos sentados en el frío salón de clases de la academia, ya que Cristo y Jasón habían sido asesinados por Caronte.

Estaba celosa.

«Nota mental: rezar más fuerte por mi alma».

Apenas era agosto, pero para sobrevivir a la prueba, teníamos que llegar hasta enero.

«No hay la más mínima posibilidad de que aguante tanto».

Temblando por el frío húmedo de la montaña me froté los ojos. Con la vista debilitada por el cansancio me mantuve despierta examinando a mis compañeros.

Habían pasado lista cuando volvimos a la academia hacía una semana, así me propuse aprenderme sus nombres.

Siempre era bueno conocer a la gente delante de la que ibas a morir.

En la primera fila del salón se sentaban dos chicos: Dimitrio, mestizo de la Casa de Apolo, y Máximo, mestizo de la Casa de Hera.

Dimitrio era moreno y larguirucho, con una cola de caballo oscura. En cambio, Máximo era bajito, con ojos cafés, pelo rubio y mechas azules (además, al parecer sus padres lo odiaban porque le pusieron el nombre de un límite. ¿Quién hace eso?).

En la fila de en medio, a mi lado, estaba Drex Chen, el único iniciado que era ctónico y mestizo abandonado, como yo.

Casio, heredero de la Casa de Hermes, quien tenía alas en los pies (algo que resultaba más espeluznante cuanto más lo pensaba), se sentaba absolutamente recto al otro lado de Drex.

En cambio, yo estaba tan encorvada que mis inexistentes pechos básicamente tocaban el suelo.

La buena noticia era que los cuatro iniciados de adelante del salón parecían ocuparse de sus asuntos. La mala noticia era que no podía decirse lo mismo de los tres acosadores que se sentaban atrás.

Leo, Alessandro y Tito.

Leo, mestizo de la Casa de Apolo, era el chico musculoso de cabeza rapada que se había quedado dormido y que se había reído con Tito.

Alessandro, mestizo de la Casa de Poseidón, era un tipo bajo y voluminoso con el pelo oscuro, que también se había reído.

Por último, Tito, mestizo de la Casa de Dioniso, era el chico alto y delgado con el pelo rojo que se había burlado de mí en el circuito.

Podía sentir el peso de sus miradas furiosas detrás de mí.

No eran los únicos hombres tóxicos del salón. El general Cleandro estaba en el escritorio de enfrente, leyendo distraídamente un libro que probablemente se titulaba *Cómo torturar eficazmente a la gente haciendo el menor esfuerzo posible*.

Prueba de ello era la caja negra estaba a sus pies, perfectamente colocada para que se viera bien desde nuestros lugares.

La caja era un recordatorio constante de que Caronte estaba ahí fuera en su *estúpida* barca, con su *estúpida* pértiga, esperando para perseguirnos hasta nuestra estúpida muerte.

La táctica intimidatoria era brutalmente eficaz.

Cada vez que el general hacía un movimiento, yo miraba la caja nerviosamente.

Sus dimensiones quedaron grabadas en mi cerebro.

Contaba los días mentalmente, aunque era difícil llevar la cuenta del tiempo en ese salón sin ventanas.

«Solo una semana más antes de un descanso de tres días. Básicamente seis días, porque los mentores llegaron al mediodía la última vez. Así que, en realidad, es menos de una semana. Fácil. No es para nada difícil. Lo lograrás».

El general Cleandro levantó la vista de su libro y los ocho nos quedamos paralizados y agachamos la cabeza. Gruñó, dio vuelta a la página y siguió leyendo.

Nadie se relajó.

El hambre me roía el estómago y la cabeza me daba vueltas por el mareo.

«No lo lograrás».

La tensión en la habitación era lo suficientemente densa como para cortarla con un cuchillo, porque habíamos vuelto hacía una semana, pero todavía no habíamos corrido el circuito.

Ni una sola vez.

Habíamos tenido decenas de clases, pero ninguno de los profesores nos había hecho una *sola* pregunta.

De alguna manera, la expectación era peor.

En lugar de alegrarme por no correr el circuito, me pasaba cada segundo *anticipándolo*. Tratando de averiguar en qué estaban pensando el general Cleandro y los profesores y qué juegos mentales estaban jugando.

Estaba nerviosa y al límite. Me castañeaban los dientes mientras un sudor de estrés me resbalaba por la cara.

El humo de las velas nublaba la habitación y mis irritados ojos lloraban.

Pasé a una nueva página de mi cuaderno e ignoré la sensación de hormigueo que me recorría las piernas y el hecho de que hacía días que tenía las nalgas entumecidas.

Sorprendentemente, sentarse en el suelo encorvada sobre un cuaderno no era una posición ergonómica, y si Caronte no me mataba (*definitivamente* lo iba a hacer), lo haría la escoliosis tardía.

—¿No han terminado las clases? Han pasado como un millón de años —preguntó Nyx somnolienta mientras se enroscaba más en mi cuello.

—No —susurré.

—Mátame —gimoteó—. Estoy tan aburrida.

Me froté la cabeza adolorida.

—Tú eres la del veneno. Mátanos a las dos.

Nyx resopló.

—No me tientes.

El dolor en la parte baja de la columna aumentó cuando me moví.

—No estoy bromeando —gemí.

Hubo una larga pausa, como si Nyx lo estuviera pensando.

—No —dijo finalmente. Después se oyó un silbido bajo mientras volvía a roncar.

Puse los ojos en blanco.

—Cobarde.

Gruñó mientras dormía y me puse celosa. Yo habría hecho cosas despiadadas por un sorbo de agua y diez minutos de sueño, cosas como vender mis órganos en el mercado negro.

«¿Quién necesita una vesícula biliar o un riñón? Yo no. Por el precio justo, incluso podría añadir algunos dedos y dientes».

Choqué los cinco conmigo misma (aplaudí como un bicho raro, y todo el mundo se me quedó mirando).

Era oficial: me estaba volviendo loca.

Nyx roncaba más fuerte.

Bang.

—¿Nos están disparando? —pregunté, y Drex se rio a mi lado.

Era la puerta.

El profesor Augusto irrumpió en el salón, con su pelo bicolor y su corona plateada brillando a la tenue luz de las velas mientras arrojaba un montón de papeles sobre el escritorio. Poco estaba enrollado alrededor de su cuello como una bufanda esponjosa y rabiosa.

«Qué tierno. Es una mamá mapache».

Asintió a la clase con una pequeña sonrisa.

—En vez de empezar con una meditación... —dijo Augusto mientras se giraba y me miraba con odio (nada tierno).

Su expresión tenía un extraño matiz que no tenía la clase anterior. Me miraba acusadoramente, como si acabara de hacer algo imperdonable.

Me retorcí de incomodidad y sentí punzadas en el cuello.

Unos ojos negros sin alma me miraban fijamente con concentración.

Se negaba a apartar la mirada.

«Oraciones por el alma maldita que deba casarse con él este año».

Finalmente, después de lo que pareció una eternidad, Augusto se aclaró la garganta y se volteó hacia el resto de la clase.

—Vamos a empezar con una demostración —dijo, señalando la puerta.

Entró un hombre.

El recién llegado esbozó una atractiva sonrisa.

Era el mentor de Drex, Theros, heredero de la Casa de Zeus. Llevaba una corona de laurel dorada, a juego con las plumas doradas del buitre posado sobre su hombro.

Esperaba sentir algo mientras miraba fijamente a la persona que podría ser mi pariente consanguíneo. No sentí nada.

No era Charlie.

Semanas atrás, la doctora había dicho que él era el único heredero que Zeus había tenido en siglos.

Era importante.

Augusto señaló a Theros.

—Como heredero de la Casa de Zeus —dijo—, el poder olímpico de Theros es uno de los más *útiles*; él va a demostrar cómo se siente cuando pone en marcha sus habilidades para que todos tengan una referencia de por qué estamos meditando tanto.

A juzgar por la expresión malhumorada de Augusto al mirarnos, no tenía fe en nuestra capacidad de reflexión.

Sus ardientes ojos oscuros seguían clavados en los míos acusadoramente.

«No puede saber que me pasé la última meditación imaginando a Carl Gauss susurrándome palabras dulces mientras me demostraba la existencia del álgebra… ¿verdad?».

Seguía mirándome.

Me costó tragar saliva.

«¿Y si me está leyendo la mente ahora mismo? ¿Y si es ctónico y su poder es el control mental? ¿Y si me va a matar por imaginarme a

Carl Gauss desnudo? ¿Y si supiera que me lo imagino con un vestido porque es una mamá mapache?».

Arqueó la ceja.

«¿Puede... eh, oírme?», pensé con cautela.

No apartó la mirada.

Tenía ganas de vomitar; eso era definitivamente un sí.

Entornando los ojos con concentración, pensé con fuerza: «POR FAVOR, NO SE APODERE DE MI MENTE».

Los parámetros de la realidad se desangraban a mi alrededor.

Continué con mis gritos mentales.

«PARPADEE UNA VEZ SI PUEDE...».

Apartó la mirada y yo me desinflé aliviada.

«Gracias a Dios que no parpadeó. Estoy a salvo».

Entonces sentí vergüenza. Oficialmente había perdido la cabeza. Solo porque hiciéramos contacto visual no significaba que Augusto pudiera leerme la mente.

Nyx murmuró algo en sueños y se apretó a mi cuello.

Culpé a la asfixia.

—El escenario es tuyo. —El profesor Augusto, que ahora estaba noventa por ciento segura de que no podía leer la mente (sí, pero todavía tenía algunas sospechas), caminó hacia la esquina izquierda del salón.

Desapareció en mi punto ciego y agradecí no poder verlo.

Theros se paró enfrente.

—Voy a guiarlos por mi proceso de meditación —dijo mientras hinchaba el pecho—. Me gusta empezar imaginando una bola de luz dorada flotando sobre mi pecho.

Presionó una mano contra su esternón y cerró los ojos.

«Suena falso».

—Imagino que la luz crece y se expande hasta que rodea todo mi cuerpo.

Hizo una pausa.

—Después... empieza un hormigueo en mi cerebro.

Extendió los brazos, con las palmas hacia arriba.

Aprendí algo: los hombres adultos nunca deben decir la palabra «hormigueo» en voz alta.

La hacen sonar rara.

—La sensación es imposible de ignorar —continuó Theros—. Es un alivio que lo consume todo… como cuando *por fin* te rascas un picor que te ha estado molestando durante horas. Imagino que el resplandor se solidifica, y la sensación de hormigueo se intensifica hasta que puedo sentir el poder golpeando mi cráneo.

Nunca había experimentado nada ni remotamente parecido a lo que él describía.

«Definitivamente no tengo poderes. Ha habido un gran error».

El aire alrededor de Theros se distorsionó como si se hubiera espesado.

Abrió los ojos y esbozó una sonrisa arrogante.

Augusto pasó al frente.

—Theros ha activado su habilidad.

Sin previo aviso, Augusto hizo el puño hacia atrás y lo estampó contra la cara de Theros. Su brazo se detuvo en el aire y resonó una vibración sorda, como si hubiera golpeado algo sólido.

Theros extendió los brazos, indemne al puño que se cernía a quince centímetros de su cara. Su buitre batió las alas.

—Ninguna persona o cosa puede tocarme una vez que he activado mi escudo. —Sonrió como si fuera invencible.

Augusto bajó el brazo y le devolvió la sonrisa.

—¿Cuánto tiempo puedes sostenerlo? —preguntó.

—Mi máximo son dos horas, pero quién sabe. —Theros guiñó un ojo («¿a mí?, ayuda») y se estiró—. Cada día supero mis límites.

La sonrisa de Augusto desapareció. Miró a Theros como si fuera tierra bajo su bota. «¿A qué se debía ese repentino cambio de actitud?».

Le habría aplaudido a Theros, pero no tenía fuerzas para levantar las manos y juntarlas. Además… la gente no merecía elogios.

Nadie de la clase reaccionó.

Todos estábamos de acuerdo.

Si Theros hubiera hecho su demostración al principio de la semana, antes de que el hambre, la sed, el cansancio y el malestar general se apoderaran de nosotros, quizá habríamos estado más impresionados.

Algunos iniciados parpadeaban rápidamente y se mecían como si intentaran no dormirse (yo era uno de ellos).

Theros dejó de estirar sus músculos y puso cara de disgusto.

—Por favor, explica a la clase las limitaciones de tu habilidad —ordenó Augusto, con rasgos duros. Cualquier rastro de simpatía había desaparecido.

«¿Por qué me miró cuando dijo *habilidad*?».

Theros arrugó la cara como si hubiera probado algo agrio. Al lado del temible rostro de Augusto, parecía un niño jugando a disfrazarse con una corona.

Augusto no estaba impresionado con la presentación o le molestaba que Poco se hubiera metido la mitad de su cola de caballo al hocico.

El pecho de Theros se desinfló bajo el escrutinio.

—Si alguien está lo suficientemente cerca de mí antes de que active mi escudo, podría atraparnos a los dos juntos adentro, porque cuando estoy estresado, me cuesta soltar el escudo.

«Nota para mí misma: mantente cerca de Theros cuando intentes matarlo». Me reí con mi pensamiento, y luego fruncí el ceño.

Al parecer, el asesinato ahora me parecía gracioso.

Era el colmo.

En lugar de dirigirse a Theros, Augusto me miró de repente y mantuvo el contacto visual.

«Ay, mierda, definitivamente escuchó eso».

Augusto puso cara de disgusto y apartó la mirada con una mueca.

«¿Ahora quién manda en la clase?».

¿Fue mi imaginación o Augusto sonrió satisfecho? Devolví la vista al suelo y deseé no haber recuperado nunca la consciencia.

El tiempo pasó en una confusión de miseria.

Un día más en mi vida.

Los profesores cambiaron de lugar.

El profesor Pino escribía complicadas fracciones en el pizarrón mientras despotricaba sobre la ética de los cálculos utilitarios. No tomé notas porque no sentía las manos. Mi mente se alejó de mí.

El hambre hundió sus garras más profundamente en mi estómago.

El profesor Augusto estaba de pie con los hombros hacia atrás enfrente del salón y leía en latín de un grueso libro de texto con Poco recostado en la cabeza.

El mismo libro estaba abierto sobre mi regazo y no recordaba cómo había llegado ahí.

—Las sirenas son creaturas únicas y muy incomprendidas —explicaba Augusto—. Tienen capacidades regenerativas y, cuando se sometió a un grupo de sirenas a una prueba de inteligencia, obtuvieron mejores resultados que los espartanos, pero como son una clase de creaturas que pueden comprender otras lenguas, pero no hablarlas, solo pueden comunicarse en su propia lengua incomprensible; tienen un papel relegado en la sociedad espartana.

Frunció el ceño mientras daba clase mientras yo trataba de no caer.

—Tanto las sirenas hombres como las sirenas mujeres son seres extremadamente amorosos; poseen características sexuales secundarias demasiado exageradas y suelen ser conocidos por brindar entretenimiento sexual en los simposios.

Como yo era un ser poco *sexy* que solo quería pudrirse en paz, no me identificaba con el estilo de vida de las sirenas.

Sin embargo, como los espartanos técnicamente me habían secuestrado de mi casa, me habían obligado a luchar a muerte y ahora me tenían cautiva dentro de una montaña, torturándome, estaba cien por ciento de su lado.

«Libera el pezón, los labios (vaginales) y a las sirenas de la servidumbre sexual».

Por desgracia, ese fue el último pensamiento comprensible que tuve durante un tiempo.

El profesor Pino vino y dio otra clase, luego el profesor Augusto, luego Pino, luego… perdí la cuenta de cuántas veces cambiaron de lugar.

—Ahora se les hará un examen de cada una de las asignaturas —dijo de la nada el general Cleandro (literalmente, un segundo vi oscuridad y luego, puf, estaba enfrente de mí).

Me puso un grueso paquete en el regazo.

—Empiecen —ordenó.

Me quedé mirando la página en blanco.

Alguien aplaudió con fuerza y apenas me di cuenta.

—TODOS, DESPIERTEN.

Me cayó agua helada en la cara, jadeé y parpadeé mientras recuperaba la consciencia. Los otros gemían a mi alrededor mientras el general Cleandro nos arrojaba agua desde el frente del salón.

«Aleluya, están lloviendo hombres» (estaba despierta, pero no era funcional).

Me lamí la humedad de los labios con avidez, desesperada por saciar mi sed.

—El examen empieza ahora —espetó el general Cleandro—. Despierten y dejen de actuar como humanos patéticos, ¿o prefieren hacer el circuito?

«¿Es una pregunta capciosa?».

—¡EXAMEN! ¡AHORA! —Su voz resonó en el salón de clase.

Los papeles se sacudieron.

—¡A RESOLVER LOS PROBLEMAS!

Aspirando aire entre los dientes, entorné los ojos hasta que los números dejaron de bailar por la página, borrosos y apenas comprensibles. Muy despacio, resolví las ecuaciones.

Encontré las propiedades compartidas entre polinomios.

Formalicé las secuencias en patrones de numerales repetidos.

Establecí su correspondencia paralela.

Construí un sistema axiomático.

Garabateé un pene pequeño.

—SE ACABÓ EL TIEMPO.

Miré con horror la imagen gráfica y detallada que había dibujado en la esquina de la página.

El general Cleandro me quitó el paquete del regazo, «eso no es bueno».

Después me caí.

Me echaron agua helada en la cabeza y me desperté de un salto.

—Aquí está el siguiente examen. —El general Cleandro me entregó otro paquete—. Contrólate, iniciada. Intenta no… dibujar, esta vez.

«Dios mío… soy yo de nuevo».

Asentí espasmódicamente, incapaz de formar las palabras para explicarle que no era una pervertida y que no era lo que parecía.

En realidad, era exactamente lo que parecía.

Necesitaba cambiar mi riñón por un arma de fuego espartana.

—¡COMIENCEN SU SEGUNDO EXAMEN, AHORA! —bramó el general Cleandro.

Me ardió el oído izquierdo por un sonido insoportable e iba a tapármelo, pero no podía levantar el brazo por encima de mis piernas. «Qué bien».

Respirando profundamente, tratando de no desmayarme, me concentré en las palabras en latín garabateadas en la parte superior de la página:

«Escribe un ensayo en latín sobre las sirenas, su inteligencia y su papel en la sociedad espartana».

«Fácil».

Garabateé desordenadamente:

«Las sirenas son creaturas más inteligentes que los espartanos y hablan su propio idioma; sin embargo, Esparta es una sociedad intolerante, que las juzga por tener características sexuales secundarias exageradas, es decir, las sirenas tienen grandes pechos y penes, lo que probablemente origine celos sexistas (de los espartanos, no de las *sexys* sirenas). La mayor parte de las cosas en la vida son...».

—SE ACABÓ EL TIEMPO.

«Un momento... ¿qué acabo de escribir?».

El general Cleandro intentó quitarme el examen y yo me aferré a él con todas mis fuerzas.

—No —gruñí, desesperada por quedarme mis palabras demasiado sinceras.

Por desgracia me lo arrancó fácilmente de las manos.

Se alejó y, felizmente, me dejé caer golpeándome la cabeza contra algo blando que gruñó. Inmediatamente caí en la oscuridad.

—MUY BIEN, YA FUE SUFICIENTE DESCANSO. LES DI UNA HORA ENTERA... TODOS, DESPIERTEN. —Alguien me dio una patada en el costado. Fuerte—. TODOS, LEVÁNTENSE YA. —Unas pesadas botas pisaron con fuerza y los iniciados gimieron.

Un peso se retiró de mis muslos.

Algo me detuvo del pelo, como si alguien estuviera sobre él, y el dolor en el cuero cabelludo me obligó a abrir los ojos.

Tosí y, de algún modo, volví a sentarme.

El estómago se me revolvió, pero no me salió nada, no había comido ni bebido nada en *días*, y temblaba de dolor corporal.

Quería llorar, pero no sentía ni la cara ni los ojos.

La voz del profesor Augusto resonó a lo lejos:

—Este es el orden en el que quedaron en el examen, del mejor al peor: primero, Casio Hermes. Segundo, Alexis Hert. —Hizo una pausa para mirarme con decepción (al parecer, no suscribía la idea de que el segundo era el mejor), y luego continuó—: Tercero, Alessandro Poseidón. Cuarto, Máximo Hera. Quinto, Leo Apolo. Sexto, Drex Chen. Séptimo, Tito Dioniso. Octavo, Dimitrio Apolo.

—Dimitrio Apolo —retumbó la voz del general Cleandro—. ¡DESPIERTA DE UNA MALDITA VEZ!

El bulto frente a mí en el suelo se agitó.

El general Cleandro lo agarró y lo levantó.

—Vas a correr el circuito conmigo, hijo. Vamos. —Sacudió el bulto de un lado a otro hasta que se puso en pie y lo siguió tembloroso (lo sacó arrastrando).

—Ya pasaron dos semanas —dijo el profesor Augusto y alguien sollozó de alivio. Puede que fuera yo, no sabría decirlo.

—Sin embargo, hablamos con sus mentores y decidimos que en esta ocasión *no* tendrán descanso. La prueba continuará durante dos semanas más.

Alguien gritó. Esta vez, definitivamente fui yo.

14
ALIANZAS
ALEXIS

Mi estómago se convirtió en cenizas.

Sin pausa, sin comida, sin descanso, sin piedad.

Se oyeron sollozos.

—Por favor, no —susurró Máximo al frente del salón (me identificaba).

El profesor Augusto suspiró.

—Contrólense. Por el amor de Cronos, son espartanos. Empiecen a actuar como tales.

No había Dios en este mundo cruel y lleno de monstruos.

—Solo dos semanas más de estudio. —Augusto me miró frunciendo el ceño como si todo en el mundo fuera mi culpa—. Después tendrán sus días libres.

«De estudio» era una elección de palabras interesante. Yo habría elegido «de tormento» o «de sufrimiento infernal».

Augusto se frotó las sienes.

—Déjense de dramatismos o todos van a correr el circuito con Dimitrio. ¿Eso es lo que quieren?

El salón se quedó en silencio.

«¿Hay una tercera opción?».

—Después de estas dos semanas, habrán sobrevivido al verano, que es la parte más dura de la prueba —Augusto caminaba de un lado a otro al frente del salón—. El otoño es fácil. Empezarán a visitar la colección de animales para elegir el animal con el que quieren establecer un vínculo, les daremos descansos más frecuentes y tendrán acceso al simposio local.

«¿Donde están subyugadas las sirenas pechugonas? Preferiría que no».

Augusto continuó:

—En el simposio habrá comida.

«Apúntame. Siempre he querido conocer a las sirenas. Suenan como gente buena, trabajadora y de grandes pechos».

Augusto me miró entornando los ojos.

—Solo catorce días más —dijo—. Después sus vidas serán inconmensurablemente más fáciles. Dejen de quejarse y contrólense: ¿qué son catorce míseros días comparados con la inmortalidad?

Sonaba tan sencillo cuando lo decía así...

Pero tenía la lengua pegada al paladar, y no podía sentir mis extremidades, o mi cara o... «¿Eso es un mapache comiéndose un candelabro?».

—El general Cleandro quería que hicieran el circuito, pero yo pedí que tuvieran un descanso. Ahora tienen cinco horas para estudiar en la biblioteca. Utilicen el tiempo sabiamente. Calmen sus mentes. Todo estará bien.

Alguien tuvo una fuerte arcada.

Fui yo.

—Todos recibirán un sorbo de agua como premio. —Caminó de un lado a otro repartiéndonos (lanzándonos) vasos de agua. Apenas pude agarrar el mío y lo sorbí con avidez.

«Si un sorbo de agua es un premio, no quiero saber qué considera un castigo».

Augusto murmuró algo sobre una chica desagradecida (probablemente se refería a Tito).

—Les recomiendo que utilicen el tiempo sabiamente y que avancen con el libro de texto de Matemáticas Thagoreanas. Fue con lo que la mayoría de ustedes tuvo *problemas*. Se supone que son espartanos inteligentes y poderosos. Sean hombres, carajo.

Volteó la cabeza.

—Sus... extrañas habilidades —dijo lentamente mientras me miraba sin pestañear— no serán suficientes para sacarlos adelante.

«¿Con quién habla?».

—Vamos, salgan de aquí. —Dio una palmada—. Muévanse. Todo va a salir bien. Concéntrense en controlar sus pensamientos.

Mi columna vertebral gritó cuando me desplegué en toda mi estatura (me quedé encorvada con las manos en las rodillas).

El peso de Nyx no ayudaba.

Avancé arrastrando los pies y me detuve cuando casi perdí el conocimiento. Máximo pasó a mi lado arrastrándose sobre manos y rodillas.

«Mierda, debí hacer lo mismo».

De algún modo, contra todas las probabilidades del universo, conseguí entrar a la biblioteca (me desmayé y Augusto me sacó del salón de clases mientras murmuraba sin sentido sobre la deshonra, los legados y las mentiras).

—Por fin, un maldito descanso —gimió Nyx y me desperté sobresaltada.

Estaba acostada frente a la chimenea de la biblioteca, abierta de piernas.

«Muy bonito».

—¿Cómo sigues viva, niña? —preguntó Nyx, y yo gemí mientras me incorporaba—. Es una pregunta genuina, porque yo dormí todo el tiempo y me siento muerta.

Gruñí en respuesta, con los labios secos y agrietados, y la lengua demasiado pesada para usarla.

«¿Quién soy?».

Lentamente me levanté y atravesé la biblioteca cojeando. Me senté frente a una mesa (tropecé con la silla y me desplomé en el suelo, luego me arrastré hacia delante y me acosté sobre ella, y una musa la recogió junto con mi cuerpo).

Cuando por fin me senté (más o menos), eché la cabeza hacia atrás y cerré los ojos con alivio.

«Por favor, Dios, dame una señal de que todo va a salir bien».

—Crees que perteneces a este lugar —se burló una voz apagada—. Eres una mestiza abandonada, no eres nadie. Un defecto. La hija de una puta que se cogió a sus superiores.

«Mensaje recibido, Dios, las cosas no van a mejorar. Lo entiendo. Alabado seas».

Me giré lentamente hacia la izquierda.

Tito estaba sentado a unas cuantas sillas de distancia y se inclinaba amenazadoramente hacia delante. Hizo una mueca de desprecio, una expresión llena de sombras y, a la tenue luz de la hoguera, el pelo rojo se le erizaba como llamas de furia.

Abrió la boca.

Giré la cabeza hacia delante y suspiré aliviada cuando desapareció en mi punto ciego.

Un pitido agudo resonó en mi oído izquierdo mientras Tito hablaba, y lo ignoré con facilidad.

Drex puso los ojos en blanco frente a mí.

—Esto apesta —dijo.

Esperé.

«¿Con quién habla?».

Él esperó.

Ambos esperamos.

Nyx hizo el equivalente en serpiente de un suspiro pesado.

—Te está hablando a *ti*, niña —dijo exasperada.

«¿Por qué?».

Me lamí los labios y traté de encontrar algo de humedad.

—¿Qué? —balbuceé con voz ronca, y la garganta me ardió como si hubiera tragado cristal.

—Toda esta mierda de la prueba *apesta* —dijo Drex—. ¿No crees?

Asentí espasmódicamente.

Las páginas crepitaban y los libros de texto crujían cuando los iniciados los abrían en la silenciosa biblioteca. Con dedos temblorosos, hice lo mismo.

Con la vista nublada, me quedé mirando el libro durante largos minutos hasta que pude enfocar una ecuación de Matemáticas Thagoreanas excesivamente larga.

Suspirando por dentro (implicaba demasiado esfuerzo suspirar de verdad) leí las instrucciones: «Asigne el problema de palabras a variables y resuelva».

—Propongo una alianza —dijo Drex.

«Mmm. La abstracción tiene sentido, si divides los números primos por…».

—Sigue hablando contigo, niña. —Nyx interrumpió mi hilo de pensamiento.

Levanté la vista con sorpresa, y el movimiento hizo que me doliera el cuello. «Si estuviera roto, lo sabría, ¿verdad?».

Drex me miraba fijamente, con una expresión expectante.

—¿Qué? —repetí, mis labios agrietados se entreabrieron de manera atractiva.

Drex se inclinó hacia delante y miró a su alrededor como si quisiera asegurarse de que nadie nos estuviera mirando.

—Somos las únicas dos personas que crecieron en el mundo humano —susurró—. Solo quedamos ocho de nosotros. Necesitamos todo el apoyo que podamos conseguir. Yo propongo que formemos una alianza.

Entorné los ojos.

—¿Para hacer... qué?

«¿Intenta reclutarme para una secta?». Había leído que era un gran problema en estos días. Tiempos oscuros y todo eso.

Tito dijo algo despectivo en el extremo de la mesa, y el zumbido en mi oído izquierdo se intensificó.

Los ojos oscuros de Drex se movieron con nerviosismo.

Se pasó una mano temblorosa por el pelo corto y oscuro y se inclinó más hacia mí.

—Yo solo estudié hasta Cálculo III. Era la clase de matemáticas más avanzada que ofrecía mi escuela. Necesito ayuda con Matemáticas Thagoreanas, *por favor*, dame clases.

¿No había estudiado álgebra lineal, ecuaciones diferenciales o estructuras algebraicas? Matemáticas Thagoreanas usaba todos esos principios básicos.

Me estremecí de horror.

«¿Cómo se puede sobrevivir un día sin saber álgebra lineal? ¿Cómo vives?».

—No puedo —dije, apenas recordando cómo hablar.

Drex sacudió la cabeza con desesperación.

—*Por favor* —me suplicó—. Yo te ayudaré en el circuito y te ayudaré a lidiar con Tito y sus cómplices; *por favor*, aprendo rápido y solo necesito lo básico. Si no, seré el último y... —dejó de hablar.

«Estarás muerto».

—Lo siento mucho. —Negué con la cabeza y bajé la vista al libro de texto, pero me quemaba el peso de su mirada desesperada.

Me vinieron recuerdos de sus ojos brillando con una luz roja; él con la mano extendida mientras los chicos gritaban. Me estremecí y tragué saliva. «Es malvado».

—Por favor —dijo más alto.

No levanté la vista.

—¿Por qué estás hablándole a esa zorra, Drex? —La detestable voz de Tito resonó por toda la biblioteca—. ¿Ya que ambos son mestizos abandonados reconocen al bastardo el uno en el otro?

«¿Eso ni tiene sentido?».

—¿Ves?, te ayudaré con él —dijo Drex—. Por favor. Puedo protegerte.

Sacudí la cabeza y no levanté la vista.

«Nadie me protege excepto yo».

Drex hizo un ruido lastimero.

—No le debes nada a nadie —dijo Nyx tranquilamente—. Tienes permitido tenerte como prioridad.

Hice una mueca.

—Sin embargo —siseó Nyx—. Morderé a ese chico Tito por ti... ahora mismo. No tendrás que preocuparte por él nunca más.

—No —susurré y agarré su cuerpo invisible.

Nyx hizo un ruido dramático, pero no se resistió.

—Sofocas mi creatividad —dijo mientras frotaba la cara contra la palma de mi mano.

Exhalé lo más suavemente posible.

—Matar gente no es creativo.

—No lo critiques hasta que lo pruebes, niña. —Nyx se deslizó alrededor de mi cuello, rozando mi mejilla con la lengua—. Soy una artista. Las formas en que puedo hacer que una persona grite de terror...

Por desgracia, esa fue la última vez que alguien me habló durante horas. Todo el mundo se concentró en los estudios y nadie habló.

El tiempo avanzó a un ritmo extraño.

Una música conmovedora flotaba entre los estantes, la luz de las velas titilaba, el fuego crepitaba y la cera goteaba. Todo estaba cubierto en cálidos tonos rojos.

—¡SE ACABÓ EL TIEMPO! —La voz del general Cleandro interrumpió la paz.

Me desperté con sobresalto: estaba soñando que estaba sentada en la mesa estudiando, pero no era así. Nos ordenó a todos que volviéramos al salón de clase, y nos tambaleamos obedientemente.

El profesor Pino nos saludó con una gran sonrisa mostrando los dientes.

«¿Qué le pasa?».

El maratón de clases continuó.

Deseaba que Charlie estuviera conmigo.

Fue después de nuestra segunda sesión de meditación en Disciplina y Poder cuando me di cuenta de que Máximo era la única persona sentada en la primera fila del salón. Dimitrio no había vuelto.

Quedamos siete.

Tito me susurró al oído y jaló uno de mis rizos cuando Pino nos dio la espalda para resolver la ecuación escrita en el pizarrón.

—Serás la próxima en morir, perra.

«Ojalá».

El tiempo se volvió aún más extraño.

Nyx me susurraba un torrente constante de ánimos y me daba golpecitos en la cara cada vez que empezaba a quedarme dormida.

Las burlas de Tito también se hicieron más audaces y frecuentes.

El zumbido de mi oído izquierdo se intensificó hasta convertirse en un quejido agudo.

Gracias a mi sordera parcial de por vida, podía leer los labios de los profesores cuando miraban hacia el frente, pero cuando se daban la vuelta, estaba perdida.

El profesor Augusto articulaba demasiado sus palabras, aunque estuvieran en latín, por lo que era fácil seguirlo.

El profesor Pino balbuceaba.

El tiempo se alargó y los segundos se convirtieron en horas que se fundieron en días.

—Leo, ¿cuál es la función? —preguntó Pino tan alto que el sonido viajó por encima del ruido de mis oídos.

La clase se dio la vuelta para mirar a Leo (una persona se giró, otras dos se cayeron y alguien se golpeó la cabeza contra la pared).

Me froté el nuevo moretón de la frente.

Leo estaba dormido en el suelo, tapándose los ojos con el brazo y le escurría baba por los lados de la cara. Su postura no tenía nada de discreta. Por la forma como le temblaba la pierna, estaba en un ciclo MOR *profundo*.

Era eso o se estaba convulsionando y necesitaba atención médica inmediata.

Tito y Alessandro sacudieron a Leo por el hombro, pero no se despertó.

PAS. El general Cleandro cerró de golpe su libro amarillo, estaba ciento diez por ciento segura de que solo fingía leer, y levantó el comunicador.

«No».

«Por favor, Dios, no».

«Que corra él solo. Es culpa suya que se haya quedado dormido. Todos los demás estamos despiertos. Por favor, no nos haga sufrir a todos. No es justo».

El general Cleandro sonrió mientras pulsaba el botón.

Me convertí en polvo.

BUM. Un hombre alto y apuesto, con el pelo largo y oscuro y una corona de laurel, entró en el salón de clase con el ceño fruncido. Llevaba un fénix de colores en el hombro.

—Fox, heredero de la Casa de Atenea —dijo el general Cleandro recibiendo al recién llegado.

—General, como siempre, es un honor. —Fox inclinó la cabeza. Luego sus ojos recorrieron el salón de clase. Su labio superior se frunció con disgusto.

—Tu aprendiz parece tener un problema de sueño. —El general Cleandro señaló a Leo.

Fox frunció el ceño con crueldad. Se acercó a Leo y lo levantó de la toga. Gritó algo, y el zumbido en mi oído fue insoportable. Después abofeteó a Leo en la cara. Con fuerza.

Me froté las muñecas.

—¡BASTA DE HOLGAZANEAR! LEVÁNTENSE Y VAMOS… ¡VAMOS… VAMOS! —La voz del general Cleandro estalló en el salón mientras su halcón batía las alas.

Tambaleándome, ahogándome en las náuseas que me producía el insoportable zumbido en el oído izquierdo, seguí al resto de la clase afuera.

Fox guiaba al grupo, arrastrando a Leo bruscamente por la oreja detrás de él. Su fénix soltó un graznido estridente, que casi parecía el maullido de un gato.

Salimos corriendo de la montaña helada, directo al infierno.

La luz del sol era cegadora; el aire húmedo, sofocante; el calor, un castigo mientras aplastaba la hierba caliente bajo mis pies descalzos.

El sol brillaba en lo alto del cielo y apenas había nubes.

Había olvidado cómo se sentía el calor.

Fox nos condujo por el camino de hierba, que se transformó en guijarros y empezó a subir una montaña. Su fénix volaba en lo alto, su cola era un arcoíris.

Con las piernas vacilantes, quise que mi mente divagara.

Recé para que el tiempo se distorsionara.

Cada segundo era un infinito, cada paso era una agonía.

No había nada que me distrajera del ardor de mis piernas y de la agonía de mis pulmones adoloridos.

Me escurría sudor por la cara.

Cada paso del ascenso empeoraba.

Con los ojos cegados por el cansancio, me tambaleé cerca del borde de la montaña.

A lo lejos, del otro lado de una montaña, resonó un grito maníaco y sediento de sangre. «Un titán».

Conmocionada, tropecé con una roca y caí en picada hacia el...

—Quédate a mi lado. Ten cuidado. El titán está lo suficientemente lejos como para que no pueda alcanzarnos. —Drex me apartó del borde del acantilado y luego me arrastró hacia delante.

Intenté apartarlo, pero no conseguí moverlo.

Sacudí la cabeza desesperadamente porque no tenía energía para darle clases. No *podía*.

—Cálmate —dijo Drex—. No espero nada a cambio. Relájate, carajo.

Tropecé con otra roca, pero me mantuvo en pie agarrándome de la toga.

Estaba incoherente e indispuesta, la saliva salía por mis labios mientras resoplaba y jadeaba. Tenía arcadas y lloraba.

Eones después, *por fin* llegamos al punto de descanso en la cima. Me desplomé. Cada respiración me dolía; cada latido enviaba oleadas de angustia a mis extremidades. No veía nada.

—Eres la perra espartana más patética que jamás haya existido. No te mereces esto. ¿Por qué no te suicidas ahora mismo y nos libras de este sufrimiento? —me susurró Tito al oído.

Apreté los dientes.

—¿Estás segura de que no quieres que lo muerda? —preguntó Nyx—. Puedo hacer que le *duela.*

Intenté decir algo, pero no me salía ningún sonido. Con debilidad, alcé la mano y me golpeé el cuello.

—Ay, ay, basta, mujer —dijo Nyx—. Está bien, está bien, no lo morderé, pero deja de pegarme.

Tito siguió burlándose:

—Eres repugnante y débil. Perras como tú son la razón por la que los hombres sufren. Le robaste a un hombre su lugar en la prueba. Eres una ladrona y un fraude. —Jaló uno de los rizos que se me habían escapado de la cola de caballo.

Jessica le habría dicho que no escuchaba a hombres que olían a rata de alcantarilla.

Extrañaba a mi agresora de la escuela.

Las cosas eran verdaderamente trágicas.

—Vámonos. ¡Se acabó el descanso! —gritó Fox, y se oyeron gruñidos mientras la gente se levantaba. Yo tenía dificultades para recuperarme.

Alguien me levantó de un jalón y luché contra su…

—Cálmate —gruñó Drex cuando le di una patada.

Dejé de forcejear.

—Perdó… —dije con voz ronca, incapaz de terminar la disculpa.

—No pasa nada. Vamos —dijo Drex mientras volvía a enredar la mano en el exceso de tela de la parte delantera de mi toga y me arrastraba montaña abajo.

Cada paso era puro dolor.

Cuando *por fin* llegamos abajo, colapsé.

—Les daré más tiempo para recuperarse antes de nadar —dijo Fox, y hubo un coro de ruidos de alivio.

Le mostré un tembloroso pulgar hacia arriba.

—Gracias —le dijo Leo—. Te lo agradecemos.

—Tú cierra la estúpida boca —espetó Fox—. Deja de quedarte dormido de una maldita vez y de obligarme a hacer estas idioteces. Creí que la última vez te había dejado claro qué pasaría si lo hacías. Así que cállate, siéntate y piensa en qué vas a hacer para no volver a dormirte en clase.

«Amén, hermana».

Leo murmuró una disculpa.

—Acabo de decirte que cierres la estúpida boca, ¿por qué hablas? —preguntó Fox.

Había algo atractivo en un hombre que expresaba su verdad con tanto carisma. Fox tenía mi voto.

Tras largos minutos de jadear (una hora), mi ritmo cardíaco disminuyó y mi visión se enfocó.

El cielo se tiñó de naranja y rosa cuando el sol se puso detrás de las cumbres.

«Es precioso».

Se me llenaron los ojos de lágrimas.

—Ay, por Cronos, ¿estás llorando? —preguntó Tito, y sus cómplices se rieron como si fuera divertido.

«Sí, porque eres muy feo».

Al instante me arrepentí de no haber pronunciado el insulto en voz alta.

Una vez más, Drex estaba sentado frente a mí. Esta vez, tenía las piernas cruzadas sobre la hierba en la orilla del río. Estaba empapado en sudor y me hizo un gesto de cansancio con la cabeza.

Sin él, me habría despeñado por el barranco.

«Vas a tener que darle clases».

—¿De verdad crees que vas a sobrevivir a esto? —preguntó Tito mientras se acercaba y me miraba con desprecio. Leo y Alessandro estaban a su lado.

—¿Qué es esa porquería blanca en tus labios? —preguntó Tito, y yo me limpié temblorosamente la saliva seca y el sudor.

Tito se rio exageradamente.

—¿Es semen? —Sus amigos se rieron.

Drex puso los ojos en blanco.

Doblé las rodillas, me incliné hacia delante y puse la cabeza entre mis piernas.

«Dile que nadie lo amará jamás».

Tito se rio más fuerte.

Nyx me siseó al oído:

—¿*Segura* que no puedo morderlo?

La pellizqué.

El momento pasó, y una vez más me arrepentí de no haber insultado a Tito. Por alguna razón, Patro era la única persona a la que podía insultar.

—Grosera —gimió Nyx, pero me lamió la mejilla con la lengua—. Tú vales mucho más que ellos —siseó—. Ignóralos, un león de Nemea no escucha las divagaciones de las ovejas.

Sus palabras eran inspiradoras.

Lástima que Charlie dijera una vez que yo tenía el semblante de un ornitorrinco y la energía de una ardilla trastornada. Pero fue cuando empezamos a aprender lenguaje de señas, así que no estaba segura de que lo dijera en serio. No me atreví a pedirle que me lo aclarara.

—Carajo. Amigos, miren. —La voz de Alessandro temblaba de miedo, y mis tres agresores se callaron por fin.

«Gracias, Dios, por los pequeños consuelos».

Levanté la vista.

Se me paró el corazón.

Caronte estaba de pie a unos metros, y su larga barca flotaba por el borde de la orilla. Sus ojos azules como el hielo me miraban a mí.

«Olvídalo».

Estaba lo suficientemente cerca como para tocarlo, su capa negra hecha jirones ondeaba a su alrededor como una sombra.

Mi visión se distorsionó. Su remo parecía una guadaña.

Tito, Leo y Alessandro retrocedieron lentamente, alejándose de la orilla del río.

Yo estaba demasiado cansada para moverme.

La brisa apartó la capucha de Caronte, revelando unos pómulos afilados como cuchillas y un gesto aún más peligroso.

Pasaron largos segundos mientras me miraba fijamente.

—¿Qué está haciendo? —susurró Leo.

«Me está recordando su amenaza».

Yo aparté la mirada primero.

En mi visión periférica, Caronte se apartó de la orilla del río con una sonrisa malévola.

Satán: 1.

Alexis: 0.

El resto del descanso transcurrió en un tenso silencio; incluso Fox parecía inquieto.

Sin embargo, como todas las cosas buenas de la vida, tuvo un final abrupto y nadamos el río Estigia (nos ahogamos mientras intentábamos avanzar). El agua estaba más tibia que la última vez, pero incluso así fue un shock para el cuerpo.

Cada brazada era desesperada y llena de terror. Cada onda era la caza del barquero. No creía que fuera a matarme, *todavía* no, pero eso no significaba que no fuera a atormentarme con un ligero ahogamiento.

Caronte parecía del tipo que jugaba con su comida.

Cuando los siete nos arrastramos en grupo hasta la orilla, la luna brillaba en lo alto y no había mantas térmicas.

El general Cleandro estaba de pie en la orilla y parecía poco impresionado al anunciarnos que teníamos otra pausa de cinco horas para estudiar.

No recordaba haber entrado.

Solo tenía un débil recuerdo de haberme arrastrado sobre mis manos y rodillas.

En un segundo estaba bajo las estrellas y al siguiente, sentada en una mesa, esforzándome por leer un libro de texto mientras me caían lágrimas por la cara. Las frías escamas de Nyx se enrollaban entre mis pies.

Drex se sentó frente a mí, con el ceño fruncido mientras tomaba notas.

También estaba llorando.

—Tuviste suerte. Pero tienes los días contados, perra —me susurró Tito directamente al oído derecho.

Estaba detrás de mí y su aliento se sentía caliente en mi cuello.

Me concentré en el texto que tenía delante. «Dile que va a morir solo. Dilo rápido».

Cambié la página, incapaz de encontrar el valor para hablar.

—Dije que tus días están contados, puta.

«Rápido, insulta a su madre».

Levanté los dedos temblorosos para pasar la página.

Tito me agarró del brazo y me detuvo.

—Vas a desear…

Miré hacia abajo, donde sus dedos me rodeaban el antebrazo.

—Suéltame —ordené con voz ronca.

Apretó más fuerte. Sus dedos viles presionaban mi piel con las uñas cortantes.

Volví a estar en el remolque.

Tito se rio.

—Oblígame.

Empujé la silla hacia atrás, giré sobre mí misma, y mi cuerpo se tambaleó cuando me lancé hacia delante para estampar un puñetazo en el costado de su estúpida cara.

Se tambaleó hacia atrás por la fuerza del golpe.

—¿Acabas de... *golpearme*? —Se apretó la mandíbula, con los ojos muy abiertos y enloquecidos.

Yo me balanceaba de un lado a otro; la cabeza me daba vueltas por el movimiento repentino y el estómago se me revolvió.

Cerró el puño.

Crac. Varias sensaciones estallaron en mi nariz y la sangre escurrió sobre mis labios. Me quedé helada, parpadeando, aturdida por el líquido que me caía por la cara.

Tito me gruñó en la cara:

—Sí, eso era lo que pensaba, carajo. Eres una perra débil que no tiene ninguna oportunidad contra un hombre de verdad como...

Me lancé hacia delante y le golpeé la entrepierna con la rodilla tan fuerte como pude. Se agarró y cayó de rodillas. Le di una patada en la cara mientras caía.

Crac. La sangre explotó cuando le rompí la nariz.

Se quedó gimiendo en el suelo en posición fetal.

«¿Ahora quién es el verdadero hombre?».

Me balanceaba como si estuviera ebria; mi visión se duplicó.

Oí un ruido amortiguado y me giré a la izquierda. Leo y Alessandro me golpeaban en mi punto ciego. Entorné los ojos y me preparé para...

Drex salió de la nada y lanzó un puño contra la cara de Leo.

Drex y Leo se azotaron contra la mesa.

Alessandro se detuvo, sorprendido.

Con brazos temblorosos, agarré mi silla y gemí cuando la levanté sobre mí. Alessandro se volteó hacia mí. Lo golpeé en la cabeza con la silla y cayó como una roca.

Las astillas volaron por todas partes.

Leo y Drex se separaron y me miraron fijamente. Máximo y Casio me veían boquiabiertos en sus asientos. Unas musas se asomaron desde atrás de los estantes.

Unas sombras se movían extrañamente en mi visión periférica.

Con un cosquilleo en el cuello, entorné los ojos para mirar hacia la oscuridad por la puerta abierta de la biblioteca. «¿Alguien me está observando?».

No había nadie.

Tito gimió y yo dejé caer el trozo de madera roto que tenía en la mano.

—¡Yuuuuuuuju! —Nyx se deslizó por mi pierna—. *Esa* es mi chica —resopló—. Estoy tan orgullosa de ti en este momento… este es el mejor día de mi vida. Sabía que lo tenías dentro, amiga. ¡El poder de la vagina aplasta al patriarcado! No te detengas ahora, mátalos a todos. ¡MATA A TODOS LOS DE ESTA SALA!

Hice una mueca, me incliné y vomité sobre Alessandro.

«Ups».

Me limpié la boca con el dorso de la mano, y apenas pude evitar caerme de bruces.

—¿Qué carajos es todo este ruido? —El general Cleandro entró pisando fuerte y el profesor Augusto lo seguía con expresión preocupada. Cuando me vio, su rostro se transformó en una mueca de odio.

Ambos se detuvieron.

Parpadearon mientras contemplaban la escena.

Lentamente, los dos hombres (imponentes mastodontes que parecían pertenecer a un campo de batalla) se dirigieron hacia donde Alessandro estaba desmayado, cubierto de astillas y otras *cosas*, es decir, mi bilis regurgitada. Al lado de su amigo caído, Tito se puso de pie tambaleándose y agarrándose la entrepierna como un pervertido.

—¿Qué pasó aquí? —preguntó lentamente el general Cleandro. Augusto me lanzó una mirada acusadora con ojos oscuros y sin alma; sus rubíes brillaban sobre su cabeza a la luz del fuego de la biblioteca.

Por respeto a su autoridad (puro miedo), me quedé mirando al suelo.

Tito balbuceó.

El general Cleandro lo interrumpió alzando la mano.

—Solo quiero recordarles —dijo en voz baja— que si alguien ha estado peleando, por cualquier razón, todos van a correr en el circuito hasta que sus pies sean muñones ensangrentados... y luego correrán un poco más.

Los dientes de Tito chocaron cuando cerró la boca.

—Así que les voy a preguntar de nuevo —continuó el general Cleandro—. ¿Qué *carajos* pasó aquí?

Casio habló rápidamente.

—Solo fue...

—Tito. —El general interrumpió a Casio y señaló al muchacho cubierto de sangre—. *Tito* me dirá lo que pasó.

El silencio estaba tan cargado que el aire habría explotado, si alguien hubiera encendido un cerillo.

Tras una pausa larga e insoportable, Tito susurró:

—Alessandro se cayó de la silla. Cuando cayó, la silla me golpeó a mí también... y... eh... por eso estábamos los dos en el suelo.

Levanté la vista.

El general Cleandro miraba fijamente a Tito con una expresión ilegible, y Augusto seguía mirándome con desprecio.

—Actúa con más cuidado en el futuro —dijo el general—. Los muebles pueden ser... *peligrosos*.

No parecía que estuviera hablando de una silla.

—¿Qué están esperando? —Se dio la vuelta y nos miró—. NO SE QUEDEN AHÍ PARADOS Y PÓNGANSE A ESTUDIAR.

Cuando el general Cleandro salió de la biblioteca, todos nos sentamos apresuradamente.

La excusa de Tito no explicaba mi nariz rota, el ojo morado de Leo, el moretón de la mejilla de Drex ni cómo la silla se había roto encima de Alessandro y luego lo había cubierto de vómito.

Pero no nos había castigado.

Augusto se quedó en la biblioteca con los ojos entornados.

«Ayuda, ¿por qué sigue mirando hacia aquí?».

«¿Por qué camina hacia mí?».

Se acercó hasta donde yo estaba sentada y se cernió sobre mí como una nube oscura.

Recé por una combustión espontánea.

—¿Qué crees que estás haciendo? —preguntó Augusto con voz sedosa, lo suficientemente baja como para que solo yo pudiera oír.

Por desgracia, no estallé en llamas.

Tragué saliva.

—¿A qué se re-refiere? —susurré.

Se inclinó más hacia mí y su aliento me hizo cosquillas en la oreja, lo que me produjo extrañas sensaciones en el bajo vientre.

—¿Por qué *carajos* te pones en peligro? —me preguntó despacio, con la voz vibrando de vehemencia. En voz más baja, en un susurro mortal, continuó—: Los ctónicos son extremadamente raros e importantes. Actúa como tal.

«Ah, es porque mis mentores son ctónicos, y le preocupa que se conviertan en generales».

Hice un gesto casual con la mano.

—No se preocupe, solo me estaba defendiendo y tenía todo bajo control. No pasa nada. —Mi tono era confiado, pero la sangre que manaba de mi nariz rota sobre la mesa arruinó el efecto.

Augusto hizo un ruido áspero con la garganta y flexionó las manos como si tuviera artritis reumatoide o intentara no estrangularme (ambas opciones eran muy preocupantes).

—Cuídate más —espetó—. O tendré que tomar medidas. Esto no puede continuar así.

Como no estaba nada claro a qué se refería con «esto», le dediqué una sonrisa vacilante.

Gruñó, se alejó dando fuertes pisadas y cerró la puerta de la biblioteca tras de sí.

«Eso salió bien».

Me desplomé, gimiendo mientras me palpitaba la cara.

Cuando se fueron los dos generales espartanos (dictadores fascistas ávidos de poder que sin duda alguna sufrían trastornos mentales no diagnosticados), se produjo un suspiro colectivo de alivio en la biblioteca.

Nos alegramos de haber evitado la segura perdición.

«Yupi, no me asesinaron en un ataque de ira. Yuju. Dios es bueno».

—Guau, niña —siseó Nyx mientras se deslizaba por mi cuerpo—. Eso fue *sexy*. ¿Sentiste esa tensión? No puedo respirar.

—En primer lugar, estás delirando —susurré—. En segundo, eres una serpiente. ¿Acaso tienes pulmones?

—En primer lugar, sí tengo; grosera —siseó Nyx—. En segundo, por favor, soy una mujer, y es obvio que ese hombre quiere hacerte cosas depravadas. Gracias a Cronos, por fin tienes un pretendiente digno. Me estaba preocupando de que fueras a morir virgen. Habría sido tan vergonzoso para el honor de nuestra familia.

Me atraganté.

«¿Cuál honor de nuestra familia?».

—Oye, ¿qué tiene de malo el celibato? —pregunté en voz baja—. Ya te lo dije, Carl Gauss es el único hombre para mí. Ya lo sabes. Además, estás oficialmente loca: Augusto me odia.

—Yo nunca dije que no te odiara. —Nyx me apretó la garganta—. Eso es evidente. Ese hombre TE ODIA. Pero eso no significa que no quiera asesinarte… en la cama, si sabes a lo que me refiero.

Por desgracia sí sabía. Más o menos. Pero en un sentido muy real, no tenía ni idea de a qué se refería.

Me aclaré la garganta con incredulidad y babeé atractivamente sobre la mesa.

—Estás loca —le dije a Nyx mientras intentaba limpiarme la saliva ensangrentada con el brazo, y solo conseguí esparcirla, haciendo un desastre mayor.

—Eres una idiota —se burló Nyx y yo tomé el camino más fácil (la pellizqué hasta que se calló).

A veces, la violencia *sí* era la respuesta.

Drex hizo un ruido al sentarse frente a mí.

—¿Qué acaba de pasar con Augusto? —Tenía los ojos muy abiertos y la expresión confundida—. ¿Por qué te susurraba así? ¿Interactúas con él fuera de esto?

Resoplé.

—No, eso sería horrible.

No dejaba de mirarme raro.

—Parece muy posesivo contigo.

«También él, no, por favor».

Sacudí la cabeza e hice un gesto casual con la mano.

—Es solo porque mis mentores son ctónicos. A todos ellos les preocupa mucho que se conviertan en generales. Han creado un ambiente muy asfixiante y tóxico. El clásico club de hombres. Ya sabes.

«¿Qué estoy diciendo?».

No parecía que Drex supiera nada, pero se encogió de hombros y abrió su libro de texto.

—A ver —tosí—. Déjame que te explique —susurré con voz áspera, con aire silbando por mi nariz aplastada, mientras empujaba mi libro de texto hacia él.

Drex alzó la cabeza. Me miró como si fuera su salvadora.

—¿Alianza? —balbuceé, y luego aclaré—: Pero no como si fuera un culto. Nada de sacrificios humanos, coronas de flores o círculos raros con palos.

En este momento no podría manejar la vida dentro de un culto. Tal vez más adelante, cuando tuviera más tiempo libre.

—Por supuesto. —Drex me mostró los dientes ensangrentados por su pelea con Leo—. Los mestizos abandonados tenemos que permanecer unidos.

Asentí (y luego me arrepentí de haberlo hecho porque me dolía la nariz) y empecé a explicarle poco a poco el álgebra lineal. Por suerte, aprendía rápido y captaba los conceptos con facilidad.

A medida que pasaron las horas siguientes, un extraño calor se extendió en mi pecho. La sensación era tan extraña que tardé un segundo en ubicarla.

Era esperanza.

Las dos semanas estaban a punto de terminar y pronto podríamos descansar. Ya estábamos a finales de agosto y, de alguna manera, seguía viva. El profesor Augusto había dicho que el otoño era mucho más fácil. «Ya superaste la parte más difícil».

No todo iba a ser tan malo, y al final las cosas saldrían bien.

La ilusión era una droga fenomenal.

Advertencia, nada «saldría bien».

15
OBSESIÓN
AUGUSTO

En la biblioteca, donde se suponía que estaban estudiando los iniciados, se oyó un fuerte estruendo y un golpe sordo.

Alguien gritó.

Resonó un gruñido.

Cleandro y yo dejamos la planificación de las clases y nos miramos horrorizados: corrimos hacia la biblioteca.

Nos detuvimos en la puerta. Cerré los puños.

Era la perdición de mi maldita existencia. «¿Por qué está causando problemas constantemente, carajo?».

Alexis estaba parada en el centro de la habitación.

Tenía la nariz destrozada, la barbilla cubierta de sangre y los dos ojos hinchados y ennegreciéndose.

«Alguien le dio un puñetazo en la cara».

Lo vi todo rojo. Una rabia pura y absoluta me quemaba por dentro y me froté el pecho mientras respiraba hondo.

Alexis era delicada, como mi hermana Helena, y sus suaves rasgos estaban retorcidos de dolor.

Cada músculo de mi cuerpo se tensó. Los hombres que herían a las mujeres no merecían vivir.

«Esto es exactamente por lo que no debería participar en la maldita prueba. Por Cronos, es un ultraje, una deshonra».

Me ardían las manos por las ganas de romperle el cuello a alguien, y temblaba por el esfuerzo de mantener la compostura.

Cleandro me lanzó una mirada extraña, como si pudiera leerme la mente.

Lo ignoré.

No podía ver *nada*; él solo era un olímpico.

Él jamás entendería cómo se sentía ser yo. El poder. La rabia. El peso de la responsabilidad.

Los ctónicos eran una especie en peligro de extinción y, como el mayor de ellos, era mi deber mantener a salvo a la siguiente generación. Todos dependían de mí. No fracasaría.

A Alexis le temblaban los labios.

«No caeré en sus juegos».

El odio y algo inidentificable ardían en mis entrañas. Ella estaba abriendo la posibilidad de que Helena tuviera que participar en este perverso disparate.

Quería matarla por ello.

Cuando Caronte me dijo lo que era ella, el odio se había intensificado exponencialmente.

«¿Cómo se atreve?».

Era una burla a todo lo que yo representaba.

Ninguna mujer, por fuerte que fuera, debía soportar la prueba. Era deshonroso e incorrecto.

Me daba igual que Afrodita y Artemisa dijeran que no era progresista. No se trataba de que las mujeres fueran tan fuertes como los hombres; se trataba de que no deberían *tener* que serlo.

Las mujeres espartanas eran raras y había que protegerlas a toda costa. El futuro de nuestra sociedad dependía de mantenerlas a salvo.

Los ojos de dos colores de Alexis se abrieron de par en par mientras miraba al suelo.

Cleandro y yo entramos a la biblioteca pisando fuerte.

A los pies de Alexis estaba Alessandro, inconsciente y ensangrentado.

Me quedé boquiabierto al ver los trozos de madera rotos sobre el cuerpo del chico y el pedazo de madera que Alexis tenía en la mano. Lo había noqueado con una silla.

«Santo Cronos».

Mi furia estaba en conflicto con un respeto indeseable.

Otra figura gimió. Tito estaba en el suelo, con la cara llena de sangre mientras se agarraba a sí mismo como un débil cobarde.

«Ella destruyó al imbécil llorón. A los dos. Bien».

Las agudas emociones me estrangulaban y no sabía cómo sentirme.

Todo lo relacionado con Alexis era confuso.

Era tímida y retraída, pero también sanguinaria y salvaje. Hacía comentarios idiotas, pero según Pino era un prodigio en matemáticas teóricas.

No había creído lo que Caronte me había contado que había hecho en el circuito; ahora le creía.

Claramente ella estaba ahí para hacer una declaración sobre las mujeres en Esparta.

«No bajo mi vigilancia».

Era completamente inaceptable.

Me picaban los dedos y los cerré en puños. El impulso de secuestrarla y encerrarla, y luego hacer estallar la mente de Tito en pedacitos, era abrumador.

«Más tarde. Ahora no es el momento».

Un dolor irradiaba a través de mi esternón.

Respiré hondo y luché contra mis degradados impulsos mientras Cleandro dejaba indemne a la chica.

«Debería castigarla por su falta de instinto de conservación, no compensarla. Está a un error de la muerte».

Alexis miró a Cleandro con ojos muy abiertos y agradecidos, pero en su mirada había una penumbra que me resultaba incómodamente familiar.

La vida le había hecho daño.

Mucho.

Igual que me había hecho daño a mí.

«No importa. No te sientas mal por ella. Eso es lo que ella quiere. Todo esto es un juego para ella».

Alexis no tenía sentido.

Por lo que había visto, ella iba dando tumbos por la vida, ingenua y frustrantemente inocente, sin pensar en las consecuencias. Si a eso le añadíamos su bendita necesidad de demostrar que las mujeres debían luchar al lado de los hombres espartanos, era obvio que fuera mi peor pesadilla.

Pero yo estaba aquí.

Yo era las consecuencias.

Iba a mantenerla a salvo a ella y a todas las mujeres que estaban bajo mi cargo, lo quisiera o no.

Cleandro se marchó y yo me quedé en la puerta, luchando contra el impulso de hacer algo. En lugar de ir tras él como debía, crucé la biblioteca, incapaz de evitar el malestar que sentía en las entrañas.

Los delicados rasgos de Alexis palidecieron al verme ir hacia ella.

«Más te vale tener miedo».

Cuando estuve cerca, me incliné hacia ella, aspirando discretamente su embriagador aroma. Un gruñido me quemó el fondo de la garganta y mis dedos ansiaban averiguar si sus rizos dorados eran tan suaves como parecían.

«Concéntrate».

Con un gruñido grave, le advertí que se cuidara mejor. Le advertí que habría consecuencias.

Me miró horrorizada.

Cronos, me hizo sentir como un monstruo, como si no fuera ella la que estaba preparando el terreno para que Helena sufriera este horror. Yo era el que estaba tratando de mantener a todos a salvo.

¿Creía que era fácil?

¿Qué pensaba, que la consentiría? ¿Que la recibiría con los brazos abiertos? ¿Qué le aplaudiría mientras arriesgaba su vida como una idiota?

Las largas y oscuras pestañas de Alexis temblaron cuando me miró fijamente. De cerca, podía ver las manchas doradas de su ojo color medianoche.

Sacó la lengua y lamió sus labios cubiertos de sangre. Estaban perfectamente delineados.

Mis bóxers de seda se apretaron, y al instante me aborrecí a mí mismo.

«Mierda, ¿qué estoy haciendo?».

Yo era mayor que ella y era su profesor.

Esto estaba mal en muchos niveles.

Algo en Alexis me hacía perder todo el control.

Ella me convertía en un salvaje furioso.

«Si me quedo un segundo más en esta biblioteca, voy a asesinar a esos dos chicos por haberla tocado, luego la secuestraré y la esposaré a mi cama».

Me marché.

Poco gruñía en el pasillo y después trepó por mis hombros. Su peso era familiar. Calmante.

Salí de la montaña a la cálida noche y grité de rabia. Un mar de estrellas centellaba en lo alto.

La Vía Láctea se tiñó de amarillo.

Golpeando una piedra, respiré con brusquedad.

Sacudí la cabeza con confusión y me dirigí al sendero, lejos de la montaña.

Necesitaba correr el circuito para recuperar el control.

Unas horas más tarde, los músculos me ardían por el esfuerzo y una apariencia de calma volvía a cubrir mi rostro.

Cleandro anunció en la biblioteca que era hora de un descanso, pulsó los botones de su comunicador y se transportó.

Los iniciados se despertaron sobresaltados.

Patro y Aquiles llegaron primero y agarraron a Alexis, que apenas estaba consciente.

Me troné los nudillos.

«¿Por qué carajos la están tocando con tanta familiaridad? ¿y por qué me importa?».

Los fulminé con la mirada, y ellos me miraron con confusión antes de desaparecer con un fuerte estruendo.

Apenas pude reprimir el impulso de seguirlos.

«Necesitas una distracción».

El resto de los mentores empezó a llegar. Agarré a Alessandro y a Tito por la parte delantera de sus togas y los arrastré detrás de un estante.

Los lancé con fuerza al suelo.

Gritaron de dolor. «Bien».

La agonía estalló en mi pecho cuando activé mis poderes, los levanté a ambos y los miré fijamente a los ojos.

La presión me quemaba el cráneo.

Sus defensas mentales eran inexistentes: apuñalé sus patéticas mentes olímpicas.

A diferencia de los ctónicos que sí se defendían, las mentes olímpicas eran blandas y maleables.

Cayeron de rodillas.

—Si se atreven a volver a lastimar a Alexis o a *cualquier* mujer —bramé directamente dentro de sus cráneos—, los destruiré de adentro hacia afuera.

Lloraban como bebés.

Hice que les doliera.

Les salía sangre de la boca, los ojos, la nariz y las orejas. Se cubrieron de ríos rojos. Se ahogaban y no podían respirar.

Si hubieran sido humanos, estarían muertos.

Como espartanos, vivirían. Desgraciadamente.

Me senté a horcajadas sobre ellos.

—Los espartanos no lastiman a las mujeres, o yo los lastimo a ellos. ¿Entendido? Esto es solo una muestra de lo que puedo hacer.

Sus mentes temblaron de agonía y empezaron a quebrarse. Tuvieron fuertes arcadas.

Puse los ojos en blanco porque apenas había usado mi poder; ni siquiera se les salían los sesos por las orejas.

Estaban bien.

Los cobardes llorones asintieron espasmódicamente mientras temblaban sofocándose en el suelo.

Me enderecé por completo y me limpié las manos.

—Me dan asco. —Les escupí y me alejé.

—Están ahí atrás —les dije a sus mentores y señalé hacia ellos.

Ambos olímpicos se inclinaron ante mí, con terror escrito en sus rostros.

Forcé mi expresión para que volviera a ser una máscara de calma.

Los hombres se relajaron.

«Imbéciles crédulos».

Me di la vuelta y resoplé. Me troné los nudillos y palpé mi pistola. Tenía que luchar contra un titán, o iba a perder la cabeza y empezar a torturar olímpicos, más de lo que ya lo había hecho.

—*Domus* —susurré e imaginé la sensación del hogar.

El mundo estalló en humo.

Me transporté.

Confundido, entorné los ojos y miré alrededor del tranquilo bosque. Una lona estaba extendida sobre unas ramas siguiendo un patrón intencional. «No quería transportarme aquí».

Encogiéndome de hombros me di la vuelta y aceché entre los árboles.

Serviría.

Salté el alambre de púas de una zona protegida y me adentré en el bosque en busca de mi presa.

Cronos, estaba tan furioso.

«Alexis Hert va a ser mi muerte».

Caronte tenía razón; su plan era el único camino aceptable de ahora en adelante.

«Más tarde le diré que estoy de acuerdo. Vamos a hacerlo a su manera».

Las cosas iban a cambiar por aquí.

Tenía que ser así.

Aut viam inveniam aut faciam: «Encontraré un camino o me haré uno».

De lo contrario, iba a perder la cabeza, e iba a morir mucha gente.

16
MALDITA
ALEXIS

—¿Por qué te está colgando la nariz de la cara? —me preguntó Patro acusadoramente, como si yo *quisiera* tenerla despegada.

Vacilante, intenté recuperar la conciencia, pero después de horas de estudio en la biblioteca (de dormir en un escritorio con los ojos abiertos y escurriendo sangre de la nariz), era difícil.

El humo de la transportación se disipó a nuestro alrededor y reveló una familiar cocina con estufa de leña, bañada por rayos dorados de luz.

Afuera del ventanal el agua brillaba en un tono azul oscuro mientras el sol se ocultaba en el horizonte.

Un lobo y un jaguar me gruñeron y los saludé con la mano.

Estábamos de vuelta en Corfú.

«Gracias, Dios».

Tosí miserablemente; cada célula de mi cuerpo privado de sueño emanaba dolor y agotamiento.

Patro me enderezó por las muñecas.

Con los antebrazos ardiendo por los dolores fantasma, me alejé bruscamente de su contacto, choqué contra la pared y me tambaleé en una posición parcialmente vertical.

Dijo algo despectivo, pero me lo perdí por el zumbido agudo de mi oído izquierdo.

Además, la macabra desesperación era ruidosa. «La vida apesta».

Todavía me dolía la cara por el incidente de la biblioteca, en el que puede o no que sufriera una violenta crisis mental y agrediera a dos hombres (no me arrepentía, alguien tenía que hacerlo).

Después de haberle enseñado matemáticas a Drex mientras respiraba por la boca (porque tenía las fosas nasales aplastadas) y de haberme dormido, el general Cleandro anunció que habíamos sobrevivido cuatro semanas seguidas en la Academia de Guerra Espartana y que podíamos irnos con nuestros mentores.

«¡Yupi! No».

Personalmente, deseaba estar muerta.

Ahora Patro tenía una expresión de entre asco y odio al verme apoyada contra la pared, luchando por mantenerme de pie. Tras él, Aquiles acechaba con el bozal ajustado sobre la cara.

Aquiles se tronó los nudillos. En ellos se leía la palabra «MUERTE». La tinta del tatuaje estaba descolorida, por eso no me había fijado antes.

Como también nuestro amable vecino del campamento de remolques estaba cubierto de pies a cabeza con símbolos satánicos, no me sentía intimidada. «Espero que siga cuidando a Charlie».

La angustia me daba náuseas.

—Explícate —me ordenó Patro mientras señalaba mi nariz hecha polvo—. Estás hecha una mierda.

Empecé a hablar, pero de mi pecho solo brotó una tos estridente y salpiqué de sangre el suelo de la cocina. Me incliné jadeando, con las manos en las rodillas.

Las escamas de Nyx vibraban contra mi cuello mientras dormía plácidamente. «Debe ser hermoso, carajo».

Patro se sentó en la mesa de la cocina con un resoplido de fastidio.

—Ay, maldito Cronos. —Me fulminó con la mirada—. ¿Puedes permanecer bajo control por una vez en tu vida? Es como si te esforzaras por ser patética.

Le lancé una mirada asesina entre mis accesos de tos.

Acababa de pasar cuatro semanas de tortura sin comida ni agua y otro iniciado había muerto durante la experiencia; uno pensaría que tendría un poco de compasión.

Patro se inclinó hacia delante y chasqueó los dedos frente de mi cara.

—No tengo todo el día.

Tosí a propósito sobre ellos.

—¡Qué asco! —Quitó la mano—. ¿Acabas de escupirme como un sucio y asqueroso plebeyo…?

BUM.

Más humo llenó la cocina.

«Por favor, Dios, no me hagas esto».

«Otra vez, no».

Tosí con más fuerza.

—Cariños, estoy en casa —dijo con burla una voz grave y rasposa salida directamente de mis pesadillas.

Satán entró en la cocina.

«Dios definitivamente me está castigando. Primero Augusto y ahora él, ¿por qué no puedo tener un maldito respiro?».

Sus glaciales ojos azules estaban llenos de peligro y se leía «Furia» claramente en su garganta.

Llevaba las mangas de la camisa blanca arremangadas, mostrando unos antebrazos venosos. «Deja de mirarle los brazos». Los muslos y el pecho también estaban abultados con armas.

La corona de picos que brillaba sobre su cabeza era un recordatorio de lo que era.

Realeza ctónica.

«¿Quién iba a decir que el mal tenía los hombros tan anchos y la cintura tan estrecha?».

Quería darme un tiro.

—Vaya, vaya, vaya —dijo Caronte mientras chasqueaba la lengua—. Si es la alborotadora en persona. Causaste un gran revuelo. En Esparta todo el mundo está hablando de tu pequeña… actuación.

Me miró de arriba abajo.

—Te dije que no te hicieras daño —gruñó.

«Como a Augusto, le molesta que haya puesto en peligro las posibilidades de Patro y Aquiles de convertirse en generales».

—Estoy ilesa —dije mientras me tambaleaba e intentaba no desmayarme de puro agotamiento.

El dorado de la cocina se oscureció hasta adquirir una espectral tonalidad azul, o al menos así era en mi imaginación. E incluso con mis fosas nasales taponadas, el olor de una tormenta de verano era embriagador.

Las sombras se expandieron y dos voces susurraron.

«No, solo te estás volviendo loca. Las voces no son reales». El pensamiento era reconfortante.

En la mesa, el gesto de Patro se transformó en una cómica expresión de incredulidad.

—¿Qué pudo haber hecho Alex para que *toda* Esparta se haya enterado?

Mi mentor se rio como si fuera graciosa la idea de que yo hiciera cualquier cosa menos morir.

—No me llames así —susurré.

Se le cayó la sonrisa.

—Yo te llamaré como se me pegue la gana, *Alex*.

Me dolía la cicatriz del esternón y una sensación gélida se extendió por mis miembros.

Quería lastimarlo. Mucho.

«No. No eres como tus padres adoptivos».

Sacudí la cabeza para despejar los pensamientos oscuros y suspiré con pesadez.

—Alexis —dijo Caronte lentamente— le dio un puñetazo en la cara a Tito, el chico de la Casa de Dioniso. Después ella recibió un puñetazo en represalia.

Patro expresó indignación.

—Atacas a tus superiores, ya veo —se burló Patro mientras volteaba hacia mí—. Necesitas concentrarte en la autopreservación. Espero que hayas aprendido la lección… no querrás volver a meterte con un mestizo espartano que ha sido entrenado desde su nacimiento para…

—Eso no es todo —lo interrumpió Caronte.

La boca se me llenó de cobre por la nariz rota y eché la cabeza hacia atrás, gorgoteando torpemente hasta que pude volver a respirar. Era un movimiento que había aprendido de niña, ya que mi padre adoptivo me había despertado con la nariz rota en más de una ocasión.

El hecho de que mi cara se hubiera curado completamente cada una de esas veces debería haber sido una señal de que no era completamente humana, pero estaba un poco distraída tratando de sobrevivir, así que disculpé a mi yo más joven por no haberse dado cuenta.

Ahora los tres hombres (malvados monstruos ctónicos) me miraban con distintas expresiones de incredulidad.

Cualquiera diría que nunca habían visto a una mujer gorgotear su saliva ensangrentada y sus jugos nasales.

Me encogí de hombros.

La clave para sobrevivir siendo una chica en un apocalipsis era ser adaptable, y las copas menstruales. La música también ayudaba. También el *fan fiction* de Carl Gauss.

Caronte se acercó un paso, las fundas de cuero crujieron sobre sus anchos muslos, las correas de cuero se entrecruzaban justo debajo de otro bulto…

Me quedé mirándole la región del *musgle* (muslo e ingle) masculino como un bicho raro.

«Nota mental: rezar. LO ANTES POSIBLE».

Los diecinueve eran una edad extraña.

En un esfuerzo por parecer menos una pervertida melancólica, observé los botones de diamantes azules que brillaban en su ancho pecho.

«¿Los diamantes azules nos son los más caros del mundo?».

Había leído algo sobre la rareza del diamante Hope azul, que solía conservarse en un museo hasta que los titanes inauguraron la era de la anarquía y unos ladrones lo robaron.

Una docena de *gruesos* diamantes brillaban en la camisa de Caronte.

«¿Cuáles son las probabilidades de que robe uno y huya? Después, Charlie y yo podríamos vivir de las ganancias por el resto de nuestras vidas».

El diablo se acercó con una postura perfecta. Echaba hacia atrás sus anchos hombros (no es que me fijara), mostrando las pistolas espartanas que llevaba enfundadas en el pecho.

«Diez por ciento de probabilidad de que pueda robar un botón».

Caronte miró hacia abajo de su nariz aristocrática y se inclinó peligrosamente cerca de mí.

Habló con una aspereza mortal.

—Es una gran historia. Después de recibir un puñetazo, Alexis le dio un rodillazo en la entrepierna, y luego… le dio otro rodillazo en la cara mientras caía.

Sonó una frenética melodía de piano.

Patro dejó escapar un sonido gutural.

—¿Y qué? Consiguió incapacitar moderadamente a un chico. No es como si ella…

—Después —interrumpió Caronte con dureza—, Alexis levantó una silla de la biblioteca por encima de su cabeza y golpeó a otro chico hasta dejarlo inconsciente.

Patro se volteó y alzó las cejas.

Caronte entró de lleno en mi espacio personal.

Entorné los ojos e incliné el cuello hacia atrás para mirarlo.

—No fue así —dije—. Yo solo… le pegué una vez. Con la silla. Fue más bien un golpecito. Un ligero porrazo.

—Y luego, para colmo de males —continuó Caronte como si yo no hubiera dicho nada—, vomitó sobre el chico caído para reafirmar su dominio sobre él.

«Oh… eso no es bueno».

Patro se quedó boquiabierto.

—Eh. —Hice una mueca de dolor y levanté el dedo—. Eso no fue lo que pasó.

Caronte se movía más rápido de lo que mi vista podía registrar: estaba a unos milímetros de distancia. El calor de su cuerpo me quemaba, y una curiosa sensación me revolvió el estómago.

—¿No le vomitaste encima? —preguntó burlonamente, su profunda voz de barítono me arañó los oídos.

El fuego ardía en mis entrañas y unas extrañas sensaciones me debilitaban.

—Fue un accidente. —Me encogí de hombros despreocupada—. El vómito.

«Solo una chica con un estómago débil, nada más».

Una mano pálida se acercó a mi cara.

Me estremecí, cerré los ojos y esperé el golpe.

Unos dedos largos y ardientes me aprisionaron la nuca. Los escalofríos recorrieron mi espina en estallidos. Me temblaron las rodillas.

«De acuerdo, cero por ciento de probabilidad de que me robe un botón».

No pasó nada.

«Genial, va a prolongar mi muerte y hacerla rara».

Entorné los ojos. Unos ojos azules como el hielo me miraban con expresión indescifrable, mientras su angulosa mandíbula se tensaba.

—A la cuenta de cinco —dijo Caronte en voz baja.

«¿Qué?».

—Uno —dijo con voz fría y áspera. Hubo una larga pausa mientras me miraba expectante.

«Dios mío, ¿quiere que cuente hasta que me mate? ¿Quién hace eso?».

—Eh, ¿dos? —dije.

Sí, estaba participando voluntariamente en mi propio asesinato. No, no quería hablar al respecto.

Me estremecí

—Tres —susurré.

Caronte me agarró la nariz rota. Mi agonía estalló al rojo vivo cuando me volvió a colocar el hueso en su sitio. Violentamente.

Grité y eché la cabeza hacia atrás, con lágrimas corriendo por mi cara en llamas. Gimiendo y agarrándome la nariz maltratada, retrocedí y me golpeé contra la mesa.

Patro gritó algo.

Me tropecé e iba cayendo de cara contra el…

Caronte me agarró de los hombros y detuvo mi caída.

Levanté la mirada hacia él; mi estómago se revolvió aún más. Nos miramos uno al otro durante un largo rato.

El blanco de sus ojos se tiñó de rojo.

Me invadieron emociones extrañas e intensas. Se sentían… *obsesivas*.

—No me toques —susurré.

—Bien. —Me soltó.

Me desplomé en el suelo, en una maraña de miembros caídos y orgullo herido. Por suerte, me había girado lo suficiente en el último momento y había evitado volver a romperme la nariz.

Me di la vuelta completa y jadeé.

Nerón se levantó de donde estaba acostada bajo la mesa y gruñó. Popea se lamió delicadamente una pata y miró al otro lado de la habitación.

«Creo que empiezo a caerles bien».

Popea bufó y vomitó violentamente una bola de pelo.

«Quizás no».

Unas toscas botas de cuero con adornos de oro se detuvieron junto a mi cabeza. Probablemente no podría pagarme unas botas así, ni siquiera vendiendo en el mercado negro mi virginidad y todos mis órganos (incluyendo mi piel).

—Levántate de una maldita vez —gruñó Caronte—. Ahora mismo. —Sus ojos claros me prometían dolor.

Por extraño que pareciera, de repente encontré fuerzas para hacerlo.

—¿Ahora ves con qué estamos lidiando? —dijo Patro cuando me senté a la mesa frente a él—. Esto es a lo que me refería.

—Lo sé —dijo Caronte—. Sé más de lo que crees. Pero, ¿saben exactamente quién es?

—¿Qué? —preguntó Patro confundido.

—Me llamo Alexis —le dije servicial—. Esa soy.

—Cierra la estúpida boca —me rugió Caronte—. ¿Cómo te atreves? —preguntó con un gruñido.

De inmediato me arrepentí de haber hablado. «¿Por qué no dejo de interactuar con ellos?». Apreté la mandíbula y me quedé mirando la mesa, rezando por volverme invisible.

Por lo que sabía, todos los ctónicos hablaban con acertijos confusos.

Además, todos eran lunáticos.

Así que… eso.

Con ellos no sería suficiente un golpe con una pala. Tenían que ser atropellados por un coche.

Nadie más dijo nada, y nos sentamos colectivamente en el ambiente incómodo que había provocado Caronte.

«Carl Gauss jamás actuaría así».

La luz de la luna se filtraba en la cocina cada vez más oscura y mis mentores me miraban desde el otro lado de la mesa. Caronte permaneció de pie, lo que resultaba muy inquietante.

Mi corazón se retorció de miedo.

«Ten pensamientos positivos, Alexis. No va a matarte. Quiere que vivas por sus amigos. No hay por qué tenerle miedo».

Crac. Un puño con un esqueleto tatuado golpeó la mesa a mi lado.

«Se va a comer tu cerebro. Corre. Corre. Corre».

—Patro y Aquiles —dijo Caronte con voz suave—. ¿Por qué no van a preparar la habitación de Alexis? Quiero… conversar con ella. A solas.

«Dios mío».

—Por supuesto —dijo Patro con una sonrisa mientras le ofrecía el brazo a Aquiles. Volteó para mirarme mientras salían de la cocina y el mensaje en sus ojos verdes era claro: «Ahora se va a comer tu cerebro».

Caronte se inclinó más hacia mí y su aliento me rozó la nuca.

Reprimí un grito.

Su voz siniestra era un nudo corredizo que me rodeaba la garganta.

—Desfiguraste a tus compañeros iniciados —dijo con voz rasposa—. Finges ser débil, pero luego… los hiciste pedazos con facilidad. Casi sería impresionante, si no estuvieras tan por debajo de tu potencial.

Golpeó la mesa con el puño.

«¿Qué potencial?».

Las sombras se extendieron sobre la mesa. Algo gruñó.

Un grito burbujeó en el fondo de mi garganta.

—Eres una asquerosa mentirosa. —El aliento de Caronte se sentía helado contra el costado de mi mejilla, un agudo contraste con el intenso calor de su cuerpo—. ¿Cómo te atreves a ponerte en peligro, mientras nos deshonras a todos con tu pequeña farsa?

Me arrinconó contra la mesa, sus músculos abdominales se tensaron y se presionaron contra mi espalda.

—Te advertí lo que pasaría. ¿Quieres ser mi enemiga a muerte?

El sudor me corría por la cara mientras respiraba superficialmente.

—No estoy mi-mintiendo sobre nada —susurré, demasiado aterrada para hablar en voz alta—. Lo tenía todo bajo control.

No se movió.

Una risa sarcástica brotó de sus labios.

«No me cree».

—Carente… Lo juro por mi vida.

El calor se disipó cuando se apartó bruscamente.

—¿Cómo me acabas de llamar?

Jadeando, necesité un segundo para procesar lo que me había preguntado.

—¿Carente? —repetí su nombre, confundida.

«¿Será un juego mental?».

—No me llamo «Carente» —espetó con furia, como si lo hubiera insultado gravemente—. Se pronuncia Ca-ron-te.

Entorné los ojos.

—Ya sé, eso fue lo que dije.

—Di mi nombre —me ordenó—. Ahora, Alexis.

—¿Carente? —murmuré.

—¿Volviste a decir «Carente»?

—¿Qué? No... —Entorné los ojos—. Espera, ¿puedes pronunciarlo otra vez?

Unos dedos largos se clavaron en mi cuero cabelludo. Luego jaló mi cabeza hacia atrás. Se alzó sobre mí, con el torso cerca de mi cara y unos crueles ojos azules como el hielo, llenos de promesas de violencia.

—Di *Ca-ron-te*. Ahora.

—Caronte. —Tragué saliva—. Lo siento, señor.

Inhaló bruscamente.

Sus ojos ctónicos se llenaron de sangre.

Un rayo de *algo* al rojo vivo explotó en la parte baja de mi estómago. La sensación fue poderosa y extraña, como si no hubiera salido de mí.

Jadeé, entrecerrando los ojos con confusión.

Me soltó como si lo hubiera escaldado y dio un paso atrás. Se pasó los dedos tatuados por el pelo revuelto mientras sus ojos volvían a la normalidad.

Durante un largo momento, ambos respiramos con dificultad.

Una extraña tensión se extendió entre nosotros. Estaba cargada. Volátil. «Aterradora».

—No olvides lo que te dije antes. —Su voz era grave y tenía un matiz amenazador—. Deja de mentir. Permite que te hagan daño y haré tu vida tan miserable que le rezarás a Cronos por tu muerte.

«Demasiado tarde. Ya lo estoy haciendo».

Sacudí la cabeza y respiré hondo para tranquilizarme.

«No me hará pasar por loca un hombre con un tatuaje de esqueleto. Soy mejor que esto. No intenté hacerme daño».

—Sin embargo —dijo lentamente—, volviste a esos chicos una masa de sangre. Estoy casi… orgulloso, *carissima*. Pero no te atrevas a hacerlo de nuevo. Recuerda que te estaré vigilando.

Antes de que pudiera responder (empezar a llorar), salió de la cocina.

Estaba sola.

Su energía fría y burlona perduraba maliciosamente.

«Por favor, no estés orgulloso. Por favor, no me observes. De hecho, no me mires nunca más. También, por favor, no me llames «queridísima» en latín. Gracias».

Una vez más, el infame hijo de Artemisa y Érebo me había dejado tambaleándome en la mesa de la cocina.

—Adiós, «Carente» —susurré con rencor.

Las extrañas sensaciones en mi estómago se disiparon con lentitud. Me desplomé, aliviada. La luz de la luna y la brisa marina se sentían más suaves, menos insidiosas.

—Santo cielo —siseó Nyx contra mi oreja derecha—. Guau, esa es una verdadera pareja. Hacía siglos que no sentía ese tipo de energía alrededor de un hombre. Aunque Augusto tiene instintos protectores similares. Son buenos hombres, Alexis.

Me atraganté.

¿Esos buenos hombres están en la habitación con nosotras?

—Eeeh, definitivamente no. Es un psicópata, literal —dije con incredulidad.

—Exacto —siseó Nyx—. Es impulsivo e implacable, no es uno de esos mariquitas de ahora que ni siquiera saben matar.

«Qué comentario».

—Protegerá por el resto de su vida a quienquiera que ame. —Nyx suspiró como si fuera algo romántico—. Será… devoto… posesivo, si sabes a qué me refiero.

La risa me burbujeó en la garganta.

No, no sabía a qué se refería. Para nada. Con la cabeza sobre la mano, solté una risita incontrolable al pensar en Caronte enamorado. Probablemente mataría gente y luego le regalaría a su amante trozos del cadáver.

—Qué graciosa —le dije a Nyx mientras me secaba las lágrimas.

Dejé de reírme.

«¿Cómo supo Caronte lo que había pasado en la biblioteca?».

El corazón me dio un vuelco y sentí náuseas.

«¿Me está espiando? ¿Esperando cumplir su amenaza? ¿Esperando para secuestrarme en alguna guarida donde me torturará por...?».

«No».

«Basta ya».

Me golpeé la frente con el puño para despejar los pensamientos insidiosos.

Caronte había dicho que lo sabían todos en Esparta, así que probablemente alguno de los iniciados dijo algo.

«Pero acabamos de salir de la academia».

Aparté el puño de mi cabeza y me desplomé aún más. Me pesaban los miembros, la gravedad me aplastaba.

Mi cordura se estaba deshaciendo.

De repente comprendí exactamente por qué aquel horrible libro decía que la prueba era un reto mental.

No podía confiar en mis pensamientos.

«No pasa nada. Solo estás paranoica. Eres mejor que esto. Ya viviste un infierno y has mantenido tu mente intacta. Puedes hacerlo de nuevo».

Me llené de determinación.

Iba a cambiar las cosas.

A partir de ahora.

Con dolorosa lentitud, me acerqué cojeando a los montones de comida recién cortada que había en la cocina. Masticando despacio, comí hasta que no pude más y luego bebí una jarra de agua helada que me supo divina.

Desenchufé el brillante radio que estaba sobre la barra de la cocina, tomé una bola entera de queso y los llevé a mi habitación.

Con música y un trozo de queso en la boca, me adentré en el mar Jónico para darme un baño nocturno.

La luna brillaba mágicamente. El agua cálida golpeaba con suavidad la orilla rocosa.

Era pacífico.

Tranquilo.

Nadé con calma, como lo haría en el lago de Montana, como lo haría si no estuviera en estado de lucha o huida y simplemente me estuviera divirtiendo.

Después de nadar me di un largo baño caliente y, mientras tarareaba con el radio, me restregué la suciedad y la mugre acumuladas durante cuatro semanas. Utilicé todas las botellas de jabón, en todas las partes de mi cuerpo. Nyx se balanceaba conmigo.

Luego me eché el pelo hacia atrás y pronuncié otro discurso revolucionario.

Fue el mejor hasta el momento.

Cuando por fin me metí entre las sedosas sábanas, apreté a Nyx contra mi pecho.

—Estoy muy agradecida por cada día que pasamos juntas. Eres mi mejor amiga —susurré.

No iba a dejar que este lugar me volviera mezquina.

—Lo mismo digo, niña. —Lamió mi mejilla.

—También los quiero, Emmy y Carl —susurré en la oscuridad mientras el sueño me arrastraba suavemente.

Soñé con ojos inyectados de sangre que me miraban; una manía extraña y obsesiva; dos voces que susurraban; esqueletos.

La mañana siguiente era soleada y hermosa, así que dejé a un lado las pesadillas.

«Tengo el control de mi mente».

«¿Lo tengo?».

No había nadie en la cocina, así que me metí trozos de carne y fruta a la boca hasta que me dolió la mandíbula.

Después encontré un cuaderno y una pluma en uno de los cajones de mi buró y me senté junto al mar (todavía comiendo), a trabajar en la hipótesis de Riemann. No era perfecto porque no tenía acceso a todos mis cálculos anteriores, pero graficar números resultaba fácil.

Era pacífico.

Por primera vez en semanas, me sentí viva.

Pasé el resto del día nadando en mi toga (a estas alturas, estaba convencida de que el material tenía que estar impregnado con algún tipo de magia). Braceé perezosamente a través de las relucientes aguas turquesas. Estábamos a principios de septiembre, así que el mar y el sol todavía eran agradablemente cálidos.

La vida era diferente en la isla.

El follaje verde de la colina prácticamente centelleaba bajo la luz.

Se oyó un fuerte ruido de ramas al romperse. Entorné los ojos hacia el bosque que estaba detrás de la casa y vi a dos hombres con cámaras con teleobjetivo, apuntando directamente hacia mí.

Estaban *cerca*.

Grité, me eché a Nyx al cuello y corrí al interior de la casa.

«Cazadores de espartanos».

—¿Ahora qué pasa? —preguntó Patro mientras abría de golpe la puerta de mi habitación escoltado por Aquiles.

Me miraron con los ojos entornados.

Estaba empapada por haber salido corriendo del océano.

—Dos hombres están cerca de la casa, en la colina, to-tomándome fotos nadando.

—Inaceptable. Tenemos que hacer algo. —Furioso y con resplandecientes ojos escarlata, Aquiles le dijo con señas a Patro—. Tenemos que colgarlos de los intestinos.

Me estremecí.

Aquiles entornó los ojos y me miró con desconfianza mientras yo observaba una interesante mancha de polvo en el suelo.

«No. Para nada puedo entender el lenguaje de señas y, definitivamente, tú no eres un asesino psicótico. Aquí no pasa nada».

Patro gritó:

—¡*Carajo!* ¿Cómo nos encuentran? Si esta ubicación está comprometida, vamos a tener que mudarnos de nuevo. Esto se está saliendo de…

—¿Acabas de decir que te estaban tomando fotos, Alexis? —preguntó Caronte entrando en la habitación desde el pasillo. Llevaba los ojos cubiertos por unos finos lentes de sol grabados en oro.

Al parecer el diablo había pasado la noche aquí y, además, le sentaban preocupantemente bien los lentes.

«La humanidad está condenada».

Caronte se tronó el cuello, el tatuaje onduló mientras me clavaba la mirada.

—¿Te tomaron fotos? —preguntó despacio con expresión feroz.

De repente me preocupé por el bienestar de los dos fotógrafos.

Fruncí los labios y negué con la cabeza.

Caronte se acercó un paso.

Aquiles me señaló con enojo al mismo tiempo que Patro decía:

—Está mintiendo.

Miré con odio a mis mentores.

Clic. Caronte le quitó el seguro a una de sus pistolas. Las letras «GSMM» brillaron en el cañón mientras le metía un cartucho. Luego se arremangó.

BUM.

El humo ondulaba en el pasillo con un tenue aroma a sal y lluvia, como si fuera el rastro de una tormenta de verano.

Se había transportado.

Patro suspiró.

—Podríamos ver el espectáculo. —Hizo un gesto hacia mi terraza, y los tres salimos y miramos la vegetación de atrás de la casa entornando los ojos.

Pasaron largos minutos y no ocurrió nada.

—¿Tal vez no pudo encontrarlos? —pregunté esperanzada.

Patro sacudió la cabeza como si yo fuera idiota.

—Ay, por supuesto que los va a encontrar. Es Caronte. Por algo se le conoce como el Cazador.

—¿Qué hace a «Carente» tan especial? —murmuré con petulancia.

Patro alzó una ceja.

—Yo no lo llamaría así en su cara. Se enfurecería, y no sería bonito.

«Demasiado tarde. Además, noticia de última hora, de por sí no es bonito».

—¿Por qué le pusieron GSMM a su empresa? —Cambié de tema y señalé alternativamente a mis dos mentores—. ¿Por qué eligieron G y S como sus iniciales?

Patro ladeó la cabeza, confundido.

—No elegimos G y S. —Levantó los nudillos tatuados y luego señaló el tatuaje decolorado de Aquiles—. Muerte y mentiras, MM, esas son las dos letras que nos representan a nosotros.

La rejilla del bozal se movió cuando Aquiles hizo un gesto, y algo me dijo que no era una sonrisa de amor y felicidad. Los ojos carmesíes brillaban con satisfacción, como si estuviera orgulloso de que lo llamaran «muerte».

Me alejé discretamente de Aquiles.

Se acercó más.

—¿Y qué significan la G y la S? —pregunté tragándome un grito nervioso (la histeria era un estilo de vida).

«¿Siguen siendo Guerra y Sexo, o algo más? ¿Gélido y Santurrón?».

Patro no alcanzó a responder porque unos disparos resonaron con fuerza.

Splash.

Los dos fotógrafos cayeron al mar a unos metros de distancia, como si los hubieran lanzado. Chapotearon y lucharon por levantarse en el agua poco profunda.

Caronte llegó tras ellos.

—¿Quién más conoce este lugar? —bramó. Con una mano les apuntó a la cabeza. Con la otra, sacó la daga perversa de su funda.

Los cazadores de espartanos balbuceaban y lloraban mientras rogaban por sus vidas chapoteando frenéticamente.

Caronte le clavó la daga en la pierna a uno de los hombres, se oyó un grito desgarrador y luego se inclinó y dijo algo en voz demasiado baja para que pudiéramos oírlo.

Los gritos se hicieron más fuertes.

«Madre adoptiva gritando».

Frotándome las muñecas, cerré los ojos y respiré con dificultad por la nariz.

Pop. Pop.

Silencio.

Estaban muertos.

Aquiles aplaudió lentamente.

«No es el momento».

—¿Qué dijeron? —preguntó Patro.

—Que estaban explorando ellos solos y que tuvieron suerte —respondió Caronte tranquilamente mientras caminaba hacia nosotros a través del agua—. Dijeron que su barco está detenido al otro lado de la isla. Lo encontraré y me desharé de él.

—Yo podría haberlos interrogado —dijo Patro—. Ya sabes, sin tanto apuñalamiento.

Caronte gruñó.

—¿Dónde estaría la gracia en eso? —comentaba despreocupadamente, como si estuviera hablando del clima y no de los dos hombres que acababa de *asesinar* a sangre fría por haberme tomado una foto.

Los tres hombres se rieron.

Di un paso atrás intentando separarme de los tres asesinos.

Caronte se acercó. Su camisa blanca estaba cubierta de sangre y unos mechones de cabello oscuro le caían desordenadamente sobre los ojos.

Me vio mirarlo y sonrió mostrando los dientes. Luego lamió lentamente el filo de su daga ensangrentada «eso no puede ser higiénico». Los ojos azules como el hielo brillaron maniacamente.

—Oh, sí —suspiró Nyx ensoñada sobre mi cuello—. Sería un amante muy devoto.

Necesitaba un exorcismo.

Caronte dio otro paso hacia mí.

Yo retrocedí otro paso.

—¿Tienes miedo, niñita? —Volvió a enfundar sus armas, los muslos poderosos se tensaron—. ¿O nuestro mundo es demasiado aterrador para tu delicada sensibilidad femenina? —Se rio como si hubiera dicho algo hilarante—. No tienes que fingir conmigo. Yo sé lo que eres.

Me estremecí de horror. «¿Qué hacer cuando un monstruo cree equivocadamente que yo también lo soy?».

Patro soltó una sonora carcajada, y los ojos de Aquiles se arrugaron como si también le hiciera gracia.

Me agarré la muñeca.

«Luces verde neón parpadeantes, el zumbido de la electricidad, un viejo techo metálico, una cuerda sujeta a un gancho en el suelo».

Pasó un largo momento.

El diablo miró hacia abajo, donde yo sujetaba mis manos de forma protectora y apretó la afilada mandíbula.

Luego se dio la vuelta y se alejó cojeando un poco.

«¿Salió herido?».

BUM.

Caronte desapareció en una nube de humo, probablemente para ir a buscar el barco de los fotógrafos muertos o para emprender una masacre por diversión. En estos días nunca se sabía.

—Popea, Nerón —llamó Patro y señaló los cadáveres—. La cena.

Los animales se adentraron a toda velocidad en el agua.

Me di la vuelta y entré a la casa como si estuviera entumida, abrí el agua de la regadera con dedos temblorosos hasta que salió hirviendo y me senté bajo el chorro. Las lágrimas escapaban de mis ojos.

Cuando se me arrugaron los dedos y los recuerdos dejaron de desgarrar mi psique, volví a meterme en la cama.

Me quedé despierta comiendo durante horas mientras escuchaba música clásica en el radio. Se oían grillos y ranas.

Cuando volvió a resonar el crujido, esta vez procedente del exterior, miré a mi alrededor con el corazón acelerado por la paranoia.

La silla del rincón de mi habitación estaba completamente cubierta de sombras, a pesar de que la luz de la luna iluminaba el resto de la estancia. «¿Se acaba de mover?».

Se me erizaron los vellos de la nuca. Pasaron largos segundos mientras la miraba fijamente, sin pestañear.

No pasó nada.

«Estás enloqueciendo otra vez. Son solo muebles. Calma tus pensamientos».

El crujido se hizo más fuerte y era inconfundible. Había algo afuera.

Con cuidado de no empujar a Nyx, quien roncaba bajo la almohada, caminé lejos del rincón y salí de puntitas por la puerta abierta de la terraza con una sábana sobre los hombros.

El agua bañaba tranquilamente las rocas; la luna estaba en un cuarto creciente de plata.

Una orquesta tocaba suavemente detrás de mí.

Unas ventanas más abajo, en una terraza similar a la mía, unas figuras se movían en la noche.

Entorné los ojos para mirar a través de las sombras.

Una figura oscura estaba sentada en una silla y la otra estaba... ¿en el suelo? La silla se balanceaba hacia atrás y chocaba con el barandal con un crujido. Ese era el ruido.

Resonó un gemido gutural.

Unos pesados jadeos masculinos se mezclaban con la suave música.

Mis ojos se adaptaron lentamente a la escasa luz. El hombre de la silla tenía la cara tapada con un bozal y las manos hundidas en… una cabellera ondulada.

Aquiles sostenía la cara de Patro contra su regazo.

El hijo de Afrodita estaba de rodillas frente al hijo de la Guerra.

Sus caderas se levantaron de la silla, el crujido aumentó y los gruñidos se hicieron más fuertes. Más rápidos. Se oyó un fuerte ruido de succión.

El sudor me resbaló por las costillas.

La brisa salada del mar llenó mis sentidos.

Me estremecí.

Aquiles jaló con fuerza de la cabeza de Patro hacia atrás y sacudió la cadera hacia arriba de manera que su virilidad se perfiló en las sombras. Después se vino.

Patro jadeó con fuerza.

—Mierda —susurró. Su voz habitualmente suave sonó áspera. Le escurría líquido por las mejillas.

Esperé a que se enojara.

Que hiciera algo porque lo hubieran tratado tan… irrespetuosamente.

—Maldición, te amo —susurró Patro con la voz rebosante de emoción—. Muchísimo. —Se lamió los labios y luego hundió la cara en el regazo del hombre más grande.

Aquiles lo miró fijamente con el pecho agitado y acarició la cabeza de Patro como si fuera preciosa mientras jugaba con su pelo. Usó la parte inferior de su camisa para limpiar suavemente la cara de Patro.

—Yo te amo más —dijo lentamente con señas.

Sus acciones eran tiernas y delicadas, un tremendo contraste con sus embestidas frenéticas.

Había algo desgarrador en ellos dos. Algo inmensamente íntimo.

Patro miró a Aquiles con adoración.

El enorme hombre se inclinó y apoyó la mejilla en su frente, como si deseara poder darle un beso.

—Te amo tanto —repitió Patro con voz ronca, rodeando con los brazos la cintura del otro hombre.

Aquiles le acarició la cabeza con la cara y siguió jugando con su pelo.

Volví a mi habitación de puntitas y en silencio, con el pecho agitado y el estómago retorcido, mientras me esforzaba por comprender lo que acababa de ver.

Me acosté en la cama con los brazos extendidos.

Una música suave me envolvió en un suave zumbido.

—Nyx, creo que entiendo lo que quieres decir —susurré entre las sábanas—. Sobre que la violencia es... romántica, y sobre la... devoción.

No hubo respuesta.

Nyx dormía plácidamente.

No sabía que esa afirmación llegaría a acosarme.

De un modo que ni siquiera podía imaginar.

Esa noche soñé con una mano que me rodeaba el tobillo, dos esqueletos monstruosos que se susurraban, y oscuras promesas. En el fondo, Charlie temblaba en una caja de cartón, suplicándome que volviera a casa.

Me desperté sollozando.

17

LA COLECCIÓN DE ANIMALES

ALEXIS

Recuerden: no se aproximen a un animal a menos que él se acerque a ustedes —dijo el general Cleandro mientras guiaba a los siete que quedábamos a las profundidades de la montaña, bajando por unas sinuosas escaleras de roca—. En la colección hay bestias ancestrales que los mutilarán si se sienten amenazadas.

«Gracias a Dios».

«Acercarme a todos los animales hasta que uno me saque de mi miseria, entendido».

El general Cleandro caminó más rápido hacia la oscura sala.

—Estos no son animales normales —dijo con tono ominoso—. Son depredadores cuidadosamente cruzados con ancestros de criaturas, pero… el hecho de que estén lejanamente emparentados con seres sintientes… no significa que tengan inteligencia.

Entonces los animales eran estúpidos pero poderosos.

«Suenan como la mayoría de los espartanos».

El general aceleró el paso como si tratara de perdernos en el estrecho túnel, lo que habría sido gracioso si yo no hubiera sido uno de los idiotas que intentaban seguirlo.

—Si un animal los ataca —dijo siniestramente— tienen derecho a defenderse o a vengarse, pero nadie más puede interferir.

«Eso es preocupante».

Había pasado alrededor de una semana y media desde que había vuelto a la Academia de Guerra Espartana y, sorprendentemente, mis ganas de vivir eran inexistentes.

Las horas de clase me habían fundido el cerebro. Tampoco ayudaba que no pudiera dormir una siesta durante los descansos porque le estaba dando lecciones a Drex. La falta de comida, agua, aire fresco y derechos humanos (¿espartanos?) básicos no era lo ideal.

El hecho de que el único excusado estuviera tan oxidado que me había raspado la nalga con él esa mañana fue la gota que derramó el vaso.

Sí, hubo un momento en Corfú en el que decidí tener pensamientos positivos y vivir mejor. Por desgracia, siempre dejaba las cosas a medias y ya me había rendido.

Había aceptado la verdad: «no estoy hecha para vivir bien».

Ahora me tambaleaba exhausta hacia delante, mientras me castañeaban los dientes y se me hacían nuevos cortes en las plantas de mis pies descalzos.

El estómago de alguien retumbó con fuerza y resonó un gemido de desesperanza. Últimamente, los demás iniciados habían empezado a quejarse cada vez más de que se morían de hambre.

Era molesto.

«¿No saben que mientras más hablas de ello, peor se siente?».

Me saqué el hambre de la cabeza y me concentré en no tropezarme.

El estrecho sendero se había oscurecido y estábamos en total penumbra. Las estalactitas colgaban bastante bajas y goteaban agua del techo rocoso.

Drex caminaba detrás de mí y murmuraba que, si el túnel se estrechaba más, nos quedaríamos atorados... «Ojalá».

Cualquier cosa era mejor que asistir a otra clase de D y P de Augusto.

Por lo visto, despejar la mente hasta que una sensación de paz (procedente de una fuente de luz imaginaria que brillaba en la parte superior de mi cabeza) se asentara sobre mí no era uno de mis fuertes.

«Después de todo, supongo que no soy perfecta».

El general Cleandro se detuvo bruscamente y nuestros hombros chocaron unos con otros.

—Silencio, todo el mundo —susurró el general con voz dura—. En la colección de animales hay una bestia que los mutilará hasta la muerte si hacen mucho ruido.

«Gracias a Dios».

Empujó una pesada puerta de bronce oculta en la pared rocosa del pasillo.

—A partir de aquí, están por su cuenta —dijo—. No se permite la entrada a los espartanos con animales de protección. Abriré la puerta para dejarlos salir en exactamente tres horas. Buena suerte.

Nadie se movió.

Para ser justos, solo un idiota habría entrado voluntariamente.

—Muevan sus miserables nalgas ahora mismo —susurró el general groseramente—. O van a correr el circuito hasta que se les caiga el pene.

Fruncí los labios. ¿Eso también afectaría a una vagina, o era solo un...?

El general me agarró por el frente de la túnica, me levantó del suelo y me lanzó adentro.

«¿Significa que soy su favorita?».

Con un zumbido en los oídos, permanecí un largo rato sobre una hierba... ¿que se sentía cálida?

La brillante luz quemaba, las hojas crujían y los pájaros piaban en el cielo.

Me incorporé con la boca abierta y la mirada sorprendida.

Había caído en el sendero de un bosque de árboles frondosos.

A lo lejos se veían ondulantes colinas verdes y un resplandeciente lago azul.

Había un agujero gigante en la cima de la montaña, por el que entraba la luz del sol.

La naturaleza estaba *dentro* de la montaña.

Era mágico.

Pájaros con largas colas púrpuras y suaves tocados amarillos en la cabeza volaban perezosamente en el aire plácido. Unas creaturas parecidas a monos rojos se silbaban unos a otros mientras corrían sobre las ramas rosadas de los árboles.

El lago brillaba y en sus orillas pastaban creaturas parecidas a alces de extraños cuernos. Una creatura con pico y tentáculos salió del agua y desapareció entre la alta hierba.

Los iniciados entraron y deambularon en todas direcciones, con la cabeza inclinada hacia atrás y la boca abierta.

«Un paraíso en medio del infierno».

Sonriendo y sintiéndome como Eva, me puse de pie. A mi derecha se oyó un gruñido que me puso los pelos de punta.

Me quedé helada.

Una elegante creatura naranja parecida a un guepardo, con colmillos tan largos como mi antebrazo, se agachó y gruñó con los músculos contraídos, lista para saltar.

Miré a mi alrededor: estábamos los dos solos.

—Gatito bueno —susurré.

Unas uñas como puñales brotaron de sus patas y lanzó un violento zarpazo.

—¿Gatito malo?

Chasqueó los colmillos tres veces, se dio la vuelta y se internó en el bosque.

—Guau —siseó Nyx alrededor de mi cuello—. Ese gato realmente te odia.

Sobresaltada, me apreté el corazón.

—O tal vez te estaba gruñendo a ti.

—Por favor —se burló Nyx como si la idea fuera absurda—. Me hizo un gesto de respeto antes de decirte que te largaras o te comería el espinazo.

—Espera. —Entorné los ojos—. ¿Puedes hablar con los guepardos?

—No, improvisé.

Puse los ojos en blanco y la jalé.

—Bueno, probablemente se sintiera amenazada por tu venenoso ser, así que suéltame y deslízate por ahí. Sé libre, pajarito.

Intenté lanzar a Nyx al aire, pero se enredó en mi brazo como una prensa.

—¡Ay, eso duele! —grité, agradecida de que el resto de los iniciados estuvieran explorando por ahí y no me vieran luchando contra mi amiga-enemiga invisible.

—Bueno, hiere mis sentimientos que quisieras lanzarme por los aires como a una vulgar paloma —siseó Nyx mientras se negaba a soltarse.

Gruñendo, usé la otra mano para intentar desprenderla de mi antebrazo.

—Nos vemos aquí dentro de unas horas —sugerí como un adulto razonable.

Me apretó hasta que la mano se me puso morada. Me acosté boca arriba y usé los dos pies.

—Bien —siseó y aflojó su agarre mortal—. Está claro que no me respetas. Voy a ir a mutilar un conejo.

Se alejó deslizándose; las largas hierbas se separaban alrededor de su cuerpo invisible.

—No intentes hacerme parecer loca —le dije con un fuerte susurro—. Me tratas como a un caballo al que puedes montar cuando quieras. Además, deja en paz a los conejitos.

—Apuesto a que ese monstruo guepardo necesita una amiga —respondió Nyx.

—Pareces una babosa obesa.

—Tienes el pelo grasoso y enredado.

Ahogué un grito y me agarré la espesa cola de caballo. No debió haber dicho eso. Ella sabía que no nos dejaban bañarnos.

Con los ojos entornados, señalé el árbol al que se había dirigido.

—Mira, tú...

—¿Qué? —preguntó Drex—. ¿Estás discutiendo con un árbol?

Me giré y bajé el dedo.

—¿No?

Drex hizo una mueca.

—Entiendo. Este lugar puede hacer que uno se vuelva loco. —Hizo un espiral junto a su oreja con un dedo. Un caballo miniatura (con colmillos) pasó galopando—. Hablamos luego. —Corrió tras él.

Suspirando me alejé por el sendero, esperando que un lindo animal esponjoso viniera a amarme.

No me habría molestado si fuera un mapache.

Un perro grande también estaría bien.

Un halcón (dron de vigilancia gubernamental) con ojos brillantes y una larga cola plateada se posó en la copa de un árbol y me graznó con enojo.

Luego extendió las alas que medían más que yo de estatura, y se alejó. «El diseño de robots realmente está fuera de control».

Mientras caminaba por el bosque, todo tipo de (presuntos) pájaros movían la cabeza con enfado y luego salían volando.

Al parecer yo era todo lo contrario a una princesa: las creaturas me aborrecían.

«Qué lindo».

«No me molesta para nada».

Un ciervo con alas se detuvo en el camino bordeado de árboles a comer bayas de un arbusto. Sus ojos rosados brillaron y se alejó corriendo. «¿Me miró con sorpresa?».

El extraño comportamiento continuó mientras caminaba por el bosque.

Cada vez que me cruzaba con otro iniciado que estaba conviviendo con un animal pacífico, ese mismo animal me veía, entraba en pánico y salía huyendo en cualquier dirección.

Después de una hora de ser un paria de la Madre Naturaleza, me desplomé sobre la hierba corta de la orilla del lago.

Creía que Nerón y Popea me odiaban porque sus dueños me odiaban.

Ahora no estaba tan segura.

Sentía que me odiaban por ser *yo*.

El agua salpicó cuando un cocodrilo (¿un *T. rex*?) con picos de tres metros se acercó a la orilla, me vio, se dio la vuelta y se alejó nadando frenéticamente.

La humedad me quemaba los ojos.

«¿Por qué los animales actúan como si fuera un monstruo terrorífico?».

Aparentemente era difícil de amar.

A mi alrededor zumbaban abejas púrpuras y revoloteaban mariposas azul neón.

—¿Quieres ser mi animal de protección? —le susurré patéticamente a una abeja gorda que apenas podía sostener en el aire su redondo cuerpo.

Abandonó el intento y cayó al suelo en espiral.

«La entiendo».

Una mariposa se posó en la punta de mi nariz y un escarabajo redondo, con bonitas marcas rosas y largas pinzas, se posó sobre mi mano.

«Al menos les gusto a los insectos».

El escarabajo me mordió. Fuerte.

Me tapé la boca con una mano al oír el eco de mi grito, me incorporé y miré a mi alrededor, preocupada por haber perturbado al monstruo del que nos había advertido el general.

Hubo un instante de silencio y luego un gruñido escalofriante.

El corazón se me cayó al suelo.

«Genial, Alexis, lo lograste. Eres imposible de amar y estás muerta».

—Nyx —susurré—. Lo siento. No pareces una babosa, solo cuando comes y se te hace grande la panza. Te quiero y espero que vivas una vida increíble.

El peligroso sonido se repitió más cerca y los pájaros posados a lo largo de la lejana orilla alzaron el vuelo.

Me quedé helada.

La alta hierba crujió a mi derecha y entorné los ojos.

El pánico me llenó la garganta.

Un pequeño perro blanco estaba indefenso entre los tallos, con las orejas levantadas. «Huye, pequeño, antes de que la bestia te atrape».

La pequeña creatura abrió el hocico, mostrando sus afilados colmillos, demasiado grandes para él y soltó un gruñido feroz. «Olvídalo, tú eres la bestia».

Me desplomé de alivio.

Sus ojos se entornaron y se agachó.

—Ven aquí… tú… ¿cosa? —susurré sin querer molestar a la pobre creatura.

Mientras que los otros animales de la colección mostraban sus características únicas de forma elegante e impresionante, este ¿perro? parecía haber pasado por momentos difíciles.

Como yo también había pasado por eso recientemente, intenté no juzgar.

De sus hombros y cuartos traseros sobresalían mechones de pelo blanco sin forma, y sus colmillos demasiado grandes se clavaban a los lados de su hocico. Sus patas parecían diez tallas más grandes que su pequeño cuerpo.

Parecía casi un cachorro de husky si entrecerrabas los ojos e ignorabas los dientes chuecos, los bultos de pelo, los ojos morados brillantes y el gruñido aterrador.

—¿Cómo te llamas? —susurré.

Cerró sus deformes colmillos entre las plantas y se agitó violentamente.

—Buen trabajo matando ese diente de león.

En una demostración de destreza de cazador nato, se abalanzó sobre otra flor desprevenida y la mordió salvajemente.

Unas semillas blancas y esponjosas flotaron en una nube.

Me acerqué con la mano extendida.

Retrocedió un paso y soltó un gruñido de advertencia.

Con las manos en alto para demostrar que no quería hacerle daño, me volví a acostar.

Satisfecho de que yo no fuera una amenaza, el cachorro reanudó la cacería (mutilación) de la población vegetal.

Cada pocos segundos unos ojos morados miraban hacia mí, como si quisiera asegurarse de que no me había movido.

Pasaron largos minutos y no se alejaba de mí. En un momento dado rodó sobre su espalda. Era un cachorro macho.

—Te voy a llamar Fluffy II —le dije.

O se llamaba de otra forma u odiaba el nombre, pero se acercó y vomitó. El hecho de que la mayor parte fueran ramitas parecía preocupante.

Lentamente me puse de pie.

Fluffy II se agachó y me gruñó, pero el efecto se arruinó porque su cabeza no pasaba de la hierba ni de mis tobillos. Estaba cincuenta por ciento segura de que podría con él.

Meneó su cuerpo deforme y me mordisqueó los pies (*de acuerdo, cuarenta y nueve por ciento*).

—¿Qué quieres que haga? —pregunté y señalé el revoltijo de ramitas que había regurgitado—. Te lo hiciste tú solo.

Se agachó.

Me alejé.

—Dios mío. —Me di la vuelta mientras entraba al bosque—. ¿Me estás cazando?

Fluffy II tenía las orejas caídas hacia delante y me miraba fijamente sin moverse. Sus ojos morados brillaban intensamente.

Volvió a gruñir.

—Eres muy listo y muy fuerte —lo elogié porque todo el mundo necesita reafirmación positiva, mientras reanudaba la marcha (avanzaba arrastrando los pies a paso de tortuga porque él no dejaba de detenerse y distraerse con las hojas).

Mientras atravesaba el bosque, vi a la mayoría de los otros iniciados repartidos entre los árboles, susurrando a los animales.

Tito entornó los ojos, pero apartó la mirada cuando levanté una ceja. Había estado muy sumiso desde el altercado de la semana pasada en la biblioteca.

Si hubiera sabido que bastaría con darle un rodillazo en la *inara* (ingle, luego cara), lo habría hecho hace tiempo.

—Creo que les caigo muy bien a las aves —me dijo Drex cuando me lo encontré sentado en un tronco cubierto de hiedra. Un tucán dorado con largas garras plateadas estaba sentado en una rama sobre su cabeza, cantando una bonita canción.

—¿Y tú qué tal? —me preguntó.

—Oh. —Señalé detrás de mí, donde Fluffy II intentaba (sin éxito) atrapar una mariposa—. Este ca-cachorro me está acechando.

Drex lo miró con sorpresa.

—¿Segura de que es un cachorro? ¿Qué le pasa a su pelo y por qué es tan… abultado?

Dios no permita que alguien tenga una complexión un *poco* diferente durante un apocalipsis.

Hoy en día todo el mundo era crítico.

Vivíamos tiempos oscuros.

—No hieras sus sentimientos —dije—. Solo es… único.

El tucán dejó de cantar y empezó a graznar, lo que me pareció una metáfora de mi vida.

—Hablamos más tarde —le susurré a Drex mientras me alejaba lentamente para no arruinar su momento de unión con el ave (robot).

Cerca de la puerta, el bosque era más ralo y no había animales a los que pudiera molestar con mi presencia aparentemente aterradora. Fluffy II todavía me seguía, esta vez con una ramita en el hocico (la sujetaba por un extremo y parecía estar a medio camino de su garganta, ¿asfixiándolo?).

—¿Nyx? —susurré—. ¿Dónde estás? Retiro todo lo dicho.

—¿Quieres que muerda a esa cosa y la saque de su miseria? —preguntó mientras se deslizaba por mi cuerpo y se acomodaba como una bufanda.

Sonriendo, acaricié sus cálidas escamas. El desprecio del resto del reino animal me había provocado un nuevo afecto por mi mejor amiga.

—No, no lo muerdas, es Fluffy II —le expliqué.

—Ay, Dios, niña —siseó—. Le pusiste nombre. Míralo, es una abominación.

Las dos lo miramos.

Fluffy II se atragantó con el palo. Luego lo escupió y empezó a comerse trozos de tierra. Agresivamente.

Daba pena.

—Solo es que su pelaje creció un poco raro. —Me estremecí—. Pero, ¿quién soy yo para juzgar la apariencia de otro? Al parecer tengo el pelo grasoso y enredado.

—Tu problema tienen solución. Nada va a arreglar a esta cosa— siseó Nyx.

—Se llama Fluffy II. —Puse los ojos en blanco—. Y es un perro, un cachorro, creo. ¿Quizá?

Nyx me apretó el cuello.

—Si te vinculas con esa cosa… la mataré.

—No voy a vincularme con él —murmuré y pateé una piedra—. Pero todos los demás animales me odian.

—Es mejor estar sola que tener que ver eso todos los días. —Nyx se estremeció.

—Yo creo que es lindo —dije con petulancia.

—No lo es. —Nyx me lamió la mejilla y siseó—: Además, probablemente hayas asustado a los animales con tus hormonas depresivas. Trata de pensar menos en la muerte, los animales pueden sentirlo.

No tenía contraargumento.

La puerta de bronce se abrió.

—Hora de irnos —llamó el general Cleandro desde el túnel oscuro.

A lo lejos, más allá del lago, resonó un rugido desgarrador. Solo una creatura enorme podría haber emitido ese sonido.

Los iniciados pasaron a toda prisa a mi lado para marcharse.

Fluffy II gimoteó.

Se me rompió el corazón.

—La próxima vez, te sacaré de aquí —prometí—. Intenta tomar las ramas por el centro hasta entonces. —Recogí una rama y la mordí para mostrarle cómo sujetarla correctamente, luego se la lancé y corrí hacia la puerta.

Cuando miré hacia atrás, la rama le dio en la cara y lo tiró.

Justo antes de que se cerrara la puerta, vi que se le había metido hasta la mitad de la garganta con el extremo asomando como una daga.

«Lo intenté».

En un sorprendente giro de los acontecimientos (que absolutamente nadie vio venir), el general Cleandro nos condujo de nuevo al cadalso.

Las horas de tortura en el salón de clase continuaron.

Extrañaba las mariposas.

Pino trazaba fracciones en el pizarrón; Augusto nos guiaba en una meditación; Pino divagaba sobre la ética de las gráficas mientras escribía ecuaciones demasiado largas para el pizarrón; Augusto nos hablaba en latín de temibles creaturas cíclopes que parecían sintientes pero eran tontas como rocas (me miró con odio todo el tiempo).

«¿Está insinuando que tengo la inteligencia de un cíclope?».

La cera de las velas goteaba. El humo flotaba nebulosamente bajo el techo de roca. Sonaban melodías clásicas y los dientes me castañeaban por el frío húmedo.

El mundo no era más que tonos negros, rojos y grises.

Sin ventanas el tiempo no existía. Solo existía la miseria.

—Aquí están sus exámenes —dijo el general Cleandro una cantidad de tiempo indeterminable después, mientras dejaba caer paquetes de papel sobre nuestros regazos.

El salón volvió a poner atención.

Unas botas rozaron unas rocas y Leo gimió cuando el general le dio una patada.

—Deja de encorvarte. Siéntate derecho y haz el maldito examen.

Un halcón chilló en señal de advertencia.

«¿Los drones dejarán de espiarnos algún día?».

Con la pluma en la mano y el brazo tembloroso, empecé a escribir la larga ecuación de Matemáticas Thagoreanas. Abarcaba varias páginas. Resolví la ecuación número por número.

El patrón, la repetición, era tranquilizante.

—DEJEN LAS PLUMAS.

Me pusieron otro paquete en el regazo. Tardé largos minutos en cambiar mi cerebro al latín. Luego escribí una redacción sobre los cíclopes y su limitada inteligencia.

—SE ACABÓ EL TIEMPO.

Máximo gruñó en la primera fila cuando el general Cleandro le dio una patada «accidentalmente» al recoger su examen.

Cuando el general llegó hasta mí, me estremecí y esperé.

Gruñó y me miró con una expresión ilegible mientras recogía mi examen. Luego pasó a la última fila.

Alessandro, Tito y Leo recibieron patadas, fuertes.

«Gracias, Dios, por ser tan bueno conmigo. Veo lo que haces. Alabado seas». Por desgracia, estaba demasiado agotada para celebrarlo como es debido (sentir algo).

—Todos, por favor, presten atención. —El profesor Augusto se puso al frente de la clase. Me miró con el ceño ferozmente fruncido y luego dirigió una mirada agradable al resto de la clase.

«¿Cómo le llaman al favoritismo inverso? Espera, ¿no es acoso escolar? ¿Tienen recursos humanos por aquí? Tengo que denunciarlo».

Unos elegantes lentes de sol se posaban sobre la nariz de Augusto y, de alguna manera, contrastaban con su cicatriz, dándole un aspecto *más* incivilizado.

—Todos ustedes —dijo— mostraron una aptitud decente con el material, por lo que nadie será castigado por su rendimiento.

Hizo una pausa.

—Dicho esto, si están constantemente en el límite, necesitan estudiar más si quieren durar hasta la primavera. Quedaron en este orden: primero, Alexis Hert. Segundo, Casio Hermes. Tercero, Alessandro Poseidón. Cuarto, Drex Chen. Quinto, Máximo Hera. Sexto, Leo Apolo. Séptimo, Tito Dioniso.

«La única vez que deciden no liquidar a la persona que quedó en último lugar... no queda justicia en este mundo cruel».

Drex me dio un codazo y sonrió. Intenté levantarle el pulgar, pero no conseguí que mis manos cooperaran, así que levanté tres dedos doblados y temblorosos.

Ambos hicimos una mueca.

—Tienen dos horas para estudiar, hasta el anochecer —espetó Augusto, frunciendo el ceño hacia donde Drex me tocaba con el codo.

—Como saben —continuó—, como recompensa por sobrevivir hasta ahora, tendrán una prueba de lo que ofrece Esparta. Cada mes se celebra un simposio en el Coliseo de los Dolomitas. Así que asistiremos esta noche después de su sesión de estudio.

«Dijeron que habría comida ahí, ¿verdad? Alabado sea Dios». Los ojos se me llenaron de lágrimas de alivio mientras mi estómago vacío se retorcía dolorosamente.

El salón estalló en murmullos de entusiasmo.

—¡SILENCIO! —rugió el general Cleandro.

Se podría haber oído caer un alfiler.

Augusto me miró con los ojos oscuros entornados y luego le sonrió al resto de la sala.

—Deben volver a la academia mañana al amanecer. Entonces solo les quedará un día más de clases antes de ver a sus mentores.

Hombros caídos.

—Sin embargo, si no regresan al amanecer —advirtió—, entonces se les considerará desertores, y me dieron órdenes de que persiga y elimine personalmente a los desertores.

«Vaya, eso se volvió intenso rápidamente».

«También muy tentador».

«¿Debo optar por la segunda opción?».

—Muy bien. Buen trabajo a todos. —Dio una palmada—. Vayan a estudiar.

Gimiendo, con crujidos de huesos y tronidos de articulaciones, los siete nos pusimos lentamente de pie.

La gravedad era una amante cruel.

El general Cleandro salió del salón murmurando algo sobre usar el cagadero. No estaba muy segura y, francamente, no quería saber.

—Alexis, quédate en el salón de clases —dijo Augusto borrando la sonrisa de su cara—. Quiero hablar contigo.

Cerré los ojos y reprimí un grito de frustración. El calor de la biblioteca estaba tan cerca.

«Genial, me va a matar».

—Sí, pro-profesor —susurré con el rostro encendido por la vergüenza, mientras los otros iniciados se marchaban y yo me acercaba al pizarrón. Tartamudear enfrente de Augusto me hacía sentir como la mayor de las tontas.

Poco gruñía encaramado sobre su hombro; era una obesa bola de pelo gris y negro. «Espero que Fluffy II esté bien».

Me quedé mirando al mapache mientras esperaba a que Augusto hablara, demasiado cobarde para hacer contacto visual.

—Mírame —ordenó, su voz suave se convirtió en un gruñido.

Levanté la cabeza enseguida.

Unos ojos negros sin alma se entornaron amenazadores y me sostuvieron la mirada. La cicatriz de su mejilla era de un tono rojo furioso.

Me costaba respirar bajo su intenso escrutinio.

El olor a ozono y electricidad llenaba el aire, tan penetrante como para arder, pero tan cálido como para resultar ligeramente embriagador.

Olía como una tormenta eléctrica.

Pasaron largos segundos mientras esperaba a que hablara y había una extraña tensión entre nosotros.

Se sentía... *violenta*.

—Zeus solicitó reunirse contigo antes del simposio —dijo por fin con voz cargada de acusación, como si yo lo hubiera planeado a sus espaldas.

El silencio se extendió, pesado y opresivo.

—¿De acuerdo?

Augusto respiró profundamente.

—Como seguramente sabes, suele prohibírseles a las mujeres asistir a simposios.

«¿Por qué todo el mundo asume que sé cosas?».

—Sin embargo —Sus ojos negros destellaron—, la federación decidió hacer una excepción contigo. Como eres una mestiza abandonada que ya está participando en la prueba, no creen que quede algún honor que perder.

A juzgar por su tono, no estaba de acuerdo con esa valoración.

Personalmente, yo entendía a qué se referían. «No he sido honorable un día en mi vida».

Augusto sacudió la cabeza bruscamente.

—Pero no tienes que asistir si no te sientes cómoda. Realmente no es lugar para una joven como tú. Sobre todo desde que Caronte me habló de ti. Por mi honor como heredero ctónico, no puedo permitirlo. Le informaré a Zeus que se reúna contigo aquí en la academia y…

—No, sí iré —le dije, interrumpiéndolo con un casual (muy tenso) encogimiento de hombros. «Va a haber comida. Estaré presente y seré tomada en consideración. Cuenten conmigo»—. Suena… delicioso.

Augusto se quedó anormalmente inmóvil.

—¿Perdón? —preguntó en voz baja.

—Iré —repetí mientras mi estómago vacío gruñía ruidosamente—. Todo bien.

«¿No me había oído?».

Se abalanzó hacia enfrente con la postura contraída por la furia, la cara retorcida y las manos cerradas en puños.

Me eché hacia atrás.

Me retracto, no estaba bien.

El profesor Augusto se alzó sobre mí irradiando crueldad, como si estuviera dispuesto a cometer un asesinato.

Para variar, Nyx estaba dormida pero necesitaba su ayuda. Me había perdido algo crucial en la conversación.

«Dios mío, realmente va a matarme».

Dio otro paso adelante.

Me acerqué más al pizarrón.

El olor a electricidad se centuplicó, como si hubiera caído un rayo donde él estaba parado.

Poco bufó al darse cuenta de la energía.

Augusto se quedó quieto de repente y apretó los dientes, luego se tronó el cuello hacia delante y hacia atrás como si se estuviera preparando para la batalla.

El movimiento hizo oscilar su larga cola de caballo, y el cabello bicolor brilló bajo su corona como seda a la luz de las velas.

—El simposio —dijo con voz amenazadoramente grave— no es un lugar adecuado para una niña protegida que creció en el blando mundo humano. Nuestro mundo es… peligroso, sobre todo para alguien como tú. Deberías replantearte tus elecciones si sabes lo que te conviene. Mi deber es protegerte.

«¿Qué quiere decir con "alguien como yo"? ¿Es porque todos piensan que soy la hija de Zeus?».

Los dolores fantasma me recorrieron las muñecas y me froté las cicatrices.

Una brasa de rabia ardía en mi esternón mientras la palabra «protegida» se repetía burlonamente en mi cabeza.

«No sabes nada sobre qué se necesita para sobrevivir en el mundo humano».

—No se ofenda, profesor —susurré mientras le sostenía la mirada ardiente, cansada de que todo el mundo me manipulara—, pero sé lo que me conviene. No necesito su ayuda.

Mi pecho se llenó de orgullo.

Por fin lo había conseguido: le había contestado.

Augusto apretó la mandíbula cuadrada; le saltaba la vena de la frente. Ese fue el único aviso que recibí.

El blanco de sus ojos se llenó de sangre.

Una pesadez golpeó mi mente como un ariete y un dolor agudo punzó la parte frontal de mi cráneo.

La sensación de golpeteo se intensificó, como si alguien me estuviera martilleando detrás de los ojos.

Hubo una presión cegadora.

El mundo estaba en llamas.

Sus labios no se movieron, pero una voz masculina distorsionada retumbó en mi cráneo. «No quieres ir al simposio». La presión y las flamas desgarraron mi mente, arrasando todos mis pensamientos. «No irás», ordenó.

La voz tenía razón. No quería ir.

El dolor ardiente se convirtió en un infierno, la orden se repetía en bucle, destrozando mi mente y mi voluntad.

«Un momento, no».

El terror se hizo más caliente y mentalmente empujé con todas mis fuerzas al intruso.

La presión de mi cráneo desapareció de repente.

Tambaleante, ciega y con la cabeza adolorida, me golpeé contra el pizarrón y apenas podía mantenerme en pie.

Cuando por fin volví a enfocar la vista, estaba inclinada con las manos sobre las rodillas, cubierta de sudor.

Temblorosa, me froté la humedad de los ojos. Mis dedos se tiñeron de rojo: estaba llorando sangre.

También me escurría de la nariz y las orejas.

Miré a Augusto con horror y me deslicé pegada al pizarrón hacia la puerta.

Su expresión era dura e implacable. Despiadada. Como si no se arrepintiera. Como si quisiera volver a hacerlo. Como si quisiera hacerme daño. Romperme. Destruirme. Torturarme.

Aparté la mirada.

«Intentó quebrar mi mente. Intentó… cambiar mis pensamientos. Intentó forzarme a no ir».

Su poder era mucho peor de lo que jamás hubiera imaginado.

No leía mentes, las quebraba.

Con los dientes castañeando y los brazos alrededor del torso, retrocedí para alejarme del monstruo ctónico que había violado mis pensamientos.

—¿Puedo irme, profesor? —susurré mirando el suelo. Jamás volvería a mirarlo a los ojos.

—No —dijo con voz sedosa.

Me dolían las sienes y quería gritar por lo injusto que era todo. En tres zancadas cruzó el salón y se cernió sobre mí.

La electricidad me llenó la nariz.

Su aliento caliente me rozó la oreja y gemí ante su proximidad.

—Tus calificaciones en Mitos Clásicos Perdidos son inaceptables. —Su voz era engañosamente suave—. Tus análisis son superficiales y argumentativos. Tu gramática es pésima y escribes con frases atropelladas.

Tragué saliva.

Los números siempre tenían sentido; las palabras, no tanto.

Se inclinó más.

—El resultado de tu trabajo es… desesperante.

Sus palabras decían una cosa, pero su lenguaje corporal decía otra. Una vez más, estaba ocurriendo una conversación que me estaba perdiendo.

«¿Por qué los ctónicos son tan crípticos y confusos?».

De Augusto emanaban rabia, violencia y una maraña de emociones demasiado intensas para nombrarlas. Me estaba acorralando, como un depredador jugando con su comida.

«Acaba de violar mi mente y ahora me amenaza». No sabía si quería sollozar o gritar.

—¿Eso es todo, pro-profesor? —exhalé apenas capaz de hablar.

—Por ahora —dijo, pero no se movió, como si supiera lo mucho que me perturbaba estar en su presencia—. Puedes retirarte.

Avancé a ciegas hacia la puerta, negándome a darle la espalda al monstruo.

—Ah, una cosa más —me dijo cuando crucé el umbral, tan cerca de la libertad.

Estaba jugando conmigo.

Gemí.

—Tus calificaciones de Matemáticas Thagoreanas solo te servirán hasta cierto punto. Me importa una mierda que seas un prodigio de las matemáticas. —Se rio cruelmente—. Eres una mujer en un mundo de hombres. Es una deshonra para todos nosotros permitir que esto continúe. Toma decisiones más inteligentes o… habrá consecuencias, Alexis. —Mi nombre salió de sus labios como si fuera el más perverso de los pecados—. No estás demostrándoles a las mujeres lo que tú crees, solo te estás arruinando a ti misma.

«No creo que esté demostrando nada. Solo intento sobrevivir».

—Si no puedes cuidarte sola —dijo en voz baja—, alguien más podría intervenir para hacerlo por ti. Estás advertida.

Unos ojos llenos de sangre brillaron en mi visión periférica.

Me quedé mirando al suelo, jadeando.

«¿Qué demonios está pasando ahora? ¿Qué quiere decir con intervenir?».

Estaba tratando de asustarme, ¿verdad? No sentía que eso estuviera sucediendo. Sentía que me estaba perdiendo algo.

Algo grande.

«Es que no te odia, solo desprecia completamente todo aspecto de tu existencia».

No miré atrás mientras corría hacia la biblioteca. Me desplomé detrás de los estantes con la mano en el corazón frenéticamente acelerado, y me esforcé por inhalar.

Era oficial.

Jamás volvería a hablar.

Una musa que empujaba un carrito lleno de libros se detuvo para mirarme con extrañeza, pero luego desvió la mirada y desapareció.

Nadie iba a ayudarme.

No aquí.

No en Esparta.

Me agarré el tatuaje torcido del antebrazo y gemí. Extrañaba tanto a Charlie que me dolía respirar.

Me dolía vivir.

Los jadeos se convirtieron en carcajadas maniacas. Luego, unos sollozos brutales me sacudieron el pecho mientras me agarraba las muñecas y lloraba lágrimas enrojecidas. Los oídos y la nariz me goteaban. Un zumbido agudo me ardía sin piedad.

No quedaba nada de mí que destruir, ni el cuerpo ni la mente.

Se me erizaron los vellos de la nuca y dos voces susurraron, pero no me molesté en levantar la vista.

Sabía que no había nada.

Todo estaba en mi cabeza.

Había perdido el control.

De todo.

18
EL SIMPOSIO
ALEXIS

Arrastraba los pies sobre las ondulantes colinas; era un espectro de mujer, más muerta que viva. Nyx se enroscaba dormida alrededor de mi cintura.

En grupo, nos dirigimos hacia los chapiteles del Coliseo de los Dolomitas.

Las luces brillaban en tres de los arcos superiores: el simposio ya había comenzado.

La luna llena proyectaba sombras extrañas y yo me estremecía miserablemente con la fría brisa otoñal.

Augusto (el mal encarnado) iba adelante y los siete lo seguíamos; se había quitado la toga y se había puesto un traje negro perfectamente cortado con mancuernillas de rubí.

Tito, Leo y Alessandro susurraban emocionados. Incluso el estoico Casio caminaba animadamente.

Me quedé atrás arrastrando los pies, lo más lejos posible de Augusto.

Me goteó sangre de la nariz y me la limpié con enojo. Drex me miró con expresión afligida y yo le hice un gesto despreocupado con una sonrisa forzada.

Mientras avanzábamos por el oscuro paisaje se me erizaron los vellos de la nuca como si me estuvieran observando.

Me froté las muñecas; me zumbó el oído izquierdo.

«Me estoy volviendo loca».

Para cuando cruzamos los campos y llegamos al coliseo, estaba entumida.

Con la vista nublada, subí por la antigua escalera de caracol hasta el piso superior.

Cuando por fin entramos al simposio, vacilé.

Mi mente había sido violada en el nombre de unos cómodos camastros, una elegante barra de bar, chimeneas rugientes, juegos de cartas y bebidas.

Unas columnas corintias de madera cubiertas con laminado de oro en la parte superior formaban un perímetro alrededor de la sala.

Todo el mundo vestía informal.

No íbamos bien vestidos.

«¿Por esto me atacó? ¿Por este club de aspecto mundano?».

Me habría reído, pero no tenía gracia.

Augusto entró y saludó a mis mentores. Patro y Aquiles sonrieron al verlo (por cómo se arrugaban los ojos de Aquiles, supuse que estaba sonriendo).

«¿Por qué Augusto es un tipo agradable con todos menos conmigo?».

Cuando Patro me vio mirándolos, se inclinó hacia delante y arqueó una ceja burlonamente.

Le sostuve la mirada, inexpresiva.

Cuando Augusto se sentó, el saco de su traje se abrió. Su torso estaba cubierto de armas. «Solo finge ser profesor. Recuerda que está en el Escuadrón de la Muerte. Es el heredero ctónico mayor. No olvides quién es realmente».

El recordatorio fue escalofriante.

Poco se metió bajo la mesa y desapareció, pero sus colmillos resplandecieron en las sombras a los pies de los tres hombres.

Se rieron con ímpetu mientras degustaban un surtido de quesos, pescado y frutas.

«Son solo ctónicos disfrutando el inquietante ambiente de la compañía mutua».

Drex dijo algo y siguió al resto de los iniciados hasta una mesa cercana a Augusto. Yo fui en la dirección contraria.

Tambaleante, me abrí paso entre hombres con pájaros posados sobre sus hombros que hablaban en latín. Sus ojos se abrieron de par en par al darse cuenta de que era una chica, pero ninguno intentó detenerme mientras cruzaba la sala.

En un rincón había semioculto un gabinete lleno de comida. «Perfecto».

Hundiéndome lo más que pude en el asiento de cuero, me desplacé hasta que quedé completamente envuelta en las sombras y pude contemplar, sin que me vieran, la monotonía que había conjurado mi muerte. Nyx se movió en sueños y me aferré a ella.

El gabinete de Augusto estalló de nuevo en alborotadas carcajadas. Me moví para que estuvieran en mi punto ciego.

Mis mejillas se sonrojaron por el calor. Me hormigueaban los dedos y el alma conforme se descongelaban lentamente.

«Sigues viva. No pasa nada. Sobrevivirás a este infierno, volverás con Charlie y no volverás a ver a Augusto».

Maderas oscuras, pieles suntuosas y colores cálidos llenaban la habitación.

El whisky y los puros abrumaban mis sentidos.

«¿A esto le llamaba peligroso Augusto? No duraría ni un segundo en el campamento de remolques».

En un rincón, un barman común y corriente les servía copas a hombres extraordinarios.

Al otro lado de la sala, un piano de cola recién pulido brillaba a la luz del fuego. Una figura oculta tras una columna colocó unas partituras y empezó a tocar una melodía suave.

Los hombres alzaron sus copas e inclinaron la cabeza ante el pianista. Luego chocaron sus copas y bebieron el contenido.

Se lanzaron dados. Se jugaron cartas.

Un heredero echó la cabeza hacia atrás mientras reía, con una reluciente corona de laurel.

Alejándome mentalmente de la alegre escena, picoteé la bandeja de comida, cerrando los ojos con cada sabroso bocado mientras intentaba memorizar los sabores.

Pasó el tiempo. Me perdí en el lujo de la comida y la música mientras intentaba olvidarme de los brillantes ojos carmesíes de Augusto.

«Mi mente es mía. Lo expulsé de ella. No ganó. No ganará. Sobreviviré».

Tarareaba suavemente en el fondo de mi garganta y mis ojos se agitaban mientras luchaba contra el sueño.

—Aquí está, señor —dijo alguien con voz petulante.

Theros (el mentor de Drex y heredero de la Casa de Zeus, un ególatra de medio tiempo que podría crear un escudo), con un buitre dorado en su hombro, desde mí hasta un hombre parecido a Goliat.

Después hizo una profunda reverencia con la cabeza, me lanzó una mirada fulminante y se alejó a una distancia discreta.

—Te he estado buscando —dijo el Goliat con voz acusadora. Una enorme corona de laurel con joyas brillaba sobre su cabeza.

Era el único líder de Casa en el simposio. Por lo que podía ver, todos los demás éramos herederos y mestizos.

Suspiré, me incorporé y quité los codos de la mesa. Estaba tan concentrada comiendo que me había olvidado del mensaje original de Augusto.

Los ojos grises como tormentas me observaron y lanzaron chispas de electricidad.

Zeus se alzaba sobre mí, y la luz del fuego iluminaba sus famosas facciones. A su lado había un león dorado con los mismos ojos.

Me encogí de nuevo en las sombras.

Sin invitación, Zeus se sentó en el gabinete y yo me moví para que quedáramos uno frente al otro.

El león enseñó los dientes amenazadoramente y retrocedió un paso.

Le hice una mueca. «Fórmate: el guepardo me odió primero». Entornó los ojos mientras se acomodaba lentamente sobre su panza.

—Entonces —dijo Zeus sin preámbulos—, ¿creciste en el mundo humano?

—Sí, a-así es.

Entornó los ojos, frunciendo el ceño.

—¿Siempre has tenido ese tartamudeo?

Hubo un tiempo (un vago recuerdo de paz) en que las palabras salían con facilidad de mi boca, suaves y sin obstáculos, pero eso fue antes de que empezaran las palizas. Mucho antes de ser quien era.

Ese tiempo no contaba.

—Sí.

—¿Puedes controlarlo? ¿O siempre lo tienes? —preguntó con tono crítico.

—Siempre lo tengo.

—¿Has tomado terapia de lenguaje o has trabajado tú sola?

Apreté los dientes.

—No.

Curiosamente, la terapia de lenguaje no era una opción para una pobre huérfana en las zonas protegidas. Tampoco la comida. Ni el refugio.

Zeus frunció el ceño.

—Interesante.

«¿En serio?».

Se hizo un silencio incómodo entre nosotros.

Hizo una mueca y miró algo por encima de mi hombro, incapaz de sostenerme la mirada.

Era tan predecible: mi propia sangre me encontraba insuficiente. El padre John dijo que el único padre que importaba era Dios. Charlie dijo que estábamos mejor sin nuestros padres biológicos, y él ya le habría dicho con señas a Zeus que se largara (con un lenguaje mucho más creativo).

Solté una risita al pensarlo.

Zeus frunció más el ceño. Unas líneas surcaban su piel dorada, que brillaba con un tono más claro que el mío.

Me comí el último trozo de carne del plato antes de que él pudiera tomarlo.

Los ojos grises se agudizaron.

—¿Comes lo suficiente? ¿Por qué estás tan flaca? Mi estirpe suele ser fuerte y ancha, no tan…

—¿Alta? —Ofrecí mientras él decía «enclenque».

Me atraganté con la comida.

El hombre que tenía enfrente nunca había tenido que esconder vales de comida en una caja de cartón mientras contaba los días que faltaban para poder comer, y se le notaba.

Levantó una ceja dorada.

—¿Por qué eres así? —Arrugó la nariz con disgusto.

Esperó una respuesta.

«¿No es una pregunta retórica? Qué grosero».

—Ni idea —mentí, juntando con el cuchillo del queso los bocados sobrantes para comérmelos.

Un dolor fantasma se disparó en mis muñecas. Las viejas quemaduras de cigarrillo me dolían en el torso.

Zeus frunció los labios al ver cómo raspaba ruidosamente el plato con el cuchillo.

Lo chupé y lo fulminé con la mirada.

Respiró honda y sufridamente, se acomodó las mancuernillas y se enderezó.

—Necesitarás lecciones de etiqueta después de la prueba —dijo.

Hablaba como si mi supervivencia y la necesidad de que aprendiera las reglas de la alta sociedad fueran una conclusión inevitable.

Gruñí elocuentemente.

—*Sin embargo*, no me sorprenden las calificaciones de tus exámenes —dijo Zeus, sin darse cuenta de mi lenguaje corporal o sin que le importara—. Por algo la Casa de Zeus es conocida como una de las Casas más brillantes. Que una... mestiza como tú obtenga una puntuación tan alta es una prueba más de nuestro genio. Deberías estar orgullosa.

«¿Nuestro genio? ¿Cuándo se convirtió esto en un proyecto grupal?».

Zeus sonrió ampliamente, con los ojos brillantes de emoción.

—Toda Esparta habla de la primera mujer mestiza en siglos que vence a los demás iniciados con sus puños y sus calificaciones.

Mi cuchillo hizo ruido.

«¿Que hago qué?».

Los rizos dorados de Zeus se agitaron mientras hinchaba el pecho.

—Sigue así y sin duda habrá un lugar para ti en nuestra Casa. Quién sabe... —Sonrió—, quizá te entrene junto con mi heredero.

«Debe estar realmente desesperado por tener hijos».

En mi visión periférica, Theros giró la cabeza, se enderezó y abrió la boca con indignación. Su buitre dorado miró con odio.

—Tal vez —dije con voz neutra—. O tal vez no —murmuré en voz baja.

El hombre frente a mí era un extraño.

Ni siquiera podía verme, mucho menos comprenderme.

—Bien. —Zeus aplaudió y se puso de pie.

Su león lo siguió, gruñendo.

—Gatito malo —susurré.

Mordisqueó el aire.

Puse los ojos en blanco. De cualquier manera, siempre me habían gustado más los perros.

—Es interesante. Con toda seguridad, tienes uno de mis ojos —dijo Zeus mientras golpeaba la mesa con los nudillos para llamar mi atención—. Sin embargo, no recuerdo a una mujer con heterocromía... u ojos tan negros. —Se dio un golpecito debajo del ojo derecho.

«Luces verdes parpadeantes, cristales rotos, repetidos golpes en la cara».

—Qué extraño —dije frotándome las muñecas.

—Lo es —asintió Zeus sin inflexión—. Sigue esforzándote como hasta ahora. Te recomiendo la sopa, nunca te puedes equivocar con una buena sopa, si sabes a qué me refiero. —Guiñó un ojo y se rio.

Entorné los ojos con confusión. «¿Qué gracia tiene la sopa?».

Se alejó caminando con su león detrás, que volteaba la cabeza con los pelos del lomo encrespados. Theros corrió a su lado y habló frenéticamente, agitando las manos. Ambos eran de complexión ancha, con gran masa muscular, pero yo era más alta que los dos.

Los hombres se inclinaban al paso de Zeus. La sala se enfocó en él.

«Un dios entre dioses».

Me rodeé el bíceps con la mano e hice una mueca cuando mis dedos se tocaron. Las ligas para el pelo cubrían mis huesudas muñecas. El tatuaje de «C+A» destacaba sobre mi antebrazo manchado de mugre.

Era extraño, nunca me había preocupado por mi aspecto. Me preocupaba demasiado que Charlie y yo no muriéramos de hambre.

Por primera vez, me sentí... fea.

Inadecuada.

—A la mierda ese imbécil —dijo Nyx, lamiendo mi mejilla—. Tiene la cabeza tan metida en el ano que no puede ver la grandeza cuando la tiene enfrente.

Me reí secándome las lágrimas; sabía que tenía que decir eso como mi mejor amiga.

Mis dedos se pintaron de rosa.

—Odio este lugar —susurré—. Ojalá fuera solo una estúpida humana viviendo en una caja de cartón. Era más fácil entonces.

Nyx acarició mi cara con su cabeza.

—Si te hace sentir mejor, niña, yo también desearía que volviéramos al bosque.

Suspirando, pasé el dedo por el jugo de bayas que quedaba en el plato y lo chupé.

—Al demonio estos hombres —susurré.

—Sí —dijo Nyx con entusiasmo—. Al demonio. Dame la señal y los morderé a todos hasta dejarlos en coma. Será un placer.

Me reí y, por primera vez en toda la noche, sentí que podía respirar.

—No puedes quedarte dormida nunca más —le susurré a Nyx—. Las cosas se pusieron difíciles.

—No —jadeó—. ¿Qué pasó? Cuéntame el chisme.

Sonriendo a pesar de todo, le conté la historia de cómo Augusto había destripado mi mente como si fuera algo emocionante y no algo profundamente traumático.

Nyx decía «oh» y «ah» apropiadamente.

Luego me contó que la misteriosa plaga de Montana (que se convirtió en noticia nacional en el radio y llegó al campamento de remolques cuando tenía once años) en realidad había sido ella, que había mordido a todos los vecinos que eran groseros conmigo. Recé para que estuviera bromeando, pero temía que no fuera así.

Aun así, me reí (de pánico) con ella, porque eso era lo que hacían los amigos.

La sala bullía de conversaciones.

Se sirvieron bebidas.

La música de piano era brillante y ligera.

Y entonces, justo cuando la desesperación se había desvanecido, las chimeneas se apagaron con un dramático silbido.

La habitación estaba en completo silencio.

Reinaba la oscuridad.

Se encendieron unas luces bajas. Incrustadas en las duelas del suelo, lo tiñeron todo de tonos carmesí. Los hombres sonrieron y se recargaron en sus asientos con expectación.

Empezó a sonar una melodía inquietantemente seductora.

Después… salieron.

Las sirenas.

Hermosos hombres y mujeres entraron a la sala, vestidos solo con su brillante piel desnuda. Más extraordinarios que las supermodelos de las revistas vintage.

Incluso con la tenue luz sus cabellos brillaban como diamantes.

Sus ojos pastel deslumbraban en tonos que jamás habría soñado que pudieran existir.

Sus rostros tenían una simetría incomparable y las curvas esculpidas en sus cuerpos solo un gran artista las podría imaginar.

Cada sirena que salía era de algún modo más única que la anterior.

Docenas de creaturas etéreas se desperdigaron por la sala.

Los espartanos, con los ojos ávidos de seguirlas, se inclinaron hacia estas creaturas, mientras ellas giraban sensualmente por el espacio.

Estaban completamente embelesados.

Hipnotizados de lujuria.

Nyx se deslizó alrededor de mi cuello para ver mejor y yo acaricié sus cálidas escamas.

Una carcajada burbujeó en mi garganta.

La ironía era innegable: literalmente me estaba desmoronando mientras los ángeles giraban a mi alrededor.

«Vaya, qué suerte ser una sirena, bailando en un simposio delante de adoradores hombres espartanos».

Algunos momentos te dejaban sin aliento y te arrastraban por el lodo, recordándote por qué la vida era una porquería. Otros momentos te robaban el aire en un remolino resplandeciente y te recordaban por qué la vida era mágica.

Este era lo segundo.

Era arte.

Y después… dejó de serlo.

Un espartano rodeó con el brazo la cintura de una sirena y la sentó sobre su regazo. Le pasó la lengua por la garganta y ella inclinó la cabeza hacia atrás con una sonrisa; su expresión se transformó en éxtasis cuando él le lamió los pezones.

Parpadeé sorprendida.

Otro espartano cayó de rodillas de su silla; el costoso saco de su traje se tensó en su espalda mientras se arrastraba por el suelo con la boca abierta hasta un hombre sirena, y después… «Oh, guau».

La energía cambió.

Como si se hubiera activado un interruptor, las sirenas y los espartanos se unieron en un desenfreno carnal.

Me encogí más en mi gabinete, agradecida por la oscuridad.

Me sonrojé.

Del otro lado de la sala, bajo una tenue luz roja, un hombre y una mujer sirena se arrastraron sobre el regazo de mis compañeros iniciados. Los chicos se quitaron apresuradamente las togas mientras las dos creaturas lamían y succionaban su piel expuesta.

Aparté la mirada con rapidez.

«Nota mental: compra cloro y bébetelo. Además, nunca vuelvas a mirar a Máximo a los ojos».

Un espartano se quitó los pantalones a unos metros de mí («ayuda»), luego se apretó contra una sirena, que se estremeció de placer y abrió las piernas.

Se unió un hombre sirena y el trío amoroso cayó al suelo en una maraña de embestidas y miembros.

Al apartar la mirada de la agresiva cópula que se producía a mis pies (eso no podía ser higiénico), miré accidentalmente hacia donde estaban mis mentores: Patro y Aquiles estaban en el gabinete, pero Augusto había desaparecido.

«Probablemente esté desnudo con un grupo de sirenas». Luché contra el impulso irracional de buscarlo.

En cambio, mis mentores eran los únicos espartanos que había visto que ignoraban por completo a las sirenas.

«¿Quizá el romance no ha muerto?».

Aquiles alzó la vista, sus ojos bermellones se clavaron en los míos, y Patro giró la cabeza para ver qué miraba Aquiles.

El corazón me dio un vuelco.

Patro sonrió con petulancia. Luego se dio la vuelta y deslizó posesivamente la lengua por la garganta de Aquiles. Lamió el borde donde la piel se encontraba con el bozal.

Me sonrojé y bajé la mirada.

Cuando volví a mirar, los dos se estaban riendo de mí.

Patro me lanzó un beso burlón, luego guiñó un ojo y bajó la cabeza hasta el regazo de Aquiles. Mi rubor se convirtió en un bochorno de cuerpo entero y, esta vez, mantuve los ojos apartados.

El problema era que no había ningún lugar seguro hacia donde mirar.

Era un mar de cuerpos desnudos participando en obscenidades.

Todos se *sacudían* de una forma que nunca hubiera imaginado.

—Mira hacia otro lado, niña. —Nyx se enroscó alrededor de mi cabeza, cubriendo mis ojos—. Eres demasiado inocente para esto.

La regresé a mi cuello.

—Ay, por favor —susurré—. Pronto cumpliré veinte años.

Nyx se estremeció.

—Niña, te agitas cada vez que ves un pene.

—Bueno —respondí—. ¿Los has visto? Son horripilantes.

—Estoy viendo uno ahora mismo —siseó Nyx—. Por desgracia.

Las dos retrocedimos cuando un espartano con corona de laurel pasó desnudo junto a nuestra mesa, balanceando las joyas de la familia.

«Necesitamos que la gente vuelva a tener vergüenza».

—¿Se supone que debe curvarse hacia la izquierda de esa manera? —susurré.

Nyx hizo un ruido ahogado.

—No sé. ¿Parezco una experta en penes?

Las dos refunfuñamos, abrumadas por las imágenes de la sala. Me devané los sesos (traumatizados) en busca de un tema de conversación seguro.

—¿Qué hace esa gente? —pregunté mientras señalaba hacia unas sirenas y algunos espartanos que se arrastraban desnudos sobre el piano.

—Creo que están tratando de seducir al músico —dijo Nyx—. Pero están fracasando.

Las dos nos quedamos estupefactas.

El pianista seguía casi oculto tras la gruesa columna junto a su banco. No era más que unos hombros anchos y un traje oscuro.

Fuera cual fuera su aspecto, había hecho que la sala se volviera salvaje.

Un espartano se arrastró bajo el piano y fue apartado a patadas. Una mujer sirena se acercó al banco y la empujaron. Un hombre sirena se tumbó en la parte superior del piano (puntos por la creatividad) y fue ignorado.

—El pianista probablemente sea uno de esos asexuales —dijo Nyx—. Como las arañas.

Fruncí los labios y entorné los ojos.

—¿Te refieres a los *arácnidos*?

—Exacto —siseó.

En general, no diría que a Nyx y a mí nos estaba yendo bien.

—Creo que esto es tocar fondo —susurré.

El trío del suelo se puso de pie, con partes desnudas a la vista, y empezó a hacerlo agresivamente contra una columna de madera a menos de medio metro de distancia.

—Estoy de acuerdo —dijo Nyx—. Esto es un nuevo fondo.

Una risita maniaca brotó de mis labios.

La sirena femenina se apartó de sus dos amantes y me señaló.

—Creo que se está riendo de nosotros —le dijo al hombre sirena, que asintió antes de volver a acostarse en el suelo con el otro hombre.

—Estábamos hablando de… —«Maldita seas, Nyx, por ser invisible». Parecía más loca de lo que estaba.

—Eh, lo siento. —Levanté ambas manos como si me hubieran amenazado con una pistola—. No me estaba riendo de ustedes, solo de la si-situación en general.

Señalé el pene de un espartano que pasaba, para que no hubiera dudas de cuál era la situación.

—Ah —dijo la sirena femenina—. No te preocupes, amor.

—Oh, no estoy preocupada. —Agité la mano casualmente mientras los dos hombres gemían ruidosamente a sus pies.

«Nunca he estado más preocupada».

Ella sonrió y abrió la boca. Después sus ojos se abrieron de par en par y se quedó inmóvil. Pasaron largos segundos y seguía sin moverse.

Miré torpemente a mi alrededor.

Antes de que pudiera averiguar por qué estaba tan alterada, se abalanzó sobre mí y me agarró la cara.

«Peligro de extraño. Peligro de extraño. Alguien que no esté desnudo, por favor, ayuda».

Sus ojos color pastel se clavaron profundamente en los míos y sus dedos temblaron cuando me tomó de las mejillas.

«Un momento, ¿nos estamos enamorando?».

—¿Puedes... entender lo que estoy diciendo? —susurró asombrada.

Ah... eso.

—¿Sí? ¿Tú puedes entenderme? —pregunté mientras intentaba zafarme de sus manos.

Me acercó más.

—¿Eres espartana? —me preguntó.

—S-Sí. —Puse más resistencia con el cuello tenso. Ella me mantuvo inmóvil. «¿Qué tan fuerte es esta mujer?».

Echó la cabeza hacia atrás con el pelo largo y sedoso reluciente, y después... rompió a llorar.

—Siempre... he querido... hablar... con alguien... de Esparta —dijo entre sollozos, mientras cayó sobre mi regazo convulsionándose por el llanto (todavía muy desnuda).

«Yo no fui».

Le palmeé la espalda con torpeza.

—Déjalo salir, he-hermana.

Lloró más fuerte.

En mi defensa, era la primera vez que trataba con una mujer desconocida que lloraba. Nunca había tenido una hermana.

—Eh, Alexis —dijo Nyx—. ¿Cuándo aprendiste a hablar sirenio?

—Yo no hablo sirenio —respondí con tono de obviedad e hice una mueca cuando tres sirenas y dos espartanos empezaron a tener sexo (agresivo) en el gabinete de enfrente.

Nyx se apretó a mi cuello como si estuviera retrocediendo.

—Entonces, ¿cómo diablos estás hablando con una sirena en este momento?

Mi mano se detuvo mientras miraba a la mujer que lloraba desnuda sobre mi regazo.

—¿Hablo sirenio? —pregunté.

«Dios mío. Augusto dijo que hablan un idioma único. Por eso los espartanos los subyugaron».

—Y puedes hablar conmigo... —dijo Nyx lentamente—. ¿Sabes lo que esto significa, niña?

Entorné los ojos.

—¿Que soy trilingüe?

Nyx siseó con los colmillos mordiendo el aire.

—Significa que encontraste tu poder: puedes hablar con las creaturas sintientes.

—Pero mi cerebro no se siente... eufórico. —Fruncí los labios—. Como se supone que se siente.

Para ser justos, todavía estaba sangrando, así que puede que eso no ayudara.

Además, si tuviera que clasificar mi estado mental, sería deprimido, con una pizca (inmensa cantidad) de ansiedad.

—Probablemente estés un poco mal de la cabeza. —Nyx suspiró con pesadez—. Para ser honesta, siempre pensé que era raro que pudieras hablar conmigo.

Me eché hacia atrás.

—¿Y no dijiste nada?

Nyx me apretó el cuello.

—Pues, estoy diciendo algo ahora.

—Nueve años después —dije indignada.

La mesa temblaba por la fuerza de las embestidas que se producían en el gabinete contiguo, y la sirena sollozaba con más fuerza sobre mi regazo.

Hice una mueca mientras le acariciaba la cabeza.

«Esto se está poniendo raro».

—Eh, señora, ¿necesita algo? —le pregunté a la sirena—. ¿Agua, una blusa? ¿Pantalones?

Sus ojos color pastel me miraron.

—Estoy bien. Gracias por preocuparte por mí. Eres tan amable y hermosa.

Hice una mueca.

—¿Qué te está diciendo? —preguntó Nyx con curiosidad.

—¿Que soy amable y hermosa?

—Mmm —dijo Nyx con escepticismo—. ¿Estás segura de que puedes entenderla?

Le di una cachetada, pero ella la esquivó.

—Estoy bastante segura —dije—. Sé cuando alguien me dice que soy hermosa, no pasa a menudo.

—¿Te sientes bien? —preguntó Nyx—. ¿Segura?

No respondí.

Una sonrisa de oreja a oreja se extendió en mi cara.

Esto estaba ocurriendo de verdad.

La risa estalló en mis labios.

«Tengo un poder».

Lágrimas de felicidad corrieron por mi cara.

«Nunca volveré a sentirme inútil. Sé lo que soy».

La felicidad brilló dentro de mi alma y abracé a Nyx con fuerza, besando su cabeza invisible mientras ella trataba de zafarse.

Esto era solo el principio.

—¿Quieres jugar un juego? —preguntó la sirena mientras se levantaba bruscamente de mi regazo, todavía llorando mientras hablaba, con lo cual me identificaba mucho. Abrí la boca para decir que no, pero recordé que no tenía nada que perder. Estaba aquí, y era poderosa.

—Claro —dije y nos sonreímos una a la otra—. Juguemos.

El pianista falló una nota.

19

EL DIABLO QUE NO CONOCES

ALEXIS

—No puedo creer que hayas crecido con los humanos —dijo Lena, la sirena que había llorado desnuda sobre mi regazo pero que ahora estaba sentada a mi derecha en el extremo del gabinete circular.

Sus palabras me parecían normales, pero Nyx decía que sonaban como ronquidos inarticulados.

Al parecer, cuando hablaba con ella, yo también roncaba, lo cual era extraño porque a mí no me parecía diferente a mi lengua habitual.

De repente tuvo sentido por qué todo el mundo me miraba raro cuando hablaba con Nyx.

No podía ni imaginar lo raro que sonaba el lenguaje de Nyx para los demás.

«No me extraña que en la escuela todos pensaran que era un bicho raro».

—Tu infancia debió de ser salvaje —dijo Lena, inclinándose hacia mí.

Tosí torpemente.

«Ay, sí, inanición, padres abusivos, falta de vivienda. Bien salvaje».

La sirena seguía completamente desnuda («liberemos los pezones y los labios») y ahora estaba apilando un montón de cuchillos en el centro de la mesa, lo que al parecer formaba parte de un juego de cartas... Me daba mucho miedo preguntar.

Sonaba una seductora música de piano.

A mi izquierda, siete sirenas más se apretaban en el gabinete con nosotras. Sí, todos estaban desnudos.

—El mundo humano ha de haber sido genial. —Lena movió las cejas sugerentemente, su belleza resplandecía en la oscuridad.

—Sí —susurré—. Era... interesante. —Un dolor fantasma me recorrió las muñecas—. Ya sabes, por los titanes, y la ca-caída de la civilización.

Se encogió de hombros como si esa parte no importara.

—¿Todos los humanos son unos mojigatos sexualmente reprimidos? —me preguntó.

Oron, que era el único hombre sirena de la mesa, se inclinó sobre mí porque estaba sentado a mi izquierda, y las chocó con Lena.

—Qué buena pregunta. —Me guiñó un ojo.

Le respondí con una mueca.

Su muslo se apretó con exuberancia contra el mío («no mires hacia abajo, Alexis, no lo hagas»).

—Deja de mirar su pene hinchado —siseó Nyx y me apretó la garganta.

«Si vuelve a decir "hinchado", nos mataré a las dos. Sin hacer preguntas».

Mis mejillas se sonrojaron porque, al parecer, era una pervertida.

No ayudaba que alrededor de la sala las sirenas y los espartanos siguieran acoplados y gimiendo. Las caderas embestían. La piel chocaba. Como fuera, el fervor se había vuelto más agresivo.

Sirenas y espartanos desnudos seguían clamando alrededor del piano, ahora realizando actos lascivos.

Lena volteó hacia dónde yo miraba.

—Ese sí que es un hombre *de verdad* —susurró mientras señalaba al pianista con la cabeza—. Todas las sirenas saben lo que pasa si tienes el honor de tocarlo. Es una leyenda en nuestra comunidad. Sus poderes son... deliciosos como para retorcerte los dedos de los pies —suspiró soñadoramente—. Si sabes a qué me refiero.

No.

No tenía ni idea de a qué se refería.

«¿Quizá a las sirenas les gusta mucho la música?».

Lena chasqueó los dedos para llamar mi atención.

—Volviendo a la pregunta principal, Alexis, ¿todos los humanos son mojigatos?

—No —dije mientras intentaba ignorar (ver) los actos indignos que ocurrían cerca del banco del piano—. Algunos humanos son de mente cerrada, pero muchos son muy abiertos sexualmente.

«Demasiado sexuales».

Cómo olvidar que Tim-Tom anunció en el salón que podía recoger del suelo una regla con las nalgas y luego se pasó diez minutos intentando hacer una demostración.

Lamentablemente, yo no podía olvidarlo.

Sin embargo, Lena no parecía convencida por mi respuesta mientras repartía cartas a todos en la mesa.

—¿Estás segura? —preguntó—. He oído que a los humanos les da miedo acostarse con todo tipo de personas. Les aterra.

Negué con la cabeza.

—No es verdad.

Una parte de mí se sorprendió de que pudiera hablar tan libremente con ellos. Era la vez que más había conversado con alguien. «Raro».

—Entonces, ¿con cuántos hombres te has acostado? —me preguntó una sirena en el extremo del gabinete, y sus grandes pechos se sacudieron mientras saltaba de emoción.

—Oooooooh. —Las sirenas aplaudieron con ánimo.

—Otra buena pregunta —dijo alguien.

Riendo (gimoteando), agité la mano con indiferencia.

La sirena guiñó un ojo, su pelo relucía.

—Ya veo... perdiste la cuenta. Lo respeto muchísimo.

Fruncí los labios.

—No exactamente.

Lena volvió a mover las cejas.

—Al menos dinos con cuántas mujeres has estado.

Me estremecí y negué con la cabeza.

—¿Creaturas? ¿Espartanos? ¿Centauros? —preguntó Lena, con los ojos entornados como si estuviera estudiando a una creatura extraña.

—Espera, ¿los centauros son reales? —le pregunté—. Entonces, ¿tienen cabeza de caballo o cuerpo de caballo?

Se habían celebrado muchos debates sobre el tema en los pasillos de la escuela. Tim-Tom era de los que decían que tenían cabeza de caballo.

—Obviamente cabeza de caballo. —Lena puso los ojos en blanco, como si no acabara de volarme la cabeza—. Ahora responde la pregunta, mujer. ¿Con cuántas personas te has acostado? Cualquiera cuenta. Por favor, madre de los espíritus, dínoslo.

—Espera. —Parpadeé, incapaz de dejarlo pasar—. Entonces los centauros tienen cuerpo *humano*… ¿con cabeza de *caballo*?

Era información que cambiaba la vida.

Lena golpeó la mesa con ambas manos, desparramando las cartas.

—Alexis —advirtió—. Responde la pregunta.

—¿Por qué todas las sirenas te miran con horror? —siseó Nyx—. ¿Les contaste sobre tu *fanfic* de Emmy y Carl? Te dije que eso te hace rara y desagradable.

«Nyx no entiende a los matemáticos como yo».

Lena me dio una palmada en el brazo. Con fuerza. Me miró fijamente y esperó.

«Muy bien, lo digo y ya».

Rascando la laca de la mesa de madera, suspiré pesadamente.

—Nu-nunca he tenido sexo —susurré.

Todas las sirenas asintieron en señal de comprensión, porque la abstinencia era sexy y misteriosa. Al menos en mi mente, eso era lo que pensaba que pasaría.

En la vida real…

—¡NO! —gritó Lena como si le hubieran disparado a alguien. Después, todas las sirenas del gabinete empezaron a gemir. Nyx se unió, solo por dramática.

Me encogí más en el asiento y deseé desaparecer de la faz de la Tierra.

Los espartanos que estaban cercan dejaron de fornicar para ver a qué se debía tanto escándalo.

«No debí decirlo».

Lena me señaló acusadoramente.

—Así que tú eres la mojigata reprimida. ¿Por qué elegiste vivir una vida tan miserable?

«Porque me da miedo la gente. El tacto. La sexualidad».

Encogiéndome de hombros, murmuré en voz baja:

—No había mucho de dónde elegir. —Los dolores fantasma empeoraron.

No era fácil perder la virginidad cuando vivías en una caja de cartón y odiabas que te tocaran.

En lugar de dejarlo pasar, las sirenas se animaron ante mi respuesta.

—Podemos cambiar eso. ¿Quieres coger? ¿Ahora? —Oron puso la mano sobre mi muslo.

Salté lejos de su mano y casi me salgo de mi piel.

—No.

Oron se encogió de hombros, sin dejar de sonreír.

—¿Podemos jugar cartas, por favor? —Miré a Lena suplicante, cambiando de tema.

—Por supuesto —asintió, con expresión seria—. Oh, gran, hermosa mojigata.

Fruncí los labios y decidí sentirme halagada.

«Al menos soy grande y hermosa. Podría ser peor… tal vez».

—Entonces, los ocho cuchillos van en el centro de la mesa —me explicó Lena—. Pero somos nueve, así que nos pasamos las cartas hasta que alguien consiga cuatro espíritus sirena o cuatro Casas Espartanas del mismo color. Si las consigues, tomas un cuchillo, y los demás pueden tomar uno; quien no consiga un cuchillo debe hacer un reto establecido por el resto de la mesa.

—¿Así que nos peleamos por los cuchillos? —pregunté segura de que no entendía.

Todas las sirenas asintieron emocionadas.

—Exacto —dijo Lena—. Lo divertido es cuando se pone violento y la gente se pelea.

—Oh —dije sin saber cómo expresar mis sentimientos con palabras.

«Esto va a ser o muy divertido o un desastre sangriento».

Dos horas más tarde, gritaba de risa mientras le arrancaba el último cuchillo de las manos a Lena antes de que pudiera agarrarlo bien.

—¡No es justo! —gritó—. ¿Cómo demonios sigues agarrando los cuchillos por el lado afilado?

Me encogí de hombros y me limpié la mano en la toga. Unos cuantos cortes en los dedos no eran nada en el gran esquema de las cosas. Rayos, apenas los noté.

—¿Por qué me siento tan alegre? —pregunté sin dirigirme a nadie en particular.

—Es la ambrosía de la comida y la bebida —dijo Lena casualmente.

Me volteé hacia ella.

—¿La qué?

—La ambrosía es una especia insípida en los alimentos que actúa como un estimulante, pero no te preocupes, tu parte humana debería neutralizar los efectos. Los espartanos de sangre pura son los más afectados.

—Qué bueno. —Sonreí (no tenía ni idea de qué estaba diciendo).

Una sirena del extremo de la mesa le gritó a Lena:

—Te reto a que te beses con un espartano y luego le digas a la cara que es feo.

Todos estallaron en carcajadas.

—Tienes que hacerlo —le dije—. Son las reglas.

Lena puso los ojos en blanco y salió corriendo del gabinete hacia la oscuridad. Empujó a un espartano cualquiera contra la pared y lo besó con fuerza. El hombre se derritió en sus brazos.

—¡Usted, señor, es horrendo! —le gritó Lena a la cara.

Nuestra mesa estalló en carcajadas.

Brotaron lágrimas de mis ojos mientras el espartano la miraba con adoración. «Qué idiota».

—¿Quieres una copa? —me preguntó Oron mientras el camarero repartía tragos en nuestra mesa.

—No. —Intenté sonreír, pero acabé haciendo una mueca.

—¿Qué tal un cigarrillo? —La sirena del extremo de la mesa me ofreció uno.

—No. —Me reí—. Estoy bien, ya me siento genial.

—¿Quieres drogas espartanas? —Otra sirena levantó una pastilla blanca—. Te hacen oír colores y ver música.

«Honestamente tentador».

—Quizá más tarde. —Me reí más fuerte. Incluso sintiéndome tan bien, seguía siendo consciente de que no estaba emocionalmente preparada para incursionar en el consumo de drogas duras. Todavía no era mi momento.

—Es nuestra gran mojigata —dijo Lena con orgullo mientras me pasaba el brazo por el hombro.

—¡Bien, siguiente ronda! —Oron recogió los cuchillos manchados de sangre y los volvió a poner en el centro de la mesa. Se repartieron las cartas y empezamos a jugar.

A mitad de la partida, Oron puso su mano libre en mi brazo. Sus gruesos anillos de oro decorados con símbolos de espíritus de sirena se clavaron en mi piel.

—Tienes que probar mi bebida —susurró—. Está muy rica, te va a encantar. —Guiñó un ojo—. Solo un sorbo.

La sensación burbujeante se desvaneció ligeramente.

—No, estoy bi-bien —tartamudeé.

—¡PERDISTE! —Lena me empujó de los hombros y gritó—: ¡Por fin! —Las sirenas levantaron sus cuchillos.

«Maldita sea».

—Como castigo —Lena se dio golpecitos en el labio—, tienes que desnudarte, como el resto de nosotros. —La mesa se rio e hizo escándalo.

Puse los ojos en blanco.

—Ay, por favor.

—¡Hazlo! ¡Hazlo! ¡Hazlo! —Golpearon la mesa cubierta de cuchillos como si fuera un redoble de tambor. Una sirena se estremeció y luego se rio, mostrando un corte donde se había golpeado accidentalmente con un cuchillo.

—Bueno. —Levanté las dos manos y las bajé lentamente hasta los muslos.

Se inclinaron hacia delante con expectación.

En un movimiento rápido, me incorporé torpemente en el gabinete y me subí la falda de un jalón.

Riendo, contoneé las caderas, mostrando los poco favorecedores shorts incorporados a la toga, preservando mi pudor.

—Te he perdido todo el respeto —dijo Nyx secamente.

Con una sonrisa besé su cabeza invisible antes de que pudiera volver a enrollarse, y volví a bajarme la falda. Se deslizó por la parte superior de mi toga para ocultarse de mi atención.

—¡Noooooo! —gritó Lena divertida mientras yo me sentaba, riéndome tanto que no podía respirar. «En estos días todo es realmente hilarante».

Todos reanudaron los coros.

—¡Hazlo! ¡Hazlo! ¡Hazlo!

—¡Yuju! —grité mientras reía. Agarré la manga de mi toga y jalé el material ultraelástico hacia abajo para que mi brazo quedara fuera.

La mesa dijo «oh» y «ah» apropiadamente mientras mostraba el hombro y el codo.

Al parecer, tenía un don para el teatro (desnudarme). «Parece un talento muy lucrativo. Debería dedicarme a esto».

Jalé el otro lado para que mis dos brazos quedaran libres.

Todo el mundo aplaudía y yo me reía. Como una persona introvertida por naturaleza, había algo extrañamente embriagador en toda aquella atención. Volaba por el cielo, ligera como el aire.

Lentamente jalé del material elástico que cubría mi pecho e hice muecas mientras la mesa reía con más fuerza.

La música del piano se detuvo.

Hubo un alboroto en el rincón más alejado de la sala.

El banco salió volando mientras el pianista se levantaba, derribando a tres sirenas desnudas.

Todavía jalando mi toga hacia abajo, retrocedí horrorizada cuando destellaron unos ojos azules como el hielo.

Unas letras tatuadas se extendían en la garganta pálida y las sombras se marcaban en un rostro bien definido. Las fundas de armas se esparcían sobre una camisa de seda blanca con botones de diamantes azules: tenía el pecho lleno de pistolas.

Caronte cruzó la habitación hacia mí.

Con la muerte en sus ojos.

Apartó de un empujón a un espartano desnudo que se le acercó. Luego hizo lo mismo con una sirena.

«Dios mío, él es el pianista».

¿Por qué todos intentaban llegar a él y no alejarse de él?

Entonces me di cuenta: después de la masacre, mientras me recuperaba en Corfú, pensé que había alucinado una música de piano, pero había sido real.

Caronte había estado tocando en la casa.

Distraídamente seguí estirando la tela de mi toga hacia abajo y…

—¿Qué carajos estás haciendo? —La mano callosa de Augusto me rodeó el cuello. Sus dedos se clavaron posesivamente en mi piel sensible. Su otra mano jaló bruscamente de los tirantes de mi toga hacia arriba.

Caronte se detuvo a medio camino. Observó sin pestañear cómo me tocaba Augusto. Su expresión era ilegible.

Olvidé cómo respirar.

—Fue una pregunta sencilla. —Su aliento me hizo cosquillas en la oreja mientras me apretaba más el cuello—. ¿Por qué te quitas la ropa en público?

—Profesor —susurré mientras me asfixiaba—. ¿Qué está haciendo?

Se acercó más, con ojos oscuros y feroces.

—Estoy tomando el control, Alexis —dijo con voz sedosa.

—¿Por qué? —Tragué saliva.

Hizo un ruido áspero y gutural.

—Ya me cansé de fingir.

Su pulgar acarició suavemente mi garganta, sus dedos hacían arder mi piel mucho más fría. Tenía las mangas de la camisa verde oscuro arremangadas, mostrando un antebrazo bronceado cubierto de gruesas venas.

Me dio un vuelco el estómago. «¿Me gustan los hombres mayores?».

Sí, la ambrosía era cien por ciento una droga. No había forma de que pensara eso estando sobria.

Jadeé cuando apretó la mano.

Sus labios se posaron junto a mi oreja.

—Esto no es un juego, Alexis. —Mi nombre rodó sobre su lengua como la confesión de un pecado—. Sé quién eres.

«¿Se trata de mi encuentro con Zeus?».

No retiró sus dedos de mi cuello.

Estaba a su merced.

Atrapada en su trampa.

El calor se acumuló en mi bajo vientre y todo se volvió borroso como en un sueño. El olor a ozono me llenó la nariz y entre nosotros saltaron chispas eléctricas invisibles.

Unos labios cálidos rozaron mi oreja.

—No tienes ni idea de lo que has hecho con tu pequeña exhibición. Lo que empezaste…

Unos escalofríos me recorrieron la espalda.

Inhaló profundamente y dejó escapar un gemido gutural, como si no pudiera contenerse.

—Me enfureces, carajo —dijo tras un largo rato respirando con dificultad, como si luchara por serenarse.

Sus palabras me sacaron de mi trance.

Hice que me soltara del cuello y me dejé caer en el asiento.

—Déjeme en pa-paz —dije apenas capaz de hablar en su presencia.

—¡Suéltala! —gritó Lena, y lanzó sus codos hacia adelante.

Como Augusto estaba inclinado encima de ella para llegar hasta mí, gruñó sorprendido y retrocedió tambaleándose.

—Gracias —le susurré con las manos temblorosas.

—¿Qué te dijo? —preguntó Lena con curiosidad, pero yo mantuve la mirada en la mesa, ya que él seguía parado detrás de ella. Observando. Esperando.

Estaba listo para quebrar mi mente y aplastar mi voluntad.

—Nada bueno —respondí.

«Nada que tenga sentido».

Oron me rodeó el hombro con el brazo y volvió a acercarme a él, que estaba desnudo. «Me está tocando. Me está tocando mucho».

Me quedé helada.

Respirar se volvió todavía más complicado. Sentía que el corazón se me iba a salir del pecho. Mi visión se distorsionó.

—Yo te protejo, Alexis, no te preocupes —dijo Oron—. No dejaremos que te haga daño.

Hice una mueca e intenté incorporarme, pero él me sujetó en el asiento.

Me corría el sudor por las sienes y respiraba entrecortadamente. Me invadió una sensación de debilidad.

Tanto sirenas como espartanos me miraban fijamente.

La sala daba vueltas.

—¿Estás bien, niña? —preguntó Nyx—. ¿Quieres que lo muerda?

El pánico empeoró.

—Necesito salir del gabinete —susurré.

Lena me abrió espacio rápidamente y sus suaves manos me guiaron hacia fuera.

Me levanté temblando.

El problema fue que Oron también me escoltó fuera del gabinete. Me sujetaba por detrás mientras me susurraba trivialidades al oído.

Antes de que pudiera hacer algo, Augusto agarró a Oron de la nuca y lo apartó de un jalón.

—¿Cómo te atreves a tocarla? —gruñó Augusto. Luego arrojó a Oron al otro lado de la sala como si no pesara nada—. ¡SI ALGUIEN EN ESPARTA LE PONE UN SOLO DEDO ENCIMA A ALEXIS... RESPONDERÁ ANTE MÍ! —rugió en la sala.

Parpadeé horrorizada mirando a mi profesor, el hombre que me odiaba.

«¿Qué demonios está haciendo?».

Se encogió de hombros y mostró las armas que llevaba en el pecho.

El pánico llenó mis pulmones.

Me tambaleé hacia atrás.

Jadeando y con las manos en las rodillas, aspiré aire con avidez.

—Lo siento, lo siento, lo siento —le susurré a Lena. Algo me estaba pasando. Había perdido el control.

Ya no estaba volando.

Estaba cayendo en picada.

«¿Qué demonios le hace la ambrosía a una persona?». Se sentía como la adrenalina, pero diez veces peor.

Los espartanos y las sirenas voltearon hacia la conmoción.

La vergüenza me quemaba el pecho.

Antes de que se me ocurriera alguna explicación (o recordara cómo se habla), Augusto se metió en mi espacio personal.

La tensión crepitaba en el aire.

—Alexis, será mejor que abandones el simposio, ahora —ordenó—. O si no... —se interrumpió peligrosamente.

La vergüenza se intensificó.

Con la cabeza gacha avancé tambaleándome hacia la salida tratando de marcharme.

Lena se interpuso en mi camino.

—No sé qué pasa —dijo—. Pero si necesitas ayuda, estoy aquí. No estás sola. No dejes que nadie te trate por debajo de lo que te mereces, grandiosa.

Me miró como si pensara que era poderosa. Solo Charlie me había mirado así.

Respirando profundamente, asentí.

Intenté armarme de valor.

La habitación giró más rápido.

—No me iré —le susurré a Augusto con la vista aún fija en mi nueva amiga. «No dejaré que me mangoneé. Tengo que hablar por mí y defenderme».

Lena me sonrió para alentarme.

Unas manos brutales me agarraron de la cintura y me elevaron en el aire.

Grité y parpadeé conmocionada cuando el hombro de Augusto se estampó contra mi estómago.

Me había echado sobre su hombro.

Me llevaba hacia la puerta.

—¡Deténganlo! —gritó Lena, pero los espartanos la retuvieron cuando intentó correr detrás de nosotros.

El resto del gabinete se paró a su lado con expresiones furiosas, sosteniendo amenazadoramente los cuchillos manchados de sangre.

A unos metros, Patro alzó las cejas mirando a Augusto como si le sorprendieran sus acciones, pero se apoyó contra Aquiles y no intervino.

El resto de los espartanos se esforzó por apartarse del camino de Augusto. Todos lo respetaban y pensaban que era justo.

Nadie iba a ayudarme.

Levanté la cabeza y le sonreí a Lena.

—Estaré bien —dije sin querer asustar a mis nuevos amigos con la oscura realidad de mi vida.

Sin embargo, las sirenas no debieron creerme, porque resonaron gritos y se desató una pelea de empujones.

Sentí pánico por mis nuevos amigos. El dolor me atravesó el pecho, brillante y caliente.

«¿Me estoy muriendo?».

Augusto abrió la puerta de golpe para abandonar el simposio. Lo último que vi fue a un espartano empujando a una sirena y ella cayó al suelo, gritando, con espuma burbujeando en las comisuras de sus labios.

—¡Tenemos que ayudarla! —le dije a Augusto mientras esperaba a que me bajara, golpeando su espalda. El pánico se intensificó.

—Alguien más la va a ayudar —gruñó—. Los mejores médicos olímpicos del mundo están ahí dentro.

«Tiene razón».

El dolor punzante de mi pecho se disipó lentamente y dejé de forcejear, pero él seguía sin soltarme.

Bajó los escalones y cruzó los campos en silencio.

Tardé un segundo en darme cuenta de que el bulto de su pierna era Poco. El mapache estaba enrollado alrededor de su pantorrilla, mirándome con expresión curiosa.

Augusto nos llevaba a los dos como si nada; sus eran pasos largos y poderosos.

Su brazo derecho me apretaba las piernas y su mano me agarraba del muslo derecho.

La cabeza me daba vueltas. Nada parecía real.

Sus callos rozaban mi piel mientras me apretaba, «probablemente se los hizo luchando contra titanes».

Me estremecí.

Me hormigueaba la piel.

Su respiración era ruidosa y agitada, y su pecho se sacudía a cada paso. Sin embargo, no parecía cansado sino salvaje, como si tratara de dominarse.

La luz de la luna proyectaba extrañas sombras plateadas y yo temblaba de frío.

—Bájeme —exigí cuando se me pasó la conmoción lo suficiente como para que pudiera hablar.

Su mano en mi muslo apretó más.

Fue su única respuesta.

Un extraño malestar me quemaba viva y unas oscuras mariposas me revoloteaban en el estómago.

—¿Debería hacer algo? —preguntó Nyx alrededor de mi cuello e incluso ella sonaba insegura, como si no supiera qué hacer.

Su voz me sacó de la conmoción.

—No —le dije—. Yo lo haré.

Después de respirar hondo para calmarme, golpeé su espalda con los puños y me retorcí lo más que pude.

—¡Suélteme! —exigí golpeando con todas mis fuerzas, luchando por la libertad.

Los músculos se crisparon bajo mis puños, pero los pasos de Augusto no vacilaron.

Ni siquiera gruñó.

Luché más y grité con todas mis fuerzas, manoteando y pataleando, desesperada por liberarme.

Minutos después me quedé sin fuerzas.

Jadeando de agotamiento, estaba demasiado cansada para seguir luchando. Poco chilló hacia mí y yo le hice una mueca.

«Tu gusto en espartanos apesta. ¿Cómo pudiste vincularte con él?».

Poco bufó. Le devolví el bufido.

Me clavó las uñas en los muslos mientras me cargaba, lo suficientemente fuerte como para hacerme moretones. Me moví ligeramente y Augusto emitió un sonido gutural.

—Una hora —dijo con voz suave—. Patéame una vez más, y añadiré una hora al castigo que ya te ganaste.

Me quedé inmóvil, con la pierna quieta.

—¿Qué castigo? —pregunté. Era la primera vez que me hablaba desde el simposio—. ¿Una hora de qué?

—Te lo advertí —dijo en voz baja con la voz vibrando de rabia—. Esta vez me presionaste demasiado.

—Espere, ¿qué me advirtió? —pregunté realmente confundida.

No contestó.

«Para nada críptico e inquietante».

«Genial, definitivamente va a torturarme».

—Eh, niña —susurró Nyx mientras se aferraba de cabeza a mi cuello—. Creo que le gustas a Augusto, creo que le gustas mucho.

Negué con la cabeza y respiré hondo.

—Por supuesto que no —dije en voz baja—. Me odia.

—Por supuesto que sí. —Nyx se estremeció—. Está loco por ti, casi con ferocidad. Te metiste en un problema enorme, hermana. Es mucho peor de lo que pensaba. Te odia tanto que quiere pelear contigo… en la cama.

Me atraganté. Una burbuja de risa maniaca me estalló en la garganta y las lágrimas de desesperación brotaron de mis ojos.

—Carl Gauss jamás me trataría así —susurré miserablemente—. ¿Qué pasó con los hombres amables que aman las matemáticas y tratan bien a una mujer?

Nyx resopló.

—Se extinguieron porque eran unos perdedores patéticos y vergonzosos. Ninguna mujer quiere a un nerd.

—Yo sí —dije.

—No, solo crees que es lo que quieres —siseó Nyx—. Lo que realmente quieres es un hombre de verdad que quiera masacrar por ti.

Sacudí la cabeza.

—Necesitas ayuda. —Mis lágrimas seguían fluyendo.

—Bueno, pues tú necesitas que te la metan.

Lloré más fuerte porque era oficial: mi mejor amiga era una lunática pervertida. Era demasiado. No podía seguir viviendo así.

Mis huesos eran de goma, mis músculos, ridículamente débiles.

Lena pensaba que yo era poderosa; me había mirado con esperanza, como si creyera en mí. Sin embargo, algunos oponentes eran demasiado crueles, demasiado despiadados para seguir luchando. A veces, solo había un camino que seguir.

Cerré los ojos y aflojé todo mi cuerpo.

A veces lo único que podías hacer era hacerte el muerto y esperar a que pasara la tormenta.

Así dolía menos.

Dos voces susurraban en el límite de mi subconsciente.

Me observaban.

Fijamente.

Acosándome.

Me desperté con un grito ahogado. El corazón me latía dolorosamente dentro del esternón.

Nyx murmuró algo, pero no se despertó.

Estaba sola.

El suave plop, plop, plop de la cera de las velas y el crepitar del fuego eran los únicos sonidos.

Me froté los ojos e intenté orientarme.

Lejanamente recordé haberme dormido mientras Augusto me llevaba cargando de vuelta a la academia. Sonreí al recordar los acontecimientos del simposio antes de que él arruinara todo.

«Por fin descubriste tu habilidad espartana. Sí tienes poderes. Puedes hablar con las creaturas sintientes».

El alivio me mareó.

«Esa sirena estaba gritando… la hirieron por tu culpa».

Sentí náuseas.

Me incorporé y contemplé la grandiosidad de la biblioteca de la academia.

Estaba acostada en un sillón de terciopelo enfrente de una chimenea y alguien me había envuelto en una manta de punto. El suave tejido me envolvía los pies, como si me hubieran arropado.

Una manta valía su peso en oro, ya que las temperaturas otoñales habían hecho miserable la vida en la montaña, de por sí helada.

¿Habría sido Augusto? «No, él no habría hecho algo así. Me odia».

Me miré los muslos y suspiré pesadamente. Tenía moretones donde me había agarrado.

«Al menos ya no me sangran los oídos».

Había puesto la vara alarmantemente baja.

Con cuidado, me subí mi nuevo tesoro hasta los hombros y me levanté cojeando.

Bostezando, miré el reloj de pared: apenas eran las tres de la madrugada. Todavía no había salido el sol, por eso los demás iniciados no habían vuelto del simposio.

Tenía unas horas para mí.

Suspirando de nuevo, me desplomé en el asiento en el que siempre estudiaba y alcancé con los dedos la esquina de mi libro de Matemáticas Thagoreanas, en el que había escrito mi nombre en la portada.

«Podría aprovechar este tiempo para estudiar un poco».

Nunca lo habría admitido enfrente de los otros iniciados, porque se quejaban constantemente de la clase, pero yo disfrutaba mucho lo complicadas que eran las ecuaciones de Matemáticas Thagoreanas.

Me encantaba la emoción de desenredar los pasos y encontrar la solución.

Eso era lo bueno de las matemáticas: siempre había una respuesta correcta. El proceso podía ser desordenado, pero la solución era en blanco y negro.

Ninguna otra cosa en la vida era tan sencilla.

Desde la estúpida prueba de mérito espartana todo era confuso.

Sentí ardor en la nuca y gemí, pero me negué a mirar a mi alrededor.

«Nadie te está viendo. Todo está en tu cabeza».

Ignorando el deterioro de mi estado mental, abrí el libro de texto, desesperada por encontrar una distracción.

Encontré una ficha bibliográfica.

Le di la vuelta con un bostezo. Tenía unas palabras garabateadas desordenadamente con tinta:

Vete de Esparta ya o habrá terribles consecuencias para ti.

Tienes hasta el Baile de Iniciación de enero para desaparecer.

Si no haces caso a esta advertencia, te arrepentirás.

Puse los ojos en blanco y metí la nota en la solapa de la contraportada del libro.

Qué amenaza más trillada.

Parecía el tipo de nota que haría un niño para asustar a alguien.

Estaba atrapada en una academia, muriéndome de hambre y estudiando hasta que no podía confiar en mis pensamientos. El hecho de que alguien quisiera que me fuera era el menor de mis problemas. Jessica había sido más cruel con sus insultos.

Seguramente la había escrito Tito o Alessandro.

Los dos tenían acceso a mis libros y habían estado demasiado callados después del incidente de la pelea, pero yo esperaba una forma de represalia mucho más ruda.

Riéndome para mis adentros, como si hubiera perdido la cabeza (así era), me envolví la manta alrededor de los hombros y reacomodé la silla. Chocó contra algo pesado.

Me agaché y recogí el objeto.

Era una caja de tamaño mediano.

Estaba envuelta en terciopelo rojo, con un lazo de seda negra con bordes dorados atado en la parte superior. Mi nombre estaba escrito con letra cursiva en una tarjeta.

«Oooh, un regalo».

Nunca había recibido uno. Era un lujo del que Charlie y yo jamás nos molestamos en hablar. Cuando uno se moría de hambre, se entendía cómo eran las cosas; había prioridades, y los regalos frívolos no eran una de ellas.

«¿Tal vez sea de la misma persona que me dio la manta?».

Desdoblé lentamente los bordes perfectos y no pude evitar que se me dibujara una sonrisa en la cara. «Quizá la suerte por fin me esté sonriendo».

Después de los dramáticos (horripilantes) acontecimientos de ayer, necesitaba una victoria.

Lentamente retiré la pesada tapa.

La sonrisa se me borró de la cara.

Los segundos se convirtieron en minutos mientras miraba el contenido sin comprender.

Me quedé helada.

Incapaz de moverme.

Sobre la mesa empezó a gotear agua y me di cuenta de que estaba llorando.

Unas escamas se deslizaron contra mi garganta y me levanté de un salto, casi cayéndome del asiento, con el corazón palpitante. Un grito me quemó el fondo de la garganta. «Es solo Nyx moviéndose en sueños».

Parpadeé, me acerqué lentamente a la caja y ahogué un grito, porque era exactamente lo que había pensado.

Sobre el papel de seda negro había cuatro objetos: dos globos oculares cubiertos de venas rojas, una nariz destrozada y un dedo de hombre con gruesos anillos de oro. Todos estaban salpicados de sangre.

Los ojos eran color pastel.

Los anillos tenían el símbolo del espíritu de las sirenas.

Era Oron... *partes* de él.

De repente, la nota que había encontrado en mi libro ya no parecía un juego de niños. Alguien lo había asesinado. Lo había hecho pedazos. Solo para advertirme que me alejara de la academia.

Mi mano sufrió un espasmo de horror y la caja se volcó.

Algo brilló bajo las partes del cuerpo de Oron.

Tenía demasiadas náuseas como para mirar.

Con todo el cuerpo entumido y los dedos temblorosos, volví a tapar la caja y la envolví con el lazo.

Como una zombi, salí de la biblioteca y subí las escaleras, adentrándome en la noche. En la ladera de la montaña encontré una gran roca sobre la hierba. La hice rodar y encontré tierra fresca.

Entonces, me puse a cavar.

Cuando logré hacer un pequeño agujero, metí la caja y la cubrí con tierra.

Por un segundo pensé en decir unas palabras. «Está muerto por tu culpa. ¿Qué estás haciendo? Estás enloqueciendo».

Con los ojos muy abiertos me di la vuelta y corrí lo más rápido que pude de vuelta a la academia.

Directo al baño.

Me desplomé sobre el asiento oxidado del escusado, me abracé las rodillas contra el pecho y me mecí.

Mis dientes castañeaban por el shock.

Estaba paralizada.

Horas después, los chicos reían a carcajadas al volver del simposio.

Con estupor me puse de pie, me limpié los ojos y me dirigí tambaleándome a la biblioteca.

—Oye, lo que pasó fue una locura. No puedo creer que el profesor Augusto te sacara de esa manera —Drex corrió hacia la entrada cuando llegué—. Todo el mundo está hablando de eso, ¿viste cómo te miró toda la noche? Literalmente se quedó en un rincón mirándote, sin tocar a nadie. Era espeluznante.

Lo miré sin comprender, incapaz de hablar.

Debió ver algo en mi expresión porque hizo un gesto de indiferencia con la mano.

—Pero no es para tanto. La verdad, todo el mundo estaba sorprendido con lo de la sirena que murió.

Levanté la cabeza.

—¿Qué le pasó? ¿Quién lo ma-mató?

Ya sabían que Oron estaba muerto.

«Recibí sus partes en una caja. Ayuda».

Las ganas de contárselo me quemaban la punta de la lengua, pero no sabía lo suficiente sobre Esparta. El inframundo parecía un lugar aterrador; podían culparme y apresarme.

Drex arrugó la frente con confusión.

—¿Quién lo mató? No, todo el mundo habla de la mujer sirena que cayó muerta después de que te sacaran.

El entumecimiento se convirtió en una avalancha aplastante.

—Todos piensan que la envenenaron —Drex hizo una mueca—. Probablemente fue otra sirena. Tienen rivalidades. O quizá una creatura oscura, o un ctónico; se sabe que atacan a otros espartanos. Tal vez estaban tratando de envenenar a un olímpico, pero la envenenaron a ella.

Choqué de espaldas contra un estante y me desplomé en el suelo.

Drex abrió los ojos de par en par y me ofreció la mano para levantarme.

No la tomé.

—Lo siento —dijo apresuradamente—. No debería haberte dicho nada. Pero no es culpa tuya; aunque Augusto no te hubiera sacado, probablemente en algún momento habrían estallado y la habrían matado más tarde. Los ctónicos no necesitan razones.

Jadeé mientras me levantaba.

Los únicos ctónicos ahí eran mis mentores, Augusto y Caronte. No los veía matándola.

—¿Por qué hablas de esa manera cuando tú eres ctónico? —susurré cuando por fin recuperé la capacidad de hablar.

Drex retrocedió.

—Yo no soy ctónico.

—Yo te vi... en la masacre —susurré.

Palideció.

—¿De qué hablas? Yo no hice nada.

«¿Por qué miente?».

—No se lo digas a nadie, pero mi habilidad es la resistencia. Mi mente se pone eufórica y entro en un estado de trance. Puedo correr kilómetros... es una locura. —Sonrió, claramente orgulloso de lo que podía hacer.

«Entonces, ¿quién mató a esos tres chicos en la masacre?».

Habría jurado que tenía la mano extendida y los ojos rojos en aquella extraña niebla.

Se me erizaron los vellos de la nuca cuando escuché los susurros de voces extrañas.

—¿Oyes eso? —Señalé hacia el sonido.

—¿Qué? —preguntó Drex.

Las voces se hicieron más fuertes.

—Eso… esas voces. —Señalé de nuevo.

Drex miró en esa dirección.

—No oigo nada en lo absoluto —dijo—. Nada.

Dejé caer la mano.

«¿Cuánto tiempo llevo volviéndome loca?».

Todo se desmoronaba a mi alrededor y nada tenía sentido.

«¿Tengo un tumor cerebral? ¿No corren las mujeres riesgo de esquizofrenia hasta los veintiséis años? ¿Quizá mi ojo y mi oído no fueron los únicos afectados por la paliza y también mi cerebro se dañó permanentemente?».

—Olvídalo —le susurré a Drex.

—¿Estás bien? —me preguntó mientras se acercaba a mí—. Te ves muy pálida.

Retrocedí contra el estante para evitar su contacto.

Drex levantó las manos en señal de rendición.

—Intenta respirar hondo. Todo va a salir bien —dijo amablemente—. Sé que ha sido difícil para ti últimamente, y luego que Augusto hiciera una escena como la que hizo. Pero probablemente lo olvidará en uno o dos días.

Drex me miró y me di cuenta de que estaba esperando que hiciera algo.

Asentí.

—Sí —mentí—. Se-seguramente.

Me levanté y traté de parecer normal, como si no me estuviera derrumbando por dentro.

—¿Puedes ayudarme un poco antes de clase? —preguntó Drex esperanzado.

Me tragué un gemido.

—Claro.

Entumida, volví a sentarme en el asiento donde había encontrado la caja con partes del cadáver de Oron y abrí el libro en el que aún estaba metida la horrible nota.

Con los labios fríos le enseñé conceptos a Drex y los tracé.

En un momento, Máximo Hera, el agradable iniciado con mechas azules en el pelo rubio, se sentó a mi lado y nos preguntó si podía estudiar con nosotros. Drex aceptó antes de que yo pudiera negarme.

Máximo estuvo hablando todo el tiempo.

Me quería morir.

Horas más tarde, miraba inexpresivamente el suelo rocoso del salón de clases mientras Augusto contaba un antiguo cuento en latín sobre saltos de toro.

Se detuvo a mitad de la historia.

—Alexis, ¿dónde dije que ocurrió esto? —Su voz me azotó cruelmente.

—En Micenas —respondí sin inflexión. Mi voz me sonó extraña. Árida y fría.

Pasó un largo rato mientras Augusto fruncía el ceño y me miraba fijamente. Entornó los desalmados ojos negros como si intentara resolver un enigma.

Le devolví la mirada.

Indiferente.

Helada.

Apenas viva.

«Quiebra mi mente. Apodérate de mi voluntad. Te reto».

Por primera vez, él apartó primero la mirada.

No sentí ninguna satisfacción.

De hecho, no sentí nada.

20
EL PIANISTA
CARONTE: UNAS HORAS ANTES, EN EL SIMPOSIO

Me incliné hacia delante en el piano y observé a mi presa.

Alexis estaba sentada en una mesa rodeada de sirenas. Sonreía y se carcajeaba libremente mientras hablaba con las creaturas desnudas. «¿Qué otros secretos tienes, *carissima*?».

El hombre sirena sentado a su lado se le acercó más, mirándola con lujuria pura.

Apreté los dientes.

Perdí una nota.

Los músculos de mis muslos se agarrotaron. Necesité todo mi control para no levantarme y clavarle la daga en la garganta.

«Piensa en el largo plazo, Caronte».

«No arruines tus planes cuidadosamente trazados».

Golpeé las teclas de marfil con los dedos y pisé el pedal con tanta fuerza que el piano crujió.

Otro espartano olímpico se arrastró hacia el banco del piano, y le di una patada con asco. No me interesaba jugar con mediocres; tenía gustos exquisitos.

Una vez que me decidía, nada podía hacerme cambiar de opinión.

Estaba mirando lo que quería.

Can y Cerbero yacían a mis pies con el pelo erizado de fastidio, mientras un flujo constante de sirenas y espartanos se arrastraba hacia mí, intentando seducirme.

Me arrepentí de haber malgastado mis poderes con ellos alguna vez.

Ninguno se lo merecía.

Respirando hondo, me concentré en la música y en nada más.

Moví los dedos rápidamente sobre las teclas y me perdí en el flujo de una melodía más rápida. Ante mí se sucedían planes y movimientos, y los estudiaba detenidamente.

No había margen de error.

No con lo que estaba en juego.

Hubo una explosión de risas en toda la sala y me incliné hacia delante para mirar por detrás de la columna. Era incapaz de evitar la atracción magnética que Alexis ejercía en una habitación.

Mis dedos se quedaron quietos.

Alexis estaba de pie junto al gabinete, con su piel reluciente como el oro pulido, los ojos de distintos colores arrugados por la risa.

Tenía sangre seca en los labios de curvas perfectas, los brazos manchados de tierra y rizos desordenados en la cara: parecía un ángel mugriento.

Nunca había conocido a alguien que fuera una combinación tan embriagante de timidez y sed de sangre.

Me aflojé el cinturón con incrustaciones de diamantes para liberar la presión de mis pantalones.

Alexis sonrió seductoramente, bajándose poco a poco una de las mangas de la toga.

Me toqué por encima de los pantalones.

La miré fijamente, embelesado.

El infierno gruñó en lo más profundo de su garganta, y me sacó de mi trance. «¿Qué carajo está haciendo?».

Me levanté y tiré el banco del piano hacia atrás. Hubo gente que gruñó de dolor y los ignoré.

«Tengo que detenerla. Si las sirenas ven su carne desnuda, por el amor de Cronos, las mataré a todas».

Atravesé la sala furiosamente, aparté a un espartano de mi camino.

A medio camino hacia mi presa, me detuve.

Augusto la agarró del cuello y la detuvo.

La estaba asfixiando.

Suavemente.

Sus ojos oscuros estaban abiertos de par en par, llenos de rabia. Se inclinó hacia ella y le susurró algo al oído; su largo cabello blanco y negro colgaba entre ellos como una cortina de seda. La cicatriz que le cruzaba el pómulo y la nariz parecía una cortada furiosa.

La lujuria se intensificó diez veces.

Juntos eran devastadoramente seductores.

Ambos eran crueles.

Ambos excepcionalmente atractivos.

Augusto y yo habíamos compartido cientos de personas a lo largo de los años. Preferíamos coger juntos. Evitaba que la gente se encariñara demasiado y era divertido hacer que sollozaran por un éxtasis inimaginable.

Sin embargo, nunca me había sentido así.

Me llené de orgullo al ver cómo Alexis se derretía bajo su contacto.

El calor resplandecía en las miradas de ambos.

Sonreí.

Las cosas avanzaban más rápido de lo que esperaba; habría que acortar los plazos.

Lentamente me agarré la verga palpitante y me acaricié.

El placer era de otro mundo.

Apreté.

Un hombre sirena gimió mientras se apretaba contra mí.

Gruñendo aparté la mano y empujé al hombre. Cayó al suelo y le di una patada; luego, tomé una copa de una bandeja y bebí. La ambrosía quemaba de forma deliciosa.

Era hora de ponerse a trabajar.

Tenía una presa que atrapar.

21
EL ATAQUE DEL TITÁN
ALEXIS: A FINALES DE NOVIEMBRE

Una luz dorada brillaba sobre el mar Jónico conforme el sol se ponía en Corfú.

La brisa de finales de noviembre soplaba a través de las puertas francesas con un ligero frescor, y unas voces masculinas reían estridentemente en algún lugar de la casa. Yo estaba acostada en mi cama.

No había tenido ganas de reír desde que había recibido el aterrador regalo hacía dos meses.

«No puedo creer que mañana vuelva a ese infierno».

Gemí de frustración porque el tiempo pasaba con una rapidez inquietante.

La vida era una niebla de tortuosa monotonía.

Sobre todo porque era una cobarde y había renunciado a asistir a los simposios de los dos últimos meses.

Cada semana pasaba hambre, sufría deshidratación, lloraba mientras corría el circuito, ahora helado, deseaba poder darme un baño porque me sentía mugrienta y estudiaba hasta que me quería morir.

«Puede que esto sea peor que la escuela. Tal vez».

Jessica y Tim-Tom habían sido torturadores únicos en su especie.

Ahora, recostada en la cama y haciendo una gráfica de la hipótesis de Riemann, me metí agresivamente una uva en la boca.

Sonaba música clásica en el radio recargado contra mi almohada.

Llevaba todo el fin de semana intentando relajarme, pero mis pensamientos no dejaban de escaparse.

«¿Una hora corriendo? ¿Una hora haciendo abdominales? ¿Un examen de una hora?».

La desconcertante amenaza de Augusto seguía persiguiéndome semanas después.

A lo largo de los dos últimos meses, el profesor no había dado ningún indicio de lo que había querido decir mientras me cargaba sobre su hombro como un bárbaro.

Me froté el cuello y el muslo donde me había dejado moretones.

Unas extrañas náuseas me revolvieron el estómago y respiré profundamente por la nariz mientras esperaba a que se me pasaran.

Revoloteaban mariposas oscuras.

Todo en ese hombre me confundía.

Se había propuesto gruñir de disgusto cada vez que leía mi nombre en primer lugar después de los exámenes, y después me lanzaba una mirada venenosa. Si las miradas mataran, yo estaría ya dos metros bajo tierra.

«¿No se supone que los profesores favorecen al mejor estudiante?».

La verdad de mi existencia se estaba volviendo deprimentemente obvia: no le caía bien a la gente.

Había algo anómalo en mí.

Estaba defectuosa.

Las cortinas se agitaban con ráfagas de viento y las sombras se alargaban con la puesta de sol, así que me subí la capucha de la enorme sudadera de apoyo emocional.

Nyx roncó y se movió debajo de ella.

Alguien había dejado esa prenda negra en la silla de mi habitación hacía semanas, justo después del incidente de la caja, y como la tela era ridículamente suave (lo más bonito que había sentido o usado en la vida) ahora era mía.

La calavera de la parte de enfrente, que tenía el dedo medio levantado, me había conquistado.

«A la *nierda* el *buto* mundo. La vida es así de *berra*».

Sí, estaba en mi etapa emo.

No, no quería hablar de ello, de eso se trataba, pero estando comprometida con ese estilo de vida, estaba experimentando con los insultos en mi mente.

Estaba haciendo algunos progresos (ninguno).

Años de asociar los insultos con los padres adoptivos era un hábito difícil de romper. Aun así, intentaba superar el bloqueo mental.

«No quiero volver a esa detestable insolente academia mañana», practicaba mentalmente.

Afuera de mi habitación, las voces masculinas se hicieron más fuertes y alguien estalló en carcajadas.

Dejé la pluma y bajé el volumen del radio para poder escuchar a escondidas.

En mis días libres solía evitar a mis mentores, sobre todo porque *él* siempre andaba por ahí.

—Aquiles, ¿leíste *Crónicas del halcón* el mes pasado? Me lo mostró Helena —dijo Patro en voz alta en la cocina—. Caronte, saliste en primera página. ¿Así que al fin elegiste con quien casarte? ¿Uno o dos olímpicos? ¿Quiénes son?

Una voz femenina hizo un ruido de escándalo y despertó mi interés. En todo el tiempo que llevaba con ellos no había venido ninguna mujer.

Una voz áspera rio sombríamente.

—Algo así —dijo Caronte.

«Hablando del diablo».

Me quedé estupefacta.

«¿Satanás tiene un amante? ¿Tal vez dos? Pobres olímpicos. Rezo por ellos».

Se dijeron más palabras que no pude escuchar. Luego se hizo el silencio mientras los hombres volvían al otro lado de la casa.

Con un gruñido en el estómago, me metí a la boca el último bocado (la mitad de la bola) de queso y me dirigí de puntitas a la puerta con el plato vacío.

Tras comprobar que no había moros en la costa fui apresuradamente a la cocina.

Llené mi plato con la comida que siempre había en la barra y me di la vuelta para marcharme, pero me llamó la atención un pergamino amarillo que estaba sobre la mesa. Estaba parcialmente desenrollado y cubierto de colores.

Me senté y lo abrí con manos vacilantes.

En la parte superior estaba escrito *Crónicas del halcón* en negritas. «La principal fuente de noticias de Esparta».

Una colorida foto de Caronte vestido de traje en un gran salón de baile ocupaba la mayor parte del pergamino.

Sus glaciales ojos azules brillaban amenazadores en la página, con los labios fruncidos. Una corona de plata con rubíes brillaba sobre su cabello oscuro.

«El diablo es realmente guapísimo».

En gruesa tinta negra se leía: «Chico malo ctónico: El soltero más codiciado de Esparta fue visto enviando joyas de compromiso el mes pasado. ¿Quién es el afortunado heredero o la afortunada heredera de los olímpicos?».

Debajo estaba la historia detallada:

> En el baile anual de la Casa de Dioniso, los ojos azules de Caronte brillaban de nostalgia. Se negó a bailar con cualquiera de los espartanos elegibles y, en lugar de eso, se quedó pensativo, con la cabeza claramente llena de pensamientos sobre su(s) amor(es). Nuestras fuentes confirman que envió los tres regalos de compromiso habituales, uno de los cuales fueron los valiosos diamantes azules de la Casa de Artemisa. Damas y caballeros, el cortejo del siglo ha comenzado.
>
> ¿Quién es el afortunado ciudadano de Esparta? No nos cabe duda de que recibió las joyas, aceptando así el compromiso. ¿A qué afortunado(s) olímpico(s) dedicará su vida el soltero más codiciado de Esparta? La ley sobre el matrimonio ha sido un éxito rotundo, motivando a los jóvenes espartanos a encontrar el amor verdadero.

Resoplé y me metí una uva a la boca.

«Sus amantes van a necesitar mucho más que joyas. Seguramente una lobotomía y una pistola, por seguridad. ¿Quién dormiría voluntariamente junto a ese psicópata por la noche?».

El resto de la historia era igual de ridícula, llena de lenguaje cursi sobre suspiros y un gran romance secreto.

«¿Quién se cree esta basura?».

Aunque, cuando Patro preguntó al respecto Caronte no lo había negado.

«¿Será que quizás de verdad está enamorado?».

Me estremecí de horror. Algunas personas deberían pasar su vida solas; él era una de ellas.

Seguí desenrollando el pergamino y me atraganté con la siguiente historia. Trozos de uva se atascaron en mi esófago.

Tosiendo, miré la foto con incredulidad.

Era yo, sentada a solas en un gabinete oscuro en el simposio. Estaba encorvada, parecía miserable, y el gris blanquecino de uno de mis ojos contrastaba tremendamente con mi ojo oscuro y me daba un aspecto amenazador.

«Caray, mi cabello sí que está encrespado».

Las manchas de sangre bajo mi nariz y mis ojos tampoco eran atractivas.

Suspiré. No podían haber encontrado una foto más fea, aunque lo hubieran intentado.

«Qué groseros».

Debajo de la imagen, un texto en negritas decía: «Conoce a Alexis Hert, el nuevo prodigio olímpico. Zeus confirma que la mestiza abandonada es suya, y sus compañeros de la academia lo cuentan todo».

Sintiéndome violada, busqué la historia.

> —No, no es tan atractiva como dice la gente —nos cuenta su compañero Tito—. Sus ojos son raros y se le ha hecho demasiada publicidad. Tuvo suerte en la pelea, y sus calificaciones en los exámenes apenas superan a las del resto del salón.

Por supuesto que habían entrevistado a Tito, de entre todas las personas.

«Nota mental: míralo lo más posible esta semana». Esperaba que mis ojos lo perturbaran.

«A la nierda».

—¡Santo Cronos, eres tú! —vociferó una chica desde la puerta, y yo grité por la sorpresa.

Me agarré el pecho y me desplomé sobre la mesa mientras intentaba superar el infarto.

—Mis hermanos no me dijeron que estabas aquí. De haberlo sabido, habría ido a presentarme —dijo la chica con entusiasmo, como si mi presencia fuera estimulante—. Soy Helena. —Una corona de rubíes brillaba sobre su cabeza.

—¿Tus hermanos? —pregunté boquiabierta mientras mi cerebro asimilaba lo que estaba diciendo.

«Es la heredera de la Casa de Afrodita».

Todo el mundo sabía quién era.

—Patro es mi medio hermano por parte de mi mamá. Y Augusto es mi hermano mayor, y es *muy* sobreprotector. —Helena suspiró dramáticamente, luego se movió a mi izquierda y murmuró algo indescifrable sobre los chicos.

No podía imaginarme que Augusto tuviera una hermana menor.

«Probablemente le gruña como una bestia».

La hija de la mujer más bella del mundo estaba frente a mí (una chica que encarnaba un trol de montaña).

—Oh, bi-bien —dije, tan elocuente como siempre. En ese preciso momento, mi estómago soltó un sonoro gorgoteo.

—No te molestaré —dijo Helena—. Sé que estás entrenando y haciendo la prueba ahora mismo, lo cual literalmente es una locura. Seguro que tienes que meditar y estudiar. Debes ser taaaan fuerte mentalmente.

Me atraganté con la galleta que me estaba metiendo a la garganta.

Yo no diría que «fuerte» era el adjetivo adecuado.

Helena desvió respetuosamente la mirada mientras yo escupía y agitó las manos en el aire.

—Sigue esforzándote tanto —me dijo—. Quizá nos veamos por ahí. Sería muy divertido. Te juro que no hay mujeres en toda Esparta, especialmente jóvenes como nosotras. ¿Sabes? —Asentí con un gruñido, aunque no lo sabía.

No sabía nada.

En ese momento, estaba cincuenta por ciento convencida de que estaba muriéndome de hambre en una caja de cartón y teniendo un sueño lúcido sobre Esparta. Todo parecía surrealista y se volvía más extremo a cada minuto.

Helena se acercó más.

—¡Es una locura! Especialmente no hay mujeres ctónicas jóvenes. Soy la única. Es un horror. Que la Gran Guerra matara a todos los ctónicos realmente fue terrible para las citas y las amistades; en especial porque los hombres ctónicos pueden ser tan rígidos. Bueno, tú conoces a Augusto. Ya sabes a lo que me refiero.

«¿Te refieres al hecho de que es el hombre más grosero y beligerante de la tierra?».

Asentí, estupefacta.

Era la espartana más normal que había conocido.

—En fin. —Helena se encogió de hombros con indiferencia—. Al menos los ctónicos son fuertes, y nos hemos unido mucho. Todos nos protegemos entre nosotros. Es agradable, si dejas de lado las fanfarronerías y la melancolía.

«Creo que confunde la psicosis con la protección. Pobrecita».

Helena debió de malinterpretar el horror en mi expresión, porque me dio una palmadita en el brazo.

—No te preocupes, tú no eres una olímpica débil como los demás... Lo sé por tu forma de comportarte: me recuerdas a mi hermano. Eres fuerte como un ctónico.

—¿Gracias? —respondí.

«Tu hermano me aterra, así que eso es alarmante».

Ajena a mi pánico, Helena se marchó de la cocina con un vaso de agua en la mano.

—¡Conserva la fuerza mental! —me gritó desde el pasillo—. Mantente en calma. Sin duda esa es la clave.

Se me crispó el ojo.

Sin duda, la clave era matarme antes de tener que regresar.

Pero me encantaba su espíritu de lucha.

En mi visión periférica, el pergamino desenrollado proclamaba el compromiso de Caronte y exhibía mi mal día de cabello. Fruncí el ceño al recordar las palabras de Tito.

Con resentimiento, tomé más comida de la barra y me la metí a la boca toda a la vez.

De vuelta en mi habitación, recogí una almohada con rabia y la lancé de una patada al otro lado de la recámara. Gritando con los dientes apretados caí bocabajo sobre la cama y golpeé el colchón con los puños.

Ayudó escasamente (para nada).

A Helena no la habría impresionado.

Mientras estaba acostada en la cama imitando a un cadáver, dos voces susurraron en el rincón de mi habitación.

«No».

«Por supuesto que no».

«¡NO!».

No lo soportaba.

Me levanté de la cama, me acerqué al rincón y señalé la silla.

—No sé quiénes son —les dije a las voces—. O por qué susurran y me siguen constantemente, pero ya estoy harta. ¡Ya basta! —Hice una X con las manos.

La silla no se movió.

Las cortinas se agitaron al soplar la brisa.

La habitación estaba en silencio.

«Estás enloqueciendo otra vez, Alexis. Contrólate, mujer. No hay voces susurrando. Te estás imaginando cosas».

En estos días, la cordura era más fácil de nombrar que de mantener.

Me jalé el pelo rizado (encrespado) respirando erráticamente, y me alejé lentamente del objeto inanimado al que acababa de regañar.

Había gritos de auxilio y había *gritos* de auxilio. Este era de los segundos.

Caí de rodillas.

Enterré la cabeza entre mis manos.

—Nierda, perga, berra, buta, caray, binche, tendeja —gemí sin esperanza, pero tenía los ojos secos como huesos porque las chicas emo no lloraban (ya había llorado ayer).

La desesperación continuó.

Extrañaba a Charlie y a Fluffy.

Con cada célula de mi cuerpo deseaba estar muriéndome de hambre en el bosque.

Esa noche soñé con música de piano, una caja llena de partes de cuerpos, ojos rojos brillantes, esqueletos monstruosos, una extraña obsesión teñida de posesividad, un esqueleto que levantaba el dedo medio, una nota escrita con garabatos y unos dedos callosos que se clavaban en mi piel.

El diablo me decía *carissima* y me susurraba que me iba a cuidar a partir de ahora.

Me desperté gritando.

A la mañana siguiente, me quité la sudadera de apoyo emocional en contra de mi voluntad y me reuní con Patro y Aquiles en la cocina para desayunar (comer lo más que pudiera en cinco segundos), antes de volver a la academia.

Patro habló de una nueva arma espartana que iban a lanzar, pero Aquiles no dijo nada, literalmente porque no podía, y Nyx roncaba alrededor de mi cuello.

Helena entró a la cocina y tomó el asiento justo al lado del mío.

—¡Hola de nuevo! —dijo.

Saludé torpemente con la mano y luego quise acabar conmigo misma por ser tan socialmente inadecuada. «Está a medio metro. ¿Por qué la saludarías con la mano?».

Definitivamente esa era la razón por la que la gente me odiaba.

—¿Cómo dormiste? —me preguntó Helena, completamente ignorante de que yo estaba cayendo en una espiral de angustia—. Yo dormí genial, los colchones de esta casita son increíbles.

«¿Casita? Esto es una mansión».

Parpadeó expectante y me di cuenta de que esperaba una respuesta.

—Horriblemente —dije con sinceridad.

Hizo una mueca de dolor.

—Lo lamento. Dormir bien es crucial para el funcionamiento cognitivo.

Asentí.

—Eso e-explicaría muchas cosas.

Frunció los labios como si no pudiera decidir si estaba bromeando o no.

Me metí media hogaza de pan en la boca y la acompañé con mantequilla y un puñado de uvas.

Helena utilizó un tenedor y un cuchillo para cortar con delicadeza un dátil en trocitos.

Era tan femenina; era lindo.

—Muy bien, vamos. No podemos llegar tarde —ordenó Patro.

Entre gemidos tomé otro puñado de comida y me lo tragué lo más rápido posible.

—¡Buena suerte! ¡Mata a todos los demás chicos! —vitoreó Helena mientras desaparecíamos en un estallido de humo.

«Por desgracia, es probable que eso ocurra».

Su entusiasmo por la vida era extremadamente incomprensible y ligeramente asqueroso, pero también tierno.

Me inspiró a querer suicidarme menos. Tal vez.

El Dúo Escarlata me dejó en el jardín delantero de la academia.

Cuando entré a la gélida oscuridad del salón de clases, casi vacío, el general Cleandro estaba sentado en el escritorio con los pies en alto y Augusto sonreía mientras conversaba con Casio.

Se le borró la sonrisa al verme y frunció el ceño.

Le di la espalda y le dije: «Déjame en paz».

En mi cabeza.

En la vida real, aparté la mirada y me desplomé en el suelo, donde siempre me sentaba; me quejé cuando una piedra me picó la nalga izquierda.

—No puedo volver a hacerlo —gimió Nyx alrededor de mi cuello—. Hace demasiado frío en esta horrible montaña.

—Dímelo a mí —susurré lo más bajo posible, hiperconsciente de que probablemente estuviera hablando un extraño lenguaje de serpientes. En el frente del salón Augusto giró la cabeza. Unos ojos negros sin alma me miraron entornados mientras Poco se subía a su hombro.

Casio siguió su mirada y luego volvió a mirar al profesor con confusión.

—Sí —dijo Nyx—. Te mira con ojos de cama. No es un simulacro. Está sucediendo de verdad. Augusto te está mirando con ojos de cama. Guau, esto se está intensificando.

Me atraganté con el aire.

—Si por ojos de cama te refieres a la mirada que le lanzas a alguien que tiene las manos atadas en tu calabozo, entonces sí, eso es exactamente lo que está pasando.

—Oh, sí —siseó Nyx—. Eso también podría funcionar. Si el calabozo tiene luces rojas, látigos y cadenas por todas partes. Además de música seductora y chocolate.

Cerré los ojos y me presioné el puente de la nariz. «Por favor, Dios, mándame una nueva mejor amiga. Haz que sea menos pervertida y caliente. Te lo agradezco».

Cuando abrí los ojos, Augusto se había volteado hacia Casio y había recuperado la sonrisa.

«Pastardo».

Me desplomé sobre mi costado y fantaseé con formas creativas de suicidarme. Francamente, a estas alturas, ya no me importaba que

Carl Gauss pensara que no había logrado nada en el más allá (sí me importaba).

«Carl me puede chupar la… cosa».

—¿Por qué soy tan patética? —le susurré a Nyx, deseando poder insultar como un marinero.

Una fina lengua me lamió la mejilla.

—Me temo que es culpa mía por haberte protegido tanto —dijo Nyx con seriedad—. Debí ser más ruda contigo. En lugar de eso, dejé que te convirtieras en un bicho raro. Lo siento.

Me atraganté.

«¿Por qué todo el mundo responde siempre mis preguntas retóricas?».

—¡Alexis, tú también llegaste temprano! —Brillo un pelo rubio con reflejos azules.

«NO. Dios, no. No puedo con esto. Por favor, Señor. NOOOOOOO. Este NO es el amigo que yo quería. Retiro lo dicho».

Máximo me sonrió como si fuéramos los mejores amigos (no lo éramos).

—No, otra vez él —se quejó Nyx alrededor de mi cuello.

Era el tipo de persona que se levantaba con una sonrisa y escribía en su diario por qué cosas estaba agradecido ese día. Alguien tenía que decirle que había ocurrido un *apocalipsis*.

La gente tiene que aprender a actuar adecuadamente.

—Es perfecto —dijo Máximo mientras se sentaba a mi izquierda, obligándome a desplazar mis libros para hacerle espacio—. Quería pasarme una fila para atrás y sentarme junto a ti, ahora que llevamos meses estudiando juntos.

Movió las cejas y guiñó un ojo.

Lo que olvidó mencionar era que llevábamos meses estudiando juntos *en contra* de mi voluntad.

Estudiaba con Drex por nuestra alianza, y Máximo se sentaba con nosotros molestando todo el tiempo porque se sentía incómodo sentado a solas con sus pensamientos y quería contarle a todo el mundo lo feliz que era las veinticuatro horas del día, los siete días de la semana.

Necesitaba un palazo en la cabeza.

Me dolía el cuello de girar la cabeza para mantener a Máximo en mi campo de visión.

—Eh, ¿no habrá problema? —le pregunté con escepticismo.

Nunca dijeron que tuviéramos asientos asignados, pero en cierto modo se deducía.

—Por supuesto que no —dijo Máximo mientras apilaba sus libros junto a los míos—. ¿Qué tal tu descanso? Vi que salió un reportaje sobre ti en *Crónicas del halcón*, ¿lo leíste?

Suspirando pesadamente, asentí.

«Sí, vi la foto en la que parezco un monstruo del pantano. Hurra».

—Qué genial. No tienes ni idea de cuánto habla de ti todo el mundo en Esparta. La gente de mi casa no deja de preguntarme por ti. Se vuelven locos cuando les digo que somos amigos cercanos. ¿No es increíble?

Gruñí evasivamente.

Drex entró al salón.

—¿Te cambiaste de lugar? —le preguntó a Máximo con el ceño fruncido.

Volví a desplomarme aliviada cuando su atención se desvió de mí.

Unos minutos más tarde, los siete estábamos sentados y Augusto empezó a dar clase sobre los cíclopes.

Me concentré en mi postura y escribí notas en latín. Al cabo de dos semanas serían ilegibles, pero por el momento me daban algo que hacer.

Alguien me dio un codazo en las costillas.

—Una vez conocí a un cíclope —susurró Máximo, su voz era apenas audible en mi oído izquierdo.

«No me hables». Asentí, pero no dije nada.

Volvió a darme un codazo.

—¿Tú has conocido alguno? —me preguntó.

«No me toques».

Con los ojos en blanco, negué con la cabeza y seguí tomando notas.

Unos minutos después volvió a darme un codazo. Esta vez, sentí su aliento caliente en el costado de mi cara cuando se inclinó para acercarse.

—¿Sabías que el…?

—Máximo y Alexis. —Augusto cerró de golpe el libro que estaba leyendo—. Aléjense el uno del otro. Esto es un salón de clases, no un simposio.

Máximo se quejó y se alejó de mí, claramente sorprendido por el duro semblante del profesor.

Tito y sus amigos se rieron en la última fila.

Por fin, algo de espacio personal.

—Espera —dijo Augusto amenazadoramente. Sus desalmados ojos negros brillaron de peligro y su mandíbula se tensó—. ¿Por qué carajo te cambiaste de lugar? Este es *mi* salón de clases, no el tuyo.

Los iniciados se inquietaron al ver que el profesor, normalmente tranquilo, se volvía loco; sin embargo, como víctima personal de sus extraños poderes mentales, a mí no me sorprendió.

—¡Levántense todos! —rugió Augusto—. Van a correr el circuito.

«¿Qué?».

¡Por favor! Esto era demasiado, incluso para él. Normalmente daba advertencias e intentaba minimizar el número de veces que corríamos, sobre todo desde que hacía tanto frío afuera.

El general Cleandro se incorporó con una sonrisa maniaca y pulsó su comunicador. Su halcón graznó.

Ninguno de nosotros se atrevió a quejarse.

BUM.

Apareció un hombre de aspecto feroz y cabello largo y rubio. Llevaba un cuervo albino posado en el hombro.

—Ryax, heredero de la Casa de Dioniso —dijo el general Cleandro—. Tu aprendiz se cambió de asiento sin preguntar para molestar a sus compañeros. Guíalos por el circuito.

—Sí, general —Ryax inclinó la cabeza, luego se enderezó bruscamente. No parecía contento.

—¡Vayan! —rugió Augusto—. ¿Qué están esperando?

Los iniciados retrocedieron ante su mal humor y salieron corriendo del salón lo más rápido posible.

Me fui con ellos.

Horas más tarde, mi aliento salía en bocanadas irregulares y heladas. Con los dientes castañeando, me froté los brazos para darme calor mientras corría por la ladera de la montaña. El hielo y la nieve intensificaban el entumecimiento de mis pies.

El cielo era de un miserable tono gris.

Finales de noviembre en las montañas se sentía como el noveno círculo del infierno.

Caía nieve y yo temblaba con más fuerza.

El material flexible de mi toga no calentaba nada. Mis brazos y piernas habían adquirido un preocupante tono gris.

Me dolía todo.

Extrañaba el calor sofocante del verano.

Drex trotaba a mi lado con expresión plácida; sus ojos estaban ligeramente desenfocados porque estaba usando sus poderes.

—Lo estás haciendo muy bien —dijo—. Un poco más y luego todo es cuesta abajo.

«Un poco más, y luego nos mato a los dos».

—Hace tanto frío —se quejó Nyx.

Drex seguía trotando serenamente, perdido en su cabeza, ajeno a mis problemas.

Tosiendo miserablemente, esforcé mis piernas congeladas e intenté mantenerme a su lado.

Ryax había desaparecido montaña arriba, pero el resto de los iniciados estaba solo unos metros adelante. Huellas ensangrentadas manchaban la nieve detrás de ellos.

—¡AHHHHHH! —Un grito fuerte y agudo resonó desde algún lugar a la derecha.

Me tropecé.

Drex apenas alcanzó a agarrarme mientras tropezaba también.

Todos dejamos de correr.

Volteamos.

El ruido sonó de nuevo, mucho más cerca, como si se aproximara rápidamente.

—¡Titanes! —gritó Casio y hubo una larga pausa de terror. Después todos entraron en pánico.

Con los brazos y las piernas en movimiento, los siete subimos corriendo por el estrecho sendero de la montaña tan rápido como pudimos. Unas gotas heladas, a medio camino entre hielo y nieve, nos azotaban mientras nos acercábamos a la cima.

—¡Yo te cubro las espaldas! —gritó Nyx— Tú concéntrate en correr. Te aviso si algo se acerca.

Gruñí a modo de respuesta y seguí corriendo.

—¡Hay titanes en el camino! —exclamó Casio con fuerza cuando por fin vimos a Ryax esperándonos en la cima; su cuervo albino daba vueltas en el aire sobre su cabeza.

Ryax abrió los ojos de par en par, y su cuervo graznó mientras se lanzaba para posarse sobre su hombro.

—Alertaré al Escuadrón de la Muerte.

BUM.

Se transportó.

Casio se tambaleó y, por un segundo, los siete nos detuvimos y nos quedamos mirando, sin poder creer que nos hubiera dejado solos en la montaña, sin protección.

El grito de un titán resonó con fuerza.

—¡Intentaré llegar al lago para alertar a Caronte! —gritó Casio. Agitó las alas de sus pies. Luego reanudó la carrera, esta vez a una velocidad increíblemente rápida mientras planeaba sobre el suelo.

Desapareció.

Quedábamos seis.

—¡CARAJO! —gritó Tito, que era lo más destacable que había hecho hasta la fecha mientras los seis corríamos por el sendero por el que había desaparecido Casio.

Los brazos hinchados.

Las piernas palpitantes.

Corrimos sobre las rocas heladas a toda velocidad.

A mitad del camino, Leo se tropezó con una roca enfrente de mí.

Su pierna tronó horriblemente cuando se dobló en un ángulo espantoso, con el pie atascado por debajo de ella.

Gritó al caer.

Me detuve a trompicones y me acerqué a él.

Todos los demás siguieron corriendo.

—¡Demonios, niña! —gritó Nyx—. ¡Se está acercando por atrás!

Miré hacia atrás y ahogué un grito.

Un titán estaba a unos cien metros de distancia sobre el sendero.

Alto y delgado, su piel pálida estaba cubierta de venas negras y tenía rasgos humanos demacrados y deformes. Le colgaban harapos del cuerpo.

Parecía un cadáver en descomposición.

Me quedé estupefacta.

En un abrir y cerrar de ojos corrió hacia delante.

Sus ojos venosos estaban muy abiertos. Llevaba los dientes afilados al descubierto. Sus garras negras destellaban.

Se acercaba con rapidez.

Estaba peligrosamente cerca.

Yo estaba parada junto a Leo, lo agarré de la mano y jalé su brazo para tratar de ayudarlo a levantarse. El titán saltó hacia delante desde una distancia enorme, con las garras extendidas.

«Por favor, muévete. ¡Maldita sea, vamos!».

Jalé el brazo de Leo con todas mis fuerzas, intentando desesperadamente liberarlo de donde estaba atrapado, mientras él se quejaba.

El aire zumbó.

Me salpiqué de rojo.

Tan cerca como para que pudiera tocarlo, el titán se agachó sobre Leo y le arrancó la garganta con los dientes.

Leo no hizo ni un solo ruido.

La mano que aferraba la mía sufrió un espasmo. La cabeza de Leo cayó hacia atrás, con los ojos sin vida y sus dedos deslizándose entre los míos.

Solo le sostuve la mano mientras moría.

Retrocedí horrorizada, incapaz de comprender la brutalidad de lo que había ocurrido.

Seguí retrocediendo montaña abajo para alejarme del monstruo.

El titán chasqueó los labios, salpicando saliva con sangre.

De repente, como si lo hubiera golpeado una fuerza invisible, el titán retrocedió tambaleándose, agitando los brazos salvajemente mientras se derramaba su sangre negra.

Resonaron unos gruñidos profundos y espeluznantes.

«¿De dónde vienen esos ruidos?».

El titán dio una patada hacia el frente con una velocidad antinatural, y se oyó un ruido sordo y un quejido, como si lo hubiera atacado algo invisible y el titán lo hubiera arrojado a un lado. Me palpé la garganta. Nyx seguía allí. «¿Qué demonios?».

El titán levantó la cabeza y me miró fijamente.

Directo hacia mí.

Corrí montaña abajo y miré hacia atrás por encima del hombro. El titán seguía mirándome directamente.

«Maldición, esto REALMENTE no es bueno».

Las escamas se deslizaron contra mi cuello.

—Lo frenaré. ¡Ponte a salvo! —gritó Nyx. Luego desapareció de mi cuello.

—No. —Traté de detenerla, pero mis dedos no alcanzaron su cuerpo invisible cuando se alejó de mí para subir por la montaña hacia el monstruo.

Reduje la velocidad, esperando a Nyx.

Unos segundos después, aparecieron unas marcas en el cuello del titán, que gruñó y se golpeó el cuerpo con las garras.

Nyx gritaba mientras el titán se tambaleaba confundido.

—¡Nyx! —grité y dejé de moverme—. ¡Regresa!

—¡CORRE! —gritó ella.

—¡No me voy a ir sin ti!

Miré hacia atrás. El resto de mis compañeros había desaparecido. En la otra dirección, Leo estaba tirado, muerto.

Temblando de frío, adrenalina y miedo absoluto, me estremecía en mi sitio.

Lo único que quería hacer era darme la vuelta y correr.

Pero no podía.

—¡No me voy a ir sin ti! —grité otra vez, rezando por que Nyx estuviera cerca. El titán seguía dando tumbos, como si su veneno lo hubiera debilitado.

Unas escamas frías me rodearon el tobillo y suspiré de alivio.

—¿Qué estás haciendo? —gritó Nyx mientras subía hasta mi cuello.

El titán dejó de tambalearse.

Se me cortó la respiración.

Volteó hacia mí y me miró fijamente, con los dientes entreabiertos, como un animal salvaje, y los ojos desorbitados. La sangre de Leo le cubría la mitad inferior de la cara.

El titán estaba a seis metros.

En un segundo, se lanzó hacia delante.

No había tiempo para girarme y correr.

Me atraparía.

Gritando entre dientes, me agaché y recogí una pesada roca cubierta de hielo.

Con los brazos temblorosos la sostuve por encima de mi cabeza y esperé. Cada célula de mi cuerpo me gritaba que corriera por mi vida, pero ignoré el instinto.

Tres metros.

Afiancé mi postura.

«Nierda, esto va a doler. Nierda. Nierda. Nierda. Nierda».

Metro y medio.

Tú puedes.

Arrojé la roca a la cara del titán, me incliné hacia atrás y me giré mientras sus garras me buscaban. Las afiladas puntas me rozaron ligeramente el hombro.

Estalló un dolor caliente.

Lo ignoré.

El titán retrocedió agarrándose la cara herida, mientras manaba sangre negra a su alrededor.

Busqué mi roca, la recogí y me lancé hacia enfrente para aporrearla contra su cabeza.

El titán se movió a una velocidad impresionante, pero la roca le rozó un lado de la cara. Gruñendo, se levantó y se quedó agachado.

Yo estaba de rodillas y no tuve tiempo de alcanzar de nuevo la roca.

Apretando los dientes, me preparé para lanzarme contra él. No tenía más que uñas y rabia. Nyx se encaramó sobre mi cuello, como si se estuviera preparando para morder.

Era un infierno.

Pero estábamos juntas en esto.

El titán lanzó un grito atroz mientras se abalanzaba hacia mí. Cerré los ojos con fuerza e hice lo mismo.

BUM.

Pop. Pop. Pop. Pop. Pop. Pop. Pop.

La colisión nunca ocurrió.

Me levanté a trompicones y me enderecé.

Una capa oscura ondeaba en el viento helado.

Un espartano se sentó a horcajadas sobre el titán, con el pecho agitado y dos brillantes pistolas desplegadas.

Había descargado una bala tras otra.

—Me alegro de que estés bien. No lo toques, es mío. —El espartano giró a su derecha mientras hablaba, lo que me confundió porque yo estaba a su izquierda.

«¿Con quién habla?».

—Dije que atrás —ordenó el espartano.

«No te preocupes, en realidad no iba a intervenir. Es todo tuyo». Me costaba procesar lo que estaba viendo y oyendo.

Salpicaduras de sangre negra.

El titán balbuceó y se retorció.

Clic. Clic.

El espartano preparó dos cargadores nuevos y volvió a disparar.

Pasaron largos minutos; no se detuvo.

—Demonios —susurró Nyx alarmada mientras se echaba hacia atrás sobre mi cuello—. ¿Estás viendo?

Asentí, incapaz de hablar.

—Sexy con S mayúscula, si sabes a lo que me refiero —siseó Nyx.

Hice una mueca porque, sin duda, no lo sabía. Además, empezaba a preocuparme seriamente por mi gusto en amigos.

El titán había dejado de moverse y de hacer ruido. Era un cadáver inerte de carne sangrienta, pero los disparos seguían resonando con fuerza.

Finalmente, el espartano arrojó a un lado las dos armas humeantes. Nyx y yo suspiramos (yo de alivio, ella con un incómodo tinte sexual).

Él sacó una daga afilada, se arrodilló sobre el cadáver y empezó a apuñalarlo violentamente. La carne salía volando.

Con los ojos muy abiertos, me puse lentamente de pie y retrocedí montaña abajo.

«Quizá pueda escapar antes de que se dé cuenta…».

—¿Adónde crees que vas? —dijo el espartano con voz rasposa y oscura. Esta vez volteó y me miró directamente.

Los ojos azules como un glaciar estaban en llamas.

Me quedé helada.

—Carajo, es él —dijo Nyx.

Me sentí celosa de su habilidad para decir groserías. Este era el momento perfecto para ello.

El espartano se puso de pie levantando la cabeza cubierta con la capa mientras volteaba hacia mí, con el afilado cuchillo todavía en la mano.

Los músculos de Caronte se tensaron y su pecho se agitó mientras me apuntaba con el cuchillo.

La sangre negra salpicaba los planos sombríos de sus rasgos afilados.

«Parece poseído».

«No. Él es el que posee a la gente».

Di otro paso atrás.

—Eeeh —susurré elocuentemente.

—Mierda, mierda, mierda —dijo Nyx. Ahora estaba presumiendo su habilidad. Sus escamas resbalaron contra mi cuello mientras se deslizaba dentro de mi toga para esconderse—. Tienes que correr, niña. Tan rápido como puedas.

Negué lentamente con la cabeza y levanté ambas manos en un gesto de rendición.

Regla número uno para sobrevivir en la Montana rural: nunca huyas de la fauna depredadora. Si lo haces, mueres. Les gusta la persecución.

—Gracias por e-encargarse del titán —susurré mientras retrocedía lentamente. Me ardía el pecho y me estremecí cuando el movimiento me abrió la herida.

Caronte avanzó hacia mí con sus largas piernas acortando rápidamente la distancia, las fundas desplegadas sobre su pecho y sus muslos abultados.

Su andrajosa capa negra de creatura se sacudía a sus espaldas, y su andar era un poco torpe, como si cojeara ligeramente.

Eso no lo frenó.

El cruel cuchillo cubierto de sangre me apuntaba directamente al corazón.

Retrocedí más rápido, gemí cuando llegó hasta mí y cerré los ojos por instinto mientras esperaba el golpe.

Unos dedos cálidos me rozaron la barbilla.

Entreabrí los ojos.

Caronte me levantó la cabeza lentamente, rozándome con suavidad el borde de la mandíbula con el pulgar. Su mano derecha me acariciaba la cara, y la izquierda seguía empuñando el cuchillo.

Se acercó y su boca quedó a escasos centímetros de la mía.

Separé los labios.

Una extraña inquietud se agitó en lo más profundo de mi estómago y un ardor me quemó la piel.

Se le cortó la respiración.

Un pulgar calloso se deslizó lentamente por mi mandíbula.

—Alexis —dijo suavemente con voz áspera, los dedos todavía me acariciaban con una dulzura increíble, su cara cerca de la mía.

—¿Caronte?

—Esta es tu última advertencia. Si vuelves a ponerte en peligro así… —le tembló la voz—, habrá… consecuencias.

—¿Qué te importa? —susurré—. Me odias; somos enemigos.

Inhaló bruscamente.

—*Carissima*, no me pongas a prueba. —Su voz rezumaba saña; sus labios seguían a centímetros de los míos—. Por favor —suplicó.

—¿Qué? —pregunté confundida.

Los dedos se cerraron como una prensa y grité cuando me apretó dolorosamente. Sus pupilas se dilataron.

—¿Por qué CARAJO NO HUÍSTE CON EL RESTO DE LOS INICIADOS? TU VIDA ESTABA EN PELIGRO, ¡LA VIDA DE LOS CTÓNICOS, MALDITA SEA!

Parpadeé cuando me gritó en la cara, y un entumecimiento me invadió como una ola helada. «Está furioso porque puse en juego el nombramiento de generales de mis mentores».

Se me cortó la respiración.

—EXPLÍCATE —rugió.

Los dolores fantasma se dispararon por mis dos muñecas.

«Luces verdes parpadeantes, puños, cuerdas, dolor, mi madre gritándome a la cara».

Mi memoria muscular tomó el control.

Me congelé.

«Cómo aguantar una paliza, lección 1: quédate quieto y minimiza los daños. No te quejes. No te estremezcas. No reacciones. Sufre en silencio».

Todo se distorsionó y retorció.

Se me nubló la vista.

Ya no sentía nada.

—Respira por la nariz —dijo Nyx para tranquilizarme—. Él está encarcelado y ella está muerta. Estás a salvo, niña. Te lo prometo.

Los glaciales ojos azueles se abrieron de par en par mientras se clavaban en los míos.

La parálisis bloqueó mis miembros. No podía moverme, no podía respirar, no podía sentir. Nada.

Caronte se alejó tambaleándose.

Dejó caer el cuchillo, maldijo en voz baja y se pasó las manos por el pelo corto.

—¡CARAJO! —bramó mientras se jalaba con más fuerza el pelo y me miraba—. No quise hacer eso... lo siento, ¿estás... estás bien? ¿Alexis?

Intenté hablar, pero mis labios no funcionaban.

Caronte maldijo con vehemencia, cada vez más perturbado.

Se quedó mirando al titán mutilado.

—Necesito llevarlo al inframundo... ¡NO! —gritó y se volteó hacia mí—. Necesito sacarte de aquí... necesito llevarte a un lugar seguro. Estás herida. CARAJO.

Mis miembros estaban bloqueados; la parálisis se intensificó.

—Necesito llevarte de regreso a la academia. Él sabrá qué hacer. —La voz de Caronte era más áspera que de costumbre, y sus ojos se contraían de angustia—. ¿Puedo...? —Se acercó a mí lentamente—. ¿Puedo tocarte? Solo para que podamos transportarnos.

Asentí espasmódicamente.

Con suavidad, como si fuera de cristal, me agarró del bíceps.

—Vengan, chicos —dijo.

«¿A quién le habla?».

El mundo explotó.

Apenas me di cuenta.

Una musa gritó cuando chocamos con ella; las chimeneas crepitaban y las velas brillaban en la brumosa oscuridad.

Estábamos rodeados de humo.

Nos habíamos transportado a la biblioteca.

Los iniciados y algunos espartanos conocidos, con las armas desenfundadas, se apiñaban en grupo. Debían haber vuelto antes que nosotros.

«Gracias a Dios que todos los demás están a salvo».

Se me revolvió el estómago.

«Pero no pudiste salvar a Leo».

Caronte gritó algo mientras me acostaba suavemente en un sillón, pero yo solo tenía un zumbido agudo en los oídos.

Hubo una conmoción.

Patro y Aquiles se inclinaron sobre mí con expresiones de pánico. Patro me gritó algo en la cara. Alguien lo apartó y se inclinó sobre mí, pero todo se volvió borroso.

—¿Cómo carajos llegó un titán hasta aquí? No tiene sentido —gruñó una voz masculina.

Yo perdía y recuperaba la conciencia.

Abrí los ojos ligeramente: había un doctor arrodillado ante mí, con guantes médicos.

«¿No que no se permite la entrada de médicos a la prueba?».

Intenté hablar pero estaba atrapada en una especie de parálisis del sueño.

—¿Qué carajos crees que estás haciendo? —Una voz retumbó cruelmente desde algún lugar a mi lado.

El médico se quedó helado.

—Estoy poniendo nuestra nueva crema curativa en sus heridas. Me pidió que la tratara. Esto debería cerrar la piel en cuestión de horas.

—Ponle un dedo encima —dijo la voz con calma— y te cortaré ambas manos. Luego te las meteré por la garganta. Luego, mientras te ahogas, te despellejaré vivo.

El médico retrocedió y dejó caer el tubo de crema.

—Cálmate. No hay por qué preocuparse —dijo una segunda voz, más razonable—. Si la toca, yo lo apuñalaré. Tú ponle la crema.

«Mentira, tampoco es razonable».

El médico se fue.

«¿Quién nombró a dos psicópatas como mis apoderados médicos?».

Se me cerraron los párpados y ya no pude abrirlos.

Unas manos me apartaron delicadamente el pelo de la frente.

—Ten cuidado con ella —dijo la segunda voz.

—Obviamente —respondió la primera voz. Los dedos se deslizaron con suavidad por las heridas de mi pecho, como si fuera una muñeca que fuera a romperse ante cualquier presión.

Las manos en mi frente seguían acariciándome el cabello con ternura.

«Quizá no sean tan malos».

—Ese doctor le bajó la toga cuando todo el mundo estaba presente —susurró la segunda voz—. Si no te hubieras movido enfrente de ella, todos habrían visto su pecho expuesto. Nos habría deshonrado a los tres.

«¿En qué les afecta que se vean mis pezones? Clásico de los hombres, hacer que todo gire en torno a ellos mismos».

—Ya sé. Me encargaré de él esta noche —dijo el otro hombre, mientras sus dedos me colocaban cuidadosamente un rizo detrás de la oreja.

—Usa tu cuchillo más afilado.

—Por supuesto.

«Un momento, ¿cómo?».

Horas después, me desperté jadeando.

Estaba acostada en un sillón frente a la chimenea, con vendas alrededor del pecho. Una suntuosa y suave manta negra me rodeaba los hombros.

Los demás iniciados estaban sentados a las mesas, estudiando.

Todo parecía normal.

Calma.

Debo haber imaginado las voces que amenazaban con apuñalar a la gente. «Gracias a Dios».

Con un bostezo, me acerqué cojeando a mi asiento habitual.

—¡Está viva! —Máximo sonrió ampliamente cuando me senté, luego hizo una mueca cuando todos lo fulminaron con la mirada.

«Leo está muerto».

Me froté las sienes, preguntándome si todo había sido un mal sueño.

—Fue una locura —susurró Máximo en voz alta (literalmente no podía hablar en voz baja ni aunque le apuntaran con una pistola)—. Patro, Aquiles y Augusto se transportaron a la montaña y nos trajeron a todos de vuelta a la biblioteca. Pero Augusto enloqueció por completo cuando se dio cuenta de que no estabas con nosotros y de que estabas en peligro. Pensé que iba a asesinar a todo el mundo.

—Solo le preocupa que mis mentores se conviertan en generales —susurré y Drex me miró con extrañeza.

Me estremecí y ajusté más la suave manta alrededor de mis hombros.

Máximo entornó los ojos como si quisiera decir algo.

—¿Puedes ayudarme con este problema? —preguntó Drex, y yo agradecí que cambiara de tema.

Cuando reanudamos la clase unas horas más tarde, Augusto era una oscura nube de furia. Les gritaba a los iniciados y miraba con odio todo el tiempo.

Al menos está enojado con todos y no solo conmigo.

—¡Alexis! —Su voz azotó como un látigo.

«No era cierto».

—¿Estás prestando atención o estás demasiado ocupada soñando despierta con tu estúpida acrobacia en la montaña? Te doy un consejo: la próxima vez que veas a un titán acercarse... intenta *huir* de él, no correr hacia él.

Tito soltó una risita y susurró algo despectivo en voz baja.

Me quedé mirando el suelo y estrujé mis manos.

El tormento continuaba.

22

JUSTICIA RETORCIDA

AUGUSTO: UNAS HORAS ANTES

Alexis estaba profundamente dormida.

Me aparté de su lado.

Me moví silenciosamente detrás de los estantes de la biblioteca y agarré de la nuca al médico, que no sospechaba nada.

—*Domus* —susurré mientras él forcejeaba.

Bum.

Nos transportamos fuera de la academia en una nube de humo.

Arrojé al patético hombre al suelo de cemento y le puse las esposas en las muñecas antes de que pudiera reaccionar.

Entornó los ojos y se relajó visiblemente.

—Oh, gracias a Cronos, pensé que era Caronte.

Lo miré fijamente en silencio.

Se tensó lentamente al ver mi expresión desenmascarada.

—*Fronti nulla fides* —susurré con crueldad.

«No confíes en las apariencias».

Sus ojos se llenaron de terror.

Me había cansado de fingir.

Gritó y jaló las cadenas de acero luchando por alejarse de mí.

—¿Tratas a todas tus pacientes femeninas con tanta rudeza? —pregunté; mi voz resonó en mi cavernoso calabozo—. ¡No necesitabas exponer sus *MALDITOS PECHOS* —le grité en la cara— para tratarle una herida en el hombro!

Gimió y se orinó encima.

—Por favor, por el honor de Cronos, no lo volveré a hacer.

El pez de la Casa de Hermes destelló en el bolsillo de su bata blanca mientras temblaba de miedo.

—No me haga daño —suplicó—. No es más que una mestiza olímpica. Ella no es nadie, ni siquiera se dio cuenta. No fue nada. Solo quería ver su pecho. Solo un vistazo. Hay tan pocas mujeres espartanas —balbuceó.

La boca me supo a bilis.

Y pensar lo que habría hecho si no hubiéramos estado ahí para detenerlo. Lo que podría hacerle también a Helena.

Era un médico muy respetado que a menudo colaboraba estrechamente con todas las Casas.

—Cronos, por favor —suplicó con lágrimas cayendo por su rostro—. No era para tanto. Ella no es nadie.

—Cronos no te salvará —dije sombríamente—. A él no le importan los pervertidos sucios y deshonrosos como tú.

El dolor me recorrió el pecho al activar mis poderes.

Forcejeó con más violencia y gritó.

—*¡Que alguien me ayude! ¡Por favor!*

Lo agarré bruscamente de la barbilla y le eché la cabeza hacia atrás, mirándolo fijamente a los ojos.

—Te voy a contar un secreto —dije con voz inexpresiva y fría—. Alexis Hert importa más de lo que te puedas imaginar, y es mi deber protegerla. ¿Sabes lo que eso significa? Violaste a uno de los míos.

Abrió los ojos de par en par. Gimió más fuerte al darse cuenta de la gravedad de su error y de la verdadera naturaleza del hombre que tenía enfrente.

El dolor me quemaba el pecho.

Traspasé sus apenas existentes defensas mentales y me clavé en su mente. Sus ojos estallaron por la fuerza de mi intrusión.

—*¡HAZTE PEDAZOS!* —bramé dentro de su cabeza.

Las cadenas se agitaron.

Se desgarró su propia carne.

Me quedé quieto y observé cómo se hacía justicia.

Y sonreí.

23
FURIA RETORCIDA
CARONTE

—Más vale que el doctor esté a punto de morir —le grité a Augusto cuando me transporté al calabozo. Tenía una nube de humo a mis pies.

La furia bullía oscura y caliente en mi pecho, y mi visión se distorsionaba y se enfocaba mientras activaba mis poderes.

La necesidad de matar, a todos, me quemaba vivo.

Había dejado a Can y a Cerbero en la biblioteca; sus huesos rotos sanarían en un día.

Mi pobre querida tenía mucho dolor.

Los sabuesos también.

Me tronaron los nudillos cuando cerré los puños. «Alexis casi muere en esa montaña. Un titán casi la hace pedazos. Estuvimos a punto de perderla. Para siempre».

Avancé, adentrándome en el calabozo.

Augusto estaba de pie entre las sombras, con los ojos brillantes de peligro mientras miraba el cadáver inmóvil y mutilado del doctor.

Su expresión era despiadada.

Se había quitado la máscara de falsa simpatía que siempre usaba con los olímpicos.

Al otro lado de la espaciosa habitación sonaron unas cadenas y un segundo hombre gimió de dolor.

Ambos ignoramos el ruido.

—Buen trabajo. —Me paré al lado de Augusto y admiré su matanza—. Esparciré los pedazos del doctor para que no pueda regenerarse.

—¡No! —gritó Augusto.

Me volteé hacia él, confundido.

—Quiero quedármelo un tiempo —dijo con voz feroz—. No se merece una muerte rápida. Quiero hacer que le duela. —Se estremeció con intensidad.

Entorné los ojos.

—¿Qué… te dijo el médico?

—Lo hizo a propósito. Quería verle el pecho. —Augusto escupió al suelo con asco—. Dijo que hay tan pocas mujeres espartanas que quería verla, *carajo*. Imagina lo que le habría hecho si no hubiéramos estado ahí.

Mis pensamientos se quedaron en blanco.

Las cadenas se sacudieron.

Sin pensarlo, palpé mi pistola con la mano izquierda. Apunté al rincón más lejano. Le disparé al otro prisionero hasta que se quedó quieto.

No me sentí mejor.

El arma humeaba en mi mano y la furia me comía vivo.

—En la montaña —dije rápidamente, necesitaba sacarme del pecho la horrible información de la que acababa de enterarme—, hubo un momento en el que le grité a Alexis, y ella… desapareció… como solía hacer yo.

Augusto se quedó anormalmente quieto.

Mientras jadeaba en busca de aire me asfixiaron recuerdos retorcidos y mi pierna destrozada palpitó.

—Alguien le hizo daño —susurré mientras jalaba el cuello de la camisa con la mano derecha, reventando botones para poder respirar—. Mucho. Muy jodidamente.

Los diamantes se esparcieron por el calabozo.

—No sé… sobre nuestro plan —dije mientras sacudía el arma y trataba de respirar—. Si la han herido antes, quizá deberíamos…

—El plan sigue adelante —me interrumpió Augusto con brusquedad—. Es una razón más para que actuemos con rapidez. Necesita nuestra maldita protección y se la daremos.

Me enderecé, inhalando profundo.

Las cadenas rozaron el suelo en el rincón y se oyó un gemido largo y doloroso.

—La protegeremos —repetí y la tensión de mi pecho se aflojó.

La simple idea de abandonar nuestro plan me causaba dolor físico.

Nos miramos fijamente y asentimos.

Las promesas tácitas flotaron entre nosotros.

El poder era un juego peligroso, pero nosotros éramos hombres peligrosos. Sabíamos exactamente cómo conseguir lo que queríamos.

Sabíamos lo que se requería: *audentes fortuna iuvat*.

«La fortuna favorece a los audaces».

Las cadenas se agitaron. Sin apartar la vista de Augusto, apunté mi arma al rincón y disparé hasta que el prisionero se calló de una puta vez.

—El plan *debe* seguir adelante —dijo Augusto con voz suave como la seda—. Esparta está en juego.

—Por… Esparta —dije lentamente y los ojos de Augusto destellaron con pecaminosa satisfacción.

Lo que realmente queríamos decir quedó sin mencionarse.

Permaneció entre nosotros, lento y venenoso, como la belladona.

24
SUFRIMIENTO
ALEXIS: A PRINCIPIOS DE DICIEMBRE

Parpadeé y traté de enfocar la vista mientras esperábamos a que empezara la siguiente clase.

No funcionó.

Las temperaturas de principios de diciembre eran peor que un castigo. Había pasado otra semana en la prueba (el infierno en la Tierra) y me moría de hambre y de falta de sueño.

A estas alturas no era más que un día normal en mi vida.

Los seis estábamos sentados en silencio, semicatatónicos, mientras se nos helaba la respiración. Todo era una confusión de dientes castañeando y sufrimiento infernal. El frío roía mis huesos helados.

Leo llevaba muerto unas semanas.

«Le tomé la mano mientras moría y sus dedos se estremecieron entre los míos».

Mis pestañas se agitaban y el blanco me obstruía la visión donde se escarchaban.

Nyx era un pesado bloque helado envuelto alrededor de mi cintura. Se había movido de mi cuello a mi torso. Dijo que estaba ligeramente más caliente bajo la tela suelta de mi toga; ahora estaba en plena brumación y ni siquiera se estremecía.

Me mecía hacia adelante y atrás, extrañando el calor del verano y fantaseaba con comida.

«Oficialmente esto es peor que la escuela».

A estas alturas, habría vendido mis dos riñones en el mercado negro por la oportunidad de abrazar a Charlie y que Jessica me dijera que olía mal.

En el frente del salón, el general Cleandro vestía un pesado abrigo negro y su halcón se posaba en la capucha de piel que caía sobre su nuca. Tenía ojeras y fruncía el ceño permanentemente.

Todos estaban alterados desde el incidente del titán.

Unas voces susurraron y giré la cabeza hacia la derecha velozmente (apenas la moví un centímetro). En mi visión periférica, un borroso esqueleto monstruoso mostró unos dientes afilados como dagas.

Con los ojos desorbitados de horror, me quedé mirando... el espacio vacío.

No había nada.

Solo vi rocas cubiertas de hielo y a Tito, que intentaba destriparme con la mirada. Había vuelto a acosarme después de que Leo fuera brutalmente asesinado; al parecer, la muerte de su amigo lo había inspirado a intimidar a los demás.

La mente masculina era fascinante (horripilante).

—¿Qué carajo estás mirando? —dijo Tito con labios ligeramente azules.

Parpadeé lentamente.

—Un de-desperdicio de oxígeno.

«Guau. ¿De verdad lo dije en voz alta? Santo cielo. Soy increíble. Ojalá Carl Gauss estuviera aquí para verme brillar».

Tito se convirtió en una mancha borrosa de energía maniaca cuando se inclinó hacia mí.

—Dilo otra vez, perra. Te reto. A ver qué carajos pasa.

—Eres un desperdicio —dije lentamente— de oxi...

La puerta se abrió de golpe y Augusto gritó:

—Alexis, voltéate carajo, y deja de coquetear con Tito o volverán a correr el circuito.

Tito cerró la mandíbula de golpe y el resto de la clase se quejó.

Un grito de desesperación me llenó el pecho mientras obligaba a mi cuello helado a girar hacia adelante.

«Lo único con lo que estoy coqueteando es con un paro cardiaco».

En el frente del salón en penumbra, Augusto solo llevaba una toga con los brazos bronceados a la vista y unos músculos que sobresalían obscenamente (no es que me diera cuenta) y, nuevamente, me miraba con odio.

Al parecer, tenía un objetivo personal en contra de que yo viviera una buena vida.

«La gente debería enfocarse en sí misma. ¿Has oído hablar alguna vez de la superación personal?».

Froté las ligas para el pelo que llevaba en las muñecas y desvié la mirada. La nuca me punzó como si siguiera mirándome.

—La transportación, así como los juramentos y los vínculos, se trata de tener un fuerte concepto de hogar —dijo Augusto en latín mientras daba la clase—. Se trata de concentrarse en la sensación de seguridad y protección: la mayoría de los espartanos se imaginan a una persona. Ahora cierren los ojos y concéntrense.

Por suerte ya tenía los ojos cerrados (estaba entrando en coma).

Inmediatamente Charlie me vino a la cabeza.

Se me retorció el pecho de angustia. Con el esternón ardiendo de miseria, me obligué a vaciar mis pensamientos porque me dolía demasiado pensar en él.

No tenía un hogar, ya no.

—Abran los ojos. ¿Qué visualizaron? —preguntó Augusto.

Nadie habló.

—Alexis —dijo—. ¿A quién te imaginaste?

Las uñas me arañaron el antebrazo y me sobresalté. No me había dado cuenta de que me estaba agarrando el tatuaje.

—Vi a-a Charlie. Es mi… —Me interrumpí horrorizada por lo mucho que había dicho. «No les hables a los espartanos de él. Contrólate, mujer».

La expresión de Augusto se retorció de locura.

Poco bufó.

—¿Quién carajos… —Avanzó y se detuvo a un palmo de donde yo estaba sentada— es Charlie?

Su postura era sólida y se alzaba sobre mí con los puños cerrados.

«¿Por qué enloquece con todo lo que digo?».

Tragué saliva e incliné el cuello hacia atrás.

—Nadie.

Pasaron largos y dolorosos segundos mientras seguía frente a mí como si intentara intimidarme con su tamaño.

Me balanceé hacia adelante y hacia atrás más rápido.

Augusto extendió el brazo y se inclinó hacia mí con la mano extendida. Me la estaba ofreciendo. Abrí los ojos de par en par; mi aliento flotaba en el aire entre nosotros mientras se acercaba aparentemente en cámara lenta.

En el salón todos miraban con expectación.

Esperé (ansiosa) que me estrangulara hasta matarme.

El general Cleandro se aclaró la garganta.

Augusto retiró el brazo bruscamente con los dedos flexionados, y sacudió la cabeza como si estuviera saliendo de un trance. Poco gritó y me sacó la lengua.

Habría gritado, pero estaba demasiado agotada.

Augusto se dio la vuelta y regresó dando pisotones al frente de la clase, sin una palabra de explicación por su extraño comportamiento.

—¿Qué fue eso? —susurró Drex en voz baja, con los ojos muy abiertos mientras nos miraba a Augusto y a mí alternativamente.

«Eso fue un mapache rabioso y un intento de asesinato frustrado».

Abrí la boca para responder, pero olvidé cómo hablar y no me salió ningún sonido.

Voces extrañas susurraban en mi periferia.

Mi visión se desenfocó.

No podía ver nada.

Una risa maniaca brotó de mis labios, pero no tenía gracia. Nada tenía gracia.

La realidad se abría por sus costuras.

Frente al salón Augusto se aclaró la garganta y reanudó la clase. Al menos eso supuse, porque abría y cerraba la boca y escribía en el pizarrón.

Parpadeé.

El tiempo se distorsionó y se deformó.

—Alexis, ¿puedes ayudarme con esto un segundo? —me llamó Drex.

Me desperté sobresaltada y me di cuenta de que estábamos en un descanso, estudiando en la biblioteca (los otros chicos estaban sentados a la mesa; yo estaba acostada frente al fuego, estudiando el reverso de mis párpados).

Gimiendo me puse de pie.

—Noooo —gimió Nyx bajo mi toga mientras me alejaba del cálido hogar.

Detrás de un estante la saqué de la toga (intentando que pareciere que me estaba estirando). La acosté frente a la chimenea.

—Volveré por ti.

—Por favor, no —siseó.

Opté por no ofenderme mientras me tambaleaba hacia Drex.

Unas horas más tarde todo se volvió borroso de nuevo.

Caminaba (tropezaba mientras Drex me jalaba de la parte delantera de la toga) por el estrecho y oscuro pasillo que llevaba a la colección de animales.

«¿Cómo llegué aquí? ¿Vamos a volver a ver a los animales?».

Augusto iba adelante y nosotros seis lo seguíamos. Avanzaba a través de la gélida oscuridad, imperturbable, como si el frío no se atreviera a tocarlo.

Los dientes me castañeaban tan fuerte que me dolía la mandíbula.

Cada paso me producía un dolor agudo en la columna vertebral, maltratada por estar sentada encorvada durante horas.

Augusto se detuvo bruscamente y los seis chocamos entre nosotros. Los gemidos resonaron en la oscuridad.

Nadie estaba bien.

Augusto abrió de golpe la puerta de la colección de animales.

—Todos adentro —ordenó.

Avanzamos arrastrando los pies.

—Excepto Alexis —dijo.

La desesperación me golpeó las entrañas cuando mis pies se detuvieron.

El resto del salón entró por la puerta iluminada, pero Drex se colocó delante de mí de forma protectora.

Estábamos los tres solos.

Augusto se tronó el cuello sonoramente y dio un solo paso hacia nosotros.

—Drex, entra, ahora.

La luz del sol iluminaba la cicatriz de su afilado pómulo y sus ojos negros brillaban maniáticamente.

«¿Cómo puede alguien creer que es una buena persona?».

Hubo un largo momento de tensión mientras Drex lo miraba fijamente. Después, mi amigo asintió y me dirigió una mirada de disculpa mientras se alejaba hacia la colección de animales.

Augusto cerró la puerta con un chasquido.

Solo quedamos nosotros dos.

En la oscuridad.

Antes de que pudiera moverme (correr lo más rápido posible directo contra la pared y noquearme), una fuerza se abalanzó sobre mí. «Oh, qué bien, la pared chocó contra mí. Que conveniente».

La pared estaba caliente y se movía.

Olía peligrosa y embriagadora.

Jadeé, confundida.

Un hormigueo recorrió mis nervios y luché por orientarme mientras mi visión se aclaraba.

El cuello de Augusto apareció de pronto en mi desenfocado campo visual.

Grité.

Sus dedos me rodeaban con fuerza la parte superior de los brazos, y su pecho duro estaba agitado. Se apretaba contra mí y su aliento caliente me hacía cosquillas en la oreja. Me estaba inmovilizando contra la pared con su cuerpo.

Las punzadas estallaron en mi piel helada.

«¿Ayuda?».

Los latidos de su corazón atravesaron el fino material de nuestras togas y se mezclaron con los míos.

Inhaló ruidosamente y los músculos de acero de su estómago ondularon contra mi torso. La extraña sensación me provocó un ardor en el bajo vientre.

Las mariposas revolotearon.

—¿Profesor? —pregunté despacio, incapaz de expresar nada más con palabras.

—Alexis —Augusto gruñó mi nombre con un tono sombrío, moviendo la cabeza para que su barba rasposa rozara un costado de mi cara.

Cada músculo de mi cuerpo se tensó.

El calor se me acumuló abajo cuando las mariposas se volvieron despiadadas y me devastaron de adentro hacia afuera.

—Te daré *una* oportunidad más para responder. —La rodilla de Augusto se encajó entre mis piernas y las separó a la fuerza mientras su enorme peso se inclinaba hacia mí y me inmovilizaba con más firmeza contra la pared rocosa—. ¿Quién carajos es Charlie?

No sabía dónde empezaba él y dónde acababa yo.

«Están pasando demasiadas cosas».

Las mariposas asesinas se multiplicaron en mi estómago y me temblaron las rodillas.

Me aclaré la garganta y me esforcé por hablar.

—¿Po-por qué le importa? —susurré en la oscuridad.

Resonó una risa pecaminosa y sin humor y su pecho vibró contra el mío. Agudas sensaciones viajaron de mi pecho a mi centro.

Todo estaba en llamas.

Sus labios se acercaron peligrosamente a mi oreja.

—Porque ningún otro hombre tiene permitido tenerte —dijo con voz sedosa.

Esas palabras fueron como un puñetazo en mis entrañas y abrí los ojos de golpe.

Me eché para atrás y me golpeé la cabeza contra las rocas por accidente. Se oyó un fuerte crujido y Augusto maldijo.

«Justo lo que necesitaba además de todo, una conmoción cerebral».

Me apretó más contra la pared para que no pudiera moverme. Su agarre era lo suficientemente fuerte para dejarme moretones.

—¿De qué habla, profesor? —pregunté genuinamente confundida.

«¿A qué juega?».

El olor a electricidad quemaba el aire, como si hubiera caído un rayo entre nosotros.

Sus dedos me apretaron y me mantuvieron quieta.

—Cuando las vidas de los ctónicos están en peligro, es mi trabajo como heredero mayor saberlo todo —dijo Augusto sombríamente—. Responde la pregunta. Ahora.

«Es por mis mentores. ¿Por qué todo gira siempre en torno a que Patro y Aquiles se conviertan en generales?».

Los ojos cubiertos de sangre brillaron débilmente en la oscuridad, eran la única fuente de luz.

Una presión me quemó detrás de los ojos. Tuve una sensación punzante.

—*¡Dímelo!* —exigió una voz extraña dentro de mi cráneo.

Aparté la mirada y me quedé mirando al suelo mientras un dolor punzante me atravesaba la cabeza.

«Está tratando de quebrar mi mente de nuevo».

Unos escalofríos sacudieron mis miembros y me castañearon los dientes.

Pasó un momento largo y tenso.

—¡Mírame! —ordenó Augusto con voz sedosa y fuerte.

No obedecí.

Con la mirada fija en el suelo, me concentré en no convertirme en una zombi descerebrada, algo sorprendentemente difícil en estos días.

La tensión entre nosotros era una descarga de electricidad, y nuestras respiraciones eran fuertes y agitadas.

Esperé a que atacara.

Esperó a atacar.

Sus dedos se clavaron con más fuerza en la piel desnuda de mis bíceps.

Todo era tan confuso que la cabeza me daba vueltas.

«Estoy demasiado cansada para esto».

Me desplomé contra la pared helada.

Augusto me susurró algo sobre los ctónicos en el oído izquierdo, pero no pude oírlo. Además, había olvidado de qué estábamos hablando.

El agotamiento martilleaba sin piedad.

«¿Dónde estoy?».

Suavemente me apartó de la pared y me llevó por el oscuro pasillo.

Se abrió una puerta y hubo una luz brillante y cegadora. Susurró algo de tener cuidado y agarró la tela sobrante de su toga. Me la pasó suavemente por la cara.

«¿Me está limpiando la mugre o preparándose para asfixiarme?».

En cualquier caso, me quedé quieta y dejé que pasara.

—¿Necesitas algo? —Su voz sonaba lejana—. No puedo hacer mucho para ayudar, pero puedo intentarlo.

—Una lobotomía —murmuré.

Susurró algo sobre un «difícil y agotador dolor de huevos». «Suena bien».

De repente me tomó en brazos y me llevó a través de la puerta. Luego me dejó en el suelo con cuidado.

—Siéntate aquí, *no* muevas ni un músculo. Solo conseguirás lastimarte —me ordenó, lo cual resultaba irónico porque acababa de intentar quebrarme la mente.

—Será mejor que no te muevas —repliqué inteligentemente, y luego me caí. Desafiar a la gravedad era un trabajo duro.

—En serio, Alexis, quédate aquí y espera a que regrese —dijo Augusto—. Por favor, no te muevas.

Retrocedió y la puerta se cerró.

Me quedé sola.

Era solo yo, yo misma y mis perspicaces pensamientos.

«Tengo la sensación de que la Tierra en realidad es plana».

Era duro ser tan sabia todo el tiempo.

El tiempo se fracturó a mi alrededor.

Todo se volvió borroso.

Parpadeé: estaba acostada con las piernas abiertas en la orilla nevada de un lago que me resultaba familiar. El agua estaba helada, y yo también.

Los pájaros volaban por encima de mi cabeza y las voces de mis compañeros sonaban desde una arboleda cercana.

Me incorporé con un gemido.

«Oh, mira», estaba de vuelta en la colección de animales.

Tenía tierra y sangre en las rodillas desnudas, y un rastro rojo cubría la nieve detrás de mí, como si me hubiera arrastrado.

Recordé débilmente a Augusto ordenándome que no me moviera.

«Uy».

Me estiré y me estremecí cuando mi médula espinal tronó como una ametralladora.

Giré mi cuello adolorido de un lado a otro y me maravillé ante la antinatural mancha blanca que tenía en la parte superior de mi mano.

«Oh, yupi, congelamiento».

Era oficial: no estaba viviendo una buena vida.

«Dios, ¿esto es por el *fan fiction* clasificación M de Carl Gauss que escribí? Por favor, perdóname. Yo sabía que estaba mal cuando lo estaba escribiendo, pero no pude contenerme».

Se oyó un fuerte ruido seco.

«Entendido, Dios, seré mejor».

El ruido se repitió y me volteé. La creatura guepardo de la vez anterior acechaba donde mi sangre cubría la nieve y la olfateó.

Levantó la cabeza con las pupilas dilatadas. Se le erizaron todos los pelos del cuerpo. Luego aulló y se alejó corriendo.

—Qué grosera. Apuesto a que mi sabor es delicioso —le grité—. Tú te lo pierdes.

Un bufido resonó entre los árboles.

—Eso es innecesario —refunfuñé en voz baja.

Al parecer no era lo suficientemente buena para ser su amiga o para comerme. No debería haberme dolido tanto, pero así fue.

Era la base de todo.

Me rasgué miserablemente la piel congelada de la mano.

De repente, Fluffy II salió corriendo de atrás de las hierbas muertas hacia mí, moviendo la cola (si así se le podía llamar a la cosa blanca que arrastraba tras él).

Giró la cabeza. Tenía un palo a medio camino de la garganta, sobresaliendo de su hocico como una punta.

Era tan hermoso.

—Hola, pequeñín. —Las lágrimas rodaron por mis mejillas—. Te extrañé mucho. ¿Estás bien? ¿Cómo has estado? Eres tan precioso.

Era estupendo ver una cara amiga.

Necesitaba esto.

—Para mí las cosas han sido… muy difíciles últimamente, sobre todo porque Nyx siempre está durmiendo —confesé con un sollozo mientras me limpiaba los ojos nublados—. Que estés aquí ahora significa mucho para mí. Ni siquiera puedo expresártelo.

Fluffy II sacudió su cuerpo, luego inclinó la cabeza hacia abajo y se clavó más profundamente el extremo del palo.

Se atragantó y se cayó.

Después de unos agotadores minutos de reanimación cardiopulmonar, me encontré de rodillas, jadeando por el esfuerzo y agarrando el palo cubierto de saliva.

Fluffy II celebró haber sobrevivido a su experiencia cercana a la muerte corriendo en círculo y persiguiendo su deforme trasero.

Debatí si debía atravesar la colección de animales y rogar a la creatura monstruosa que acabara conmigo. «Dios sabe que el guepardo es demasiado cobarde para hacerlo».

Pero era una larga caminata.

¿Mataría a la bestia estar localizada un poco más convenientemente?

—¡Se acabó el tiempo! —rugió Augusto desde la puerta—. Todo el mundo afuera en cinco minutos o correrán el circuito. Alexis, ¿a dónde carajos te fuiste? Te dije que no te movieras. —Su rabia resonó en el espacio cavernoso.

«Oh, eso no puede ser bueno».

Fluffy II aprovechó mi distracción momentánea para correr y volver a agarrar el palo a medio digerir de mi mano.

Lo miré fijamente.

Se lo volvió a meter por la garganta.

«Al parecer, todo el mundo tiene problemas de salud mental en estos días. ¿Quién soy yo para juzgar?».

Me levanté gruñendo y tambaleándome y me dirigí a la puerta, dejando a Fluffy II con sus mórbidas costumbres.

Sonreí y pasé cojeando junto a Augusto, que nos esperaba a todos en la puerta. Tenía una joroba peluda: las pequeñas manos de Poco se agarraban a su cuello.

Augusto me miró las rodillas ensangrentadas.

Sus rasgos morenos se tornaron púrpura, cerró los puños y una vena le palpitó en la frente. Tenía la mandíbula tan apretada que podía oír cómo rechinaban sus dientes.

Por suerte no dijo nada. Se dio la vuelta y caminó de regreso por el sendero mientras lo seguíamos apresuradamente.

Poco giró la cabeza y me bufó.

—Tienes rabia —articulé en silencio.

Poco demostró que no tenía rabia metiéndose media cola de caballo de Augusto al hocico y chillando a todo pulmón.

—Qué maduro —dije.

Drex me miró con preocupación.

Pasó el tiempo.

Horas después, me balanceaba adelante y atrás mientras Pino daba una clase sobre el número cero.

—Alexis —dijo—. ¿Cuál mencioné hace un mes que es un principio de la ética thagoreana que permite dividir fracciones de cero?

El resto de la clase me miró con expresiones de pánico.

—Los nu-números irreales —dije ausente mientras me castañeaban los dientes. La respuesta era tan obvia que ni siquiera tuve que pensarla, lo cual era bueno porque en ese momento no estaba consiguiendo procesar muchos de mis pensamientos.

Pino sonrió.

—Correcto, otra vez. Tu mente es realmente impresionante.

«Carl Gauss me presionaría para que fuera mejor, no me elogiaría por responder preguntas estúpidas».

La clase se relajó.

Yo permanecí tensa (medio catatónica).

Unas voces susurraron detrás de mí y sentí un cosquilleo en el cuello. «Las voces no son reales. Contrólate, Alexis».

Parpadeé.

Drex me jalaba hacia la biblioteca.

—Vamos, tenemos cuatro horas para estudiar —me dijo mientras me empujaba suavemente a mi silla de siempre.

«El tiempo es extraño».

Me caí de la silla y me desplomé en el suelo.

Alessandro pasó arrastrándose sobre manos y rodillas, con los labios azules y los ojos inyectados en sangre por la falta de sueño.

Nos saludamos con un asentimiento.

Éramos compañeros de tormento.

Drex me levantó por la parte delantera de la toga, me sentó en la silla y luego la empujó con fuerza contra la mesa antes de que pudiera caerme de nuevo.

—Gra-gra-gratas —balbuceé.

Gruñó y asintió, luego se desplomó en el asiento frente al mío.

Temblando apenas pude agarrar mi libro y abrirlo.

Salió volando una ficha bibliográfica.

Tenía unas palabras garabateadas desordenadamente con tinta:

Esta es la última advertencia.

Vete de Esparta ahora o HABRÁ consecuencias.

El titán fue solo una prueba de lo que puedo hacer.

Será mejor que desaparezcas antes del

Baile de Iniciación de enero.

Me le quedé viendo.

«Ay».

«Dios».

«Mío».

Leo estaba muerto por mi culpa.

«Alguien liberó al titán a propósito».

«Me está cazando».

Después de que pasara la conmoción momentánea, sentí... absolutamente nada. Sí, era oficial. Estaba demasiado agotada para que me importara.

El nihilismo (la prueba) me había robado todas las emociones.

La vida carecía de sentido.

La muerte no me daba miedo porque... no estaba viva.

Lentamente guardé el papel en el reverso del libro. Luego, con cautela, pateé bajo la mesa de un lado a otro, pero no había nada debajo de mi silla.

«Bien». Era solo la nota esta vez.

—¿Estás bien? —me preguntó Drex y me di cuenta de que había estado mirando la mesa con los ojos muy abiertos.

Lo miré.

—No.

Palideció.

—¿No quieres estudiar hoy? Entiendo que ha sido demasiado. Tal vez deberíamos dormir frente al fuego y...

—Dame tu libro —le ordené y lo interrumpí mientras Máximo se sentaba a mi lado.

Drex empujó su libro hacia mí.

—Uf, esto es miserable —dijo Máximo mientras se desplomaba a nuestro lado.

Lo ignoré.

Con labios insensibles fui guiando a Drex por las ecuaciones. Cada pocos segundos me miraba con expresión inquieta, como si le preocupara mi bienestar.

«¿Quién va a decirle que ese barco zarpó hace diecinueve años?».

Horas después, el general Cleandro gritó algo y Drex me arrastró de regreso al salón de clases.

Por desgracia, nadie se acordó de buscar a Alessandro.

El general sonrió y anunció que íbamos a correr el circuito.

Augusto me miró con expresión intensa y preocupada, así que levanté el pulgar hacia él para demostrarle que todo estaba bien. Frunció el ceño y me di cuenta de que estaba levantando el codo, no el pulgar. «Qué incómodo».

Parpadeé.

El viento aullaba y la nieve nos azotaba con frenesí.

La visibilidad era nula.

Estaba noventa y nueve por ciento segura de que también se me estaban congelando los globos oculares porque me costaba moverlos.

Mis pies ensangrentados se resbalaban en el hielo mientras me esforzaba por seguir el ritmo del grupo. Si Drex no hubiera corrido ligeramente frente a mí, jalándome hacia delante, me habría caído cien por ciento de la montaña por el barranco (a propósito).

Lamentablemente, no me dejaba en paz.

La miseria continuó.

Cuando por fin llegamos al pie de la montaña, un millón de años después, me quedé con la boca abierta (en mi cabeza, porque no podía mover los músculos de la cara). Alguien había abierto un canal en el lago congelado para que pudiéramos nadar por él.

Tenía la firma de Caronte por todas partes.

«¿Por qué son así los hombres espartanos? Dios no permita que alguien trate de vivir una vida medianamente buena en estos días».

Caronte estaba en el río, de pie sobre la barca. Un grueso abrigo de piel le colgaba de los anchos hombros. Tenía la mandíbula apretada y me miraba con expresión extraña.

Casi parecía… ¿preocupado?

Al igual que a Augusto, profundas líneas le marcaban la frente.

Tenían buenas razones para preocuparse.

Horas después me arrastraba por la orilla helada, con la cabeza gacha, los ojos temblorosos, las extremidades palpitantes, jadeando. Estaba completamente entumida.

El baño helado fácilmente había sido la peor experiencia de mi vida.

Sin duda alguna.

Ser espartano significaba que sobreviviríamos en circunstancias en las que los humanos entrarían en shock, pero no significaba que nos doliera menos. Significaba que podíamos sufrir más.

«Qué suerte tengo».

Me arrastré hacia la entrada de la montaña mientras los iniciados se ponían de pie a mi alrededor. Bajamos tambaleándonos hasta la biblioteca y me desplomé frente a la chimenea, en donde siempre me acostaba.

Aterricé sobre un bloque caliente, que se quejó.

—¿Nyx? —pregunté, recordando que tenía una mejor amiga serpiente. «¿Alguna vez casi abandonaste a un amigo? Igual yo».

Siseó y se deslizó alrededor de mi cuello. Sus cálidas escamas se sentían divinas, como una bufanda caliente.

Abrí la boca para darle las gracias, pero me desmayé de agotamiento.

—¡Alexis! —gritó alguien—. ¡Mierda!

El tiempo se volvió borroso otra vez.

Todo giraba en tonos rojos apagados.

«¿Quizá este sea el más allá? ¿Y olvidamos lo que hubo antes? ¿Quizá todo sea una simulación y por eso las matemáticas tienen tanto sentido?».

Tenía la cabeza caída hacia atrás y miré fijamente los glaciales ojos azules de un asesino. Tenía una piel alrededor de los hombros. Caronte me llevaba sobre su pecho, y Augusto tenía la mano en mi frente.

Ambos me miraban con odio.

«¿Y ahora qué hago?».

Alcancé a ver un bozal y Patro dijo algo. «¿Cuándo llegaron mis mentores?».

Se oyó un fuerte gorgoteo.

«Agua».

«Me van a hacer nadar de nuevo. No. No. No».

Luché para alejarme del helado río Estigia, pero Satanás apretó los brazos y me sostuvo con fuerza. No podía moverme ni un centímetro. Era despiadado.

Me bajó a una bañera.

Me rodeó agua caliente.

Suspiré por el calor y Nyx soltó un silbido de satisfacción mientras iba deslizándose.

De repente una punzada estalló en cada uno de mis nervios.

Estaba hirviendo viva.

Gritando intenté escapar del dolor, pero Caronte y Augusto me sujetaron. Sus expresiones eran extrañas.

Patro no dejaba de hablar detrás de ellos, pero no podía oír lo que decía por encima de mis gritos agónicos. Un bozal se movió en mi visión periférica mientras Aquiles se pasaba las manos bruscamente por el pelo.

Las lágrimas rodaron cálidas por mis mejillas heladas y les supliqué sin sentido.

No me soltaron.

«Monstruos sin empatía».

La oscuridad me sumergió y, para mi bendición, finalmente morí.

Me desperté sobresaltada. Solo me había desmayado. «Otra decepción».

El agua tibia y burbujeante salpicaba a mi alrededor mientras me movía. Estaba completamente vestida en una gran bañera de mármol.

El baño oscuro no me resultaba familiar. La luz de la luna entraba por una ventana cerrada y un ligero cosquilleo me recorría las extremidades, pero en general no sentía nada.

Estaba completamente entumida.

El dolor físico había pasado.

Escuché susurros y me agarré las muñecas cubiertas con ligas para el pelo mientras viejos dolores me quemaban los antebrazos.

La puerta se abrió lentamente y me deslicé bajo el agua.

Unos ojos negros se encontraron con los míos. Augusto sostenía una taza humeante y un frasco de medicina.

Se sobresaltó cuando se dio cuenta de que yo estaba despierta, observándolo.

—Tienes que beberte esto —dijo en voz baja con los ojos entornados por la preocupación—. Y toma esta píldora nutritiva para que recuperes fuerzas. Es imperativo que...

—Váyase —lo interrumpí con voz ronca, el áspero sonido fue antinaturalmente alto en el silencio.

No quería su ayuda, ni su estúpida taza de lo que fuera.

El recuerdo del agua gélida y oscura acechaba mis pensamientos. El dolor mental del esfuerzo continuaba.

Augusto se enderezó bajo mi escrutinio; la corona de plata resplandeció.

—Me iré... después de que hayas bebido esto y tomado tu medicina. —Entornó los ojos negros.

Miré el agua fijamente y evité su monstruosa mirada.

Sus pasos resonaron suavemente.

Se detuvieron a unos centímetros; estaba lo suficientemente cerca para que pudiera oler la electricidad y el almizcle.

Cayó de rodillas junto a la bañera.

—Echa la cabeza para atrás, Alexis —me dijo—. No me hagas pedírtelo de nuevo.

Quería arrebatarle la taza de la mano y aviéntasela en la cara. Pero nunca he sido buena para los conflictos.

Incliné la cabeza hacia adelante y miré el agua jabonosa mientras él me acercaba suavemente la taza humeante a los labios. Sabía a tierra y un poco dulce.

—Bien hecho, mi carus —dijo mientras yo daba un gran trago.

Me atraganté cuando escuché el apelativo en latín.

Un extraño calor me calentó el estómago.

—No me llame así —susurré con voz trémula—. Yo no soy nada suyo, ni siquiera me conoce.

—¿Estás segura de eso? —preguntó lentamente, con voz suave y peligrosa—. *Nota res mala, optima.*

«Más vale malo conocido».

Su mano se extendió en la parte posterior de mi cráneo mientras me acunaba la cabeza e inclinaba la taza hacia atrás. El corazón me latía dolorosamente en el pecho; bebí rápidamente, inquietantemente consciente de los dedos que presionaban mi cuero cabelludo.

En cuanto me tomé la medicina y vacié la taza, me armé de valor.

—¿Quién de nosotros es el malo? —pregunté.

Se rio, era un sonido oscuro y sedoso.

—Duérmete. Yo vigilaré y te protegeré —dijo—. No me voy a ir a ninguna parte.

Sonaba como una amenaza.

Sentí una pesadez imposible en los párpados y cerré los ojos.

«Nunca respondió la pregunta».

Ese fue el último pensamiento que tuve.

25
VÍNCULOS CON LOS ANIMALES DE PROTECCIÓN
ALEXIS: FINALES DE DICIEMBRE

Esperamos en un silencio glacial a que empezara la siguiente clase.

El tiempo transcurría de una forma extraña en la montaña. Los días pasaban con dolorosa lentitud, pero los meses, en un abrir y cerrar de ojos.

Ya estábamos a finales de diciembre.

Temblaba con más fuerza.

Faltaba un mes para el Baile de Iniciación y la ceremonia de graduación. Un mes para que cumpliera veinte años y, al parecer, fuera inmortal.

No parecía real.

Casi había sobrevivido, pero el problema era que, para empezar, ni siquiera había estado viva.

Ninguna parte de mí tenía ganas de celebrar.

Los días eran cada vez más difíciles de soportar.

Mi espíritu se deterioraba.

Desde que Augusto se había arrodillado a mi lado mientras yo dormía en la bañera, las cosas habían estado raras entre nosotros. Seguía siendo un bastardo gruñón, pero cada vez que alzaba la vista en sus clases, me estaba mirando fijamente.

Era extraño.

Ahora, con un incontrolable castañeteo de dientes, me llevé las rodillas al pecho y me balanceé hacia delante y hacia atrás. Mi aliento flotaba en una nube helada.

Las escamas de Nyx seguían heladas bajo mi toga.

El salón de clases estaba más oscuro de lo habitual; la única fuente de luz era una única antorcha encendida en la pared, encima del pizarrón.

Todas las velas se habían apagado una semana antes.

De ellas colgaban témpanos de hielo.

Drex se quejó a mi lado mientras se acurrucaba más sobre sí mismo. Máximo nos miró y sonrió: tenía los labios blancos y en su mejilla se veía una mancha cuadrada congelada.

Intenté hacer una mueca, pero tenía la cara congelada.

Alguien gimió detrás de mí.

Los seis que quedábamos nos acurrucábamos en el suelo para tratar de conservar el máximo calor corporal posible. Nuestra respiración era ruidosa y agitada, y nuestra piel tenía marcas de congelamiento antinaturales.

Diciembre estaba tratando de matarnos.

—El castañeo de tus dientes es detestable —susurró Tito detrás de mí—. ¿Ahora ves por qué las mujeres no deben hacer la prueba? Son demasiado débiles.

«Como yo sigo viva (contra mi voluntad) y un montón de chicos están muertos, eso tiene cero sentido».

Alessandro se rio a su lado, pero fue un sonido estrangulado y adolorido.

Drex y yo pusimos los ojos en blanco (nuestros párpados apenas se movieron, pero entendimos lo que queríamos decir).

Máximo se dio la vuelta al oír el ruido y se acercó a Drex y a mí.

—¿Adivinen qué escuché? —susurró de forma conspirativa.

Ninguno de los dos respondió.

Desgraciadamente lo tomó como una invitación para continuar.

—Las Casas no están contentas de que este año hayan muerto tantos iniciados. —Máximo sacudió la cabeza e hizo una mueca dramática—. Cada año mueren unos tres en promedio, y están especialmente furiosos por el ataque del titán. Por lo visto, hacía siglos que no se producía uno.

«Claro, porque alguien lo hizo a propósito. Además, no para de dejarme notas, lo cual no es raro, para nada inquietante ni preocupante».

Ni Drex ni yo reaccionamos.

Máximo se desanimó.

«Una idea descabellada: si querían que más gente viviera, no deberían haber llevado a cabo una masacre para empezar. Yo nada más digo».

En lugar de darse la vuelta y dejarnos sufrir en paz, Máximo dirigió toda su atención hacia mí y se acercó arrastrando los pies.

—¿Estás bien, Alexis? Sé que tienes menos músculo que el resto de nosotros.

«Guau».

Era una afirmación atrevida, sobre todo porque era más bajo que yo.

Entorné los ojos y gruñí con elocuencia.

—¿Quieres que te frote los brazos para calentarte? —Máximo sonrió mientras extendía las manos.

—No. —Me eché hacia atrás. «Preferiría morir».

—De acuerdo. —Me guiñó un ojo y mantuvo sus manos extendidas hacia mí—. La oferta sigue en pie.

«Qué lástima».

La puerta se abrió de golpe.

Augusto entró en la habitación con Poco sentado en su hombro.

Observó que Máximo se estaba inclinando hacia mí y su expresión se contorsionó de furia.

Con los ojos negros brillando apretó la mandíbula.

Poco aplaudió y le picó la mejilla.

Pino entró apresuradamente detrás de él.

Todo el mundo se enderezó porque, a menos que fueran a darnos los resultados de los exámenes, ambos profesores nunca estaban en el salón de clases al mismo tiempo.

Contuvimos la respiración.

Si hacen que corramos el circuito ahora mismo, me moriré de hipotermia (lanzándome desde lo alto de la montaña).

Lo único bueno de esa semana era que habíamos meditado mucho porque estábamos aprendiendo a transportarnos, así que no había tenido que tomar muchas notas.

Pero en general, la última semana en la academia había sido la peor de todas.

Hasta ahora.

«Probablemente empeorará».

«Todo empeora en la vida».

Una silla raspó el suelo en el frente del salón cuando el general Cleandro se puso de pie junto a Pino. Ambos llevaban abrigos largos y pesados.

Augusto seguía siendo el único vestido con una toga. Tenía los brazos desnudos, cubiertos de venas, cruzados con indiferencia (sus bíceps sobresalían obscenamente), como si ni siquiera tuviera frío.

Me mecí más rápido para calentarme.

—Hoy es un día importante para todos ustedes —dijo Augusto con expresión seria, y Poco asintió—. Hoy será el día en que se vincularán con el animal de protección de su elección.

Dejé de mecerme.

«Esto no es bueno».

En los últimos meses habíamos estado varias veces en la colección de animales y éstos siempre habían reaccionado de la misma manera.

Me odiaban.

Congelándome y con el estómago revuelto por los nervios, seguí al resto de los iniciados por el estrecho pasillo cubierto de hielo.

El general Cleandro abrió la puerta de la colección de animales.

—Recuerden, los animales pueden sentir sus poderes y su alma. Tengan cuidado. Tienen una hora para establecer un vínculo con un animal —dijo con dureza. El «o si no...» quedó suspendido en el aire helado.

En el interior los árboles estaban desprovistos de hojas.

Una ligera capa de nieve lo cubría todo. Los pájaros graznaban con fuerza y revoloteaban, eran brillantes franjas de color en un paisaje yermo.

Los animales más grandes se movían en silencio, ocultos tras los árboles.

Todos se dispersaron mientras veían a los pájaros.

Me froté las sienes. No tenía ni idea de qué iba a hacer.

Como probablemente lo mejor era probar una zona nueva, caminé hacia la derecha y me senté en un tronco en medio de un claro.

Los pájaros graznaron agresivamente en el aire, advirtiéndome que me fuera.

Pasaron largos minutos mientras esperaba que un animal mítico saliera a amarme.

Ninguno lo hizo.

Uno por uno, los otros iniciados vitoreaban y gritaban de emoción conforme se vinculaban.

Un halcón con una cola plateada impresionantemente larga se hinchaba orgulloso en el brazo de Casio, que sonreía de orgullo.

Unos minutos más tarde, un pájaro morado de dos cabezas graznó en el hombro de Alessandro, que alzó los brazos al aire.

Hubo algunos aplausos.

Yo no aplaudí.

Drex levantó el tucán dorado con el que siempre se sentaba.

—¡Mira, Alexis! —me llamó.

Le hice la seña del pulgar hacia arriba y una sonrisa falsa me lastimó las mejillas.

El tiempo siguió pasando.

Cundió el pánico.

Me levanté y me dirigí hacia el bosque. Los pájaros volaron, un ciervo con extraños cuernos se alejó corriendo y una zarigüeya roja se subió a un árbol mientras bufaba en mi dirección.

«¿Tal vez pueda mentir y decir que Nyx es mi animal de protección?». Estaba durmiendo alrededor de mi cintura, pero si podía hacer que se mostrara, tal vez podría funcionar.

Era el único plan que tenía.

«A la nierda mi vida».

—Bueno, no me sorprende que ninguno de los animales quisiera vincularse contigo. —Tito salió de atrás de un árbol. Tenía el pecho hinchado de orgullo. Un águila con marcas verde neón y largas garras doradas estaba posada sobre su hombro—. Ahora te matarán por no haberte vinculado con un animal de protección.

Se rio y se acercó.

Su águila graznó, pero se quedó donde estaba. Por alguna razón, los animales vinculados no se asustaban tanto a mi alrededor como los no vinculados, aunque seguían sin estar contentos con mi presencia.

Por supuesto, a Tito le parecía hilarante, y se rio con más fuerza.

«Ojalá estuviera de vuelta en el estúpido lago congelado».

Cerré mis puños helados y respiré con dificultad por la nariz para calmarme.

Tito se acercó y su águila giró la cabeza como si no pudiera tolerar mirarme. «Lo mismo digo, robot».

Hubo un repentino movimiento veloz cerca de mis piernas, y Tito cayó hacia atrás gritando.

El águila batió las alas agresivamente.

Se oyeron gruñidos amenazadores.

Fluffy II se puso delante de mí de manera protectora. Su cabeza estaba a la altura de mis muslos y sus extraños mechones de pelo blanco se erizaban mientras se estremecía de rabia.

«¿Creció desde la última vez que lo vi? ¿Siempre fue así de grande?».

Tito señaló a mi héroe.

—¡Atrapa esa cosa!

Antes de que el ave pudiera reaccionar, me agaché y recogí a Fluffy II para protegerlo con un fuerte gruñido por el esfuerzo. No era ligero y tuve que usar las dos manos.

«¿Lo estarán engordando las ramitas?».

—Esa cosa me mordió —gruñó Tito, señalando su pierna ensangrentada.

Besé a Fluffy II en la frente.

—Buen chico —susurré.

Su cuerpo deforme temblaba de emoción, volteó la cabeza hacia arriba y me lamió la mejilla.

Tuve una arcada, su aliento era rancio.

—Dame esa cosa —ordenó Tito—. Conoces las reglas. Si un animal ataca a un espartano, uno tiene derecho a vengarse. Dámelo. Ahora.

Agarré a Fluffy II con más fuerza y di un paso atrás.

—Ay, por favor —dije—. Apenas fu-fue un rasguño.

Tito adelantó la pierna y me mostró lo que quedaba de su espinilla.

—¡Se me ve el hueso!

«Santo cielo. ¿Literalmente le mordió un trozo y luego se lo tragó?».

Le di a Fluffy II otro beso en la cabeza. Esta vez por su valentía y por atreverse a hacer lo necesario en un momento de estrés.

—Si no me lo entregas ahora mismo —dijo Tito amenazadoramente— te lo quitaré a la fuerza. —Su águila batió las alas y se inclinó hacia delante como si se dispusiera a atacar.

Era un pájaro *grande*.

Se me cayó el estómago al suelo y el corazón me latió con fuerza, porque sabía qué tenía que hacer. «Nyx va a estar furiosa cuando despierte».

—No puedes —le dije—. Porque es mi animal de protección.

Tito se quedó estupefacto.

—Mentira. Lo estás inventando. De ninguna manera te vincularás con esa maldita cosa.

—Atrás. —Lo señalé y me aparté—. Permite que nos vinculemos.

Fluffy II se retorcía y aullaba en mis brazos, lamiéndome la barbilla con entusiasmo, como si supiera lo que iba a pasar.

—Si me rechazas y me vuelves loca —susurré—, *jamás* te lo perdonaré.

Me lamió de nuevo.

—Será mejor que pienses que mi alma es hermosa.

Después de respirar hondo y tranquilizarme, levanté con torpeza el pesado cuerpo de Fluffy II frente a mí y lo miré fijamente a los ojos como nos habían enseñado.

Vacié mis pensamientos.

Me concentré en la sensación de hogar. Risas, resolver ecuaciones, acurrucarse bajo una lona, música, Charlie.

—*Domus* —susurré.

No pasó nada. «Bueno, eso fue decepcionante».

Suspirando, empecé a bajar los brazos...

Una energía pura explotó en mi pecho. Iba cayendo y volando al mismo tiempo.

Algo nuevo, una hebra de luz, se desplegó dentro de mi esternón y vibró con lealtad, agresividad y el impulso de proteger. Se sentía violento.

El cordón ardía a una temperatura imposible y el corazón me latía como si estuviera sufriendo un infarto mientras me esforzaba por respirar.

Era un ataque de pánico.

La conexión era abrumadora.

Lo consumía todo.

Intensa. Peligrosa. Volátil.

Caí de rodillas y me agarré el esternón.

Temblando.

Jadeando.

Todo se volvió borroso.

Un hedor horrible me devolvió la conciencia. Algo húmedo me lamió la nariz. Después, Fluffy II dio un paso atrás y me miró fijamente.

Tenía los ojos de dos colores.

Uno blanco pálido, el otro negro como la medianoche.

—¿Estás ciego? —susurré mientras le tocaba la orejita aplastada. Giró en un círculo y ladró, con un sonido fuerte y peligroso. «Nos ocuparemos de eso más tarde».

Me levanté tambaleándome y me quejé porque la nieve helada me quemaba la piel expuesta.

Sentía un nuevo dolor punzante en el pecho, y aunque ya no era debilitante, era *pesado*.

Tito se quedó a unos metros con la mandíbula abierta. Me miraba como si fuera una idiota.

Era el momento perfecto para practicar la vocalización.

—A la nierda contigo —le dije, y me fui pisando fuerte (arrastrando los pies) con Fluffy II detrás de mí.

—¡SE ACABÓ EL TIEMPO! —gritó el general Cleandro desde la puerta un minuto después—. Todo el mundo afuera.

Corrí (cojeé hacia delante con más intensidad) y Fluffy II pasó corriendo a mi lado.

Meneaba el trasero abultado de entusiasmo y miró hacia atrás para asegurarse de que lo estuviera siguiendo. Le sonreí.

—Tienen cinco horas para estudiar en la biblioteca —anunció el general Cleandro mientras avanzábamos por el oscuro pasillo—. Usen el tiempo sabiamente.

Cuando por fin volvimos a la biblioteca se me borró la sonrisa.

Augusto bloqueaba la puerta. Poco seguía sentado sobre su hombro.

Los demás iniciados ya habían entrado a la sala.

—¿Qué… es eso? —Augusto y Poco señalaron a Fluffy II.

—Es Fluffy II —dije con confianza—. Mi animal de protección.

Poco bufó.

Augusto dio un paso al frente y el blanco de sus ojos se llenó de sangre.

La presión aumentó dolorosamente en mi cráneo.

Aparté la mirada.

Jadeé mirando al suelo. «Intentó violar mi mente de nuevo. ¿Qué demonios le pasa? Pensé que quería protegerme, no hervirme los sesos».

La respiración de Augusto era fuerte y agitada. En mi visión periférica cerraba y abría los puños, como si quisiera golpear algo (sin duda, yo era ese algo).

—¿Hay algún pro-problema, profesor? —susurré con calma, como si no quisiera vomitar del miedo.

«Los iniciados están a unos metros de distancia. Podría gritar y pedir ayuda y ellos sabrán lo que está haciendo».

Los dos sabíamos que nadie haría nada para detenerlo.

Él era un famoso heredero ctónico de sangre pura, y yo una mestiza olímpica abandonada. Él era de la realeza antigua. Yo no era nada.

Fluffy II gruñó. El sonido era grave y amenazador, el de un depredador mucho mayor.

El cordón que sentía en el pecho ardió y por dentro me recorrió el impulso de proteger y matar.

Poco me mostró sus colmillos afilados como cuchillas.

Augusto murmuró algo sobre los ctónicos, la deshonra y las mujeres que no podían cuidarse solas. Finalmente apretó los dientes.

—No. Eso es… todo, Alexis. —Una vez más Augusto dijo mi nombre con una inflexión extraña, como si significara algo para él.

Me hizo un gesto mientras se apartaba para que pudiera entrar a la biblioteca. No había espacio suficiente para que pasara.

Apreté mis carnes femeninas y pasé a su lado.

Se me erizó la piel de la parte derecha del cuerpo; sus músculos se contrajeron con mi contacto y Augusto emitió un sonido grave y gutural.

La extraña náusea en mi estómago aumentó, ardiendo.

Se desató un infierno.

Poco se extendió y agarró mis rizos con sus dos manitas.

Entré a trompicones a la biblioteca.

Fue un segundo de contacto entre nosotros, si acaso, pero el corazón se me aceleró como si hubiera corrido el circuito.

Augusto se alejó sin decir palabra y yo me desplomé aliviada.

«Hay algo en él que me vuelve loca».

Fuera lo que fuera, tenía el mal presentimiento de que iba a provocarme la muerte.

26
REGALOS
ALEXIS

Augusto me dejó tambaleándome.

Cuando recobré la lucidez suficiente para caminar (avanzar a trompicones hacia delante), me acerqué apresuradamente a las mesas de estudio, donde el resto de los chicos estaban repartidos en sus lugares habituales.

Los iniciados retrocedían conforme pasaba con Fluffy II, y Tito nos lanzó miradas asesinas a los dos, con la pierna todavía sangrando.

Si quedara algo de justicia en el mundo, se le gangrenaría.

Cuando por fin llegué a mi asiento me dejé caer en él. La lujosa manta que alguien me había regalado estaba extendida sobre el respaldo, y la envolví alrededor de mis brazos con gratitud.

—Guau. ¿Te vinculaste con esa cosa? —susurró Drex mientras su tucán dorado me fulminaba con la mirada.

Reacomodé la cabeza de Fluffy II en mi regazo. No era una cosa; las creaturas deformes también merecían amor.

—Sí —dije mientras me ocupaba de sacar mis libros. No quería hablar al respecto.

—Mira. —Máximo levantó el brazo y mostró una ardilla amarilla con cinco patas. El animal chilló al verme y se metió bajo su camisa.

«Olvídalo, esa cosa es rara y no merece amor».

—Qué… ¿bonito?

Máximo sonrió y acercó su asiento al mío.

Intenté apartarme, pero no había espacio hacia donde hacerme.

—¿No fue una locura? —dijo—. Todavía puedo sentir su presencia, una presión caliente en todo momento aquí adentro. —Se dio unos golpecitos en la frente.

—Sí —respondió Drex—. La cabeza me está matando desde que nos vinculamos. El calor es constante. Es casi como cuando uso mis poderes, pero un poco más intenso.

Miré a los dos chicos con un vuelco en el estómago.

—¿Sintieron algo en el pecho? —pregunté, tratando de parecer casual.

—No —dijo Máximo.

—No. ¿Por qué? —preguntó Drex.

Abrí mi libro.

—Por na-nada —murmuré. El cordón que palpitaba en mi pecho era inconfundible.

No sentía nada en la cabeza.

Nadita.

Nada de nada.

«¿Por qué en mi vida no puede haber nada normal? ¿Algo puede salir bien por una vez? ¿Es demasiado pedir?».

Al parecer, sí lo era.

Seis horas después corrimos el circuito en medio de una ventisca.

La nieve nos azotaba frenéticamente, me quemaba los ojos y la visibilidad era nula. Apenas podía verme los brazos mientras braceaba. Nyx era un bloque helado alrededor de mi estómago.

Patro y Aquiles trotaban a mi lado. Nerón y Popea corrían a nuestros pies, avanzando fácilmente por la montaña, como si hubieran nacido para correr.

El resto de los iniciados estaba delante de nosotros, excepto Tito, que cojeaba detrás con la pierna herida.

Sentía un cosquilleo en el cuello bajo el peso de su mirada.

Estaba furioso.

«Fórmate, amiguito».

Estaba noventa y nueve por ciento segura de que solo estábamos corriendo porque Augusto estaba tratando de asesinar a Fluffy II.

Hacía una hora, mientras meditábamos y visualizábamos la transportación, Fluffy II había ladrado, y Augusto había dicho que yo estaba «intentando interrumpir la clase a propósito con mi idiota e inútil animal de protección».

Luego nos había ordenado que corriéramos el circuito, y el general Cleandro había convocado a mis mentores.

La sorpresa: Augusto había dejado que los animales de los demás se quedaran, pero hizo que Fluffy II corriera conmigo como parte de «su castigo».

A Augusto le salió el tiro por la culata: Fluffy II parecía estarse divirtiendo como nunca.

Corría delante de nosotros, con el cuerpo tembloroso y la cabeza echada hacia atrás mientras intentaba atrapar cada copo de nieve. Llevaba horas haciéndolo y no mostraba signos de aminorar la marcha. Sus patas enormes y sus piernas sorprendentemente poderosas emprendían el ascenso como si nada.

Al menos alguien se estaba divirtiendo.

Respirando entrecortadamente, con las encías adoloridas por inhalar el aire helado y las pestañas congeladas, seguía presionando mis músculos hacia delante.

—Dime, ¿has notado algo raro en Augusto últimamente? —preguntó Patro despreocupadamente, como si no estuviera haciendo un esfuerzo—. Lo conozco de toda la vida y suele ser un tipo muy tranquilo, pero parece un poco diferente.

Me atraganté con saliva y la escupí.

El viento me la devolvió a la cara y se me congeló en la mejilla.

«El universo me odia».

—¿Entonces? —volvió a preguntar Patro, claramente no iba a dejarlo pasar.

—Es un bastardo —dije y luego me tropecé de emoción porque por fin lo había hecho: había dicho una grosería en voz alta.

Fluffy II ladraba con fuerza y saltaba mientras vibraba el cordón de mi pecho. Estaba contento por mí. «Adorable».

—Es extraño. —Patro sacudió la cabeza lentamente, como si estuviera pensando sin apuros y no escalando por la ladera de una montaña en una ventisca de nieve, tratando de sobrevivir—. ¿Te ha dicho algo?

Negué con la cabeza.

«Sí, me amenazó y luego me hizo pedazos el cerebro. También me acercó una taza a los labios, quizá me llamó mala en latín y prometió protegerme. Me inmovilizó contra una pared. Me acosó con la mirada».

—¿Estás segura de que no ha hecho nada... dramático? ¿Como darte algo? —Patro me miraba como si quisiera preguntarme algo en concreto, pero entonces Aquiles negó con la cabeza, y él cerró la boca.

—No —dije. «Lo único que me ha dado es estrés postraumático».

Pasó un momento.

—Es hi-hijo de Ares —continué, como si eso lo explicara todo. Había elegido ser heredero del linaje apodado «la Casa de la Guerra»; eso era lo único que necesitaba saber sobre su salud mental.

Mis mentores parecían poco convencidos.

—Cambiando de tema —dijo Patro—, nunca nos dijiste: ¿descubriste ya cuál es tu poder?

Me volví a tropezar.

Aquiles me detuvo. Sus dedos callosos agarraron mi brazo y me soltó lentamente, como si no quisiera dejarme ir.

Incliné la cabeza hacia él inquisitivamente, pero cerró los puños y desvió la mirada.

—¿Lo descubriste? —repitió Patro mientras me miraba expectante.

—Sí, ya lo descubrí —dije con un grito ahogado—. Puedo hablar con las creaturas sintientes en su idioma. Puedo hablar con las sirenas y con otras creaturas que he encontrado.

La cara de Patro se transformó de emoción. Nunca había hecho eso conmigo.

Volví a atragantarme. Era extraordinario cuando sonreía.

Cuanto más tiempo sobrevivía en la prueba, más amable parecía volverse.

—¡Oye, realmente es increíble! —dijo Patro—. Es el poder olímpico menos patético del que he oído, felicidades.

Asentí, agotada.

Patro me dio una palmada en la espalda.

—Vamos a convertirte en espartana. Siempre supe que habíamos tenido suerte cuando nos tocaste como aprendiz.

Aquiles emitió un sonido de incredulidad detrás del bozal y, a juzgar por sus ojos rojos entornados, a diferencia de Patro, no se sentía agradecido de tenerme cerca.

«Sí, claro».

«Fingiremos que eso fue lo que pasó».

Un pensamiento me sacudió. Aproveché la ocasión.

—Patro —pregunté entre jadeos—, ¿cuál es tu poder?

Los ojos verdes brillaban mientras la nieve nos azotaba.

Por un segundo pensé que no me contestaría. Pero después me habló suavemente.

—Si toco a alguien, puedo saber si está mintiendo o si dice la verdad.

Se me hizo un nudo en el estómago. Por eso llevaba tatuado «Mentiroso» en los nudillos. Era una de las emes de GSMM.

«Fácilmente podría descubrir todos mis secretos».

—Qué bien —dije con falsa despreocupación.

Me guiñó un ojo y se me cortó la respiración.

—Y ¿Aquiles y tú ya saben con quién se van a casar cuando cumplan veintiséis años? —pregunté con torpeza.

Los dos se enderezaron y se miraron.

—Tenemos una idea —respondió críptico.

Asentí y volví a concentrarme en correr.

Patro aclaró la garganta.

—Quiero darte las gracias —dijo con una expresión solemne poco característica en él—. Por no insinuártele a Aquiles.

Tosí. «¿Cómo?».

—Muchas mujeres y hombres lo acosan por su bozal y su incapacidad para hablar —dijo con amargura—. Supusimos, por el contexto en el que habías crecido, que serías como las otras chicas humanas que hemos conocido.

Gruñí y asentí, sin saber qué decir.

—Estamos juntos —soltó Patro—. Sin embargo, como somos bisexuales, nadie parece respetar que somos pareja. Así que, gracias de nuevo. —Asintió y luego apartó la mirada, como si estuviera avergonzado.

Me encogí de hombros (intenté mover los hombros pero no lo conseguí).

—Normalmente no nos interesan otras personas —continuó Patro sonrojándose. Me miró como si intentara expresar algo importante—. Pero hace poco…

Aquiles negó con la cabeza.

Esperé, pero Patro no terminó la frase.

«Están actuando raro».

Para cambiar de tema, pregunté algo que llevaba semanas molestándome.

—¿Qué hace el poder de Hades? La niebla de la masacre era… extraña.

Patro arqueó una ceja y me miró.

—Te atormenta con lo peor que has hecho.

«El chico de los cuernos pidiendo clemencia a gritos mientras se golpeaba con sus propios puños».

Había tantas voces.

Ninguna tenía sentido.

—¿La niebla es… confusa? —pregunté, insegura de cómo verbalizar el revoltijo de ruidos que había experimentado yo.

Patro negó con la cabeza.

—No, es tremendamente clara.

Se me enfrió el esternón, y no tenía nada que ver con las condiciones climáticas.

Corrimos el resto del camino en silencio. Cuando por fin llegamos al pie de la montaña, el río estaba tan helado que no pudieron abrir un camino.

Lloré de alivio. Las lágrimas se congelaron e hicieron que me doliera la cara.

Drex me sonrió. Los demás iniciados se desplomaron de gratitud.

Patro anunció que correríamos el sendero de la montaña por segunda vez porque no podíamos nadar. Se extinguió cualquier sentimiento amable que tuviera hacia él.

Volví a llorar, esta vez de miseria.

Cuando terminó el sufrimiento, bajamos las escaleras de la montaña tambaleándonos. Todos estábamos casi comatosos.

Fluffy II iba adelante, con el pelaje cubierto de nieve y hielo.

Augusto mostró su furia cuando vio a mi animal de protección afuera del salón de clases, su expresión era asesina.

Fluffy II le devolvió el gruñido.

El general Cleandro salió del salón y anunció que teníamos descanso en la biblioteca.

Los seis nos dimos la vuelta y avanzamos en esa dirección. Tito gimió, arrastrando tras de sí la pierna herida.

Nadie fue a las mesas.

Todos nos desplomamos frente a las diferentes chimeneas repartidas por la sala.

Puse mis dos pies, que tenían un enfermizo color azul pálido, cerca de las llamas.

Si hubiera sido totalmente humana, habrían tenido que amputármelos. Como era en parte espartana, me recuperaría.

«Qué suerte».

Unas voces susurraron cerca y se me erizaron los vellos de la nuca como si me estuvieran observando.

Apreté los dientes y las ignoré.

Fluffy II me lamió la cara (olía como si algo se le hubiera muerto en la boca) mientras estaba acostada en el suelo frente a la chimenea. Entonces el entumecimiento se convirtió en una horrible sensación punzante y me convulsioné sobre la alfombra.

En una audaz muestra de solidaridad, Fluffy II se quedó dormido. Roncaba. Fuerte.

Cuando las sacudidas pasaron por fin, aparté los pies de la chimenea y me incorporé tambaleándome.

Me dejé caer en un sillón y cerré los ojos.

La música clásica se filtraba suavemente desde el exterior.

—¿Alexis? —dijo Máximo y el cojín se movió debajo de mí.

«Hola, Dios, soy yo otra vez».

«Por favor, ayúdame».

Abrí el ojo derecho. Estaba sentado a mi lado en el sillón, inclinado hacia el frente.

La cara de Máximo estaba a centímetros de la mía.

—Sé que no es un buen momento, pero… he estado deseando encontrarte a solas… para poder decirte algo.

—¿Mmm? —gruñí con indiferencia.

—Me gustas mucho —susurró Máximo, inclinándose todavía más cerca—. O sea, mucho. Eres la chica más genial que he conocido.

«No debe conocer a muchas mujeres».

—Eh, ¿okey? —dije torpemente, todavía inclinada hacia atrás, insegura de lo que quería que hiciera. «¿Por qué se me está acercando?».

Me picó la piel de la nuca.

Unos labios helados se apretaron suavemente contra los míos.

Sorprendida, con los ojos muy abiertos, tardé un segundo en darme cuenta de que me estaba besando. Un chico me estaba besando.

El beso fue casi… ¿agradable? En realidad, no sentí gran cosa.

Todavía tenía la cara entumida.

Resonó un feroz gruñido animal resonó. Fluffy II debía de haberse despertado.

Me quedé quieta y esperé a que el beso terminara.

Finalmente, Máximo se retiró y abrió los ojos.

De cerca tenía una peca oscura en la parte superior del labio y sus ojos eran de un color café claro con pequeñas manchas doradas.

Su sonrisa era cegadora.

—Eso fue muy agradable —susurró mientras agarraba con el pulgar y el índice un rizo que se había soltado sobre mi cuello.

Gruñí.

—Volvamos a hacerlo alguna vez. —Me guiñó un ojo y me besó la frente antes de que pudiera apartarme. Luego se dirigió a una chimenea del otro lado de la biblioteca.

Parpadeé sorprendida.

Fluffy II roncaba ruidosamente.

Aturdida y más que un poco confundida, me deslicé en la alfombra y metí los pies sobre las llamas.

Esta vez, sentí el fuego. Fue una distracción agradable de mis pensamientos acelerados.

Después del incidente del beso, el resto de los días transcurrió en un abrir y cerrar de ojos.

Una vez más, Augusto anunció que había sido la primera de la clase, pero esta vez le tembló un músculo de la frente y entornó los ojos para mirarme con odio. Había más malicia en sus ojos negros que de costumbre, lo cual ya era mucho decir.

Cuando Patro y Aquiles regresaron, estaba desesperada por abandonar la montaña helada.

Suspiré aliviada mientras nos transportábamos.

La temperatura era templada en Corfú, pero un frío glacial me calaba los huesos. Mi dormitorio tenía calefacción, así que me quedé de pie junto a la rejilla de ventilación, descongelándome de la semana con mi sudadera de cráneo.

Helena pasó una vez y me dio un gel de baño con aroma a rosas y una crema que, según dijo, era un hidratante para el rostro con infusión de oro.

La usé en mis pies agrietados.

Nyx por fin se despertó. Le echó un vistazo a Fluffy II y volvió de inmediato a la brumación para evitar matarlo.

Al menos creía que eso había dicho.

Era difícil saberlo.

Popea salió corriendo cuando vio a Fluffy II y Nerón le lanzó un mordisco.

Mientras tanto, yo pasé el tiempo metiéndome a la boca todos los pasteles que podía y bebía agua a grandes tragos, de pie frente a la parrilla caliente.

Sonaba música clásica.

Unas voces masculinas gritaban, pero no me molesté en escuchar. A estas alturas, no quería saber nada.

Ya era enero, lo que significaba que solo faltaban catorce días para el Baile de Iniciación y la Ceremonia de la Asamblea.

Después, sería libre.

Estaba tan *cerca* de sobrevivir a la prueba.

Demasiado pronto llegó el momento de volver a la academia.

Patro y Aquiles nos agarraron suavemente a mí y a Fluffy II mientras nos transportábamos fuera de Corfú.

Me arrastré con inquietud de vuelta al salón de clases helado.

Me senté con un suspiro de cansancio.

—¿Dónde está Máximo? —La voz de Augusto tronó como un látigo. Tenía manchas moradas bajo los ojos y sombras bajo las mejillas afiladas, como si no hubiera dormido desde la última vez que lo vimos y estuviera adelgazando por el estrés.

Drex me miró en el frío glacial y yo le respondí encogiéndome de hombros mientras esperábamos a que empezaran nuestras dos últimas semanas de infierno.

El general Cleandro pulsó un botón de su comunicador y apareció Ryax Dioniso.

—¿Dónde está tu aprendiz? —le preguntó el general.

Ryax hizo una profunda reverencia con la cabeza y el cuervo albino de su hombro hizo lo mismo.

—Se fue a casa este fin de semana y nunca regresó. Me comuniqué con la Casa de Hera y me dijeron que había desertado. No he vuelto a verlo ni a saber nada de él.

El general resopló.

—Qué cobarde. Puedes retirarte.

—Sí, general. —Ryax se transportó en una nube de humo.

Drex y yo nos miramos con los ojos muy abiertos.

«Es imposible que haya desertado tan cerca del final». Se me cayó el estómago al suelo y apreté a Fluffy II contra mi pecho.

Las clases pasaron en una confusión total. Apenas las oía.

Cuando el general nos dio tiempo libre en la biblioteca, entré a ciegas. Me desplomé en mi asiento.

Mi pie golpeó un objeto.

«No».

«Por favor, no».

Me paralicé.

Todo me dio vueltas y me caí de la silla.

—¿Estás bien? —me preguntó Drex.

Fluffy II gimoteó y me olisqueó la cara.

Estaba en el suelo.

Había una caja mediana debajo de mi silla.

Estaba envuelta en terciopelo rojo, con un lazo de seda negra con bordes dorados atado en la parte superior.

Arrastrándome como un zombi debajo de la mesa, rompí la envoltura, jalé bruscamente el lazo y retiré la tapa.

Necesitaba saberlo.

Tenía que saberlo.

Lentamente miré adentro.

Dos globos oculares venosos, de color café claro con manchas doradas, estaban sobre unos labios con una peca oscura en la comisura superior. Un pulgar y un dedo cortados y ensangrentados se tocaban en un costado de la caja, como si estuvieran agarrando algo.

Había partes de Máximo sobre papel de seda negro. Algo brillaba bajo las partes ensangrentadas.

«Está muerto».

«Y por alguna razón, es por mi culpa».

La bilis me quemó la garganta y la me la tragué.

Con las manos temblorosas, volví a tapar la caja y la metí en un locker que había debajo de la mesa.

Luego volví a sentarme.

—¿Estás bien? —me preguntó Drex con expresión preocupada.

Negué con la cabeza y abrí mi libro lentamente.

Esta vez no había ninguna nota.

Sentí un cosquilleo en el cuello, como si me observaran. Las voces susurraban.

Drex dijo algo más y yo asentí, pero no pude oírlo.

Por dentro estaba gritando.

27
EL BAILE ESPARTANO
ALEXIS: DOS SEMANAS DESPUÉS

Había llegado a mediados de enero.

De alguna manera.

Sorprendentemente la prueba había terminado con un gemido, no con una explosión. Solo faltaba otra semana de estudios, clases, inanición y un examen y, sin más, habíamos terminado.

Había sobrevivido.

«Entonces, ¿por qué me siento muerta?».

«¿Realmente puedo soportar la inmortalidad con estas emociones?».

Me froté los ojos cansados mientras miraba el estante repleto de vestidos de baile.

«Siempre pueden cortarte en pedacitos o dejarte en coma».

Ese pensamiento me tranquilizó.

Fuera de las puertas francesas abiertas, el mar Jónico brillaba. Los rayos de sol se reflejaban en las lujosas telas.

El follaje verde se agitaba afuera mientras la suave brisa de Corfú llenaba mi habitación.

Lo único que quería hacer era meterme a la cama y dormir durante días, pero el Baile de Iniciación era esa noche.

Se suponía que el baile nos presentaría a toda Esparta. Era una celebración por haber completado la prueba. Luego, mañana al amanecer, tendríamos nuestra ceremonia de graduación en el Coliseo de los Dolomitas.

Gemí de cansancio.

Temblando, soplé en mis manos para calentarlas.

Aunque la temperatura era agradable en la isla, todavía sentía los dedos de las manos y los pies congelados. Aún no se habían descongelado del todo.

—¿Qué nos parecen? —preguntó Helena mientras señalaba los vestidos, con una corona ctónica brillando sobre su cabeza.

Había irrumpido en mi habitación esa mañana. Me había hecho sentarme adormilada en la cama y había gritado horrorizada.

Pensé que nos estaban atacando.

Cuando empezó a lamentarse por mi pelo encrespado, me desplomé con alivio sobre las mullidas almohadas.

Por fin se había calmado lo suficiente para hablar y me había explicado que Patro le había encargado ponerme presentable para el Baile de Iniciación.

Ahora yo estaba parada con mi enorme sudadera de apoyo emocional de calavera y esperaba instrucciones.

Nyx estaba alrededor de mi cuello, roncando.

—Aquí están todas las opciones que tienes para el baile —dijo—. ¿Tienes alguna pregunta? ¿Inquietudes? Ay, ya sé, no son suficientes opciones... probablemente te estés estresando. Pero no te preocupes, todo el mundo irá disfrazado. Así podrás mezclarte con todos los espartanos sin preocuparte por los prejuicios de las Casas. Desde la Gran Guerra, les encanta hacer bailes de máscaras para promover la unidad.

Decenas de pulseras de diamantes tintineaban en sus muñecas mientras gesticulaba.

—Ay, Cronos —dijo Helena antes de que pudiera responder—. Ahora yo también me estoy asustando. Las dos estamos en pánico. —Se abanicó la cara—. Esto no puede ser bueno para nuestros poros.

Yo me sentía muy tranquila.

«Literalmente, esto es lo menos estresante que me ha pasado en la vida».

—¿Tienes crema antiarrugas? —Helena hizo una mueca—. No dejo de tensarme sin querer. El estrés me está afectando.

«¿De verdad fabrican una crema para las arrugas? ¿Por qué?».

Me quedé mirando su piel perfectamente lisa.

—¿Cuántos años tienes?

—Dieciséis… tontita. —Se encogió de hombros—. Pero no te preocupes, le ayudo a mi hermano a vestirse para este tipo de eventos todo el tiempo. Puede que sea joven, pero soy una profesional.

«En realidad, ahora sí estoy preocupada».

En ese preciso momento, Fluffy II, que estaba acostado en mi cama, royendo su enorme pata delantera, soltó un eructo.

«Eso resume mi vida».

Helena se echó a reír y se tapó la nariz.

—Tu animal de protección es muy lindo. —Le hizo un puchero a Fluffy II (él no se dio cuenta; no era muy listo)—. Es tan… real. ¿Sabes? Su energía es como… feroz. De un modo que te sientes identificado. No es estirado ni pomposo. Tiene los pies en la tierra. Con problemas, pero fuerte.

No, no lo sabía.

No estaba percibiendo nada de eso de él.

Mi desconcierto debió de reflejarse en mi cara, porque se volteó hacia los vestidos.

—Bueno, hora de concentrarse. —Me hizo un gesto con la mano—. ¿Un profesional te hizo un análisis de color esta temporada? No quiero adivinar.

Me atraganté.

—No —dije ignorando mi mente deteriorada—. No me lo he hecho.

Retrocedió y ahogó un grito, con terror en los ojos. «¿Entró un titán?». Me giré.

Estábamos solas.

Mi corazón latía erráticamente y respiré hondo, tratando de calmarme. Últimamente tenía la sensación de que vivía en el filo de la navaja.

Lo único que había hecho «esta temporada» había sido morirme de frío, de hambre, recibir partes de cuerpos como regalos, correr el circuito y estudiar hasta que me quería morir.

También había soñado despierta con Carl Gauss sin camisa, había empezado a escribir otro *fan fiction* sobre él en secreto y había estado en silencio durante dos semanas después de la muerte de Máximo porque no quería hablar con nadie.

Todos afrontamos los horrores de distintas maneras.

Como si esperaran esa señal, unas voces susurraron en el límite de mi subconsciente.

—¿Nunca te han hecho un análisis de color? —Se quedó boquiabierta—. ¿Qué te pones cada día? ¿Cómo sabes qué ponerte? —Miró mi sudadera de calavera—. La verdad es que tiene sentido.

Yo también miré hacia abajo.

—¿Qué tiene de malo? Es co-cómoda.

Helena estalló en una carcajada sorprendentemente profunda.

—Eres graciosa. En Esparta todo el mundo se toma demasiado en serio, sobre todo las mujeres, porque somos muy raras. Hay *mucha* maldad ahí afuera. Pero tú pareces tranquila... Creo que vamos a ser buenas amigas.

Me froté las sienes adoloridas.

«Parece que se confunde *exhaustivamente traumatizada* con *tranquila*».

—En realidad, ahora que me fijo... —Se dio golpecitos en los brillantes labios rosados—. ¿He visto esa sudadera antes?

—Probablemente sea de Patro. La encontré en su casa.

—No, definitivamente no es suya, aunque tiene un dibujo horripilante que a él le gustaría. Es una costosa mezcla de cachemira del Himalaya... Estoy segura de que está hecha a la medida. Él nunca derrocha en ropa así.

—Oh. —Me encogí de hombros.

—Dices que la encontraste. ¿Estás segura de que no la dejó alguien para ti? Dar regalos en realidad puede ser un asunto grande en Esparta...

—No, la encontré. —La interrumpí porque, una vez que empezaba con un tema, tendía a quedarse atascada.

Además, era solo una sudadera. No era nada profundo. Era suave y casi me llegaba a las rodillas; eso era lo importante.

—De acuerdo. —Dio una palmada—. Siempre me distraigo, me he diagnosticado como un millón de cosas, pero concentrémonos. Eres la comidilla de Esparta, la mestiza abandonada de la Casa de Zeus que aplastó a todos los chicos en la prueba. Eres un ícono de la feminidad, y tienes que vestirte como tal.

Ahogando otro bostezo, me reí entre dientes.

Me miró fijamente con expresión intensa.

«Un momento, ¿no está bromeando?».

—¿Sabes?, me inspiraste —dijo en voz baja y con seriedad—. Quiero participar en la masacre y en la prueba, igual que tú. Toda esa mierda de las Casas sobre preservar el honor de las herederas es una estupidez. Los hombres se enojan mucho cuando saco el tema, sobre todo Augusto. Pero tú lo entiendes.

Me atraganté con mi saliva.

«No soy la heroína que tú crees que soy».

Me miró con sus enormes ojos color esmeralda, como si yo fuera su salvadora y no una adolescente profundamente perturbada y un poco mayor con problemas psicológicos, físicos y de abandono.

—Yo creo —dije lentamente— que deberías se-seguir siendo honorable.

Se entristeció y dejó caer los hombros con abatimiento.

—¿O no? —Hice una mueca—. Me imagino que si quisieras hacerlo... ¿podrías? No es tan duro —mentí.

La muerte y la tortura nunca deben tomarse a la ligera.

Levantó la mirada con esperanza y me mostró unos dientes blancos y brillantes.

—¿De verdad crees que podría sobrevivir a la prueba?

Fruncí los labios.

—El asunto no es si podrías so-sobrevivir. Es que apesta. ¿Por qué querrías hacerlo?

—Porque quiero demostrar que no necesito que Augusto me cuide. —Apretó los dientes—. Es tan molesto, todos lo son. Los hombres ctónicos son tan dominantes. Como diez veces peor que los olímpicos, especialmente cuando se trata de sus seres queridos. Son psicóticos. Y como soy su única heredera, actúan como si fuera de *cristal*.

Asentí como si lo entendiera, pero no lo entendía.

Helena se acercó más.

—Pero mi poder es oscuro —susurró conspiradora—. Puedo hacer cosas... cosas malas, si me entiendes. —Guiñó un ojo.

—Oh —dije con elocuencia.

«Nota mental: mantente de su lado bueno».

—¡Helena, concéntrate! —Se dio un golpe en la cara y rebuscó en una caja grande junto a los vestidos—. Entonces, obviamente, llevarás esto como máscara. —Levantó lo que parecía la cabeza de un disfraz. Era la cabeza gigante de un león.

¿En serio?

Cuatro horas más tarde, estaba de pie frente al espejo de cuerpo entero mientras el sol poniente proyectaba vetas doradas en la habitación.

Fluffy II roncaba ruidosamente en la cama.

—¿Estás segura de que no quieres ponerte ninguno de los vestidos de colores? —me preguntó Helena por millonésima vez. Sacó un brillante vestido rosa de tirantes y lo levantó—. ¿Qué te parece este?

—No.

—Agh. —Hizo un puchero—. Qué aburrida.

Me encogí de hombros y admiré mi reflejo. Un vestido negro de mangas largas que me llegaba hasta los pies cubría cada centímetro de mi piel.

Era un poco ceñido alrededor del torso para mi gusto pero, comparado con los otros vestidos con escote, era perfecto.

Me observé en el espejo y fruncí el ceño al darme cuenta de lo que me faltaba.

—Helena, necesito un brasier.

—No, no necesitas. —Su sonrisa era diabólica.

—Sí. —Me señalé el pecho—. Lo necesito.

—No. —Ella sonrió malvada—. Tienes pechos pequeños, lo cual es absolutamente perfecto para este estilo de vestido. El material es tan delgado y apretado que las líneas del brasier arruinarían el efecto. Además, mostrar un poco de pezón es sexy.

—Estoy de acuerdo con ella —dijo Nyx.

«Ahora se despierta».

—Eh, no —balbuceé cruzando los brazos sobre mi pecho de forma protectora—. No es el look para mí.

La campaña de liberación de los pezones (y los labios) era una forma de pensar, no necesariamente una realidad.

Helena se cruzó de brazos y levantó la nariz.

—Te negaste a quitarte las ligas para el pelo de las muñecas o a ponerte tacones. Es lo menos que puedes hacer por las mujeres de todo el mundo.

Parecía un poco dramático.

Señalé las zapatillas planas doradas que llevaba en los pies.

—Porque tengo los pies amoratados y los dedos llenos de ampollas. Los tacones me lastiman demasiado.

—Bueno —resopló Helena—. ¿Te duelen los pezones?

—Tiene razón —dijo Nyx mientras se deslizaba alrededor de mi cuello.

«Querido Dios, soy yo otra vez...».

Antes de que pudiera discutir sobre la sensibilidad de mis pezones (mi infierno personal), Helena tomó la cabeza de león y me la puso.

Nyx siseó cuando la golpeó la parte inferior de la máscara. «Karma».

Se deslizó por mi cuerpo y se enroscó alrededor de mi tobillo y pantorrilla. Por suerte, el vestido no se ajustaba lo suficiente a la parte inferior de mi cuerpo como para que se notara.

—Perfecto —gritó Helena—. Soy un genio. Todos se van a volver locos cuando te vean. —Aplaudió—. Zorra, pareces una zorra total.

«¿Perdón? ¿Cómo me acaba de llamar?».

La cultura juvenil era perturbadora.

—Vamos, vamos, vamos. —Se puso una máscara de elefante en la cabeza, ajustó los finos tirantes de su vestido blanco de gasa y me empujó hacia la puerta con una fuerza sorprendente—. Vamos a llegar tarde.

Nos encontramos con mis mentores en el pasillo. Al parecer íbamos con el tema de safari.

Patro vestía un traje azul oscuro con una cabeza de jabalí. Aquiles estaba a su lado, de negro, con una máscara de hiena.

Ambos se quedaron inmóviles.

Me miraron fijamente durante un largo rato.

Helena dio una palmada y la extraña tensión se rompió.

Los hombres se acercaron a nosotras.

—*Domus* —murmuró Patro.

BUM.

El mundo se contorsionó en la oscuridad.

Nos transportamos.

Me tambaleé y traté de recuperar el aliento en una nube de humo.

Estábamos en un gran salón de baile sacado de las páginas de un cuento de hadas. Las paredes eran doradas y el suelo de mármol negro pulido. Unas columnatas jónicas cubiertas de hiedra rodeaban el salón.

«Santo cielo».

De un techo pintado al fresco con nubes y querubines colgaban relucientes arañas de cristal.

Una orquesta completa tocaba en una esquina.

Cientos de personas se arremolinaban vestidas de etiqueta, todas con tocados que representaban todo tipo de animales imaginables, varios mucho más elaborados que el mío.

Pasaban creaturas con colas y extraños apéndices que asomaban bajo sus negras capas.

A juzgar por la cantidad de gente, toda Esparta estaba presente. Sin embargo, una cosa era igual entre los diferentes grupos de inmortales: todos iban llenos de joyas.

Como no se permitía la asistencia de animales de protección y no se veían las coronas de nadie, era prácticamente imposible diferenciar a la gente.

El baile parecía demasiado para solo cinco iniciados.

Helena había dicho algo de que a los espartanos les encantaba tener cualquier oportunidad para celebrar, así que debía ser eso.

Se formó una ráfaga de aire y yo me aparté del paso mientras los espartanos daban vueltas en la pista de baile, cerca de donde estábamos.

—Algunas personas llevan modificadores de voz en sus máscaras —dijo Helena; su colmillo de elefante se movía de un lado a otro—. Así que no gastes energía intentando identificar a la gente. Es una mascarada por una razón, y los espartanos se toman *muy* en serio lo de ir de incógnito.

—Helena, ¿por qué estás aconsejando a *nuestra* aprendiz? —preguntó Patro, con la cabeza de jabalí inclinada a un lado. Su mano se posó posesivamente en mi hombro y sentí un nudo en el estómago.

Pasó un largo rato y luego me di cuenta de qué era lo extraño del gesto.

El contacto con Patro no era desagradable.

—Está bien —dije a la defensiva mientras me apartaba de él, molesta por no haberme alterado por su despreocupada muestra de afecto. Ella era la primera persona en Esparta que se molestaba en explicarme algo.

—Vamos, hay que convivir. —Helena me tomó de la mano y me jaló hacia las mesas.

Horas después, la cabeza me daba vueltas de cansancio. A los espartanos les encantaba presumirse a sí mismos.

—Eres graciosa —dijo Zeus a través de su cabeza de serpiente. Me había encontrado hacía horas y me había secuestrado. Chispas de electricidad salían de su traje, haciéndolo inconfundible, y su estruendosa carcajada resonaba por todas partes.

«Solo pregunté si había comida».

Zeus se había estado riendo desde que se dio cuenta de que era yo la de la cabeza de león.

Un hombre con una máscara de jaguar giró la cabeza. Unos ojos como diamantes negros nos miraron fijamente.

—Veo que ya tienes el orgullo de la Casa. —Zeus me dio una palmada en el hombro, y yo me estremecí—. Te dije que siguieras haciendo un buen trabajo, y lo hiciste. Después de la graduación de mañana, serás un miembro oficial de mi Casa. Tengo grandes planes para ti.

Tosí con la espalda adolorida por el golpe.

—¡Quién sabe! —gritó Zeus—. Incluso podrías ganarte una corona.

Unos espartanos aplaudieron a nuestro alrededor y él se volteó para saludarlos. Me aparté torpemente, dando tumbos.

Me di la vuelta para preguntarle a Helena si había asientos libres en algún lugar, pero ya no estaba. Mis mentores también habían desaparecido.

Probablemente se alejaron cuando Zeus me acaparó.

Suspirando, con el sudor chorreándome por los costados por el estrés de tener que hablar con la gente, deambulé sin rumbo hacia las sillas arrinconadas al fondo. Seguro que Drex estaba por ahí, pero sería difícil encontrarlo entre la multitud.

Me dolían las piernas por estar de pie.

El gran reloj del alto muro indicaba que eran las primeras horas de la madrugada.

La ceremonia de graduación se celebraría en el Coliseo de los Dolomitas en menos de tres horas.

Por lo que había oído, también asistiría toda Esparta. Lo que significaba que todos los que estaban en este baile estarían ahí, sin embargo, nadie parecía tener prisa por irse.

«¿Los espartanos están en contra del sueño porque son inmortales?».

Personalmente, el cansancio me estaba afectando mucho.

Dos semanas seguidas de privación de sueño hacían difícil que mantuviera los ojos abiertos.

No ayudaba que no hubiera comida ni bebidas en el baile, probablemente debido a las intrincadas máscaras.

«¿Qué es un poco más de hambre después de toda una vida?».

Suspiré de nuevo y tropecé con un trío de bailarines: dos hombres que giraban alrededor de una mujer curvilínea con un vestido rojo transparente.

Me moví apresuradamente y estuve a punto de chocar con cuatro hombres que bailaban en círculo.

La música de la orquesta era estridente y la cabeza de león tenía visibilidad reducida. Un zumbido sordo resonó en mi oído y me esforcé por orientarme.

Las joyas brillaban en grandes franjas de piel expuesta.

Me froté las muñecas adoloridas.

«No perteneces aquí».

La prueba había sido horrible por un millón de razones, pero estaba aislado en las montañas.

Ahora una cultura antigua brillaba a mi alrededor.

Una cultura de la que no sabía casi nada.

Se me erizaron los vellos de la nuca como si me estuvieran observando y un grito burbujeó en mi garganta.

«Tú controlas tus pensamientos. Mantén la calma, mujer».

—¿Quieres bailar? —preguntó una voz modificada.

Un hombre alto y fuerte, con un traje negro perfectamente confeccionado y una cabeza de lobo con cristales en los ojos, estaba delante de mí.

Inmediatamente se me secó la boca y temblé de inquietud.

El desconocido estaba esperando a que le respondiera.

Luego de toser para aclararme la garganta (y haciendo la situación muy rara), por fin encontré mi voz.

—No —dije mientras lo rodeaba para irme de la pista de baile.

Se movió y me bloqueó el paso.

—Insisto. —Extendió una mano enguantada de negro e hizo una profunda reverencia, como si yo fuera de la realeza.

Las palmas de mis manos empezaron a sudar al instante. «¿Cree que soy alguien que no soy?».

—Sigue si-siendo un no —dije mientras intentaba empujarlo. Fue como empujar a una pared de ladrillos. No se movió.

—Ahora vamos a bailar. —Había un dejo de violencia en su voz modificada, algo que no me gustaba.

Mis instintos me decían que corriera.

—No creo que quieras bailar conmigo —susurré, sin tomar su mano y dando saltitos para calmar la tensión que se estaba creando entre nosotros.

Se quedó donde estaba, perfectamente quieto, con los ojos de cristal fijos en mí.

—Sé exactamente lo que quiero —dijo lentamente.

La tensión se triplicó.

Di un paso atrás y salté al chocar con otra persona.

Unas manos fuertes me agarraron de los hombros y me sostuvieron.

—Lo siento —balbuceé agachando la cabeza mientras me hacía a un lado. Los dos hombres se movieron con rapidez.

Me bloquearon el paso.

Cada uno llevaba guantes y una cabeza de lobo, uno tenía ojos de esmeralda y el otro de cristal, y ambos se alzaban sobre mí con trajes a la medida.

Tragué saliva.

De repente quise correr en la otra dirección. Tan rápido como pudiera.

—Voy a sentarme. —Eché los hombros hacia atrás e intenté transmitir autoridad.

Ninguno se apartó de mi camino.

—No, no lo harás —dijo el hombre de la máscara de ojos de esmeralda. Su voz también estaba modificada.

Miré a mi alrededor, buscando desesperadamente a Helena o a mis mentores. La sala se había llenado y era imposible ver algo por encima de la aglomeración.

Cuando me volteé los hombres estaban a centímetros.

Se me revolvió el estómago cuando se adueñaron de mi espacio personal. Tenía la mala sensación de saber quiénes eran.

—Ahora vamos a bailar contigo —dijo uno de ellos. No era una pregunta.

Era una orden.

Antes de que pudiera respirar, el hombre de los ojos esmeralda puso su mano sobre la mía y me pasó la otra por la cintura.

Unas mariposas revolotearon.

El otro hombre se colocó detrás de mí y me agarró con ambas manos por encima de las caderas.

Las mariposas estallaron y respiré entrecortadamente.

«Esto no es bueno».

Me hicieron girar antes de que pudiera decir o hacer cualquier cosa.

Conmigo apretada entre ellos, me hicieron girar por el salón de baile como si fuera algo natural. Lo único que podía hacer era aguantar y dejarlos guiarme.

Bailamos.

Era aterrador; estimulante.

La orquesta cambió a una canción más suave, y exhalé aliviada cuando se disipó el zumbido de mi oído.

Los dedos oprimieron con más fuerza la parte superior de mi cadera, y la mano que sujetaba la mía se apretó.

Ambos dieron un paso adelante. Ya estaban muy cerca desde el principio.

Ahora estábamos presionados unos contra otros.

Era obsceno.

Mis pezones desprotegidos rozaban la dura superficie de un pecho musculoso.

El calor me recorrió las mejillas y me bajó por el cuello. Una extraña sensación me retorcía dolorosamente el bajo vientre.

Me estremecí.

Las manos que me agarraban por atrás se movían lentamente hacia el frente por mi torso.

Fueron subiendo centímetro a centímetro.

Nunca me habían tocado tan íntimamente.

Sus cuerpos se movieron mientras giramos más rápido, bloqueándome de la vista de todos.

Los dedos enguantados siguieron subiendo.

Más arriba.

Más arriba.

Más arriba.

Me rozaron los pezones posesivamente.

Jadeé.

Un placer al rojo vivo me quemó desde el pecho hasta la médula.

—¿Por qué carajos —dijo el hombre que se apretaba contra mí de frente— están estos de fuera? Realmente no puedes cuidarte sola, ¿verdad?

En ese momento, el hombre que estaba detrás de mí me pellizcó perversamente los senos, y fue indudable a qué se refería.

Mi campo visual se llenó de estrellas centelleantes.

Gemí e incliné la cabeza hacia atrás, apoyándola en un pecho musculoso.

Los dos hombres emitieron roncos gemidos.

El hombre de adelante se inclinó más cerca.

—Voy a tener que torturar a todos los hombres y las mujeres que te han mirado esta noche —susurró—. *Carissima*.

El hombre de atrás volvió a pasarme los dedos por el pecho.

Todo estaba en llamas.

El apodo en latín no tenía gracia.

—No soy tu queridísima —murmuré con la cabeza todavía inclinada hacia atrás, lánguida, mientras me sujetaban entre ellos.

El placer chispeaba por mis venas.

—Sí, lo eres —dijeron al unísono.

Hablaban como si supieran algo que yo no sabía.

Las manos se alejaron de mi pecho y bajaron por mi estómago, me quejé. Unas sensaciones extrañas hormigueaban en mis nervios.

Ambos dieron un paso atrás mientras girábamos.

Volvieron a sujetarme a una distancia respetuosa, como si fuéramos unos desconocidos bailando y no acabaran de prenderme fuego.

—¿Por qué no sacaste las joyas? —dijo despreocupadamente el hombre de ojos esmeralda.

Tardé un segundo en recordar cómo hablar.

—¿De qué estás hablando? ¿Cuáles joyas? ¿Sacarlas de dónde?

«Qué pregunta tan extraña».

El agotamiento, los mareos y las sensaciones de calor que me retorcían el estómago me impedían pensar.

Algo extraño estaba ocurriendo.

«Deben pensar que soy otra persona».

Mi primer evento en el mundo espartano, y ya le había robado los amantes a otra mujer.

—Mmm, soy pobre —dije con la necesidad de arruinar cualquier ilusión que tuvieran sobre mi identidad—. No tengo joyas. —La verdad parecía lo más fácil.

Los hombres volvieron a quedarse quietos. Unos dedos me agarraron la piel con más fuerza y, por un segundo, temblaron con algo volátil. Las vibraciones me sacudieron.

—No, no lo eres —dijo enérgico el hombre que estaba detrás de mí, como si apretara los dientes—. Ya no.

«¿Perdón? ¿Se están burlando de mí?».

Resoplé e intenté apartar la mano del hombre de adelante.

—Sí, lo so-soy.

No me avergonzaba de quién era ni de cómo había crecido.

Por lo que podía ver, los espartanos no tenían capacidad para comprender lo que era estar en la base de la cadena alimenticia. Sucia, en el bosque, bajo una lona. «Charlie sigue esperándome ahí».

No dejaría que este lugar me hiciera olvidar.

Forcejeé más, pero los hombres se acercaron y siguieron bailando. Sus caderas me inmovilizaron.

—Suéltenme. —Jalé mi brazo mientras intentaba controlar la situación.

Se rieron entre dientes y me abrazaron con más fuerza mientras los tres dábamos vueltas.

—No creo que lo hagamos —dijo el de adelante con dureza—. *Non ducor, duco.*

«A mí no me dirigen, yo dirijo».

El hombre a mis espaldas se inclinó más cerca.

—Mi *cara.*

Se me erizó la piel porque me llamó querida en latín, como si significara algo.

Mis pies se detuvieron, pero sus manos me mantuvieron en movimiento entre ellos. Giraron, arrastrándome por la abarrotada pista de baile.

«Están jugando contigo. Todo esto es un juego».

Sentí náuseas.

—Tengo una pregunta —dije en voz baja.

Ambos hombres se agacharon para escuchar, los lobos se inclinaron más cerca para devorar.

Lancé la rodilla hacia arriba (la pierna en la que no estaba Nyx) contra la entrepierna del de adelante, y luego embestí con el codo hacia atrás.

Unas poderosas piernas me rodearon el muslo levantado, de modo que mi rodilla quedó presionada contra cierta dureza, y no pude moverme: el hombre de adelante soltó un gemido gutural.

«Eso no debía ocurrir».

Los dedos sufrían espasmos donde me sujetaban, pero no me soltaban.

El hombre que estaba detrás de mí empujó sus caderas hacia delante y un bulto se clavó en mi espalda baja. Su pecho vibró contra mí.

Estaba inmovilizada.

Incapaz de moverme.

Toda pretensión de bailar desapareció.

Ni siquiera se habían estremecido ante mi violencia. En todo caso, los había excitado.

No eran hombres normales.

«Monstruos».

—¿Cuál... era tu... pregunta? —dijo maliciosamente el hombre que estaba detrás de mí, con las caderas contraídas.

El corazón me latía dolorosamente en el pecho.

Me tenían atrapada.

Eché la cabeza hacia atrás, apreté los dientes y dije lo que quería decir.

—¿Quién mierda se creen que son? —susurré.

Se rieron más fuerte, con más crueldad.

—¿No lo sabes? Te pertenecemos, *cara*.

Se me cortó la respiración porque el juego ya no tenía gracia. Era horroroso.

—Suéltenme —les exigí, e intenté apartarme, pero una vez más no se movieron ni un milímetro. Gimieron deliberadamente.

Se revolvieron las mariposas de mi estómago.

—Nunca te dejaremos ir —dijo uno con firmeza—. Ya nos perteneces. Y decidimos que te vamos a cuidar; alguien tiene que hacerlo, porque está claro que tú no puedes hacerlo sola.

«¿Por qué me suena tan familiar?».

—No le pertenezco a nadie más que a mí misma. —Sacudí la cabeza—. Y llevo años haciéndolo bien.

—Qué perspectiva tan adorable —dijo el otro hombre con una risita ronca—. Pero tus acciones dicen lo contrario.

Intenté darles una patada.

—Suéltenme ahora, o haré una escena. Esto ya no tiene gracia.

El hombre de atrás movió lentamente las caderas.

—Nunca hemos sido más serios sobre algo en nuestras malditas vidas.

—*Carissima* —dijo el hombre de adelante con voz gutural—. Nos encantaría hacer una escena contigo. —La dureza palpitaba contra mi muslo.

Las manos subieron perversamente hacia mi pecho.

Me pellizcaron los pezones.

Volvió a bajar y agarró la hendidura donde mi cintura se encontraba con mis caderas. Sus dedos se extendieron posesivamente por la parte inferior de mi estómago y me empujaron contra el duro cuerpo masculino.

Unos escalofríos me recorrieron la piel.

Todo se volvió borroso.

Una voz modificada susurró seductoramente:

—*Carissima*, ¿por qué no…?

—¿Interrumpo algo? —preguntó Patro en voz alta, y jadeé mientras los dos hombres con máscaras de lobo se alejaban un paso de mí.

Con la cabeza mareada, casi me desmayo de alivio al oír una voz familiar y ver dos máscaras de temática selvática.

—Sí, interrumpes, carajo —dijo con firmeza el hombre que estaba detrás de mí.

Patro dio un paso adelante.

El hombre de delante giró la cabeza hacia mis salvadores.

—Solo estábamos... hablando. —Como levantó las manos, se ajustó sin pudor el bulto de los pantalones y se apretó el cinturón, sus palabras no sonaron convincentes.

«Mentiroso».

Patro dio otro paso hacia mí.

—¡Te estaba buscando! —dijo Helena mientras salía de la nada con su trompa de elefante—. Alguien quiere bailar contigo, vamos.

Me arrastró por la pista de baile y dejamos a los cuatro hombres juntos.

Intenté mirar hacia atrás, pero ella me jaló hacia delante.

—Eso fue una locura, la química —dijo—. Santo Cronos... todos en Esparta están hablando de su baile. —Jadeó y se abanicó dramáticamente la máscara—. Tuve que sacarte de ahí antes de que empezaran a hablar de deshonra y contratos de esponsales, aunque... como eres mestiza, probablemente no tengas que preocuparte por eso hasta que tengas veintiséis años. Aun así. Guau.

Me sentí como si me hubiera caído un rayo.

—Ni siquiera sé quiénes son —susurré. La mentira sabía a veneno, pero no me permitiría pensar en quiénes eran.

Si lo hiciera, me derrumbaría.

Una parte de mí estaba salvajemente viva, y la otra gritaba de terror.

Las mariposas danzaban como cuchillos en mi estómago.

Helena resopló.

—Bueno, una cosa es segura: esos hombres sabían exactamente quién eras tú. —Se detuvo bruscamente en el límite del piso de mármol y señaló a un hombre con cabeza de alce—. Él es la persona que quería verte. Dice que es uno de tus profesores.

Me quedé helada.

Contuve la respiración.

—¡Alexis! —La voz de Pino era inconfundible mientras ofrecía su mano—. ¿Cómo estás? Quería hablar contigo.

«Solo es él».

Exhalé con alivio.

—Por supuesto, profesor. —Acepté su mano.

Me mantuvo a una distancia respetuosa y me llevó a través de la pista de baile, hablando de Matemáticas Thagoreanas y de conceptos matemáticos avanzados. Otros bailarines se arremolinaban a nuestro alrededor.

No podía concentrarme en una sola palabra.

La cabeza me daba vueltas.

Buscando… ni siquiera lo sabía.

«Cálmate. Ya pasó. No pienses en los hombres. Preocúpate de eso mañana después de la graduación».

El problema era que no parecía haber terminado.

La canción terminó y ambos dejamos de bailar.

—Alexis —dijo Pino despacio e instintivamente me alejé un paso. Su tono me revolvió el estómago—. Ahora que ya no somos profesor y alumna, quiero decirte que yo… —Una infame daga se apretó contra la parte delantera de su garganta expuesta bajo la máscara, lo suficientemente fuerte como para sacarle sangre.

Pino se ahogó.

Cayeron cristales y una máscara de lobo se agitó mientras la daga se clavaba con más fuerza en la piel.

—Termina esa frase y te pondré en coma y te mantendré así el resto de tu inmortalidad. Te advertí que no hablaras con ella, carajo. No me pongas a prueba. —Una segunda cabeza de lobo apareció detrás de él.

Una mujer gritó.

—¡Nos atacan! —bramó un hombre—¡Titanes!

La gente gritó.

Se desató el infierno.

Resonaron explosiones mientras los espartanos se transportaban.

Me di la vuelta y corrí, abriéndome paso entre la multitud de cuerpos y el humo.

—¡Alexis! —gritó Helena, y me giré para ver una máscara de elefante que se abría paso hacia adelante.

Me acerqué a ella.

Un hombre extraño con una máscara de jaguar me agarró bruscamente, Helena se lanzó hacia nosotros y el mundo desapareció en un destello de negra agonía.

Me tambaleé y caí de rodillas.

Algo me jaló de los brazos, un material áspero me rozó las muñecas.

El hombre gruñó y se apartó. Sonó un grito femenino. Se oyeron fuertes golpes.

Desorientada por haberme transportado de imprevisto, parpadeé dentro de la pesada máscara de león. Esperé a que se me aclarara la vista y cesara el zumbido de mi oído.

Cuando por fin ocurrió, intenté moverme.

No pude.

Las gélidas temperaturas penetraron el ligero material de mi vestido y miré hacia abajo horrorizada. La presión no era fantasmal: una cuerda gruesa me rodeaba las muñecas.

El otro extremo estaba sujeto a un fuerte gancho metálico, que estaba soldado a la pared de un cobertizo.

Arrodillada en el suelo de tierra, jalé con todas mis fuerzas y me ardieron los hombros. El gancho no se movió ni un milímetro. En todo caso, el nudo alrededor de mis muñecas se cerró más.

La cuerda era extremadamente resistente.

Estaba atrapada.

Giré la cabeza jadeando.

Al otro lado de la habitación, Helena también tenía los brazos atados delante de ella con una cuerda sujeta a una pared metálica. Estaba desplomada en el suelo, inconsciente, con la cabeza de elefante todavía puesta.

«¿Qué demonios está pasando?».

Había escombros amontonados alrededor del pequeño cobertizo. La luz de la luna proyectaba sombras plateadas a través de las ventanas con los cristales rotos, y las ramas heladas de los árboles se agitaban en el exterior.

El cielo oscuro tenía un tinte grisáceo a medida que la noche abría paso al amanecer.

La Ceremonia de la Asamblea empezará pronto.

¿Cuánto tiempo estuve bailando?

—Te advertí lo que pasaría, pero no me hiciste caso —dijo una voz modificada—. Ahora vas a pagar. Y también tu amiga idiota.

Mi captor se quitó la máscara de jaguar.

Levanté la mirada, sorprendida.

—¿Tú?

28
EL ASESINO
ALEXIS

Acostada en el suelo y con las muñecas atadas delante de mí, miré al secuestrador a través de la pesada cabeza de león.

—Te lo advertí, varias veces; te dije que abandonaras Esparta si querías vivir —dijo mi captor con amargura—. Pero no hiciste caso… tenías que tratar de usurparme.

Volví a parpadear.

Incapaz de procesar lo que estaba sucediendo.

—Ahora morirás, como los demás. —Señaló los montones de escombros a lo largo de las paredes del pequeño espacio—. Y ella también. La idiota de tu amiga mestiza intentó salvarte agarrándome cuando me transportaba. Bueno, ahora las dos están muertas.

Abrí los ojos de par en par cuando vi una calavera apoyada en la pared.

No eran escombros lo que había a nuestro alrededor; eran huesos. Junto a ellos había cuerdas deshilachadas y podridas atadas a las paredes.

«Él los asesinó».

«Nos va a matar».

—Pero, ¿po-por qué? —dije con voz ronca y los labios resecos, con el cerebro congelado por la conmoción.

Nada tenía sentido.

Los ojos gris tormenta se entornaron, la piel dorada se hundió en las sombras y la corona de laurel brilló sobre el pelo rubio.

Theros sonrió cruelmente.

—Porque yo soy el heredero de la Casa de Zeus. —Su expresión era demente—. Solo yo llevaré una corona. Yo soy el que heredará el legado de nuestra Casa y traerá el honor a nuestra familia… ningún mestizo *sarnoso* me quitará mi derecho de nacimiento.

Meses atrás, cuando la doctora me había dicho que los mestizos de la Casa de Zeus habían «tenido dificultades» me había parecido una extraña elección de palabras.

«Esos huesos son los mestizos».

La Casa de Zeus no tenía un problema de fertilidad, sino de asesinatos.

Me costaba encajar todas las piezas.

Seguía sin tener sentido.

—¿Pero por qué el hombre sirena? ¿Por qué mataste a Máximo?

Las cajas con partes del cuerpo no tenían congruencia.

—¿De qué estás hablando? —preguntó Theros—. Yo no los maté. Y sé que leíste mi nota, me lo dijo una musa, así que no finjas que no te advertí.

«Un momento, ¿él no había dejado las cajas?».

La letra de las notas era diferente a la de las cajas, pero supuse que era algún tipo de truco mental para despistarme.

Tenía dos acosadores distintos.

Jalando mis ataduras grité apretando los dientes por la injusticia de todo el asunto. Helena seguía en el suelo sin moverse.

Theros chasqueó la lengua.

—No tiene caso que te esfuerces. He hecho esto… muchas veces. Como puedes ver, tengo un sistema.

Abrí los ojos y forcejeé con más ahínco.

Se arrodilló y recogió una palanca oxidada.

Theros se dio la vuelta y golpeó el hierro contra la pared metálica. Golpeó con fuerza, un sonido duro que resonó en el silencioso bosque.

A lo lejos, algo gritó.

Theros me sonrió mientras soltaba el hierro.

—Esta vez fue demasiado fácil… lo único que tuve que hacer fue gritar que los titanes nos estaban atacando, y aquí estamos, donde los titanes atacan de verdad. Esta zona desprotegida está plagada de ellos. Fue casi tan fácil como transportarme y hacer que el titán aquel atacara el circuito… Malditos bastardos ctónicos, tenían que interferir.

«Él mató a Leo. Él fue quien puso al titán en el circuito».

El grito resonó con más fuerza.

Forcejeé todavía más.

Más cerca.

«Los ata y deja que los titanes los maten».

Era un monstruo.

Iba a morir.

—¡NYX, DESPIERTA! —grité jalando la cuerda.

Nyx gimió somnolienta y luego siseó al darse cuenta de que algo estaba mal.

—¡Atácalo!

Theros abrió más los ojos y retrocedió un paso.

Las escamas heladas se deslizaron por mi pantorrilla mientras Nyx se lanzaba hacia delante.

El aire se distorsionó.

Se oyó un ruido sordo. Nyx gimió y cayó al suelo con un golpe. Detrás de su escudo, Theros miró nervioso a su alrededor. BUM. Desapareció en una nube de humo.

—*¡COBARDE!* —le grité al espacio vacío donde acababa de transportarse.

Afuera, los gritos escalofriantes sonaron con más fuerza, y Nyx se quejó y susurró algo inaudible.

Atrapada en la cabeza de león, gemí de miedo.

Esto estaba ocurriendo de verdad.

Estaba rodeada de los cadáveres de personas que habían estado en la misma posición que yo. Helena había intentado ayudarme, y ahora iba a morir.

Estaba atrapada.

Nyx estaba incapacitada.

Nadie sabía dónde estábamos.

Nadie iba a venir a salvarnos.

Se oyeron los gorjeos de los pájaros y el cielo gris oscuro se aclaró con el alba.

Había amanecido.

Otro ruido horrible resonó en el bosque, mucho más cerca que el anterior. Un titán se acercaba rápidamente.

Como ambas estábamos atadas, nos desgarraría con sus garras.

Seríamos fáciles de matar.

«Tú puedes, Alexis. Piensa. Piensa».

Miré a mi alrededor, pero no había nada que pudiera alcanzar para ayudarme. No había ningún borde afilado contra el que pudiera cortar la cuerda. No había holgura alrededor de mis muñecas, estaban fuertemente atadas. Theros sabía lo que hacía.

Respirando agitadamente por la nariz, incliné la cabeza y murmuré una oración.

«Sabes exactamente lo que tienes que hacer. Es tu única oportunidad para salvar a Helena. Charlie está esperando que vuelvas a casa».

Lo sabía.

Pero no quería hacerlo.

«No es justo».

El titán gritó. Se acercaba. Rápido.

«HAZLO».

Apreté la mandíbula lo más que pude, negándome a pensarlo dos veces, levanté las manos atadas por encima de mi cabeza y las azoté contra el suelo con toda la fuerza que pude reunir.

Gritando, lo hice otra vez.

Y otra vez.

El tiempo se distorsionó en un *déjà vu*.

«Tenía diez años, me golpeaba las muñecas contra las rocas para escaparme de las cuerdas»; ahora tenía casi veinte años, golpeaba las manos contra el suelo para dislocarme los pulgares; «sollozaba, los mocos me escurrían por la cara»; rugía de dolor.

Una y otra vez.

Me jalaba al mismo tiempo que me fracturaba los huesos.

Grité por la cegadora agonía y jalé con más fuerza.

Los huesos destrozados se clavaron en la piel quemada por la cuerda.

Milímetro a milímetro, las manos desgarradas se fueron deslizando por el espacio, demasiado pequeño.

Helena se despertó y empezó a gritar algo, pero no pude comprender lo que decía por mis propios gritos de dolor.

Se me nubló la vista como si fuera a desmayarme, y parpadeé rápidamente.

«No. Mantente despierta. Mantén la calma. Ella te necesita».

Jalé con todas mis fuerzas. Temblando, jadeando, cubierta de sudor, seguí golpeándome durante lo que me pareció una eternidad.

Helena gritó.

Aullando, me jalé con todo lo que tenía; mis manos ensangrentadas por fin se liberaron, y me lancé hacia el otro lado del cobertizo.

De rodillas, barrí con las manos la mancha de tierra removida hasta que sentí el cuerpo de Nyx. La agarré bruscamente y la empujé debajo de la parte delantera de mi vestido para no perderla. Cuando me levanté tambaleándome, Nyx se quejó de dolor, pero se deslizó hacia abajo y se enroscó con fuerza alrededor de mi pierna.

Era libre.

Sin embargo, Helena seguía atada y no tenía forma de liberarla. La barreta era el único instrumento que había a la mano, y no estaba lo bastante afilada para cortar la cuerda.

Ella gritó algo, pero el zunbido en mi oído era más fuerte.

No entendía nada.

Gimiendo de dolor le arranqué la cabeza de elefante. Sus grandes ojos llenos de lágrimas miraron horrorizados mis manos destrozadas.

Pasó un largo momento. Luego sacudió la cabeza como si saliera de un trance.

—¡Cuchillo! —dijo, y le leí los labios—. Llevo un cuchillo en la cara interna del muslo. Patro me obliga a llevarlo para protegerme.

«Dios, ayúdame».

Le levanté el vestido con torpeza, miré mis manos destrozadas y luego el arma. No había forma de que pudiera sostenerla. No con las manos como las tenía. No era humanamente posible.

«No eres completamente humana».

«Eres espartana».

No me moví.

Las dos manos me punzaban de dolor. Se me nubló la vista. El mundo me dio vueltas.

«Solo hazlo, Alexis. No te arriesgues a pensarlo».

Estaba paralizada.

Helena miró el arma y luego mis manos ensangrentadas. Sus labios temblaban de pena.

Un titán gritó fuera, el sonido estaba cerca. Muy cerca.

Se le llenaron los ojos de lágrimas y se desplomó con desesperación, como si supiera que estaba perdida.

«No pienses. Solo actúa. Ahora mismo. O ella va a morir».

Obligué a mis dedos a tomar el cuchillo.

Gritando y apretando los dientes, cerré con más fuerza la mano lastimada alrededor de la delgada empuñadura y empecé a serrar la cuerda entre las manos de Helena.

El cuchillo estaba afilado, pero la cuerda era gruesa, y el movimiento del corte me provocó oleadas inimaginables de agonía que me subieron por el antebrazo. Mis dedos se resbalaron accidentalmente de la empuñadura. Sentí un dolor agudo al agarrar la hoja.

La sangre de los cortes hacía que el mango se me resbalara, así que tuve que flexionar la mano para agarrarlo.

Cortando la cuerda, grité y empujé con más fuerza.

Fue un infierno.

El mundo me daba vueltas, las lágrimas rodaban por mis mejillas y la oscuridad me nublaba la vista.

CLANG.

El cobertizo metálico se tambaleó: algo lo había golpeado desde el exterior.

Corté con todas mis fuerzas, clavando el cuchillo en la cuerda deshilachada. Ignoraba la agonía absoluta que me carcomía los nervios mientras el mundo giraba más rápido. El sudor me corría por la cara. La oscuridad arañaba los límites de mi conciencia.

«No te atrevas a desmayarte».

Se oyó un ruido horrible y giré la cabeza. Una creatura estaba en el umbral de la puerta.

La luz de la mañana iluminó su espantoso rostro. Era alto y delgado, con la piel pálida cubierta de venas oscuras. Una boca llena de dientes aserrados, ojos saltones y garras afiladas como cuchillas completaban la horripilante imagen.

«No. No. No. No».

Corté con más fuerza y Helena jaló con todo su ser, gritando mientras se soltaba.

No había tiempo para celebrar.

El titán se abalanzó sobre nosotras.

Me volteé extendiendo el cuchillo y lo clavé en el ojo del monstruo. Sus uñas me atravesaron el brazo como carbones ardientes y grité.

El titán se tambaleó y gritó; tropezó hacia atrás y cayó sobre el suelo de tierra mientras arañaba la empuñadura que sobresalía de su cara.

Usé la puerta.

Me agarré de la puerta del cobertizo, aunque mis dedos ensangrentados se resbalaban al intentar aferrarme, lancé mi cuerpo contra la puerta y la cerré de golpe sobre la cabeza del titán. Nos salpicó sangre negra. Una y otra vez me lancé hacia ella y la atranqué.

Helena gritó y el sonido atravesó la bruma.

Me giré y me tambaleé hacia ella.

La agarré.

Detrás de mí se oyó un fuerte grito cuando el titán empezó a levantarse. Sin armas espartanas, no había forma de detenerlo.

Mi visión se bloqueó.

Todo giraba.

Sentía que me ahogaba bajo el agua.

«Estás atrapada. Estás condenada. No te quedan opciones».

Pero había una posibilidad.

Una posibilidad remota.

Más teoría que realidad.

No debería haber sido una opción real.

Vacié mis pensamientos.

Me concentré solo en un destino: la sensación de estar en casa.

El titán se abalanzó sobre nosotras.

—*Domus* —susurré; las garras fallaron por unos centímetros mientras el mundo desaparecía en una explosión de oscuridad cegadora y la agonía me hacía pedazos.

Parpadeé y estaba arrodillada sobre las arenas del Coliseo de los Dolomitas en medio de una nube de humo que se disipaba.

Helena sollozaba a mi lado.

Nyx se quejó de que la había aplastado y se deslizó de mi pierna a la arena.

De alguna manera me había transportado con las tres. Había hecho lo imposible.

Dos hombres vestidos con togas negras y largas capas de piel nos miraban fijamente.

Caía nieve.

—¿Alexis? ¿Helena? —Unos ojos azules como un glaciar y otros negros sin alma se abrieron de par en par al vernos.

Me puse de pie tambaleándome. Helena permaneció arrodillada, llorando.

Caronte dio un paso adelante, con el rostro contorsionado mientras miraba mis manos destrozadas y mi brazo herido. Augusto se quedó inmóvil a su lado y su rostro palideció hasta que su cicatriz se convirtió en un corte rojo.

—¿Quién... carajos... LES... HIZO... ESTO? —La voz rasposa de Caronte aumentó en decibeles hasta que terminó gritándome a todo pulmón—: ¡DIME SU NOMBRE!

Augusto sacó una pistola y le quitó el seguro con los ojos desorbitados.

Helena sollozó con más fuerza sobre la arena.

Me alejé de los hombres y me puse a buscar entre los rostros que había en la arena.

La furia era algo vivo y palpitante.

Me hervía la sangre mientras mi aliento helado flotaba en el aire gélido.

«¿Cómo se atreve? ¿Cree que puede salirse con la suya?».

Los miembros de las doce Casas estaban distribuidos a lo largo del perímetro ovalado de las arenas del coliseo. Las banderas de las casas ondeaban detrás de cada grupo.

El silencio era total.

Los copos de nieve flotaban suavemente.

En medio de la arena, Drex, Casio, Alessandro y Tito formaban una fila. El general Cleandro, el profesor Augusto y el profesor Pino, que llevaba una venda blanca alrededor de la garganta, estaban junto a ellos.

Todos vestían largas togas con pieles de animales y, al igual que en el Baile de Iniciación, no había animales de protección presentes.

La ceremonia de graduación aún no había empezado.

Pero no me importaba.

No estaba aquí por eso.

Drex me hizo un gesto para que me reuniera con ellos y yo aparté la mirada.

Seguía buscando.

«Ahí».

Caronte se abalanzó sobre mí.

—¡ALEXIS, DINOS QUIÉN TE HIZO ESTO!

Esquivé su contacto porque esta era mi furia. No la suya.

Señalé con un dedo ensangrentado y hecho pedazos, y avancé por la arena hacia la bandera que exhibía el león dorado de la Casa de Zeus.

La adrenalina, el dolor y la rabia me hacían temblar.

Mi objetivo se quedó boquiabierto al verme avanzar por la arena hacia él, cubierta de sangre.

«Deberías tener mucho miedo».

Zeus frunció el ceño.

—¿Qué significa esto? ¿Qué estás...?

Me arranqué el león de la cabeza y me lancé.

29
LAS CONSECUENCIAS
ALEXIS

Antes de que Theros o cualquier otra persona se diera cuenta de lo que estaba ocurriendo (nadie se atrevería a atacar a un preciado heredero olímpico delante de todo el mundo), mis manos ensangrentadas rodeaban la garganta de Theros.

Se tambaleó hacia atrás.

Se oyó un fuerte martilleo mientras Zeus intentaba llegar hasta nosotros. Otros hombres se le unieron, golpeando frenéticamente. Después aparecieron cuerpos por todas partes. Unos ojos brillaban llenos de sangre mientras dos hombres atacaban a los otros.

Los ignoré a todos.

Que se preocupen por su precioso heredero. Que entren en pánico.

Ninguno de ellos podría atravesar el escudo de Theros.

El mundo exterior no era más que sonidos apagados y una confusión de colores.

Estábamos atrapados.

Juntos.

«Perfecto».

Theros cayó hacia atrás.

—Intentaste asesinarnos —espeté mientras me lanzaba sobre él—. Nos dejaste atadas para morir.

Forcejeamos, mis manos y mis hombros palpitaban sin compasión, pero no me importó.

—Tú no… quieres hacer esto —dijo, gruñendo mientras rodábamos por la arena—. Piensa en el honor de la Casa.

Luchando, me reí con dureza.

—No me importa el estúpido honor de tu Casa. Yo crecí sin *hogar*, imbécil.

Me eché hacia atrás para impulsarme y le golpeé la nariz con la cabeza.

Gimió mientras la sangre brotaba en todas direcciones.

Enseñé los dientes.

—Lo que yo he soportado durante años… te mataría en un día.

Lo hice por segunda vez, y Theros gritó de dolor; yo grité de satisfacción.

Un gancho me dio en el estómago y me sacó el aire. Me zumbaban los oídos y los ojos se me ponían en blanco, pero luché por mantenerme consciente.

Theros se retorció y me estampó contra la arena, con los ojos grises desorbitados y maniacos mientras se sentaba a horcajadas sobre mí.

Sus manos se deslizaron por mi cuello para asfixiarme.

Le golpeé la cara con los puños, y los trozos de huesos rotos le rasgaron la piel.

—*¡Cobarde!* —grité.

Llovía sangre.

Me apretó el cuello con más fuerza.

Mientras me ahorcaba, forcé una sonrisa.

—Ahora… todos… saben… —jadeé— qué clase de monstruo… eres. —Solté una carcajada burlona.

Se le hinchó la nariz, bramó y levantó el puño.

El dolor estalló en mi pecho, pero Theros estaba inmóvil. Tenía el puño levantado hacia atrás, como si se dispusiera a darme un puñetazo, pero no se movía.

El dolor agudo que me punzaba en el pecho provenía de una fuente desconocida.

Una agonía al rojo vivo.

Me agarré el pecho con la respiración entrecortada.

«¿Me está dando un infarto?».

Sobre mí, Theros empezó a gritar.

Los ojos se le pusieron en blanco. Le brotaba espuma de los labios mientras se convulsionaba.

La agonía en mi esternón se intensificó.

Theros gritó más fuerte, y el sonido fue horrible.

Se desplomó sobre mí en cámara lenta. Su escudo se desmoronó y el mundo exterior volvió a enfocarse nítidamente.

En la arena todos se habían movido para rodearnos. Decenas de espartanos me miraban fijamente.

Los olímpicos dieron un paso adelante, pero dos figuras los hicieron retroceder.

—¡Aléjense de ella! —gritó alguien. Entonces se oyó una confusión de gruñidos mientras los espartanos se giraban para defenderse de los atacantes.

Theros bramó más fuerte en el suelo.

—¡Alexis! —Patro se arrodilló frente a mí, impidiéndome ver la conmoción—. ¡Basta, suéltalo! —me gritó.

Aquiles estaba a su lado con expresión furiosa.

«¿De qué está hablando?».

Theros soltó un grito que retumbó en mi cráneo.

—Concéntrate en respirar despacio —me dijo Patro, leyendo la confusión en mi rostro—. Imagínate que el dolor de tu pecho se disipa: concéntrate en cada respiración. —Inhaló profundamente para hacerme una demostración.

Seguí sus movimientos.

Poco a poco, el dolor punzante de mi esternón disminuyó.

La horrible presión desapareció.

Theros dejó de aullar. Gimió débilmente mientras se incorporaba con lentitud, todavía retorciéndose en la arena.

—Gran trabajo, lo estás logrando —dijo Patro mientras me frotaba la espalda—. Así es, muy bien. Estoy muy orgulloso de ti.

Me apoyé en él.

—Ella… ella… ella estaba… —balbuceó Theros mientras se aleaba de mí arrastrándose. Todavía le goteaba espuma por un lado de la boca.

Lo fulminé con la mirada y le enseñé los dientes.

Gritó.

—No te preocupes por él. Él no importa —dijo Patro con serenidad—. Concéntrate en mí, concéntrate en respirar hondo hasta que el dolor de tu pecho desaparezca por completo. Justo así. Lo estás haciendo muy bien. A diferencia de los olímpicos, nuestro poder está en nuestro corazón.

«¿Cuál poder?».

Asentí temblorosamente y seguí respirando despacio mientras me apoyaba en él, aunque no le entendía.

—¡Ella... ella... ella! —gritó Theros tosiendo mientras me señalaba—. Tenía los ojos llenos de sangre... es una de ellos... me estaba matando... arréstenla... es un monstruo... estaba...

—¡SILENCIO! —bramó una voz que ponía los pelos de punta.

El coliseo enmudeció y a nuestro alrededor los hombres dejaron de luchar.

Se podría haber oído caer un alfiler.

—¿Qué significa esto? —Hades pronunció cada palabra con lentitud mientras caminaba por la arena hacia nosotros. Una niebla oscura le rodeaba los pies como si fuera humo.

Nadie se movió.

Nadie respiró.

Los ojos negros como la medianoche destellaron con una advertencia.

—Será mejor que alguien me explique *ahora* mismo lo que acabo de ver.

Patro tragó saliva y se puso de pie delante de mí. Su cuerpo bloqueó el mío de la línea de visión de Hades.

—Nuestra aprendiz, Alexis Hert —declaró Patro con la voz llena de confianza—, desapareció anoche con mi hermana, Helena Afrodita, en el caos del Baile de Iniciación... ambas llegaron aquí esta mañana.

Theros jadeó de sorpresa al oír el apellido de Helena, y luego gimió de dolor. Todos susurraron.

«Bien, espero que Theros se dé cuenta de lo muerto que está. No lo dejarán impune por haberla lastimado».

Patro continuó:

—Mi hermana está conmocionada y lucha por recuperarse, pero por lo que me dijo, este hombre las atacó. —Señaló a Theros con los ojos llenos de sangre—. Y Alexis se sacrificó para salvar a mi hermana, y luego se transportó para ponerse a salvo.

Los susurros aumentaron.

Patro se aclaró la garganta y respiró hondo.

—Lo que vimos aquí fue a Alexis enfrentándose al atacante de mi hermana y, durante el altercado, sus ojos se llenaron de sangre. Activó poderes ctónicos que no sabía que tenía, y por lo que vi… creo que su sangre es su poder: con ella puede causar dolor a otros.

«¿Cómo?».

Patro volvió a mirarme con expresión suplicante, como si me rogara que entendiera algo no dicho.

Los susurros se convirtieron en gritos.

Zeus retrocedió como si lo hubieran golpeado, la electricidad chisporroteaba frenéticamente a su alrededor.

—Es una poderosa heredera ctónica… ¡y salvó a Helena! —gritó Patro con orgullo, y luego levantó el puño en el aire—. ¡Es una heroína! —Aquiles se levantó e hizo lo mismo.

Los gritos se convirtieron en un rugido mientras toda Esparta perdía la cabeza.

Theros gimió.

Un zumbido agudo resonó en mi oído izquierdo.

Me miré las manos destrozadas, los huesos visibles a través de la piel, mientras todo giraba a mi alrededor.

Inhalé bruscamente.

«Dios mío».

«No».

«Por favor, no».

Exactamente lo que Patro quería decir sobre el poder en mi pecho me golpeó como un puñetazo en la cara. Esa había sido la razón por la que sentí presión en el pecho cuando me vinculé con Fluffy II, mientras que los demás iniciados solo lo habían sentido en la cabeza.

Patro había dicho que los olímpicos sentían su poder de forma diferente a él y a Aquiles.

Yo era como ellos.

Yo era ctónica.

«No. No. No. No. No».

«Dios, ayúdame».

Había sentido cuatro veces en mi vida el dolor cegador en el pecho que había sentido hoy.

Uno:

Mi madre adoptiva murió después de que le arañé la cara con las uñas ensangrentadas. Había gritado algo sobre un demonio de ojos rojos mientras me miraba fijamente.

Dos:

Los chicos suplicando y convulsionándose durante la masacre, con espuma brotando de sus labios después de que yo arañara sus heridas con mis dedos ensangrentados. Me miraban horrorizados. Un resplandor rojo se reflejaba en la niebla.

Tres:

Cristo chapoteando en el agua, echando espuma por la boca mientras gritaba e intentaba alejarse de mí... después de habernos estrechado las manos ensangrentadas.

Cuatro:

La sirena, estremeciéndose después de cortarse con un cuchillo cubierto con mi sangre. Su muerte ocurrió poco después.

En cada ocasión, había sentido un dolor insoportable en el pecho, como si me estuviera dando un infarto.

No había sido pánico.

Los había estado matando.

A diferencia de esta vez, no había habido nadie que me contuviera, que me enseñara a controlar mis poderes.

«"TÚ LOS MASACRASTE. ¡PECADORA!", gritaba el padre John en mi mente mientras me señalaba».

«Patro dijo que la niebla de Hades te muestra lo peor que has hecho».

«Oíste gritar a tu madre».

«La niebla te atacó al final porque estabas matando a esos chicos».

Me agarré la cabeza con las manos destrozadas y abrí la boca para pedir clemencia, pero no salió ningún sonido.

Los animales de la colección me odiaban porque habían visto lo que realmente era.

Mi cabeza estaba bajo el agua.

Mi alma estaba en el infierno.

Había estado delirando todo este tiempo, esperando que mi habilidad fuera mundana.

La razón por la que no había sentido nunca euforia cuando hablaba con Nyx y las sirenas fue porque no eran mis poderes espartanos los que me permitían conversar con ellas. Debió haber sido otra cosa.

Drex nunca había sido el monstruo ctónico.

Siempre había sido yo.

Estaban sucediendo demasiadas cosas. Iba en caída libre, incapaz de frenar mientras caía en picada hacia la ruina.

«Dios mío».

Ahora, la expresión suplicante de Patro tenía sentido. Gracias a él, todos pensaban que mi poder solo causaba dolor, pero no era así.

Mataba.

Y habría asesinado a Theros si Patro no me hubiera ayudado a calmarme. Habría matado a un *inmortal*.

No debería ser posible.

Lo era.

«Si el mal pasa inadvertido, ¿sigue existiendo?».

Me estaba desmoronando desde adentro, cayendo de espaldas en la arena, desparramándome en pedazos. La sensación de ahogo se intensificó.

«¿Qué soy?».

La niebla negra se extendió mientras se acercaban unas túnicas oscuras.

«¿Cómo puedo vivir conmigo misma?».

«¿Cómo viviré con esto en lo que me he convertido?».

—Pero eso no es posible —dijo Hades con voz atronadora, y toda Esparta se calló—. No puede ser una heredera ctónica. Habríamos sabido si hubiera nacido un niño …

Dejó de hablar y retrocedió.

Tenía el rostro de un hombre atormentado.

—¡ZEUS! —rugió abruptamente—. *Dijiste* que estaba muerta… dijiste que sabías a ciencia cierta que los titanes la habían matado. ¡Hicimos un funeral juntos!

Zeus dio un paso adelante, con chispas de electricidad a su alrededor.

—¡Así fue! Vyco, de la Casa de Hermes, ¿dónde estás? ¡Explícate!

Un hombre mayor se adelantó trotando.

—Patro —ordenó Hades—. Tócalo ahora mismo, necesitamos saber si está mintiendo o no.

Mi mentor asintió y se acercó apresuradamente al hombre que se había acercado. Aquiles iba detrás de él como un centinela amordazado.

—ARRODÍLLATE —le ordenó Zeus, y Vyco cayó de rodillas—. Explícame otra vez *exactamente* lo que pasó el día que mataron a Hércules. —Los ojos gris tormenta lo miraron con furia.

Me enderecé.

«Hércules» era la palabra de ocho letras bordada en la tela en la que me habían encontrado de bebé. Era un nombre, no una etiqueta.

Se me erizaron los vellos de los brazos.

Me recorrió un mal presentimiento.

Todo sucedía en cámara lenta, como si estuviera en medio de un accidente de coche.

Vyco levantó la cabeza.

—Hubo un ataque de titanes en la Casa de Zeus durante una reunión de la Federación —dijo—. Los espartanos estaban reunidos en la otra sala, y yo acababa de llegar y estaba en el vestíbulo. Las enfermeras de Hércules murieron delante de mí. En medio del caos, tomé a la bebé y me transporté. Acabé en un descampado. Después, había sangre por todas partes y yo me convulsionaba; me desmayé... Cuando desperté, estaba solo y la bebé había desaparecido. Supuse que la habían matado los titanes o una creatura salvaje.

Patro levantó la mirada, con los ojos enrojecidos.

—Dice la verdad.

—¡Dijiste que habías visto morir a la bebé! —bramó Zeus mientras rodeaba a Vyco.

Vyco negó con la cabeza.

—Creía que sí. Era una bebé *desprotegida*; había sangre y los monstruos atacaban. Es lo que creí que había pasado.

—Es verdad —anunció Patro, con los ojos todavía ensangrentados.

Zeus se volteó hacia Hades, de quien brotaba niebla.

Compartieron una larga mirada.

En ese momento, la cicatriz de mi esternón me picó y me la froté. Dejé la mano inmóvil. Tenía la marca desde que era bebé.

«Es una línea perfectamente recta».

«Alguien intentó apuñalarme».

Sentí escalofríos y mi instinto me dijo que la historia de Vyco no era del todo cierta.

Algo más estaba pasando aquí.

Algo más grande que lo que se estaba diciendo.

La voz de Zeus tronó, su mirada seguía fija en Hades.

—Vyco, retuviste información sobre el secuestro de mi ahijada. Más tarde tendrás tu merecido.

«Un momento, si él es mi padrino, entonces quién es mi…».

Hades caminó hacia mí. Sus ojos negros como la medianoche y su constitución alta y delgada me resultaban extrañamente familiares. La nieve se arremolinaba a su alrededor.

Se detuvo delante de donde yo estaba sentada y cayó de rodillas.

—Hija, ¿de verdad eres tú? —Las lágrimas brillaban en sus ojos, y unos dedos largos y pálidos temblaron al tomar lentamente un rizo que sobresalía—. Te pareces tanto a tu madre.

—¡Hércules! —Perséfone se arrodilló frente a mí. Su piel dorada oscura era de un tono familiar.

Su cabellera de rizos rubios coincidía con la mía; solo que era más clara. Sus grandes ojos azules me miraban fijamente mientras me apretaba la cara. Luego estalló en sollozos.

—Hicieron que mi bebé participara en la prueba —gimió mientras se aferraba a mí—. Pobrecito ángel. —Me apartó los rizos de la frente—. Debiste pasar mucho miedo.

Le devolví la mirada.

Congelada.

Incapaz de encontrar palabras.

Me abrazó como si me amara. Nadie lo había hecho antes.

«¿Mamá?».

«¿Papá?».

Las lágrimas corrían por mis mejillas.

Ambos me abrazaban con tanta ternura, y yo, arrodillada entre sus brazos, era un monstruo.

Pasaron largos momentos mientras los tres nos abrazábamos en la arena.

Zeus se acercó, proyectando una sombra sobre nosotros.

Su voz rompió el momento.

—Puesto que es una honorable heredera que se vio obligada a soportar la salvaje prueba, por nuestras costumbres, debemos hacer algo para reparar la grave deshonra que ha sufrido… Propongo una alianza con mi casa. Un matrimonio.

«Un momento, ¿un qué?».

Hades y Perséfone se quedaron inmóviles en mis brazos. Juntos, se pusieron de pie.

Me tambaleé detrás de ellos, casi desmayándome por el dolor del movimiento. Todo me daba vueltas. Las ganas de derrumbarme eran inmensas.

La adrenalina estaba desvaneciéndose.

Parpadeé rápidamente, obligándome a permanecer consciente.

—¿Te atreves a proponer un compromiso con el hombre que las lastimó a ella y a Helena? —preguntó Hades, con voz crepitante por la violencia.

Perséfone gritó y dio un paso adelante.

—Mira las manos y el brazo destrozados de mi hija, ¡mira lo que le hizo! Helena está inconsolable por el ataque… ¿cómo te *atreves…*? —Hades la detuvo.

Zeus levantó las manos en un gesto de rendición.

—No quise insinuar que mi ahijada se casaría con Theros. Me expresé mal. Mis más sinceras disculpas, Theros tendrá su merecido.

Se llevó una mano al corazón.

—Se ha deshonrado gravemente a ambas mujeres —continuó Zeus—. El honor de Helena también está en juego, por asociación. Lo saben, son nuestras leyes. Cualquier casa olímpica se hará cargo. ¿Hay algún heredero que se ofrezca en compromiso?

«¿Por qué castigarían a Helena por haber sido secuestrada? ¿Por qué caería sobre mí la deshonra cuando *ellos* me obligaron a participar en la prueba?».

Quería gritar y jalarme el cabello. Las leyes espartanas eran arcaicas y psicóticas.

Decenas de hombres se adelantaron y yo retrocedí un paso.

«No. Por favor, no».

«Prefiero luchar contra un titán».

Negué con la cabeza mientras Perséfone volteaba hacia mí. Hades la soltó y ella acudió a mi lado.

—*Mi* hija no elegirá ningún contrato matrimonial en este momento —se burló Perséfone, con la voz llena de veneno—. Atrás, tontos. Está sangrando y herida, ¿dónde está su honor? Nos avergüenzan a todos.

Los hombres agacharon la cabeza, humillados.

Me acerqué más a ella. El dolor palpitante de mis manos hacía que todo se volviera confuso y cada vez me costaba más trabajo ver.

—¡Aquí hay un problema! —gritó una voz áspera.

Caronte dio un paso adelante.

Se paseó por la arena arrastrando la capa de pieles, con la corona de plata torcida sobre la cabeza.

Tenía la cara salpicada de sangre y los nudillos amoratados como si hubiera estado peleando.

Unos ojos azules como el hielo se clavaron en los míos.

—Ella ya está comprometida —anunció.

Se oyeron murmullos.

Perséfone me miró confundida y yo miré fijamente a Caronte.

«¿Qué está haciendo?».

Su sonrisa era malvada.

—Ella ya está comprometida conmigo y con mi pareja. De acuerdo con la nueva ley matrimonial, decidimos casarnos con ella.

Los murmullos se convirtieron en gritos.

—¿Perdón? —gruñó Hades—. ¿Qué acabas de decir de mi hija? —Produjo una niebla negra.

«No, no estoy comprometida».

«¿Por qué miente?».

Entorné los ojos y negué con la cabeza, intentando que dejara de hacer lo que fuera que estuviera haciendo.

—¡Puedo probarlo! —gritó, y la arena enmudeció.

Arqueó una ceja oscura, como si desafiara a alguien a negar lo que decía.

Hades señaló a Patro.

—Comprueba si está mintiendo.

Los ojos verdes se abrieron de par en par. Después, Patro se acercó lentamente a su amigo como si prefiriera estar en cualquier otro sitio.

Resoplé. «Seguro que están confabulados. Todo es una farsa».

Caronte sonrió, sin dejar de mirarme directamente.

—Mi pareja y yo le enviamos a Alexis Hert dos regalos de esponsales: dos cajas —dijo con orgullo.

El mundo tembló.

Mis rodillas cedieron.

Todo me daba vueltas.

Caronte sonrió como si me tuviera inmovilizada, justo donde quería.

—Cada caja estaba envuelta en terciopelo rojo, y en la parte superior tenía un lazo de seda negra con bordes dorados; cada una contenía dos de los tres regalos habituales. Los símbolos de nuestra protección se colocaron sobre reliquias de valor incalculable.

La boca me supo a bilis.

«Símbolos de protección. Se refiere a partes del cuerpo».

Nunca había revisado debajo del papel de seda, pero sí había algo había brillante.

Caronte continuó:

—También le regalamos una manta de valor incalculable y ropa directamente de nuestras espaldas; ella abrió las dos cajas, usó la manta y se puso la ropa. Aceptación *inequívoca* del compromiso.

Esparta estalló en un rugido.

La gente discutía y gritaba, y todos clamaban como si yo hubiera hecho algo escandaloso.

Los ojos del traidor brillaron de satisfacción y le devolví la mirada.

«Al carajo».

Él sabía que yo no tenía ni idea de que estaba aceptando algo al abrir una caja. Me había arrinconado y había jugado conmigo. Estaba justo donde me quería.

Su sonrisa era pecaminosa.

Rezumaba una satisfacción masculina pura, como si hubiera jugado a largo plazo y hubiera ganado.

Me di cuenta de otra cosa horrible.

«No».

«Santo cielo».

«No puede ser».

Él me había mirado con interés mientras Cristo se ahogaba. Mis ojos debían de estar llenos de sangre.

Él sabía que yo *era* ctónica.

Siempre lo supo.

«Lo supo desde el maldito principio».

Sus desconcertantes comentarios sobre mis secretos y sobre arrinconarme la primera vez que nos vimos ya no parecían tan crípticos.

Cuando me decía que me mantuviera a salvo, supuse que solo le preocupaban mis mentores.

Me quería ilesa.

Porque sabía que yo era ctónica.

Había querido casarse conmigo en cuanto se enteró.

«Yo soy el maldito vacío legal. Soy la forma como elude la ley y no tiene que casarse con una olímpica».

La bilis me llenó la garganta.

Me había sentido tan mal por la pobre persona con la que se iba a casar.

En *Crónicas del balcón* habían dicho que lo habían visto enviar joyas de compromiso al mismo tiempo que yo recibí mi caja.

Yo era la prometida sobre la que habían escrito.

«Ha estado jugando conmigo todo el tiempo».

—¡SILENCIO! —bramó Hades, y una vez más el coliseo enmudeció—. Patro… ¿es verdad?

Unos ojos verdes miraron los míos, llenos de disculpas.

—Sí, dijo la verdad. —Patro hizo una mueca como si le doliera decir esas palabras.

Hades se volteó hacia mí.

—Hija, ¿niegas lo que dice? Puedes hablar libremente. Por favor, sé sincera. Si miente, puedo…

—Dice la verdad —dije inexpresivamente, interrumpiéndolo.

La agonía más profunda mezclada con el agotamiento.

Era demasiado.

Tenía náuseas.

No quedaba fuerza en mí.

—Los esponsales son sagrados —anunció Caronte con gravedad—. La Federación no puede interferir una vez que se han aceptado. No solo cumplo con la ley sobre el matrimonio, sino que también salvaré su honor *y* el de Helena. —Su rostro estaba lleno de amabilidad, como si solo quisiera ayudar.

—He llegado a querer a Alexis... mucho —dijo con la voz temblorosa por la emoción.

«Mentiroso».

«¡MENTIROSO!».

«Está montando una farsa».

«Todo es un juego».

«Solo soy un vacío legal».

Perséfone debió sentir mi agitación, porque me rodeó los hombros con sus brazos y me apretó contra ella.

—Todo va a salir bien, mi amor. Yo me voy a asegurar de eso.

Se me llenaron los ojos de lágrimas porque nadie me había dicho eso antes, y esa afirmación nunca había sido menos cierta.

Zeus dio un paso al frente, con el rostro lleno de indignación.

—¿Quién es la pareja con la que también piensas casarte?

Caronte se hizo a un lado.

Augusto avanzó un paso, con la corona brillando sobre su cabello bicolor. Al igual que Caronte, estaba salpicado de sangre.

«No».

«Él no».

«Cualquiera menos él».

Unas voces murmuraron.

—El heredero de la Casa de Artemisa y el heredero de la Casa de Ares, santo Cronos —dijo alguien.

—¿Los dos herederos ctónicos? —dijo alguien escandalizado—. Es una locura.

Augusto me miró fijamente desde el otro lado de la arena con los ojos de un asesino. Me sostuvo la mirada, sin parpadear.

«Desde la primera semana Caronte le contó lo que era yo. Por eso me miraba acusadoramente en clase. Por eso hizo comentarios desconcertantes sobre mi poder y mi deshonor. Por eso dijo que las vidas ctónicas eran importantes: yo era esa vida ctónica, no mis mentores».

Me estaban utilizando.

Era eso.

Helena levantó la vista donde estaba arrodillada en la arena al lado de Patro, y sus ojos se llenaron de compasión. Brillaban con tristeza.

El murmullo se intensificó por todas partes.

—Nos comprometimos juntos —anunció Augusto, con voz suave como la seda y llena de confianza—. Por eso enviamos dos cajas, y ambas fueron abiertas. Ella nos aceptó a los dos.

«Nunca».

A diferencia de Caronte, no sonrió. Su expresión era estoica.

Zeus frunció el ceño.

—Pero la Federación establece en la ley sobre el matrimonio que no pueden casarse con ctónicos. Es inaceptable que ustedes tres...

—Establece —lo interrumpió Augusto con suavidad— que no podemos casarnos solamente con uno de los diez nombres ctónicos que se enlistaron en la ley. Alexis Hert no estaba en esa lista.

—Pero —espetó Zeus—. El propósito de la ley...

Caronte lo interrumpió.

—El propósito de la ley no importa. Lo que importa es que la obedezcamos al pie de la letra. Como Alexis no está en la lista, no debería haber ningún problema.

Zeus apretó los puños con la cara enrojecida, pero no dijo nada.

Me quedé sin aire: los dos hombres con cabeza de lobo me habían preguntado dónde estaban mis joyas.

Habían sido ellos.

Querían saber por qué no llevaba sus horripilantes regalos.

Y me habían tocado tan... íntimamente.

¿Y lo peor? Lo había disfrutado. Una parte de mí lo sabía. Pero como una tonta, había ignorado las señales de advertencia.

«Probablemente se rieron después».

Durante meses habían estado ejecutando un juego retorcido.

Preparándome para el matrimonio.

Usándome.

Para evitar la ley sobre el matrimonio.

«Algo les pasa. Están... mal de la cabeza».

Podía sentir su energía salvaje a metros de distancia por la forma como me observaban. Tenían los ojos demasiado abiertos y posturas demasiado rígidas.

Utilizaban su carisma para ocultar lo que realmente eran.

El padre John estaba equivocado. El demonio no era una figura solitaria, eran dos hombres, y ambos estaban frente a mí, manchados de sangre.

Sus expresiones reflejaban promesas salvajes.

De repente, las emociones fueron demasiado.

Nunca había tenido una relación romántica y ahora me pasaba esto. No entendía nada.

Me temblaba el labio inferior mientras los miraba con odio, y el rostro de Augusto se oscureció.

Parecía destrozado.

Desvié la mirada.

Todo se volvió borroso y el tiempo se alteró mientras la cabeza me daba vueltas por la pérdida de sangre.

Zeus se aclaró la garganta y me miró con rencor.

—Según las enmiendas al artículo tercero —pronunció con dureza—, la ley establece claramente que todos los ctónicos que sobrevivan a la prueba deben unirse al Escuadrón de la Muerte. Esa es nuestra ley: Alexis debe unirse. Como ctónica, también... debe participar en el próximo Torneo de Gladiadores.

Perséfone gritó mientras Zeus y Hades empezaban a discutir.

Helena sollozó con más fuerza sobre la arena.

Cansada, deseando que el día (la vida) terminara de una vez, me acerqué al grupo tambaleándome.

—Lo haré —dije.

«Nada importa de todos modos. Ya estoy muerta».

—Hija —dijo Hades—, no tienes que hacerlo.

—Por Cronos, de ninguna maldita manera harás que nuestra prometida tenga que luchar contra titanes y competir en ese torneo salvaje —escupió Augusto con disgusto—. Ella es la primera heredera joven en décadas, es absurdo y deshonroso. *Jamás* lo permitiré.

Caronte asintió a su lado. Parecían furiosos.

Si otro hombre hablaba por mí, me iba a volver loca.

—Técnicamente... —Zeus frunció el ceño—. En virtud del artículo tercero del Acta de Compensación por la Gran Guerra, ella tiene...

—¡Lo haré! —grité con todas mis fuerzas, con el pecho agitado mientras se me nublaba la visión—. Dije que lo haré, carajo. —Agité las manos destrozadas.

Esparta se quedó en silencio.

Nadie habló.

Me acerqué tambaleándome a donde estaban los otros iniciados esperando a que empezara la ceremonia de graduación.

Quería luchar.

Matar.

Morir en un campo de batalla.

«Córtenme en pedacitos. Déjenme en coma. Los reto. POR FAVOR, HÁGANLO, REPUGNANTES MENTIROSOS».

Zeus y Hades les gritaron a todos que volvieran a sus posiciones.

El tiempo se distorsionó.

Estaba de pie junto a Drex y los demás iniciados en medio de la arena. La nieve caía silenciosamente alrededor.

Tito me miró. Su expresión era de horror, como si se sintiera mal por mí.

Lo miré con la mirada perdida.

Muerta.

Entumida.

Una asesina.

La sangre venenosa goteaba de mis manos destrozadas, las manos de una asesina.

Cuando se leyeron los nombres de los demás iniciados, el general Cleandro anunció que se habían graduado y ahora eran ciudadanos de Esparta.

Pero cuando leyó el mío, hizo una pausa.

—Alexis... quiero decir, Hércules —dijo de mala gana—. ¿Aceptas una vida de servidumbre en el Escuadrón de la Muerte, luchando contra titanes y... defendiendo Esparta?

Esperó con expresión sombría.

Sonreí con frialdad.

—Sí. Con mucho gusto.

Hizo una mueca y desvió la mirada, como si no pudiera soportar la oscuridad de mis ojos. Resoplé y volví a la fila tambaleándome.

Yo era eso en lo que ellos me habían convertido.

Y lo odiaban.

Me reí entrecortadamente mientras nos graduábamos de la prueba, con toda Esparta mirándonos.

Nadie aplaudió.

Hades y Perséfone corrieron hacia mí, mientras Aquiles y Patro se arrodillaban junto a Helena y le susurraban. Mis mentores levantaron la vista e hicieron contacto visual, con expresiones intensas. Aparté la mirada.

Quería acercarme y asegurarme de que estaba bien, pero apenas podía mantenerme en pie.

Caronte y Augusto acechaban detrás de mis padres. Nyx reapareció con un siseo exhausto y se deslizó alrededor de mi garganta.

«Villanos».

«Enemigos».

«Mis prometidos».

El mundo giró más rápido.

—¿Qué le pasó a tu ojo? —preguntó Perséfone acercándose a mí y haciéndome la barbilla hacia atrás—. No era así cuando eras bebé.

Caronte y Augusto voltearon a verme.

—No sé —murmuré inexpresiva, pero mi mentira no convencía a nadie.

Después Patro, Caronte, Aquiles y Augusto se voltearon hacia Theros con rostros asesinos.

Me alejé de mis padres.

—Tengo que irme.

Trataron de acercarse.

Pero llegaron demasiado tarde.

—*Domus* —susurré con dificultad, con un rostro en mi mente.

El mundo explotó cuando me transporté lejos de ahí.

30
CHARLIE
ALEXIS

Todo estaba oscuro cuando llegué.

—¿Estás ahí? —grité con el aliento helado mientras me tambaleaba y evitaba por poco chocar con el tronco de un árbol.

El bosque de Montana estaba oscuro.

Era plena noche y caían gruesos copos de nieve.

Girando en círculos y con la vista nublada, intenté desesperadamente orientarme entre las ramas de los árboles cubiertas de escarcha.

Medio inconsciente, delirando de dolor, avancé dando tumbos con la nieve crujiendo bajo mis zapatos arruinados.

—¿Charlie? —grité mientras atravesaba el bosque.

Las ramitas crujían con fuerza, pero no me importaba despertar a la vida nocturna. Por primera vez en mi vida, los titanes no parecían una amenaza abrumadora.

Había peores monstruos en el mundo.

Yo era uno de ellos.

Nyx murmuró en sueños mientras se acomodaba sobre mi garganta, y el corazón me latía erráticamente dentro del pecho, bombeando sangre venenosa por mis venas.

«Los asesinaste a todos».

—¡Charlie! —grité; la desesperación me producía náuseas.

«Él estaba ahí cuando mataste a tu primera víctima. Lloraba en un rincón mientras destrozabas a tu madre. ¿Cómo te atreves a contaminarlo con tu perversa presencia?».

Se me congelaban las lágrimas al caer por mi cara.

Me dolía todo.

Mi alma negra estaba en llamas.

Me abrí paso entre las ramas heladas sin importarme que me arañaran la piel y me abrieran nuevas heridas.

—Charlie —susurré abatida, perdiendo la esperanza. «No quiere verte. Lo abandonaste. Ahora te odia».

Sollozando, choqué contra un árbol y caí al suelo del bosque.

«En realidad eres malvada. Dios no puede salvarte ahora. Carl y Emmy estarían decepcionados».

De rodillas en la nieve abrí la boca para llorar y salió un grito.

—¿Alexis? —dijo una voz masculina desconocida, y crujieron unos pasos pesados.

Lloré más fuerte porque Charlie no hablaba. «Los espartanos me encontraron antes de que pudiera llegar a él».

El espartano se acercó rápidamente mientras corría con destreza por el bosque: no era más que una sombra.

—¡Alexis! —gritó el extraño hombre mientras caía de rodillas a mi lado.

La luz de la luna besó su piel pálida, sus rasgos afilados y angulosos, el cabello rubio desordenado y sus penetrantes ojos amarillos.

—Charlie —susurré con voz ronca.

Unos dedos largos se movieron rápidamente.

—Hermana —dijo Charlie en señas. Luego me rodeó suavemente los hombros con sus brazos y me abrazó con fuerza.

Nyx siseó cuando Charlie le pegó con el brazo, pero él no pareció darse cuenta. Estaba demasiado ocupado abrazándome, como si temiera que fuera a desaparecer.

Rodeada de hielo y nieve, mi esternón estalló de calor, por fin estaba en casa.

Temblábamos mientras nos abrazábamos.

Aunque le dije que podía caminar sola, Charlie me tomó en sus brazos y me llevó cargando entre los árboles.

El tiempo pasó en un abrir y cerrar de ojos.

El mundo se distorsionó.

Estaba sentada sobre capas de alfombras viejas. Una manta remendada rodeaba mis hombros y los de Charlie. Él había crecido desde la última vez que lo había visto, y apenas cabíamos en la caja deteriorada.

Sobre nuestra cabeza solo había cartones y lonas. Las ramas heladas golpeteaban costados de la estructura mientras el viento aullaba.

La luz verde de la linterna rota iluminaba los duros rasgos del rostro de Charlie.

Su estructura ósea había crecido, pero no tenía músculo ni grasa cubriéndola.

Estaba enjuto y demacrado.

La desesperación me ardía en el esternón.

—Lo siento mucho —susurré—. Por haberte dejado. Hice el examen, y después todo sucedió tan rápido. Me llevaron... fue una masacre... luego la prueba... luego descubrí que... mi sangre... me usaron. —Me quedé sin aire, incapaz de ordenar mis pensamientos.

Charlie se acercó para que nos apoyáramos completamente uno contra otro.

Su cuerpo temblaba.

—Tenía mucho miedo —dijo con señas—. En la escuela todo el mundo hablaba de que eras una espartana perdida y que te habían llevado a Italia. Intenté encontrar la manera de ir contigo, pero un humano no puede viajar a través del Atlántico. No había manera de llegar. Me moría de preocupación todos los días... Yo debí haber estado ahí para protegerte. Pelear nunca fue lo tuyo. No tendrías que haber sido tú... Lo siento mucho.

Las lágrimas corrían por su rostro.

Me lancé hacia él y lo abracé.

Su piel estaba helada, como si no hubiera entrado en calor en semanas, y quería gritar por lo injusto que era todo.

Nos abrazamos con desesperación.

—Si hubiera que escoger entre tú y yo quién tiene que hacer la prueba —susurré con voz temblorosa— siempre escogería hacerlo yo... pelear tampoco es lo tuyo. Es la verdad. Ninguno de los dos debería tener que vivir así. Los dos merecemos algo mejor.

Pasaron largos momentos mientras nos abrazábamos.

Me aparté un poco.

—¿Dónde está Fluffy? —susurré confundida, mirando alrededor de la pequeña estructura vacía.

Charlie agachó la cabeza.

—Lo intenté —dijo lentamente con señas—. Le di toda la carne seca, pero no fue suficiente.

Se me nubló la vista.

Nyx no estuvo aquí, así que no hubo nadie que lo alimentara.

—No sobrevivió al principio del invierno. —Hundió la cabeza entre sus manos y gritó, un lamento desgarrador.

—No fue tu culpa —ahogué un sollozo húmedo—. Por favor, no fue tu culpa. Por favor. Por favor, escúchame. Por favor. —Una vez más rodeé a mi hermano pequeño con los brazos y lo abracé.

El viento aullaba con fuerza.

Las ramas se agitaron.

No éramos más que dos almas rotas que intentaban sobrevivir en un mundo cruel e implacable.

En la oscuridad de la noche, lloramos juntos.

Por Fluffy, que no había sido más que una brillante luz de amor en un lugar sin corazón.

El uno por el otro.

Por los horribles días que habíamos pasado separados.

—Te prometo que nunca volveré a dejarte. Siempre estarás a mi lado —susurré en la titilante luz verde.

—Siempre —dijo con señas.

Acurrucados bajo una manta robada, nos dormimos temblando uno en los brazos del otro. El dolor me punzaba en las extremidades, pero lo ignoré con facilidad.

No había otro lugar en el que prefiriera estar.

Me desperté con el sonido furioso de unos perros que ladraban a lo lejos.

Charlie gimió en sueños y se movió.

—Despierta —susurré mientras le daba un codazo en el hombro.

Se incorporó con un grito ahogado.

—¿Qué pasa? —dijo con señas, con el pelo rubio revuelto y los ojos amarillos somnolientos.

—Escucha. —Señalé hacia afuera de la caja.

Los ladridos aumentaron.

—¿Quiénes son? —preguntó con señas—. ¿Qué quieren…?

Arrancaron la tapa de la caja.

Los brillantes rayos de la mañana se reflejaban en la nieve con una intensidad cegadora.

Cuatro hombres imponentes se recortaban contra el bosque. Llevaban togas y largas pieles.

Se desenfundó un arma.

Popea se sentó a sus pies y Nerón se quedó quieto, olfateando el aire como si hubiera algo allí.

Antes de que yo pudiera reaccionar, Charlie se puso delante de mí, protegiéndome con su silueta mucho más grande.

—¿Por qué *carajos* estás en una caja de cartón y quién carajos es este? —rugió Caronte—. ¿Sabes qué? No me digas. Prefiero disparar primero y averiguar después.

Se liberó un seguro.

—¡No te a-atrevas! —grité e intenté apartar a Charlie de enfrente, pero se endureció y no se movió—. ¡Es mi hermano menor, Charlie!

Hubo un largo momento de silencio.

—¿Él es tu hermano menor? —preguntó Patro con la voz llena de incredulidad—. ¿Aquí es donde viven?

Alguien maldijo violentamente.

—Charlie, quítate —dije mientras empujaba su espalda—. Necesito hablar con ellos.

Él negó con la cabeza y no se movió.

Me estiré y miré por encima de su hombro: Caronte sostenía una pistola a escasos centímetros de la frente de Charlie.

Sus ojos glaciales ardían de furia.

A su lado, Augusto tenía una expresión de ira similar. Llevaba el largo pelo de dos colores revuelto, como si se lo hubiera jalado continuamente con los dedos. Poco estaba sentado en su hombro, enseñando sus agudos dientes con agresividad.

A unos metros, un cigarro humeante colgaba de la rejilla del bozal de Aquiles, y sus ojos rojos estaban ardiendo. Tenía los puños apretados y el pecho agitado.

Patro estaba a su lado, mirando con odio. Todo rastro del hombre amable que había llegado a conocer en las últimas semanas había desaparecido.

Estaba furioso.

—Quítate —dijo Augusto con engañosa suavidad. Era el tono que siempre usaba antes de perder completamente los estribos—. Tenemos que conseguirle asistencia médica a Alexis; pasó la noche sangrando en esta *vergüenza* de refugio.

Señaló la manta manchada de rojo.

Charlie palideció.

«Dios mío, podría haberlo lastimado». Estaba tan alterada, tan preocupada por volver con él, que olvidé que lo estaba poniendo en peligro. «Gracias a Dios que está bien. Gracias a Dios que no usé mis poderes accidentalmente».

Charlie se volteó hacia mí con preocupación y retrocedió arrastrando los pies.

Augusto aprovechó la oportunidad. Se movió con una rapidez increíble y me cargó sobre su hombro. Nyx gimió en sueños cuando me levantó por los aires.

Charlie se abalanzó sobre mí, pero Patro y Aquiles lo detuvieron.

Por un segundo me quedé atónita.

Después entré en acción.

—¡NO! —grité con todas mis fuerzas, luchando con todo lo que tenía—. CHARLIE TIENE QUE VENIR CONMIGO. SI LO DEJAN AQUÍ, ¡NOS MATARÉ A TODOS!

Augusto me rodeó la parte posterior de las piernas con el brazo como una prensa de acero. Su mano me agarró el muslo a través del fino material del vestido.

Me apretó lo suficientemente fuerte como para dejarme moretones.

—Lo prometo —jadeé mientras forcejeaba—. Les *prometo* que, si lo dejan aquí ahora, no los perdonaré nunca a ninguno de ustedes. Me cortaré en pedacitos. Envenenaré su comida con mi sangre. Nos hundiré a todos y después…

—¡Por el amor de Cronos! —gritó Patro, interrumpiendo mi diatriba—. Cuando Caronte te estaba rastreando hasta aquí, Augusto nos dijo que tenías un hermano. Siempre fue nuestro plan llevarlo con nosotros, no somos monstruos.

Dejé de luchar.

Ladeé la cabeza para mirar a Caronte a la cara.

—Prométemelo —dije; necesitaba saber que no era una broma de mal gusto y que no nos separarían—. Por favor.

No confiaba en ninguno de ellos, especialmente en él.

Entornó los ojos glaciales.

—Entonces, ¿no son hermanos de sangre? —preguntó Caronte con escepticismo.

—Es mi maldito hermano. ¿Cómo te *atreves*? —gruñí.

Caronte aseguró su pistola y la guardó en la funda que tenía en el muslo.

—Cálmate, *carissima*. Lo llevaremos con nosotros.

—No —escupí—. No creo que vaya a calmarme. ¿Y qué hacen aquí?

Augusto clavó las uñas en mi muslo.

Caronte sonrió mostrando los dientes.

—La verdadera pregunta es: ¿por qué nuestra prometida vive en una maldita caja? Nos ocuparemos de eso más tarde. Por el momento, vuelve a huir de nosotros y te encadenaremos a nuestra cama. Para siempre.

Le mostré el dedo medio roto.

—Ya llegaremos a esa parte más tarde —dijo Caronte con una sonrisa depravada.

Resoplé por su arrogancia.

Patro apretó los labios y los ojos de Aquiles se llenaron de veneno. De repente, mis mentores miraban a Caronte como si quisieran matarlo.

«¿Por qué están tan furiosos?».

—*Domus* —susurró Augusto, clavándome más profundamente las uñas, como si intentara enterrarse bajo mi piel.

El mundo se retorció en la oscuridad.

Los seis nos transportamos.

31
VÍNCULOS PERVERSOS
ALEXIS: FINALES DE ENERO

Hay algunas revelaciones de las que jamás puedes recuperarte.

«Eres una asesina. Una carnicera. Has asesinado a muchas personas. ¿Cómo puedes vivir contigo misma?».

Esos pensamientos, sinceramente, no dejaban de apuñalarme el cráneo.

La culpa era una roca sobre mis hombros.

Aplastante.

Con la cara entumida y el cuerpo helado, avanzaba por el pasillo con un ramo de alcatraces negros entre las manos mientras sonaba música de arpa.

Toda Esparta volteó para mirarme, con sus coronas y joyas relucientes. Cientos de espartanos, animales de protección y creaturas se apiñaban en el gran palacio. La mayoría estaba de pie, pero los ctónicos, los invitados que portaban coronas y Charlie estaban sentados.

«Por lo menos él está aquí. Nunca volveremos a estar separados».

No era suficiente.

Quería matarlos a todos, y lo peor era que podía hacerlo.

«Ni siquiera serían tus primeras, segundas o terceras víctimas».

Había hecho lo imposible: accidentalmente me había convertido en una asesina en serie.

«¿Ayuda?».

Sobre mi cabeza pesaba una corona de plata cubierta de rubíes.

Llevaba listones amarrados a la garganta con un delicado nudo, me cubría los hombros una toga blanca con diamantes incrustados y una capa de seda se arrastraba en el suelo detrás de mí.

Mis ganas de vivir se arrastraban con ella.

Pintura de guerra completaba la bonita (tétrica) imagen: el rubor daba color a las mejillas de un cadáver, el rímel iluminaba unos ojos muertos y el lápiz labial mantenía adentro los gritos.

Los candiles brillaban sobre los suelos de mármol negro del atrio de techos altos, y los grandes ventanales enmarcaban las orillas nevadas del lago de Como.

«¿Dónde están los tridentes? ¿El fuego? ¿Los demonios? ¿La sangre? ¿La energía demoníaca?».

El infierno se veía diferente a como me lo había imaginado.

Quienes me dieron vida (¿mis padres?) estaban sentados más adelante con un perro de tres cabezas y un dragón a sus pies. Perséfone se inclinó sobre el pasillo cubierto de pétalos y gesticuló hacia mí: «Te quiero». Se limpió los ojos con los labios temblorosos.

Hades la rodeó con sus brazos y también gesticuló: «Estoy muy orgulloso de ti, hija». Unos muchachos gemelos con coronas estaban sentados del otro lado.

Hades me sonrió.

«Yo no estaría orgullosa».

«No fui lo suficientemente lista para ver la trampa que me habían tendido».

«Solo soy un vacío legal».

Forcé a mis labios a dedicarles una sonrisa tranquilizadora.

Por dentro estaba furiosa.

Gritando.

La gente que me dio la vida parecía tan esperanzada.

Durante las dos últimas semanas, habían dejado que Charlie se quedara con nosotros y me habían curado las manos. Incluso se acordaron de que era mi vigésimo cumpleaños.

Habían hecho todo lo posible para ayudarme a «superar» el secuestro, y Hades se complació en decirme que Theros había «desaparecido» misteriosamente.

Nadie lo estaba buscando.

Aunque la probable tortura de mi secuestrador era algo positivo, no bastaba para solucionar el problema general: yo.

Se me borró la sonrisa al pasar junto a ellos.

Solo podía fingir durante un tiempo.

En la siguiente fila, once espartanos lucían grandes coronas enjoyadas y exquisitas galas. Todos los líderes de las Casas estaban presentes. Zeus me miró con odio y su león me enseñó los dientes. Resistí el impulso de enseñarle los míos.

Los líderes de las Casas me miraban con el ceño fruncido y dejé que vieran la miseria en mis ojos.

Nunca había sido una gran admiradora de la tiranía.

«Esta boda es una farsa».

«Su estúpida ley me arruinó la vida».

Del otro lado del pasillo, Patro estaba furioso y Aquiles tenía una postura rígida. Tenía el brazo extendido sobre el pecho de Patro, como si le estuviera impidiendo físicamente que hiciera una escena.

Charlie estaba rígido sentado al lado de los dos. Tenía los ojos amarillos muy abiertos de preocupación.

Helena estaba a su lado con una expresión de conmoción, como si no pudiera creer lo que estaba pasando.

«Ya somos dos».

Enfrente del pasillo, Fluffy II dormía en el suelo con Nyx, invisible, alrededor del cuello.

En la última semana había crecido tres veces más y era cuarenta y cinco kilos más pesado.

No podía estar segura, porque sus rasgos todavía estaban abultados y cubiertos de mechones de pelo, pero posiblemente me había vinculado con un caballo horroroso.

«Tiempos oscuros, sin duda».

A lo largo de su repentino estirón (¿obesidad precoz?), Fluffy II entabló amistad con Nyx: ella intentó estrangularlo por el grueso cuello abultado y él movió su nudosa cola pensando que estaban jugando. De ahí su posición actual envuelta alrededor de él.

Poco estaba sentado junto a mis animales asesinos, mordisqueándose las dos manos al mismo tiempo.

Cada pocos segundos, sin motivo aparente, el mapache emitía un chillido agudo y desgarrador.

Todos nos esforzábamos al máximo.

Después de todo, yo iba caminando hacia *ellos*.

Mis pasos vacilaron.

Las capas de seda y las largas togas negras no conseguían civilizar el brillo enfermo de sus ojos fijos, que no parpadeaban. Eran bestias disfrazadas de hombres.

Caronte llevaba el pelo corto, que siempre estaba desordenado, perfectamente peinado bajo la corona. Tragó saliva, y la tinta negra de su tatuaje del cuello, «Furia», resaltó sobre su piel pálida.

A su lado, Augusto llevaba lentes y su cabello bicolor colgaba bajo su corona hasta su cintura, como una sábana sedosa.

Su apariencia no servía para aliviar a ninguno de los dos.

Eran lobos disfrazados de ovejas, en el sentido de que habían destripado a la oveja, metido sus partes en una caja y luego me las habían regalado para poder preservar sus enfermos linajes.

La mandíbula de Augusto crujió mientras me miraba, perpetuamente furioso conmigo, y Caronte se tronó el cuello como si se estuviera preparando para la batalla.

«Eso no puede ser bueno».

Me detuve al final del pasillo y la música se interrumpió.

El silencio estaba cargado.

En sus ojos se reflejaba una cruel satisfacción mientras se colocaban a mis costados.

Estaba atrapada.

La anciana oficiante que me resultaba familiar dio un paso al frente, con sus ojos de un sorprendente color morado y el pelo blanco.

De cerca, sus rasgos me resultaban inquietantemente familiares.

Se me cayó el estómago a las rodillas.

«Por eso la reconocí después de la masacre. Ella llevó a Charlie al remolque, hace diez años».

Iba en caída libre, con los brazos abiertos, incapaz de frenar mi brusco descenso hacia la locura.

Señaló a los hombres.

—Me alegro de que les dieras una oportunidad a los asesinos: gran elección —susurró.

Le devolví la mirada, yo no estaba alegre.

«¿Esta señora está hablando en serio?».

Ignoró mi evidente desdén, desenrolló un pergamino y entornó los ojos con sorpresa, como si lo viera por primera vez.

Pasaron largos e incómodos momentos y, mientras esperábamos, me quedé pensativa.

No hubo ninguna elección en esta farsa de matrimonio.

Aunque las Casas estaban en contra de la unión de tres ctónicos, habían organizado el matrimonio lo más rápido posible para mitigar el escándalo de que una preciosa heredera hubiera participado en la prueba. Todos querían salvar mi «honor» femenino para que pudiera permanecer «pura».

Lástima que estuviera sucia.

Llevaba años revolcándome en el lodo: pasando hambre, usando cupones de comida ilegales, *matando*, mintiendo, fingiendo, haciendo cualquier cosa para sobrevivir.

No quedaba nada honorable que salvar.

El impulso de huir era irrefrenable, pero me mordí la lengua para impedir que algo saliera de mi boca.

Mis padres me observaban con esperanza, y Esparta nunca me dejaría marchar, no ahora que habían recuperado a su preciada heredera ctónica. No ahora que pensaban que mi «sagrado» compromiso era voluntario. El honor de Helena también estaba de alguna manera «manchado» por asociación conmigo.

«Solo tiene dieciséis años. No merece sufrir por mi culpa».

Además, Caronte y Augusto me darían caza; me acecharían hasta el fin del mundo si intentara escapar.

Así era el asunto.

El nudo se apretó alrededor de mi garganta.

Mis prometidos se acercaron, como si pudieran leerme la mente.

«Debería haber traído una bomba».

Sus manos se posaron posesivamente en la parte baja de mi espalda, una encima de la otra. Su calor corporal quemaba las finas capas de seda.

Intenté alejarme de su contacto.

Se inclinaron hacia mí.

La sal y el almizcle se mezclaron con el olor a electricidad y me estremecí.

Estaba parada en medio de un huracán, esperando a que me golpeara.

Caronte se acercó a mi oído.

—¿Estás bien? —su voz era ronca y profunda.

«No. Estoy engañando a Carl Gauss. Soy una maldita infiel».

Mi cerebro se llenó de recuerdos de dedos deslizándose por mi pecho, y las mariposas se agitaron.

Enredó un dedo en el único rizo que colgaba libremente por mi espalda y jaló bruscamente, sonriendo.

—¿Estás bien, *carissima*? —repitió.

«Se está burlando de mí».

Lo fulminé con la mirada.

—No —susurré—. No, *queridísimo*. No estoy bien.

Caronte dejó de sonreír.

—Estarás bien —dijo apretando los dientes.

Toda pretensión de civilidad había desaparecido.

—No. No voy a estar bien.

Augusto se acercó más.

—Presten atención, no hagan esto ahora —susurró mirándonos a los dos con sus ojos negros.

—Si tú lo dices. —Resoplé.

Unos dedos fuertes me recorrieron la columna, presionando mi piel con más fuerza.

Augusto inclinó la cabeza; sentí su aliento caliente contra mi oreja.

—¿Qué se supone que significa eso, *Alexis*?

Su sedoso cabello me rozó la clavícula y las mariposas estallaron. La sensación retorció lo más profundo de mi estómago.

Odiaba la forma como decía mi nombre.

Como si fuera un pecado.

Como si significara algo para él.

—O —susurró Augusto roncamente contra mi oreja—, ¿debería llamarte Hércules?

El tallo de un alcatraz se rompió en mi mano.

Me volteé hacia él. Nuestros rostros estaban a escasos centímetros, desconcertantemente cerca.

—¿Qué tal si no me llama de ninguna manera, *profesor*? Solo estoy aquí porque me pusieron una trampa.

Los ojos negros se convirtieron en un abismo sin fondo.

—Estás aquí porque aceptaste nuestros regalos —dijo con dureza—. Te advertí que alguien tendría que intervenir ante la imprudencia con la que estabas actuando, y *aceptaste* que fuéramos nosotros quienes te cuidáramos; Cronos sabe de sobra que necesitas la maldita ayuda.

Me atraganté.

—Estás delirando. Yo nunca los elegiría a ustedes dos… ni en un mi-millón de años. Me engañaron.

Caronte se puso rígido y apretó la mandíbula a nuestro lado.

—Eso no es cierto, Alexis —dijo Augusto en tono sombrío, clavándome las uñas con más fuerza en la parte baja de la espalda. Le gustaba arañarme.

—Sí lo es. Estoy segura —gruñí—. No me toques.

Me aparté, pero Augusto me agarró del bíceps y me jaló de nuevo entre ellos.

—Pero tú nos perteneces —dijo con voz sedosa—. Lo has demostrado. *Acta, non verba*.

«Actos, no palabras».

—En tus sueños. Yo no he demostrado nada —gruñí, intentando zafarme.

—Ay, Alexis, no quieres ni saber las cosas perversas que sueño, no me pongas a prueba —susurró Augusto siniestro—. No aquí, no ahora, no te gustaría el resultado.

Resoplé en su cara. Si me atacaba, lo mataría con mis poderes de sangre.

«Genial, voy asimilando el asesinato».

La oficiante se aclaró la garganta y los tres levantamos la vista con caras de fastidio.

Augusto me soltó el brazo.

La mujer ahogó un grito, y el pergamino le tembló en las manos.

—Dios mío —dijo parpadeando rápidamente—. Esta unión definitivamente va a ser… intensa. Será mejor que nos pongamos manos a la obra antes de… —Se interrumpió.

«¿Antes de qué?».

Sus ojos morados empezaron a brillar con un tono azul eléctrico.

—¡Estamos aquí hoy —bramó con voz tres octavas más graves de lo natural— para presenciar el juramento espartano más sagrado, que encadenará inequívocamente a estas tres almas… para toda la inmortalidad!

Un hilillo de miedo me recorrió la espalda.

«No unir».

«No enlazar».

«Encadenar».

«Yo solo estoy aquí porque ellos no querían hacerlo con un olímpico».

La mujer inclinó la cabeza hacia delante.

—Mírense a los ojos —ordenó.

Augusto y Caronte se colocaron frente a mí. Alcé la mirada de mala gana.

Azul glaciar.

Negro sin alma.

—¡Ahora repitan después de mí! —La voz de la oficiante sonaba apagada, como si todos estuviéramos bajo el agua, ahogándonos.

—*Omnia causa fiunt. Vi et animo. Sic itur ad astra.*

Tenía los labios entumidos.

—Todo sucede por una razón. Con corazón y alma. Así es el camino hacia las estrellas —dijimos en latín, mezclando nuestras voces.

La oficiante levantó los brazos.

—¡*Stet fortuna domus*! —gritó.

Repetimos al unísono:

—Que se conserve la fortuna de la Casa.

La última sílaba resonó en el silencioso atrio.

Una tormenta se abatió sobre mí.

Un dolor al rojo vivo me abrasó el corazón. Me ensartaron en el pecho una espada fantasma. Jadeando, encorvada, me agarré el torso mientras la agonía me quemaba sin interrupción.

La presión era astronómica. Insondable.

Gruñidos ásperos resonaron mientras Augusto y Caronte se inclinaban hacia atrás, con la mandíbula apretada mientras se agarraban el pecho.

Los tres ardíamos juntos.

De repente, tan rápido como había empezado, el dolor cesó.

Todo se quedó quieto.

«¿Qué acabo de hacer? Debería haber huido».

Sin embargo, un dolor sordo seguía latente en lo más profundo de mi corazón, como si la calma fuera solo un interludio, no el final.

«Lo peor todavía está por venir».

Con las manos en las rodillas tosí mientras recuperaba el aliento. Alguien me acarició la espalda para consolarme.

Cuando por fin encontré fuerzas para enderezarme, Caronte y Augusto ya se habían recuperado. Sus ojos penetrantes me miraban fijamente.

Hice una mueca.

«¿Por qué no parpadean?».

La oficiante exhaló ruidosamente, haciendo sonar el pergamino.

—Sabía que ustedes tres serían eléctricos, pero eso fue... inesperado. —Su voz era seria—. Qué unión tan poderosa... Seguro que habrá consecuencias, oscuras consecuencias. —Se estremeció—. Siempre las hay.

El entumecimiento se extendió.

Si no hubiera estado sufriendo el peor ataque de pánico de mi vida, podría haberme preocupado por sus inquietantes y abstrusos comentarios.

Como estaban las cosas, no sentí nada.

Había llegado a mi límite.

Dio una palmada y sonrió ampliamente, como si estuviera compensando algo.

—Ahora pueden intercambiar los anillos.

Augusto sacó de su toga una caja de terciopelo larga y delgada.

Adentro había dos alianzas negras iguales de una serpiente comiéndose su propia cola, con rubíes por ojos. Unidas a las alianzas había cadenas de diamantes azules que formaban brazaletes al final.

Augusto y Caronte se colocaron mutuamente las alianzas de serpiente en los dedos anulares y se ajustaron los brazaletes en las muñecas.

Las piezas de joyería eran mucho más llamativas que un anillo de bodas humano.

—Ahora los fijaré de forma permanente —dijo la oficiante mientras se acercaba con una herramienta metálica.

Los hombres levantaron las muñecas y ella apretó el extremo brillante de la herramienta alrededor de los broches de las pulseras. Se oyó un siseo cuando el metal se calentó y el broche desapareció.

«Qué maravilla, joyas permanentes que no te puedes quitar. ¿Qué sigue? ¿Un collar y una correa?».

Sentí náuseas.

Los hombres se dieron palmadas en la espalda y se abrazaron.

Caronte sacó una caja de terciopelo más grande.

Un diamante azul ovalado, cegadoramente grande, se asentaba sobre una fina alianza de oro, de la que colgaba una larga y delicada cadena de diamantes azules a juego.

Palidecí ante lo ostentosa que era.

Augusto me agarró la muñeca izquierda con firmeza, como si percibiera mi vacilación, y sus callos rozaron mi piel mientras alzaba mi mano hacia Caronte.

Se me erizaron los vellos de la nuca e intenté zafarme de su mano.

Apretó los dedos y no pude moverme ni un centímetro.

Mientras forcejeábamos, Caronte me deslizó el extravagante diamante, que cubría toda la parte inferior de mi dedo.

Todos los que vieran mi mano sabrían lo que representaba.

Sus ojos se encendieron con una satisfacción primitiva cuando Augusto colocó la larga y delgada cadena en la parte superior de mi mano; tuvo que subirme la manga para que pudiera abrochar el brazalete.

Se quedó inmóvil.

Los dedos de Augusto se pasmaron y Caronte inhaló con fuerza entre los dientes apretados.

Como la piel cicatrizada todavía estaba sensible, no había podido cubrirme las muñecas con ligas para el pelo como de costumbre.

Viejas cicatrices blancas se entrecruzaban con las nuevas marcas rojas. La piel estaba destrozada.

Nadie se movió.

—Estas son viejas… ¿Qué carajos? —gruñó Augusto, apretando la mandíbula con fuerza—. ¿Cómo te hiciste estas?

—No es nada —susurré mientras intentaba alejar el brazo, pero Caronte me sujetó la mano. Su gesto era peligroso. Augusto respiró honda y calmadamente mientras sujetaba el brazalete—. Hablaremos de esto más tarde. —Sus ojos ardían de violencia.

—No —dije apretando los dientes—, no hablaremos de nada.

El blanco de los ojos de Augusto se llenó de sangre.

Le enseñé los dientes.

Antes de que las cosas escalaran (es decir, un homicidio), la oficiante se adelantó y fundió el broche de mi brazalete.

Cuando terminó, bajé enseguida el brazo.

Augusto me miraba el brazo, como si pudiera ver a través de mi manga e intentara memorizar mis cicatrices.

El diamante azul me pesaba en el dedo y la cadena hacía que mi piel hipersensible hormigueara.

«Es permanente. De verdad no me lo puedo quitar».

El mundo se tambaleó.

—Ahora —dijo la oficiante—, pueden besar a la novia.

Se me aceleró el corazón y sentí un extraño cosquilleo en la piel. «Lo siento, Carl».

—Pero esperen. —La oficiante levantó ambas manos y se rio torpemente—. Déjenme ir con todos los demás antes de que se… besen.

«¿Por qué tendría que irse?».

Me di la vuelta y se me retorció el estómago por la confusión. La mayoría de los invitados ya estaban caminando por el pasillo y saliendo por la puerta principal. Solo unos pocos hombres permanecían sentados.

Perséfone se despidió con la mano desde el jardín delantero, con el lago Como centelleando a sus espaldas. Luego, ella y Hades desaparecieron en una nube de humo.

Se oyeron ruidos sordos y los invitados fueron desapareciendo.

Solo unos pocos permanecieron en sus asientos.

—¡Todos, afuera! —les gritó Caronte, su voz áspera chasqueó como un látigo—. Ahora.

«¿Por qué?».

Algunos de los hombres que quedaban se levantaron de un salto y se marcharon.

Aquiles tuvo que arrastrar a Patro, y Charlie los siguió con renuencia.

Solo quedó un hombre. Llevaba una corona de laurel dorada sobre el pelo rubio; levantó los pies y se recargó hacia atrás.

—Vete —le exigió Caronte mientras daba un paso hacia él amenazadoramente; Augusto lo contuvo.

El rubio sonrió con arrogancia.

—Son las leyes de Esparta —dijo—. Un beso de matrimonio puede ser presenciado por un miembro del público si desea quedarse. —Puso las manos detrás de su cabeza—. Y yo deseo quedarme.

Caronte apretó los puños.

—¿Ah, sí?

Augusto bajó del estrado y se acercó lentamente al hombre.

Después, moviéndose más rápido de lo que mis ojos podían seguir, se abalanzó sobre él y lo agarró del cuello.

Los ojos de Augusto brillaron con un tono rojo carmesí, y lo miró fijamente durante largos y tensos instantes.

Se libró una batalla silenciosa.

El rubio se quejó y una presión fantasma palpitó detrás de mis ojos al recordar la sensación.

Augusto lo soltó. Se enderezó y se ajustó la toga. Un ligero rubor en sus mejillas era la única señal de que había hecho algo.

En cambio, el hombre rubio se puso de pie tambaleándose, con los ojos desencajados y sangre brotando profusamente de ellos, de su nariz y sus orejas. Luego, como un zombi, se dio la vuelta y salió dando tumbos por el pasillo, hacia la puerta principal.

Hubo un alboroto afuera cuando se desplomó, y resonó un estallido cuando alguien se lo llevó.

Augusto sonrió satisfecho, con los ojos todavía inyectados de sangre. Caronte soltó una risita sombría.

Dos monstruos se acercaron a mí.

Di un paso atrás y choqué con el altar de piedra.

32
PERO TÚ NOS PERTENECES
PATRO

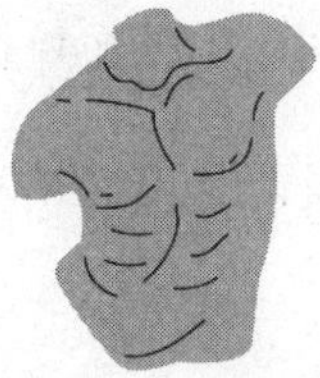

Mis rodillas crujieron contra el suelo de nuestra casa.

El humo se disipaba.

Me levanté de un salto, agarré a Aquiles de la parte delantera de la camisa y lo llevé a nuestro dormitorio para tener privacidad, lejos del hermano de Alexis. Pateé la puerta detrás de mí y se cerró con un fuerte golpe.

—Deberías haber dejado que me quedara —dije apretando los dientes, con la mandíbula adolorida por la fuerza de mi furia—. Deberíamos haber intervenido.

Unos ojos color bermellón destellaron a modo de advertencia; Aquiles me empujó hacia atrás y forcejeamos. Nuestra respiración era áspera y entrecortada en la silenciosa habitación.

—Ella no quería casarse con ellos, no estuvo bien, carajo —dije mientras Aquiles empujaba mi espalda contra la pared.

En mi visión estallaron estrellas.

El dolor me afianzó a la realidad.

—Maldita sea —susurré entrecortadamente—. Ella es *nuestra* aprendiz, no la suya… ella… ella…

Me costaba expresar con palabras la confusa mezcla de emociones que me provocaba Alexis Hert. Se suponía que no era más que una molestia, la chica desagradable de la que teníamos que ser mentores.

Debería odiarla.

El problema era… que no la odiaba, para nada.

—¿Qué hacemos? —pregunté, la desesperación hizo que se me quebrara la voz.

La pregunta pendía entre nosotros como una granada.

Aquiles dijo despacio con señas:

—Encontremos la forma… de alejarla de ellos.

Respiré con fuerza y me froté el pecho. La cicatriz se sentía abultada al tacto.

—¿Será nuestra?

Los ojos de Aquiles brillaron con fuego mientras sus dedos se movían rápidamente.

—Ya lo es. Solo que ella todavía no lo sabe.

33
PLACERES CARNALES
ALEXIS

Estábamos solos.

Pasaron largos minutos llenos de tensión mientras los tres nos mirábamos fijamente, sin movernos, sin hablar, solo respirando agitadamente.

La expectación estaba al máximo.

Me picaba la piel bajo el peso de sus miradas.

—¿Puedo…? —empezó Caronte, rompiendo el hechizo con voz ronca. Se acercó y me agarró la cara—. ¿Besar a la novia? —Su pulgar me acarició lentamente la mandíbula.

Tenía la cabeza bajo el agua helada y el corazón en la garganta. Dos nuevas cuerdas latían débilmente dentro de mi esternón.

Todas las líneas se habían difuminado.

Tragué saliva.

«El daño ya está hecho. No hay nada que perder. Es solo un estúpido beso».

Asentí temblorosa.

La sonrisa de Caronte era pecaminosa mientras se acercaba.

Crac. El heredero de Artemisa, el hijo de Érebo, el Cazador, cayó de rodillas ante el altar.

Me quedé mirando su figura inclinada.

Augusto se acercó y, con un rápido movimiento, me agarró de la cadera y me levantó hasta que quedé sentada sobre el altar; la cara de Caronte quedó a la altura de la unión de mis muslos.

Una novia sacrificial.

Los dedos de Augusto permanecieron en mi cadera.

—¿Puedo besar a la novia? —volvió a preguntar Caronte, levantando lentamente el dobladillo de mi toga y dejando mis piernas al descubierto. Sus dedos se deslizaron por la piel sensible.

—¿Qué? —Susurré mientras mi visión se distorsionaba.

Todo estaba desenfocado.

Caronte arqueó una ceja oscura, sus pómulos afilados brillaron mientras me desafiaba con la mirada.

Caronte se humedeció los labios.

Inclinándose hacia delante, con su aliento caliente contra mi muslo expuesto, subió el último centímetro de mi toga de seda, sobre mis caderas.

El material se amontonó en mi cintura.

Su intención era obvia.

Mi estómago dio un vuelco ardiente y la habitación empezó a dar vueltas.

Las mariposas revolotearon.

Caronte se detuvo sobre la fina tela que cubría mi centro.

—¿Puedo besar a la novia? —repitió con voz áspera.

«Dios mío».

Las mariposas sufrieron un espasmo.

Me miró con el ceño fruncido, burlón. Había diversión en sus ojos, como si no creyera que yo fuera a estar de acuerdo.

Para ellos todo era un juego, estaban jugando conmigo.

«Ya estás muerta».

Me hundí más en el agua turbia, en las consecuencias.

«Mira lo que le hiciste a toda esa gente».

Necesitaba una distracción; necesitaba olvidar que era una asesina en serie.

—Sí —exhalé con los labios secos, antes de perder el valor.

Sus pupilas se dilataron, sus ojos se abrieron con sorpresa.

Unas uñas negras me agarraron los muslos y me los abrieron, lo suficientemente fuerte como para amoratarme.

La expresión de Caronte era feroz.

Se inclinó hacia delante, hizo la seda a un lado con los dientes y deslizó su lengua por mi centro.

Puse los ojos en blanco.

Jadeé de placer.

Augusto entró en mi espacio personal, me rodeó la nuca con la mano y me clavó las uñas en la garganta.

Apretó, manteniéndome quieta.

—Shhh —me susurró al oído mientras su pulgar calloso me presionaba los labios y me obligaba a abrir la mandíbula.

Entonces Augusto colocó su boca abierta a escasos centímetros de la mía.

—Este es tu castigo, mi *cara* —soltó—. Te lo dije... Tienes una hora, solo después se te permitirá venirte.

«Espera, ¿no dijo algo parecido hace meses?».

Las alarmas sonaron en mi cabeza, pero no pude concentrarme en ellas.

Caronte me chupó el clítoris: unas estrellas estallaron mientras introducía lentamente un dedo dentro de mí.

El infame cazador, el hijo de Artemisa, quitó la cabeza de entre mis muslos, con el dedo aún en mis profundidades, y se lamió lentamente los labios.

—*Dulce periculum* —dijo Caronte con una sonrisa malvada y la boca brillosa—. *Carissima.* —Su aliento se sentía caliente mientras me lamía suavemente.

—El peligro es dulce —dijo Augusto. Luego me metió la lengua hasta el fondo de la garganta, como si quisiera devorarme con su beso.

Caronte metió aún más el dedo y sopló sobre mi clítoris. Grité en la boca de Augusto.

Los dos hombres gimieron.

Las mariposas estaban en llamas.

Caronte me torturó con su lengua y sus dedos, llevándome al borde del éxtasis, pero se apartó en el último momento.

Era un infierno.

Augusto me bajó la toga. Lamió y succionó mis pezones mientras Caronte movía rápidamente su lengua contra mi clítoris.

Todo me hormigueaba y olvidé cómo respirar. Cómo pensar. Cómo preocuparme.

«Esto es el paraíso».

Intercambiaron lugares. Augusto se arrodilló ante el altar y me levantó las nalgas con ambas manos. Luego me lamió, de las nalgas al centro, como si fuera el dueño de mi carne.

Caronte me mordió el pezón.

Grité.

Los hombres me devoraron.

El tiempo se volvió borroso.

Jadeando, con dificultades para ver u oír, cubierta de sudor, me agarré de su pelo y supliqué. Pedí clemencia mientras me retorcía entre ellos. Palabras y sonidos salían de mis labios.

Ya no era más que suya.

—Carajo. —La voz áspera de Caronte rompió la niebla de placer—. Perdimos la noción del tiempo, ya pasó una hora. ¿Qué quieres hacer?

Los hombres se apartaron y gemí de desesperación.

El aire frío me quemaba la carne sobreestimulada.

—Métete entre sus piernas —ordenó Augusto, y una vez más Caronte cayó de rodillas frente a mí, su aliento hormigueaba sobre mi calor.

Pero esta vez, los glaciales ojos azules se llenaron de sangre.

—Yo la sostendré —dijo Augusto desde donde estaba, junto a Caronte arrodillado. Me agarró de la nuca y giró mi cara hacia la suya. Gemí más fuerte.

Unos ojos negros se clavaron en los míos.

—Alexis, necesito que me mires, mi *cara*. Hiciste un buen trabajo —me elogió Augusto—. Tu castigo ha terminado.

Parpadeé, confundida.

Caronte me lamió el clítoris. Unas sensaciones extrañas recorrieron mi cuerpo, haciendo que cada nervio ardiera en llamas.

Era placer, pero también algo más.

Una arrogante satisfacción masculina mezclada con éxtasis.

«Santo cielo. Estoy sintiendo mi placer y el suyo al mismo tiempo».

Las oleadas de éxtasis aumentaron y yo incliné la cabeza hacia delante, gritando.

Me doblé por las oleadas y Augusto me jaló del cuello hacia atrás para que no me cayera. Unos ojos llenos de sangre me sostuvieron la mirada.

Me hormigueó una presión detrás de los ojos.

Instintivamente, intenté apartarme, pero él me retuvo.

Su voz retumbó en mi cráneo.

—Siente éxtasis —me ordenó. Tan solo así, el arrobamiento estalló en mi mente.

Grité de placer.

El tiempo no existía.

Mientras jadeaba y me estremecía, mi vista se volvió a enfocar lentamente.

Los hombres seguían completamente vestidos.

Yo tenía la toga hecha bolas en la cintura y me inclinaba hacia delante, apoyada en Augusto. Tenía la barbilla sobre su hombro.

—Buena *cara* —elogió Augusto mientras trazaba círculos en mi espalda.

Caronte tenía la cabeza apoyada en mi muslo y me recorría la pantorrilla con los dedos.

O estaba alucinando, o dos esqueletos de perro de aspecto feroz dormían en medio del pasillo.

Intenté hablar, pero mi garganta estaba reseca.

—¿Qué son esos esqueletos de perro? —susurré tras un par de intentos.

Los dientes de Caronte rozaron el interior de mi muslo mientras me mordisqueaba. Augusto me besó el cuello y siguió dibujando círculos.

—Esos son mis dos animales de protección —dijo Caronte mientras me besaba la pierna—. Son perros infernales.

«El tatuaje de su cuello». Eso era lo que no había podido recordar antes. «Furia» era una manera argótica de llamar a los perros infernales.

—¿Pero por qué nunca los había visto? —Mi voz estaba rasposa de tanto gritar.

El mundo tenía una cualidad onírica.

Nada parecía real.

—Son invisibles para los espartanos —dijo Caronte—. Es un don de mi herencia de creatura: puedo verlos. —Me besó el muslo.

«Perséfone es parte creatura. ¿Por eso puedo entender a los animales y otros no?».

Me ahogué en mis pensamientos.

Caronte continuó:

—Y como ahora mismo estoy usando mi poder espartano, que permite a quienquiera que esté tocando ver y sentir lo que yo veo y siento, ahora también puedes ver a mis perros infernales.

—Oh —murmuré con elocuencia.

Confundida, intenté procesarlo todo.

El placer de Caronte se había combinado con el mío en un éxtasis inimaginable.

«¿Por eso sentía un extraño placer cada vez que me tocaba en Corfú? ¿Todo este tiempo estaba sintiendo lo que él sentía?».

«Ay, Dios».

—No me extraña que hubieras tenido tanto éxito en el simposio —susurré mientras recostaba la cabeza en Augusto, que jugaba con las puntas de mi cabello.

Los dos hombres se quedaron quietos.

—Yo no mencionaría tu actuación en el simposio —gruñó Augusto—. Después de que acabas de ser castigada por ello.

Gruñí molesta, demasiado exhausta para hacer cualquier otra cosa.

Caronte me mordió el muslo, lo suficientemente fuerte como para dejarme marcas, y luego lo lamió.

—Por eso mi apodo es Sexo —dijo con voz ronca.

Me sobresalté.

«Realmente es Sexo».

—Entonces la «G» significa... —susurré temblorosa.

—Guerra —me interrumpió Augusto, besándome suavemente la sien—. Yo soy Guerra... por lo que puedo hacerle a la mente de la gente.

Me recorrieron escalofríos.

Uno de los perros se despertó; con colmillos afilados como dagas bostezó y mostró una lengua sombría. Unas llamas azul hielo ardían donde deberían haber estado sus ojos.

Se volteó y le susurró algo al otro perro. Estaba demasiado lejos para oír lo que decía.

«Suena exactamente como los susurros que he escuchado constantemente».

Me dieron ganas de gritar.

—Pueden hablar —dije con los labios entumidos.

—No —respondió Caronte—. Solo hacen extraños gruñidos.

«No».

«Hablan una lengua».

Una sensación helada me recorrió la columna vertebral, como si alguien me hubiera echado un balde de agua fría en la cabeza.

—¿Les pediste que...? —Me esforcé por calmar los latidos acelerados de mi corazón—. ¿Les pediste que me siguieran?

Sus uñas se me clavaron en los tobillos.

—Tal vez —dijo Caronte con fingida despreocupación.

Era pésimo mintiendo.

«Hacían que el cuello me picara constantemente. Los oí por todas partes durante meses».

«Las voces no estaban en mi cabeza, eran reales». Caronte me había estado acosando.

Cada vez que dormía me atormentaban pesadillas de ojos rojos brillantes, una presión en el pie, una extraña obsesión, esqueletos monstruosos y susurros.

En los sueños, el diablo me había advertido que iba a cuidarme.

«Dios mío, ¿Caronte me estaba tocando mientras dormía, y yo podía sentir su obsesión por mí y ver a sus perros infernales? A veces había dos hombres, ¿eran ellos?».

«¿Era todo real?».

Mientras hiperventilaba, abrí los ojos de par en par.

—¿Me viste do-dormir en Corfú?

Los dedos de Caronte se detuvieron sobre mi piel.

—Tal vez —respondió.

Me quería morir.

«Me ha estado acosando».

«Cada».

«Noche».

Ahogué un grito.

—¿Alguna vez... me miraron juntos? —Caronte besó suavemente la sensible carne de la cara interna de mi muslo.

—Tal vez —volvió a decir con voz ronca.

Era más horrible de lo que jamás hubiera imaginado.

Realmente eran villanos.

—Me tengo que ir —dije temblando mientras me esforzaba por calmarme. Un ataque de pánico ardió dentro de mi esternón.

Augusto me cargó en sus brazos.

—Shhh. Relájate, mi *cara*. Esta villa es nuestro hogar. —Me acunó contra su pecho—. Ahora también es tu hogar: nunca más volverás a pasar la noche en una caja de cartón. Nosotros te vamos a cuidar.

Luché por zafarme de los brazos de Augusto, pero sus músculos de acero se contrajeron. Su agarre era doloroso mientras me inmovilizaba contra su pecho.

El ataque de pánico empeoró diez veces.

«¿Por qué no me deja ir?».

Los límites de mi visión se volvieron borrosos, el corazón me martilleaba, el miedo me ahogaba.

—Respira despacio, por favor —suplicó Augusto—. Te estás haciendo daño.

—Suéltame —jadeé, con la voz lejana mientras el mundo se derrumbaba a mi alrededor.

Los brazos de Augusto se tensaron, sujetándome.

—Nunca —respondieron al unísono.

Era demasiado.

Todo.

La habitación daba vueltas sin piedad y mi visión se desvanecía. Esta vez no luché por mantenerme despierta, sino que me permití sumergirme en la oscuridad.

Me desmayé.

34
EL ACOSADOR
CARONTE: CINCO MESES ANTES
LA PRIMERA VUELTA AL CIRCUITO DE LOS INICIADOS
(CARONTE SE DIO CUENTA DE ALGO QUE OMITIÓ)

Me di cuenta de algo que era una locura, y mi aliento abandonó mis pulmones como si me hubieran dado un puñetazo mientras Alexis y el niño que se ahogaba braceaban en el agua.

«No».

«No puede ser».

«No es posible».

Los ojos de Alexis estaban llenos de sangre y brillaban.

Eran de un rojo *ctónico*.

Rápidamente hice cuentas en mi cabeza: solo había un ctónico que había muerto de niño.

«Hércules».

Me quedé atónito.

Era la famosa hija de Perséfone y Hades. Todos en Esparta sabían cómo la habían perdido trágicamente tras el ataque de titanes.

Giro argumental: estaba bien viva.

El chico gritó más fuerte en el agua, como si lo estuvieran despedazando mientras se peleaban.

«Oh, mi Cronos, ella lo está matando».

El chico braceó con más fuerza y Alexis gritó algo, pero no pude oírlo por el estruendo en mis oídos.

«La Federación no lo sabe».

«Ellos no saben que ella es ctónica».

«Nadie puede saberlo».

Sonreí tanto que me dolió la cara: ella era la solución a la ley sobre el matrimonio, el vacío legal que habíamos estado buscando.

«La pido para mí».

Me invadió una euforia absoluta.

«Ella va a ser nuestra».

«Augusto va a estar encantado».

Tenía que hacer que pareciera que yo había matado al chico antes de que alguien se diera cuenta de que había sido ella. Tenía que mantener su identidad oculta.

Ella sería nuestro pequeño y sucio secreto.

Inclinándome, toqué la frente del chico. El dolor me atravesó el pecho cuando liberé mis poderes ctónicos. Sus gritos se intensificaron cuando dejé que viera a mis animales de protección, y se revolcó mientras Can y Cerbero se daban un festín, pero toda mi atención seguía puesta en ella.

Un plan se desplegó ante mí.

Una estrategia.

Alexis se había criado en el mundo humano.

No conocía nuestras costumbres.

Ella no sabría que el mero hecho de abrir una caja de compromiso era la aceptación de una unión.

En cambio, en Esparta todos sabían que el primer paso era descubrir al remitente.

Su ignorancia era perfecta.

Podríamos explotarla.

Despiadadamente.

Luego, en la ceremonia de graduación, le revelaríamos a toda Esparta que había aceptado nuestros regalos.

Sería nuestra.

Eternamente.

La Federación no podría hacer nada para detener la ceremonia una vez que toda Esparta supiera que ya era nuestra. Intervenir sería una enorme deshonra.

Podríamos atraparla en matrimonio.

Funcionaría.

Tenía que funcionar.

Estaba en juego quién gobernaba Esparta.

Yo era el cazador de mi generación porque sabía jugar a largo plazo: siempre atrapaba a mi presa.

«Alexis Hert va a ser nuestra. Va a estar entre nosotros. Debajo de nosotros. De rodillas. En un altar matrimonial con los muslos bien abiertos mientras nos damos un festín con ella. Vamos a devorarla».

«Nuestro poder no tendrá precedentes».

«Nosotros tres seremos los villanos de esta nueva era».

«La Federación caerá».

Me levanté y olvidé al chico, mientras giraba lentamente mi barco hacia ella.

Los impresionantes ojos llenos de sangre de Alexis se encendieron. Luego, se alejó nadando frenéticamente.

Hice la cabeza hacia atrás y me carcajeé.

La seguí de cerca.

Cuando terminó de nadar y se arrastró a la orilla, me senté en la barca y utilicé el otro don oscuro de mi herencia de creatura.

Extendí mi conciencia a mis animales de protección.

—Sigan a Alexis. Vigílenla. No se separen de ella —les ordené.

Can y Cerbero avanzaron hacia la entrada de la montaña, invisibles para todos menos para mí.

Me senté en la barca y me concentré en la conexión con mis animales de protección, que vibraba en mi esternón.

Lo que ellos veían, lo veía yo.

Éramos uno.

Estar en dos lugares a la vez podía ser desconcertante, pero era más fácil cuando no tenía nada que hacer. Por suerte, tenía la agenda libre durante meses.

Can y Cerbero se escabulleron al fondo del oscuro salón de clase, haciendo ruidos de creaturas que solo yo podía oír, mientras se concentraban en Alexis, que estaba encorvada, temblando.

Giró la cabeza y miró directamente hacia donde estaban.

Se me cortó la respiración.

«¿Puede verlos?».

Se desplomó y apartó la mirada, sacudiendo la cabeza como si se estuviera imaginando cosas.

«Ella no sabe que la estoy observando».

Riéndome, me recosté en la barca y extendí los brazos mientras disfrutaba la vista.

Alexis Hert aún no lo sabía, pero había cautivado a un monstruo.

Las cosas estaban a punto de complicarse.

Me reí más fuerte.

Había comenzado el acecho.

35
EL PLAN
AUGUSTO: ACTUALMENTE

Clic. Clic. Clic.

Mis zapatos de vestir resonaron contra el mármol italiano. Llevaba cargando a mi nueva esposa sobre mi pecho por la gran escalera de nuestra villa.

Caronte caminaba a mi lado, con expresión de arrogancia.

Mi rostro reflejaba el suyo.

Habíamos ganado.

Nuestro plan había llegado a buen puerto.

Estábamos casados con Alexis, unidos de por vida con una espartana ctónica que era nuestra igual. Éramos más poderosos que nunca. Era la sensación más gloriosa del mundo. Ella era perfecta para nosotros.

Perfectamente *nuestra*.

Se me desvaneció la sonrisa.

El orgullo se transformó en furia.

Alexis había entrado en pánico cuando se dio cuenta de hasta dónde habíamos llegado para casarnos con ella. Sus pupilas se habían dilatado, y había intentado huir de nosotros. Su miedo era inconfundible y me alegré de que se desmayara antes de lastimarse.

Eso no era todo.

Sus muñecas estaban cubiertas de cicatrices viejas e irregulares, y Perséfone había dicho que no había nacido con ojos de diferente color. Además, la habíamos encontrado durmiendo en una maldita caja de cartón con su hermano, por Cronos.

Alexis nos ocultaba cosas, cosas indecorosas, cosas por las que debíamos masacrar gente.

Su silencio era inaceptable. Revelaría cada uno de sus secretos, y luego torturaríamos a quien le hubiera hecho daño. Brutalmente.

Así iba a ser.

Se me acalambraron las manos y me obligué a aflojarlas. No quería lastimarla. No quería asustarla. El problema era que no quería hacer muchas cosas en la vida, pero aun así las hacía.

Yo no había pedido nacer con... inclinaciones tan *violentas*.

Pero así había sido.

Caronte se inclinó y acarició las cabezas invisibles de sus feroces perros infernales.

Ambos habíamos crecido en la prueba del poder. Cronos nos había forjado con ira y salvajismo.

Tenía la sensación de que cuando Alexis se despertara, habría guerra.

Por algo llevábamos armas atadas a los muslos bajo las togas ceremoniales. Siempre estábamos preparados para el conflicto. Ella aprendería que no había escapatoria.

Nunca.

—*Amore et melle et felle es fecundissimus* —le susurré al ángel dormido que tenía en mis brazos.

Caronte asintió mientras se ajustaba la funda del arma bajo la toga.

«El amor es rico en miel y veneno».

Jamás había sido tan cierto.

36
EL MONSTRUO
ALEXIS

Abrí los ojos de golpe.

Me desperté con un jadeo entrecortado.

La parálisis del sueño me bloqueaba los miembros y cada célula de mi cuerpo gritó de dolor. Seguía vestida con la toga nupcial, acostada bajo sábanas de seda.

Profundos ronquidos masculinos resonaban en la cavernosa habitación. Los tres estábamos acostados en una elegante cama con dosel.

Los recuerdos de las expresiones petulantes de mis maridos me apuñalaron. El fuego del infierno se encendió en mi pecho y ardió tremendamente.

Estaba llena de odio.

«No se saldrán con la suya. Pagarán por haberme engañado».

Dos nuevas cuerdas, o cadenas, me abrasaban el pecho, carbonizándose a medida que se enroscaban con más fuerza alrededor de mi corazón, como si el vínculo matrimonial pudiera sentir mi desagrado.

Augusto y Caronte gemían de dolor mientras dormían.

Casarse con un monstruo tenía consecuencias.

Ya habían empezado.

«Para ellos».